AF537387

Dion Fortune

Mondmagie

Das Geheimnis der Seepriesterin

Mystic Fantasy

Aus dem Englischen übersetzt und neu bearbeitet von
Mara Ordemann

Smaragd Verlag

Bitte fordern Sie unser kostenloses Verlagsverzeichnis an:

Smaragd Verlag e.K.
Neuwieder Straße 2
56269 Dierdorf
Tel.: 02689.92259-10
Fax: 02689.92259-20
E-Mail: info@smaragd-verlag.de
www.smaragd-verlag.de

Oder besuchen Sie uns im Internet unter der obigen Adresse und melden Sie sich für unseren Newsletter an.

Originaltitel: „Moon Magic“
Erstauflage England 1956
© Smaragd Verlag, 56269 Dierdorf
Deutsche Erstausgabe Oktober 1990
Vollständig überarbeite Neuauflage Januar 2017
© Cover: marcel - fotolia.com
Umschlaggestaltung: preData
Satz: preData
Printed in Czech Republic
ISBN 978-3-95531-147-6

Vorwort von Dion Fortune

Es heißt, wenn ein Schriftsteller eine bestimmte Situation vor Augen hat, dann wird er diese irgendwann zu Papier bringen.

Wie dem auch sei – als ich für meinen ersten Roman, „Die Seepriesterin“, die Figur der Vivian Le Fay Morgan erdachte, – oder Lilith Le Fay, wie sie sich gelegentlich selbst nannte – schuf ich eine Fiktion.

Im zweiten Roman, den Sie jetzt in Händen halten, hat sie sich weiterentwickelt und ist alles, nur keine Marionette in meiner Hand – im Gegenteil: Sie hat selbst die Regie übernommen. Und das ist gut so, denn Gestalten müssen lebendig werden, sonst bleibt der Roman Makulatur.

Jeder, der mit der Kunst der Schriftstellerei vertraut ist, kennt die Gefahr, dass der Autor von den Höhen des Erzählens in die Niederungen des Berichtens abstürzt oder die Höhen erst gar nicht erklimmt. Diese Gefahr ist in MONDMAGIE – DAS GEHEIMNIS DER SEEPRIESTERIN nicht gegeben, denn ich lasse sie für sich selbst sprechen.

Nach ihrem geheimnisvollen Verschwinden blieb die Seepriesterin nicht im Grab liegen, sondern ihre Seele beharrte darauf, aufzuerstehen und umherzuwandeln. Und ihr Geist ging so beharrlich in meinem Geist spazieren, dass ich diesen Roman wie unter Zwang geschrieben habe.

Eine klare Vorstellung von der Handlung hatte ich nicht. Sechsmal habe ich das Buch angefangen, und sechsmal fand es sich im Papierkorb wieder. Schließlich machten die verschmähten Kapitel den Umfang eines mittleren Romans aus. Ich wollte schon aufgeben, da geschah etwas Merkwürdiges: Lilith nahm mir die Zügel aus der Hand und erzählte die Geschichte selbst, und so war ich nur noch ihr Werkzeug. In der Terminologie des Romans ausgedrückt: Sie benutzte mich, wenn auch auf andere Weise als ihren Gegenspieler, Dr. Malcolm. Und so kann ich keine Verantwortung übernehmen, weder für die Geschichte, noch für die Personen – auch sie schufen sich selbst. Und glauben Sie mir: Das Ende der Geschichte hat mich selbst überrascht. Manch einer würde das Ganze als „automatisches Schreiben" bezeichnen. Ich weiß nicht, ob ich es so nennen würde. Ich meine eher, es geschah das, was die Hauptperson wollte. Wie dem auch sei – ich übernehme jedenfalls keinerlei Verantwortung – weder für die Geschichte selbst, und schon gar nicht für die Romanfiguren – sie schufen sich selbst.

Unter diesen Umständen ist es für mich außerordentlich schwierig, den Wert des Romans einzuschätzen. Ich halte ihn nicht unbedingt für ‚hohe Literatur', was auch immer das sein mag, wohl aber für eine psychologische Rarität. Zudem passieren seltsame Dinge, von denen ich nichts ahnte, bevor ich sie dann hier las.

Die Weltanschauung von Lilith Le Fay ist als heidnisch zu bezeichnen, aber sie ist eine Rebellin mit dem Hang, die Gesellschaft zu verändern. Unumwunden gebe ich zu, dass sich viel von mir in Lilith Le Fay wiederfindet, noch viel mehr hat jedoch nichts mit mir zu tun. Mag sein, dass sie mein Freud'sches Unterbewusstsein wachgerüttelt hat. In einem Punkt unterscheiden wir uns allerdings gewaltig: Ich bin noch keine einhundertzwanzig Jahre alt – zumindest jetzt noch nicht.

Malcolm ist vielen Quellen entsprungen. Zu meiner Zeit kannte ich eine Reihe von Malcolms, und ich werde garantiert noch etliche kennenlernen, bevor ich mich, wie Lilith Le Fay, aus dem Staub mache und die Kraft, die mich trägt, zurückgenommen wird.

Vieles ist Fiktion, das Haus jedoch ist Tatsache; seine Türen sind vor meinen Augen geschlossen worden. Nie mehr werde ich es betreten, aber es bleibt ein geweihter Ort.

Diejenigen unter Ihnen, die diese Geschichte um des reinen Vergnügens willen lesen, kommen vielleicht nicht auf ihre Kosten, denn sie ist nicht zur reinen Unterhaltung geschrieben worden. Ich habe mich zu Liliths Handlangerin machen lassen, um herauszufinden, was es mit der Geschichte auf sich hat. Das Schreiben, wie in Trance vollbracht, war vielleicht sogar eine magische Handlung. Wenn es stimmt, dass das, was in der Fantasie heraufbeschworen wird, in der inneren Welt weiterlebt, dann frage ich mich, was ich mit Lilith Le Fay erschaffen habe? Was Malcolm betrifft, der kann in dieser Welt und der nächsten auf sich selbst aufpassen. Aber wer und was ist Lilith, und warum war sie immer noch lebendig, nachdem sie die Hülle der Seepriesterin abgestreift hatte, und was hat sie bewogen, erneut aufzutauchen und sich meiner zu bedienen? Habe ich mir eine dunkle Freundin geschaffen? Und wo ist sie jetzt, und was treibt sie?

Lilith sieht sich als Priesterin der Großen Göttin Natur und kann nach menschlichen Gesetzen göttliche Rechte beanspruchen. Das ist etwas, was ich nicht beurteilen kann. Ich weiß nur, sie lebt auf ihre eigene Art und Weise, aber nicht nur für sich, auch für andere wie mich. Vielleicht wird sie Ihnen als Schatten im Zwielicht des Geistes erscheinen, wer weiß...

Für so viele Menschen sind Konventionen und Gesetze, auch die ungeschriebenen, sinnlos und haben ihnen eher geschadet als genutzt, so wie es bei Malcolm der Fall war, und sind es bis zum heutigen Tag. Aber warum soll es für sie kein Entkommen in die Sphären der Traumwelt geben – dorthin, wo Lilith ihren Geliebten entführt hat?

Diese Fragen muss sich jeder selbst beantworten, denn so, wie Lilith für den lebensmüden Malcolm gesungen hat: „Vergessen sind die Wege des Schlafes und der Nacht!“, dürfen wir das Schlussgebet der Anrufungshymne leise wiederholen:

„Öffne die Pforte, die Pforte hat keinen Schlüssel
– die Pforte der Träume,
durch die Menschen zu dir gelangen.
Hüter der Ziegen,
oh antworte mir!“

Dion Fortune

Teil 1: Traum oder Wirklichkeit

1

In der imposanten Halle der Medizinischen Fakultät drängten sich die Menschen zur Preisverleihung. Auf dem Podium unter dem berühmten Fenster im Gedenken der Nächstenliebe des Gründers saßen in einem Halbkreis in Scharlachrot gekleidete Gestalten, die sich leuchtend von der dunklen Eichenpaneele im Hintergrund abhoben. Die Mützen der einzelnen Universitäten in Karminrot, Kirschrot, Magenta und verschiedenen Blautönen belebten die Farbskala noch mehr. Über den Bändern der Kappen tauchte eine Reihe Gesichter auf, Geiern oder Füchsen nicht unähnlich. In ihrer Mitte thronte der Vorsitzende, der soeben die Preise verliehen hatte. Unter der eindrucksvollen Zahl von Kopfbedeckungen, die so viele hervorragende Hirne behüteten, sah er relativ normal aus. Unten in der Halle starrte die dunkle Masse der Studenten gemeinsam mit ihren Freunden und Familienangehörigen hinauf zu dieser Kollektion Paradiesvögel.

„Mit der Haarfarbe sollte der nicht so eine bunte Mütze tragen", meinte eine kleine alte Dame, offensichtlich vom Land, zu dem plumpen Grünschnabel an ihrer Seite, der ein Diplom hätschelte, das ihm die Erlaubnis gab, von jetzt an seinen Mitmenschen das erdenklich Schlimmste anzutun.

„Er hat keine Wahl. Es ist die Studentenkappe seiner Universität."

„Dann sollte ein Mann mit der Haarfarbe eine andere Universität mit seiner Gegenwart beehren."

Die Mischung aus Magenta und Scharlachrot war sicherlich eine unglückliche Kombination für einen rothaarigen Mann, aber das kantige Gesicht mit den granitgrauen Augen unter dem zurückgekämmten roten Haar, dessen Schläfen bereits Geheimratsecken zierten, starrte gleichgültig und dumpf in die Gegend.

„Er sieht aus wie ein Metzger", sagte die kleine alte Dame.

„Stimmt! Er ist einer unserer Ärzte."

„Von dem möchte ich aber nicht kuriert werden!"

„In seiner Abteilung wird nicht ‚kuriert'!"

„Was dann?"

„Nichts. Jedenfalls nicht kuriert. Manchmal können die Chirurgen kurieren, manchmal nicht. Er sagt ihnen, ob man operieren kann oder nicht. Er ist der Einzige, von dem sie Anordnungen akzeptieren. Wenn er sagt, „tu es", tun sie es; und wenn er sagt, „lass es", dann lassen sie es."

„Ich hoffe nur, er lässt mich", meinte die kleine alte Dame.

„Das hoffe ich auch, Mutter", sagte der freche Sohn mit einem Glucksen und nahm sich vor, sich den Witz für den Gemeinschaftsraum der Studenten aufzuheben.

Die Hymne *‚God save the Queen'* brachte die Veranstaltung zum Abschluss. Das Objekt ihres Interesses nahm seine Position am äußeren Rand des Halbkreises wahr und schlüpfte vom Podium, dem Gedränge seiner Kollegen zuvorkommend.

Das Ende der Tribüne, wo er gesessen hatte, bildete das äußere Ende des Ankleideraums, und so fand er sich in dem Durchgang wieder, der zum Speisesaal führte, immer noch in seinem farbenfrohen Aufzug und inmitten eines Meeres von Menschen, die auf der Suche nach Erfrischungen hereinschwappten. Die Menge hatte ihn gegen eine kleine alte Dame gedrückt, die ihn mit demselben unpersönlichen Interesse anstarrte, das den *Horse Guards,* die in Whitehall Wache schieben, zu eigen ist.

Eine solche Aufmerksamkeit nicht gewöhnt, hielt er sie für eine ehemalige Patientin.

„Guten Tag, wie geht es Ihnen?“, fragt er mit einem kurzen Nicken.

„Sehr gut, danke“, antwortete sie mit dünner, etwas verwunderter Stimme. Offensichtlich hatte sie nicht erwartet, angesprochen zu werden.

„Meine Mutter“, sagte der junge Mann neben ihr.

„Huh“, sagte der ältere Mann unfreundlich und zog plötzlich, zur Verwunderung aller Anwesenden, seine riesige Robe aus und stand in Hemdsärmeln da, wickelte die wunderschönen Kleider zu einem Bündel und drückte sie dem erstaunten Studenten in die Hände.

„Bring sie in den Gemeinschaftsraum für die höheren Semester, ja?“, sagte er, und bahnte sich, gnadenlos seine Ellbogen gebrauchend, einen Weg durch die Menge.

„Was für ein komischer Kerl!“, sagte die kleine alte Dame.

„Du kannst es dir leisten, komisch zu sein, wenn du einen Ruf hast wie er“, sagte ihr Sohn.

„Ich glaube nicht, dass ich ihn mag“, sagte sie. „Niemand mag ihn“, sagte ihr Sohn, „aber wir vertrauen ihm.“ Zwischenzeitlich eilte das Objekt ihrer Missbilligung einen Aufgang hinauf, drei Steinstufen auf einmal nehmend, stürzte in ein leeres Labor, riss eine alte Tweedjacke vom Haken und flüchtete, unpassend gekleidet und hutlos, durch eine Seitentür in einen dunklen viereckigen Hof. Er überquerte ihn mit schweren Schritten, sodass eine Schwester aus einem Krankenzimmer hinausschaute, und fügte ein weiteres Stück der Legende über die Exzentrizität des berühmten Dr. Malcolm hinzu. Dann ging er blicklos weiter, durch Hinterstraßen bis zur U-Bahn-Station. Dort angekommen, stieß er einen Fluch aus – sein Notizbuch mit Brieftasche und Zeitkarte steckte in der Brusttasche des Jacketts, das er im Ankleideraum gelassen hatte. Das Sammelsurium in seinen Hosentaschen brachte drei Kupfermünzen zum Vorschein.

Er war zu ungeduldig, um ins Krankenhaus zurückzukehren. Das Wetter war außergewöhnlich mild für die Jahreszeit, und so beschloss er, zu Fuß am Themse-Ufer entlang zu seiner Wohnung in der Grosvenor Road zu gehen, keine große Entfernung für einen so energiegeladenen Mann, wie er es war.

Über Kopfsteinpflaster nahm er seinen Weg hinter Lagerhäusern, kletterte über den Stützpfeiler eine Brücke hinauf und gelangte schließlich zum Kai.

Es hatte geregnet: Die Gestalten, die sich sonst bei Dämmerung am Themse-Ufer herumtrieben, hatten Zuflucht in Obdachlosenheimen und bei der Heilsarmee gefunden. Zu dieser Stunde gab es nur wenige Fußgänger, und er hatte das breite Pflaster am Ufer praktisch für sich allein.

Während er in dem für ihn üblichen schnellen Tempo ausschritt, genoss er nach der stickigen Hitze der großen Halle, in der er einen langweiligen Nachmittag verbracht hatte, die frische, vom Regen gereinigte Luft. Er beobachtete den Schimmer der Lampen auf dem Wasser und das Auf und Ab der Lichter der vertäuten Boote. Ein Schlepper mit Kähnen mühte sich stromaufwärts, flussabwärts tuckerte eine Barkasse der Wasserpolizei.

Während der Mann – eine Weile die große Stadt, das riesige Krankenhaus und die tägliche Tretmühle der Routine zwischen der Wimpole Street und den Slums vergessend – den Fluss beobachtete, ging das vertraute Leben auf dem Strom weiter.

Für ihn typisch, hielt er so plötzlich an, dass ein anderer Fußgänger, der direkt hinter ihm ging, beinahe über ihn gestürzt wäre.

Die Ellbogen auf die Steinmauer gelehnt, folgte er in seiner Fantasie dem Lauf des Stroms, vorbei an den Docks und Ladestellen, und fragte sich, was geworden wäre, wenn er seinem ersten Impuls nachgegeben und die Laufbahn eines Seemanns eingeschlagen hätte. Dann wäre er jetzt Schiffsoffizier auf Wache – ein schlecht bezahlter, harter, unbequemer Job. Sein jetziger Job war auch hart, weil er sein eigener Sklaventreiber war, aber er war nicht schlecht bezahlt, und die Arbeit lag ihm.

Aber das sagte nicht wirklich etwas aus, denn er war kein Mann, der die Gabe hatte, sich und seiner Umgebung das Leben angenehm zu gestalten. Seine Frau, seit der Geburt ihres Kindes im ersten Ehejahr pflegebedürftig, lebte in einem Seebad, wo er sie häufig an den Wochenenden besuchte. Diese Besuche waren von ihr gefürchtet und von ihm gehasst. Aber als ein Mann mit unbeugsamem Pflichtgefühl fuhr er Jahr für Jahr zu ihr, bis sein feuerrotes Haar von grauen Strähnen durchzogen und lichter wurde, und sein Naturell etwas abkühlte. Er gratulierte sich zu seiner Selbstbeherrschung.

Die Jahre des Zölibats waren nicht leicht gewesen. Von Natur aus treu und aufrichtig, war die Vorstellung einer Liaison mit einer anderen Frau für ihn Horror. Außerdem war er stolz auf seinen starken Willen, der ihm die perverse Freude bereitete, mit seinen eigenen Dämonen, wilden Tieren gleich, zu kämpfen. Je mehr die Natur versuchte, die Tür zu seinem Moralkodex aufzustemmen, desto mehr klemmte sie. Ethisch war das Ergebnis bewundernswert, aber es hatte weder seine Laune versüßt, noch ihn zu einem angenehmen Kollegen oder Lebensgefährten gemacht. Rote Haare und Verdrängung passen nicht gut zusammen, und rastlose Reizbarkeit war der Lohn für seine Moral. Außerdem schlief er schlecht, und nur seine Vitalität und seine gesunde Natur brachten ihn durch das Semester.

Seine Studenten hassten ihn, denn er schikanierte sie und trieb sie unerbittlich an; andererseits konnte er einen hitzigen Streit mit einem Kollegen vom Zaun brechen, der einem seiner Schüler eine schlechte Note verpasst hatte. Und weil er ein Pedant war, mochten ihn auch die Schwestern nicht; dennoch würde er notfalls für sie Himmel und Hölle in Bewegung setzen. Mit seinem brüsken, harschen Benehmen erschreckte er die Patienten, schonte aber weder sich noch das Krankenhaus, um ihnen zu helfen. Ein großer Teil seiner Arbeit bestand darin, den an einer organischen Krankheiten Leidenden die Hysterie auszutreiben, und es trug nicht gerade zu seiner ohnehin dürftigen Popularität bei, wenn er dem notorischen Gelähmten sagen musste: „Steh auf, nimm dein Bett und wandle."

Jahr für Jahr kampierte er in möblierten Zimmern, in denen sich Bücher, Papiere und Proben in verschiedenen Konservierungsstadien häuften. Seine Wirtin durfte ihn nach ihrem Gusto bekochen und sein Schneider ihn nach seiner hochgeschätzten Modeauffassung kleiden. Sein Leben war nur ein halbes Leben, aber die Hälfte, die er lebte, war ein Segen für andere. Wenn dieser Mann, der nie ein Skalpell in die Hand nahm, neben dem Chirurgen stand und diesen zu der Stelle im Gehirn führte, wo sich die Wurzel allen Übels eingenistet hatte, das in so vielen grotesken und bizarren Auswüchsen in Erscheinung trat, wurden der Blinde, der Hinkende, der Taube, der Epileptiker, der Geisteskranke – sie alle wurden von ihren Zwängen befreit und kehrten zu einem normalen Leben zurück. Was er über die Funktionsweise des Hirns nicht wusste, war es nicht wert, gewusst zu werden. Über das Gehirn selbst wusste er wenig.

Während er jetzt forsch neben dem dunkel dahinströmenden Wasser ausschritt, fragte er sich, warum er bisher nie diesen Weg der überfüllten U-Bahn vorgezogen hatte. Auch der Gedanke an ein eigenes Auto war ihm in den letzten Jahren nie gekommen; ein Auto war Unsinn, zumal die Parkplätze am Krankenhaus von den Nobelkarossen der Studenten belegt waren, die sie sich zwar nicht leisten konnten, aber glaubten, diese für ihr Prestige zu brauchen. Er, der alles Prestige der Welt besaß, nahm für Hausbesuche ein Taxi.

Er ging gerne spazieren. Wenn er seine Frau besuchte, verbrachte er den Tag mit einem ausgedehnten Marsch über die Hügel. Abends, von der frischen Luft und der ungewohnten Anstrengung erschöpft, schlief er in einem Sessel vor dem Feuer ein. Die Ironie all dessen wurde ihm nie bewusst. Mehrfach hatte er eine Wandertour ins Auge gefasst, aber es gelang ihm nie, Urlaub zu machen. Stattdessen arbeitete er im August, wenn das Krankenhaus knapp besetzt war, für drei. Andere Interessen als seinen Beruf hatte er nicht, und Entspannung suchte er nur bei der Lektüre internationaler Fachliteratur.

Ein hartes, freudloses Leben, dessen Widersinn ihm nicht bewusst wurde. Da es in seinem Fachgebiet nur wenige Therapiemöglichkeiten gab, bestand der größte Teil seiner Arbeit aus Diagnostik. Früher einmal hatte er – für seine Kollegen unvorstellbar – über seine Fälle reflektiert, aber in den letzten Jahren die Taten Gottes mit gewisser Philosophie akzeptiert, indem er eine Diagnose und eine Prognose herausbellte und dann die Angelegenheit aus seinem Kopf verbannte, ausgenommen bei Kindern.

Manchmal hatte er daran gedacht, sich zu weigern, Kinder zu untersuchen, aber das war in diesem Krankenhaus nicht möglich, wo er alles nehmen musste, was kam. Kranke Kinder belasteten ihn. Wenn er die ersten zarten Anzeichen einer Erkrankung bei einem Kind entdeckte, stand dessen Zukunft so klar vor seinen Augen, dass ihn das Bild tagelang verfolgte. Und was war die Folge? Sein Verhalten gegenüber Kindern war noch ungeschickter. Das schreiende Kind, die ungehaltene Mutter und die angewiderten Studenten boten ein unerträgliches Bild, zumal die Meinung herrschte, dass es für seine Prognose weder vor Gott noch vor Menschen eine

Rechtfertigung gab. Wenn er sagte, ein Kind wächst als Krüppel auf, dann würde es als Krüppel aufwachsen. Er behauptete das so souverän, dass es wie ein Urteil klang.

Genauso wie über Krankenhauskorridore – wo er es den Krankenpflegern und Schwestern überließ, ihm mit den Betten und Tragen auszuweichen,– stürmte er jetzt am Themse-Ufer entlang. Es gab keinen Fußgänger, den er nicht überholte.

Plötzlich bemerkte er vor sich einen Schatten. Ständig dasselbe Tempo haltend, gelang ihm ein Überholmanöver nicht. Er musste die Gestalt unbewusst wahrgenommen haben, denn als er sie bemerkte, wurde ihm klar, dass er ihr bereits eine beträchtliche Weile gefolgt war, und während ihm dies dämmerte, begann seine Fantasie zu arbeiten. Die Szene ähnelte einem Traum, der ihn in den letzten Jahren verfolgte, wenn er überarbeitet war, und diese Träume führten zu noch schlechterem Schlaf. Malcolm lag dann in einem seltsamen Zustand zwischen Schlafen und Wachen, nicht weit genug weg, um wieder in seinen Traum einzutauchen, und nicht wach genug, um ihn als Traum zu realisieren. Immer wieder glitt er über die Schwelle und kehrte zurück, manchmal im Reich des Schlafs wandelnd, manchmal die schattenartigen Szenen mehr oder weniger bewusst wie einen Film im Kino anschauend.

Gleichbleibend spielten diese Träume an Land und auf See, und sehr oft verbanden sich Land und See, was er auf seine Wanderungen über die Hügel während der Besuche bei seiner Frau zurückführte. Nie tauchten in diesen Szenen Menschen auf, mit einer Ausnahme: Eingehüllt in einen Mantel mit einem breitkrempigen Hut erschien eine Gestalt, die er auf eine Portwein-Werbung zurückführte, in den farbigen Lichtern, die auf einem Gebäude an- und ausgingen, wenn er zwischen seinen Behandlungsräumen in der Wimpole Street und seiner Wohnung im Pimlico-Viertel pendelte.

Obwohl Psychologie für ihn eine untergeordnete Rolle spielte und er sie nur für seine medizinischen Diagnosen als Unterscheidungshilfe verwendete, hatte er seine theoretischen Kenntnisse in seiner eigenen Sache in der Praxis umgesetzt, indem er einen Teil der Traumsymbole auf die mit Bungalows bestückten Hügel hinter der Stadt an der See zurückführte und die anderen auf die Reklame für Sandeman Portwein, die ihm oft genug begegnet war. Er schrieb das seiner unterdrückten Sexualität zu, eine gute Erklärung für die meisten respektablen Bürger, und für einen Akademiker seines Formats geradezu ein Indiz. Das andere Symbol erklärte er mit dem unbewussten Wunsch nach dem so malerisch angebotenen Stimulans – der sehr verständliche Wunsch eines überarbeiteten Mannes. Warum sollte er sich Gedanken machen? Beide Wünsche wurden ohne den geringsten Kompromiss unterdrückt, und selbst einem Mann wie Dr. Rupert Annesley Malcolm, Neurologe und Endokrinologe, war klar, dass sie sich durchaus in seinen Träume breit machen könnten. Dass es mehr sein könnte – darauf würde er nie kommen.

Die in einen Mantel gehüllte Traumgestalt, die vor ihm in der Dämmerung über das nasse Londoner Pflaster wandelte, wie sooft zuvor in den Landschaften seiner Träume, regte seine Fantasie an. Natürlich wusste er, dass es eine Frau in einem Regenmantel war, aber dennoch – die Begegnung mit der nun objektiv wahrgenommenen Fantasie seines Unterbewusstseins entzückte ihn.

Die Gestalt schritt nach wie vor etwa zwanzig Meter vor ihm zügig aus. Dr. Malcolm beschleunigte seinen Schritt, aber es gelang ihm nicht, den Abstand zwischen sich und der Gestalt, die er jetzt geradezu verfolgte, wahrnehmbar zu verringern.

Sein nächster Impuls war loszurennen, aber das würde der Aufmerksamkeit eines Hüters von Gesetz und Ordnung nicht entgehen, und er hatte kein Verlangen danach, vor ein Polizeigericht zitiert zu werden, wo man seiner Erklärung, nur einen Traum analysiert zu haben, kaum Glauben schenken würde.

Malcolm war ein Mann, der für Frauen keine Verwendung hatte, und bei den Frauen war das umgekehrt, soweit ihm bekannt war, genauso.

Obwohl sich allmählich der Abstand zwischen ihm und der Frau vor ihm verringerte, war es höchst unwahrscheinlich, dass er sie einholen würde, selbst wenn ihm die Ampeln wohlgesonnen wären. Dr. Malcolm strengte sich noch mehr an, denn er wollte wenigstens einen Blick in ihr Gesicht werfen. In diesem Moment sah er eine Polizistin, die in ihrer unkleidsamen Uniform genauso aussah wie Mrs. Noah, und ihn argwöhnisch betrachtete.

Und dann geschah genau das, was er befürchtet hatte – die Ampel sprang auf Rot; der frei gelassene Verkehr ergoss sich über die Brücke, und die Gestalt in dem Mantel tauchte in der Londoner Dämmerung unter und ließ ihn mit einem unerklärlichen Gefühl der Enttäuschung, des Verlusts, ja, der Leere zurück.

Fünf weitere Minuten in gemütlicherer Gangart brachten ihn zu seiner Wohnung in die Grosvenor Road, die er, weil preiswert, in der Zeit gemietet hatte, als er versuchte, in seinem Beruf Fuß zu fassen, und die er aus Gewohnheit, Gleichgültigkeit und mangelnder Initiative behalten hatte. Sie war unordentlich, aber gemütlich. Er kleidete sich aus und frottierte sich ab, denn bei den Strapazen in der Schwüle des Abends war er stark ins Schwitzen gekommen. Wieder wunderte er sich über die Geschwindigkeit, mit der sich die Frau bewegt hatte.

Später im Bett fragte er sich, ob die ungewöhnliche Ermüdung durch den langen Heimweg ausreichen würde, die

Gestalt in die Landschaft seines Traums zu holen, in der er in den vergangenen zwei Wochen nahezu Nacht für Nacht herumgewandert war. Aber ausgerechnet an diesem Abend glitt er in einen normalen Schlaf. Es war, als hätte sich die angestaute Langeweile seines freudlosen Lebens in dem enormen Interesse an der Gestalt einer unbekannten Frau im Schatten der Dämmerung gelöst.

Das Semester war vorbei, und so fuhr er am nächsten Tag zu seiner Frau. Die arme Seele hatte jedoch einen ihrer schlechten Tage und wünschte alles – nur nicht seine Gesellschaft.

Also war er frei für seine üblichen Wanderungen über die Hügel. Bei Einbruch der Dämmerung kehrte er erschöpft zu der roten Ziegelvilla zurück, denn er war länger als sonst unterwegs gewesen. Das rettete ihn vor einem Abendbrot mit seiner Frau und ihrer Betreuerin. Man hatte Sandwiches und eine Flasche Milch neben den Kamin in seinem Schlafzimmer gestellt, aber die Sandwiches waren so trocken, dass sie sich an den Ecken bogen. So überließ er sie ihrem Schicksal und trank nur die Milch, um bald darauf im Korbstuhl neben dem Feuer in einen unruhigen Halbschlaf zu fallen.

Der Stuhl war unbequem, außerdem knarrte er im Takt seines Atems, was ihn störte. Trotzdem stellte sich das ein, was ihm die ganze Woche versagt geblieben war: *der* Traum, und allen Versuchungen, sich zu bewegen und aufzustehen, trotzend, beobachtete Malcolm, wie sich die Bilder auf der Schwelle zum Schlaf bildeten, wieder auflösten und erneut in immer deutlicheren Formen entstanden.

Zuerst waren es Fetzen aus dem Alltag: seine Hauswirtin; die Putzfrau im Labor des Krankenhauses; die Betreuerin seiner Frau; das ältliche Mädchen, halb Schwester, halb Haushälterin. Er wartete geduldig, wohlwissend, dass es der übliche Trick seines Verstandes war, sich von oberflächlichen Eindrücken zu befreien, bevor sich die tieferen Schichten öffneten. Ein Rest seines bewussten Verstandes, durch wissenschaftliches Training geformt, beobachtete eine Prozession ältlicher, einfacher und geschlechtsloser Wesen. Dann tauchte die Polizistin vom Themseufer auf, und seine Hoffnungen stiegen; aber sie reihte sich nur in die Prozession ein.

Geräusche auf dem Treppenabsatz rissen ihn hoch, und er hörte durch die offene Schlafzimmertür die quengelnde Stimme seiner Frau. Offensichtlich hatte sie wieder eine schlechte Nacht. Sollte er nach ihr sehen? Aber aus der Vergangenheit wusste er, dass es sie aufregen würde. Ihr eigener Arzt war zuständig; von ihm würde er hören, was los war, und er würde alles für die unglückliche Frau tun, die sich zwischen Bett, Couch und ihrem Rollstuhl bewegte, seit ihr Versuch, sein Kind zur Welt zu bringen, gescheitert war.

Die leichte Störung hatte gereicht, ihn kurzfristig von der lähmenden Müdigkeit zu befreien, die durch den langen Tag im Freien entstanden war. Er zündete sich eine Zigarette an und starrte ins Feuer. Seine Erinnerung ging zurück zu der Nacht vor zwanzig Jahren, die das lebhafte kleine Ding, das er geheiratet hatte, in eine neurotische, korpulente, halb gelähmte Matrone verwandelt hatte. Er haderte nicht mit dem Schicksal, das hatte er lange hinter sich; er saß nur dort, die Zigarette zwischen den vom Tabak gelben Fingern, und dachte darüber nach.

Unverständlicherweise gab er sich selbst die Schuld, wie nach einem groben Fehler bei einer Diagnose. Sie beide hatten das Kind, das das Chaos hervorgerufen hatte, sehnlichst herbeigewünscht, aber das schien keinen Unterschied zu machen. Letztendlich lag die Schuld bei ihm; ohne ihn hätte es kein Kind gegeben – die Logik war unausweichlich. Aber es war verfänglich, in der Vergangenheit zu wühlen, ein Luxus, der seinen Preis forderte und zu Tagen voller Depression führte. Nur eine strenge Kontrolle des Verstandes und der Fantasie konnte seine inneren Dämonen, die wilden Tiere von Ephesus, in Schach halten. Diesen Kniff hatte er vor Jahren entdeckt, und es hatte ihn gewundert, dass seine Kollegen in der Psychiatrie ihm nie auf die Schliche gekommen waren.

Er rief seine Gedanken von diesem gefährlichen Thema zurück und erinnerte sich an das Bild des Themse-Ufers an einem milden nassen Winterabend, an dem die letzten Blätter der Platanen auf dem Pflaster Muster bildeten und der Fluss schnell und dunkel und voller Strudel vorbeiströmte. Er erlebte diesen Moment erneut in lebhafter Vorstellung, ging weiter und weiter zurück bis zu seiner Promotion. Er sah die Szene der Preisverleihung, die Studenten, die ihre Diplome in Empfang nahmen, übermütig und schlurfend, unreife Jungs, mit einer Verantwortung belastet, die viel zu groß war, als dass sie von einem menschlichen Wesen hätte getragen werden können, und fragte sich, wie vielen von ihnen er zugetraut hätte, eine Mausefalle aufzustellen, geschweige denn, ihnen Leben und Tod anzuvertrauen. Eine Fehleinschätzung seines Professors für Geburtshilfe hatte zu dem Wrack im Raum nebenan geführt.

Erneut ging er in Gedanken zurück und dachte an das verwunderte Gesicht der kleinen alte Dame, die er irrtümlich für eine Patientin gehalten hatte, und den grinsenden Gesichtsausdruck ihres Sohnes, dem gewisse Hintergründe seiner Fachrichtung bekannt waren, die zu routinemäßigem Ausschluss führten; und ihm fiel ein, wie der Professor für Geburtshilfe, als Entschuldigung für sein Versagen, auf einige Fälle mit einer Prädisposition für das Unglück hingewiesen hatte, das durch seinen eigenen Mangel an Vorsicht entstanden war, und mit Bitterkeit dachte er an die Ideale und die Selbstdisziplin seiner Jugend und seiner frühen Männlichkeit, die ihm weder Demütigung noch Selbstvorwürfe erspart hatten.

Erneut zwang er seine Gedanken unter Kontrolle und wanderte im Geist zurück zum Fluss, dem Themse-Ufer und der schattenhaften, dahineilenden Gestalt, die er, in Erinnerung an ein vergessenes Schulbuch, „winkende Fee" nannte, obwohl sie weiß Gott nicht gewunken hatte, und er entrüstet gewesen wäre, wenn sie es getan hätte. Außerdem wäre dies höchst problematisch gewesen, selbst wenn sie einigermaßen passabel ausgesehen hätte.

Er malte sich aus, ihr nachzugehen wie an jenem Abend; dieses Mal aber ohne ein Gefühl der Eile oder des Misslingens, sondern nur in der schnellen mühelosen Bewegung des Traums. Das Themse-Ufer und die Lichter verschwanden, und er war wieder in der weiten Landschaft des Schlafs, farblos wie mattes Silber in einem Licht, das es weder an Land noch auf See gab.

Aber es war keine Vision; die Gestalt war verschwunden. Indem er sich verzweifelt an die Schwelle des Schlafs klammerte, versuchte er bewusst, sich in die Landschaft voller Schatten zu drängen, aber sie entglitt ihm und drohte, sich in einen Albtraum zu verwandeln. Dann wurde der Bann durch die Stimme der Betreuerin, die in der Halle telefonierte, gebrochen, und er war wieder voll da.

Das Geräusch eines Autos, Schritte auf den Stufen, Gemurmel im Schlafraum nebenan, aber er bewegte sich nicht. Als sich die Schlafzimmertür erneut öffnete und er auf dem Treppenabsatz schwere Schritte hörte, stand er mit den lässigen Bewegungen einer Katze auf, öffnete die Tür und winkte seinem Kollegen schweigend, hereinzukommen. Im dumpfen Glanz des verlöschenden Feuers sahen sich die zwei Männer an. Malcolm wäre nie auf die Idee gekommen, das Licht anzuzünden.

Der andere kannte den Ehemann seiner Patientin seit Jahren, und er kannte auch die vielen winzigen, verschrobenen Verhaltensweisen, denen er unbewusst huldigte. In der Dunkelheit nahm er schwach die blassen Umrisse des kantigen harten Gesichts wahr, mit der hohen Linie des zurückgekämmten Haars und dem Glitzern der scharfen blassen Augen, die wie die Augen einer Schlange funkelten, zum Kampf bereit. Auf dem Sprung bleiben, das schien die außergewöhnliche Fähigkeit Malcolms zu sein, und jetzt, um zwei Uhr früh in dem abgedunkelten Raum, in dem er offensichtlich gedöst hatte, war er so wachsam wie immer.

„Nun?", fragte Malcolm, über die gesellschaftlichen Gepflogenheiten eines Smalltalks hinweggehend.

Auch Dr. Jenkins war daran gewöhnt. „Nichts Ernstes", antwortete er. „Hauptsächlich die Nerven, aber das beeinflusst natürlich das andere. Wenn Sie erlauben, dass ich so offen spreche – ich glaube, Ihr Besuch hat sie aufgeregt, was meistens jedoch erst zum Ausbruch kommt, wenn Sie wieder weg sind. An Ihrer Stelle würde ich meine Besuche auf ein Minimum beschränken – Weihnachten, Geburtstag, Hochzeitstag usw., – Sie verstehen?"

„Sehr gut", sagte der andere kurz angebunden, „ich werde das tun, was Sie mir raten."

Nachdem sie sich verabschiedet hatten, ging Dr. Malcolm zu seinem Stuhl am verlöschenden Feuer zurück und fragte sich, warum Jenkins erst jetzt vorgeschlagen hatte, ihm sein monatliches Fegefeuer zu ersparen.

Als er am nächsten Morgen gehen musste, lag Mrs. Malcolm immer noch in betäubtem Schlaf. Er wechselte mit der Betreuerin ein paar Worte. Seine Erklärungen nahm sie mit einer so devoten Dankbarkeit auf, dass er einen scharfen Stich verspürte, zumal er sich kaum bemüht hatte, bei seinen Besuchen eine angenehme Atmosphäre zu verbreiten.

Als er auf seiner Rückreise in die Stadt aus dem Zugfenster starrte, fragte er sich, ob er etwas versäumt oder getan hatte, dessen er sich schämen müsste. Schließlich gab er die Grübelei auf und fuhr zurück zum Krankenhaus, wo die Studenten wie aufgescheuchte Hühner um ihn herumflatterten, und ein Angestellter der Klinik aus reiner Nervosität seinen Bleistift fallen ließ und alle Papiere durcheinanderbrachte. Den Patienten erging es besser, aber nicht viel, und nach einem für alle Beteiligten anstrengenden Vormittag schnappte er sich vom Buffet an der U-Bahn-Station eine Tasse Kaffee und ein Sandwich und ging in seine Praxis in der Wimpole Street, wo sich die Routine des Vormittags mit einigen Variationen wiederholte. Einige seiner Kollegen brüsteten sich, ihre Krankenhauspatienten bekämen genau dieselbe Behandlung wie ihre Privatpatienten. Für Dr. Rupert Malcolm war das selbstverständlich. Er konnte für keinen von ihnen mehr tun, als er tat, aber es war charakteristisch für ihn, dass er es genau in derselben Art und Weise tat. Ein Prinz musste aus seinen Kleidern mit derselben Schnelligkeit herausschlüpfen und wieder hinein wie der Sozialhilfeempfänger, und er nahm von der Prinzessin wie von der Reinmachefrau gnadenlos dasselbe Honorar – trotz ihrer unterschiedlichen Herkunft. Eins allerdings verband beide: Sie zahlten nur widerstrebend.

2

Die einzige Entspannung, die sich Rupert Malcolm gönnte, bestand darin, vor einer Gesellschaft von Gelehrten Vorlesungen über sein eigenes Fachgebiet oder verwandte Gebiete zu halten oder als Zuhörer teilzunehmen, und da er jedes Mal verschwand, wenn der gelehrige Teil der Veranstaltung vorbei war und der gesellige begann, war die Zeit, in der er sich eine Entspannung gönnte, nur minimal. Sein brüskes „unmögliches Benehmen" und sein hartes ausdrucksloses Gesicht machten es jedoch unwahrscheinlich, dass es sich für ihn, wäre er wirklich geblieben, gelohnt hätte.

Krönung des langen Tages nach der Rückkehr vom Seebad war ein Abend der ‚Erbauung' der Gelehrten untereinander. Er verließ die Gesellschaft früh, aber nicht zu früh, um nicht gegen die Etikette zu verstoßen, nahm ein Taxi zu seiner Wohnung und kletterte müde die über einhundert Stufen zum Dachgeschoss hinauf.

Seine jetzige Wirtin war die Nichte der früheren. Am Ablauf hatte sich nichts geändert. Gelegentlich drohte sie, seine Zimmer aufzuräumen, zog sich jedoch beim Anblick seiner finsteren Miene verschüchtert zurück und begnügte sich damit, die Wände seiner Wohnung während seines Aufenthalts an der See neu zu streichen.

Ohne sich umzuschauen, betrat er seine schmuddelige, altmodisch eingerichtete Wohnung, warf Hut und Aktentasche auf den Tisch und den Mantel hinterher, ließ sich in den abgenutzten Ledersessel neben der Feuerstelle fallen, brachte das heruntergebrannte Feuer mit der Spitze des Schuhs wieder zum Glühen, blieb dort sitzen und starrte in die Flammen. Seit er den Zug verlassen hatte, sein ungelöstes Problem mit sich herumschleppend wie einen schweren Koffer, war es der erste Augenblick, in dem er Muße für seine Gedanken hatte.

Er war erstaunt, dass seine Erlösung von dem, was er immer als eisern zu erfüllende Pflicht angesehen hatte, ihm den Boden unter den Füßen weggezogen hatte. All die Jahre seiner Ehe, die keine Ehe gewesen war, hatte ihn der Glaube hochgehalten, seine Frau bedürfe seiner Hilfe. Jetzt musste er feststellen, dass er einem Irrtum aufgesessen war. Statt Erleichterung zu verspüren, fühlte er sich wie ein verlorener Hund. Der Mann, der die wenigen vernünftigen Worte in dem vom Feuer erhellten Raum ausgesprochen hatte, ahnte nicht im Geringsten, welche Wirkung diese Worte auf den anderen gehabt hatten. Kein Schwanken in der Stimme, kein Zucken des Mundes hatte ihn verraten; derselbe granitharte Gesichtsausdruck wie immer.

Dennoch, ein Lebensabschnitt war zu Ende, und er musste Mittel und Wege finden, einen neuen zu beginnen. Rupert Malcolm fühlte sich steuerlos, haltlos, jedem Sturm ausgesetzt. Der Ehrenkodex, den er sich selbst geschaffen hatte, verlangte von ihm immer noch Nibelungentreue, aber er wusste auch, alles, was die kranke Frau in dem Seebad von ihm verlangte, waren die Bequemlichkeiten, die ihr sein Einkommen problemlos bescherten. Von dem Mann wollte sie nichts – außer in Ruhe gelassen zu werden. Ihre emotionalen Bedürfnisse wurden von ihrem kleinen Hund, ihren Wellensittichen und ihrer treuen Betreuerin erfüllt. Wenn eines der Tiere starb, wurde es ‚ersetzt', und das Leben in dem freundlichen sonnigen Haus an der See ging nach kurzem tränenreichem Zwischenspiel unverändert weiter. Der einzige störende Faktor – er – war beseitigt worden, und er konnte sich vorstellen, wie die beiden Frauen ihr gewohntes Abendlied sangen:

„Jetzt danken wir alle unserem Gott."

Weil ihn das vorhanglose Fenster irritierte, ging er durch den Raum und zog den staubigen grünen Vorhang vor. Den zweiten Vorhang haltend, verharrte er und sah hinaus in die vom Lichtbogen erhellte Nacht und auf den trüben Fluss. Direkt gegenüber seinem Viertel, auf der anderen Seite des dunklen Wassers, mündete eine Sackgasse in die Uferstraße, und an ihrem Ende konnte er etwas sehen, das ihm zuvor nie aufgefallen war – die erleuchtete Fassade einer kleinen Kirche. Er erkannte die runden Umrisse des Westfensters. Ob das farbige Glas ein fantasiereiches religiöses Motiv oder das unifarbige Glas ein einfaches Motiv darstellte, konnte er nicht erkennen. Er stand dort, den Vorhang in der Hand, starrte hinüber und fragte sich, welche Konfession ihre Anhänger mitten in der Nacht dorthin gelockt hatte. Er vermutete, die katholische; Protestanten erfüllten ihre religiösen Pflichten im Laufe ihres Acht-Stunden-Tages.

Während er auf die erleuchtete Fassade starrte, hinter der er Menschen vermutete, die ihren Schöpfer anbeteten, dachte er darüber nach, dass jeder in der Religion alles finden könnte. ‚Es muss für sie doch etwas dabei herausspringen, sonst würden sie nicht so daran hängen.' Aber was das sein könnte, lag außerhalb seiner Vorstellungskraft. Dann verlosch drüben das Licht, er nahm es als Zeichen und ging zu Bett, wo er wieder in dem silbergrauen Land zwischen Schlafen und Wachen umherwanderte, aber dieses Mal ohne Begleitung.

Die Vorstellung, alle Wochenenden nach seinem Gusto zur freien Verfügung zu haben, gab Malcolm ein vages Gefühl von Freiheit und Erleichterung. Weil er die Wanderungen über die Hügel vermisste, dachte er daran, die Wochenenden aufs Land zu fahren, aber irgendetwas hinderte ihn daran. Weder wusste er, wohin er gehen, noch was er tun, noch wie er es anstellen sollte – und so fiel er zurück in einen Trott, der langweiliger war als je zuvor. Der Versuch, einen modernen Roman zu lesen, scheiterte. Es war besser, schlafende Hunde nicht zu wecken.

Ein Besuch in der Nationalgalerie endete damit, dass er die Nackten auf ihr hormonelles Gleichgewicht hin untersuchte. Schließlich fasste er den Entschluss, sein Leben weiterzuführen wie bisher und so wenig wie möglich darüber nachzudenken. Er träumte immer noch von Landschaften, obwohl die Medizinische Fakultät wegen Ferien geschlossen und seine Arbeit dadurch beträchtlich leichter war. Das beunruhigte ihn ein wenig, denn er dachte: ‚Wenn das jetzt schon so ist, wie soll das erst werden, wenn das neue Semester mit all dem Stress wieder begonnen hat?'

Plötzlich fiel ihm ein, dass die zusätzliche Belastung des Unterrichts und der Vorlesungen die verhüllte Gestalt in seine Träume zurückbringen könnte, und er ertappte sich dabei, dass er mit seltsamer Begierde auf den Beginn des neuen Semesters wartete, ja, er ertappte sich sogar, die Tage zu zählen, und da wurde ihm klar, wie sehr die Vorstellung der Frau, deren Antlitz er nie gesehen hatte, seine Fantasie beschäftigte. Der Gedanke, seine armseligen Perlen vor die Säue geworfen zu haben, begann ihn sogar zu trösten.

Die sicherste Methode einzuschlafen war, wenn er sich die Erinnerung an jenen Spaziergang am Ufer mit der verhüllten Frau zurückholte. Nie versuchte er, sie einzuholen und ihr Gesicht zu sehen; er fürchtete es sogar und war sich einer Enttäuschung sicher; dennoch spürte er, dass er in der schemenhaften verhüllten Gestalt eine Art Geistführerin durch die Wirren des Lebens gefunden hatte. Hinter seinem komplexen Verstand verbarg sich im Grunde genommen eine einfache Seele.

Während er Nacht für Nacht mit unfehlbarer Regelmäßigkeit denselben Weg in das Königreich des Schlafes nahm – den Weg am Themse-Ufer entlang mit den blattlosen Platanen auf der einen Seite und dem dunklen, glitzernden dahinströmenden Wasser auf der anderen – ergriff die Vorstellung von der verhüllten Gestalt mehr und mehr Besitz von ihm. Früher oder später tauchte sie auf, und er folgte ihr mit einem unbändigen Gefühl der Erleichterung in das Land der Schatten.

Dann bemerkte er etwas Seltsames: Um frische Luft hereinzulassen, zog er vor dem Schlafengehen die Vorhänge vor dem Fenster zurück, und bei seinem Blick über den Fluss sah er manchmal, dass die Fassade an der südlichen Seite der Kirche erleuchtet war. Es schien keinen Rhythmus oder Grund für die Stunden zu geben, in denen die Religionsgemeinschaft dort ihre Andachten hielt. Häufig war sie dort bis ein Uhr oder zwei Uhr morgens, und er konnte nicht eher schlafen, bis das Licht auf der anderen Flussseite ausging. Wenn ihn der Schlaf im Stich ließ, setzte er sich im Bett auf, sah durchs Fenster hinüber und wartete, und sobald das Licht ausging, legte er sich erwartungsvoll auf das Kissen zurück. Nach etwa zwanzig Minuten tauchte die Gestalt auf, er folgte ihrer Spur und entwich in den Schlaf. Der Schlaf, den er auf diese Art und Weise fand, war besonders erholsam, und manchmal kam er sogar mit einem Gefühl in die Wirklichkeit zurück, das er lange entbehrt hatte: Glück.

Als die Tage dahingingen, wurde er von der Suche nach der verhüllten Frau geradezu besessen. Nie verspürte er den Wunsch, sie einzuholen, aber wenn eine Nacht verging und er ihre schemenhafte Gestalt nicht gesehen hatte, war er am nächsten Tag nervös, geradezu unglücklich, und fand erst Frieden, wenn die Fantasie wieder in seinen Schlaf gehuscht war. Aber es war mehr als Fantasie; er konnte sich das Themse-Ufer in der Dämmerung mit seinen Platanen und dem wirbelnden Fluss bildlich vorstellen, aber das Bild der schemenhaft verhüllten Gestalt bedeutete ihm nichts; nur wenn sie spontan in seiner Fantasie auftauchte, brachte sie ihm Frieden. Er spürte diese Freude nur so lange, wie er sich auf der

Schwelle des Schlafs halten konnte, ohne wach zu sein und ohne in die Bewusstlosigkeit zu entgleiten. Und im Laufe der Zeit wandelte sich die Freude, sie auf Sichtweite zu halten, in Ekstase. Nach solchen Nächten empfanden ihn die Menschen im Krankenhaus als zerstreut, aber umgänglicher.

Die Ferien neigten sich dem Ende zu, das Semester begann, und er stürzte sich mit wildem Eifer in die Arbeit, mit der Absicht, sich bis zu dem Punkt zu erschöpfen, an dem die Vision in seinen Träumen erschien. Als er bereits für drei arbeitete, erkrankte ein Kollege, und er übernahm auch noch dessen Privatpraxis.

Die Tage wurden länger, aber die Extraarbeit hielt ihn so lange im Krankenhaus, dass er nie bei Tageslicht nach Hause kam. Er nahm sich vor, jeden Abend zu Fuß nach Hause zu gehen und so die Spaziergänge in den Hügeln zu ersetzen, die er vermisste. Aber er war nach den endlosen Stunden in den Krankenzimmern oder den Vorlesungsräumen viel zu erschöpft, und so hielt der Frühling Einzug, ohne dass er ihn überhaupt wahrnahm.

Als er eines Tages jedoch das Krankenhausviertel verließ, erblickte er den Abendstern, die Venus, die kurz vor Sonnenuntergang bereits am westlichen Himmel stand, und beschloss, obwohl müde, wieder am Themse-Ufer entlang nach Hause zu gehen. Irgendjemand hielt ihn auf; er musste Papiere im Büro des Sozialarbeiters unterzeichnen, und als er die Stufen der Brücke hinaufkletterte, die ihn zum Themse-Ufer führten, war die Venus bereits im Abendnebel verschwunden und die Dämmerung hereingebrochen.

Er hatte sich diesen Weg sooft ausgemalt, dass er kaum wusste, ob dieser Abend Fantasie oder Realität war. In die zunehmende Dunkelheit starrend, suchte er nach der schemenhaften verhüllten Gestalt, aber sie erschien nicht. Enttäuscht und mit schmerzenden Füßen erreichte er schließlich seine

Wohnung und ließ sich mehr tot als lebendig in den alten Sessel fallen. Aber dann, beim Abstreifen der Schuhe von einem Impuls bewegt, den er nicht einordnen konnte, quälte er sich aus den schmuddeligen Kissen, durchquerte den Raum, zog die Vorhänge zurück und schaute hinaus, um zu sehen, ob die Fassade der Kirche auf der anderen Seite des Flusses erleuchtet war. Sie war es. Die Gestalt kam nie, wenn sie Gottesdienst hielten. Das beruhigte ihn. Warum, wusste er nicht. Ohne Abendbrot ging er zu Bett und schlief ein. Gedanken über verhüllte Damen machte er sich nicht. Gegen Mitternacht jedoch wurde er wach, stand auf und schaute wieder hinaus. In diesem Moment ging das Licht aus; kurz nahm er die verhüllte Gestalt wahr und betrat noch einmal in ihrer Begleitung das Land der Träume.

Hocherfreut wiederholte er den Spaziergang am Themse-Ufer am nächsten Tag zu früherer Stunde, die Pracht des Sonnenuntergangs über Westminster vor Augen, und von dem Tag an wurde der Weg am Ufer nach Hause zur Gewohnheit, was seiner Gesundheit sehr guttat. Auch im Geist war er heiterer, stellte aber gleichzeitig fest, wie abhängig er von diesen nächtlichen Visionen geworden war.

Als eine Woche lang seine Traumfrau nicht auftauchte, wurde er fast verrückt. Nichts hätte ihn dazu gebracht, einen Kollegen zu konsultieren und sich selbst Beruhigungsmittel zu verschreiben, und so ging es ihm immer schlechter. Als er mit seiner Kraft fast am Ende war, kam der Traum wieder, der ursprüngliche Traum der verhüllten Gestalt in der grauen Landschaft – der allererste Traum, der sich bis dahin, trotz all seiner Anstrengungen, nie wieder eingestellt hatte. In seiner Ungeduld war er so verzweifelt, dass er die verhüllte Gestalt zum ersten Mal geradezu verfolgte, mit der Absicht, sie einzuholen. Wie in einem Albtraum arbeitete er sich über die graue Landschaft vorwärts, aber seine Füße schienen bei jedem Schritt kleben zu bleiben, und sein Herz schlug, als ob es bersten wollte. Als er die Gestalt beinahe erreicht hatte und die Hände ausstreckte, um den flatternden Umhang zu packen, wachte er in Schweiß gebadet auf, den Schrei einer Frau in den Ohren. Er sprang aus dem Bett, riss das Fenster auf und streckte den Kopf hinaus. In dem Moment ging auf der anderen Seite des Wassers das Licht an.

In der mondbeschienenen Straße war alles ruhig, auch in dem muffigen Haus, als er sich über den Treppenschacht beugte und lauschte. Die kleine Miss Humphrey, seine Wirtin, wie immer um ihn besorgt, würde zu ihm hocheilen, wenn etwas nicht stimmte. Da sich nichts regte, ging er wieder zu Bett mit dem Gedanken, die schreiende Frau müsste entweder tot, gerettet oder ein Phantom seiner Fantasie gewesen sein.

Am nächsten Tag wurde er lange im Krankenhaus aufgehalten. Wenn auch durch die unterbrochene Nachtruhe müde, war sein Geist doch ruhig. Obwohl es spät war, entschloss er sich, wieder zu Fuß nach Hause zu gehen. Es war inzwischen zum Ritual für ihn geworden, und nichts hätte ihn davon abhalten können.

Es herrschte die gleiche Stimmung wie bei dem ersten Spaziergang am Themse-Ufer, aber an diesem Abend schien seine Wallfahrt eine besondere Realität zu haben. Während des Spaziergangs machte er sich Gedanken darüber, welche Art Ehemann er wohl abgegeben hätte, wenn seine Ehe normal verlaufen wäre: anspruchsvoll, ungestüm, eifersüchtig; aber er hätte das leichtherzige, kleine Geschöpf, das er geheiratet hatte, mit Liebe überhäuft. Zum ersten Mal wurde ihm klar, dass seiner Ehe auch dann kein Erfolg beschieden gewesen wäre, wenn ihnen die Katastrophe mit dem Kind erspart geblieben wäre, und das erleichterte und befreite ihn. Als die Bürde von seinen Schultern fiel, sah er etwa zwölf Fuß vor sich die verhüllte Gestalt einer Frau –, nicht in der Fantasie, sondern in Wirklichkeit.

Er schwankte wie betrunken, doch dann fasste er sich wieder. Die Realität besaß nicht dieselbe Faszination wie die Fantasie, außerdem war es mehr als unwahrscheinlich, dass dies die Trägerin des Mantels war, die ihn in seine Träume geschickt hatte.

Seinen Weg fortsetzend, beobachtete er amüsiert die verhüllte Gestalt. Es gab keinen Grund, Aufheben um eine Frau in einem Regenmantel zu machen. Dann fiel ihm plötzlich wieder das Tempo auf, mit dem sie ging. Es musste die Gestalt in dem Umhang aus dem Traum sein, denn nur wenige Frauen schritten so forsch aus. Durch einen Sprint verkürzte er den Abstand. Jetzt konnte er beobachten, wie sie sich bewegte. Von Haltung und Gang verstand er etwas, schließlich war es sein Beruf, aus diesen Komponenten seine Diagnosen zu stellen. Sie glitt in einer schwingenden Bewegung, die sich wie eine Welle vom Fußballen bis zur Hüfte ausbreitete, über den Boden, wobei die Falten des Capes um die breiten Schultern wie ein Pendel schwangen. Nie zuvor hatte er einen Menschen gesehen, der sich so harmonisch bewegte. Seine romantischen Anwandlungen einen Augenblick vergessend, beobachtete er ihren Gang mit beruflichem Interesse und verfolgte die perfekte Koordination eines jeden Muskels in dem sich rhythmisch bewegenden Körper. Ihre Figur konnte er nicht erkennen, denn die Falten des Umhangs verdeckten alles, ihren Gang jedoch würde er nie vergessen.

Dann schoss ihm ein Gedanke durch den Kopf, der so verrückt war, dass er ihn sofort wieder verwarf. Das, was er vorhatte, war für einen Mann seines Standes undenkbar. Außerdem verbarg sich hinter seinem robusten Äußeren und seinem brüsken Benehmen ein schüchterner Pennäler. So schritt er tüchtig aus, bis ihn die Ampel erneut austrickste und er die Gestalt aus den Augen verlor.

Er raste die Stufen zu seinem Zimmer hinauf, riss den Vorhang zur Seite und starrte über den Flug. Genau in dem Moment wurde die dunkle Fassade der Kirche auf der anderen Seite des Wassers in Licht getaucht. ‚Eines Abends', sagte er sich, ‚werde ich über die Brücke zu der Kirche gehen. Ich will endlich wissen, welche Sekte ihrem Kult so launenhaft frönt.' Aber er war so beschäftigt, dass er vorübergehend seine Spaziergänge am Themse-Ufer aufgab. Seine Vision brachte ihn dennoch Nacht für Nacht mit treuer Regelmäßigkeit in den Schlaf. Er brauchte sie sich gar nicht mehr vorzustellen, denn sobald er seinen Kopf auf das Kissen legte, kam sie von selbst.

Er hatte an einer Versammlung des Verwaltungsrats des Krankenhauses teilgenommen, dem er als Mitglied angehörte. In einflussreichen Kreisen hatte man sich über seine Manieren und Methoden beschwert. Die Sache war aufgegriffen worden, so taktvoll wie möglich, aber immerhin, genau zu dem Zeitpunkt, als der Arzt seiner Frau ihn gebeten hatte, seine unerwünschten Besuche einzustellen, und so hatte er bestürzt, verwirrt und gedemütigt feststellen müssen, dass er andere aufgeregt und sich unbeliebt gemacht hatte. Das Gremium, dem davor gegraust hatte, eines seiner Mitglieder einen Maulkorb zu verpassen, war verwundert, als er seine Kollegen bat, ihm zu sagen, was er falsch gemacht habe. Er nahm ihnen den Wind aus den Segeln, und die Sache endete damit, dass man ihm versicherte, er hätte nichts falsch gemacht. Man beruhigte und besänftigte ihn, lehnte sich, nachdem er wie üblich überstürzt verschwunden war, im Stuhl zurück und schaute sich verwundert an.

Als er das Krankenhausviertel verließ, war es neblig, aber das änderte nichts an seinem Entschluss, zu Fuß nach Hause zu gehen. Nichts konnte ihn so beruhigen und trösten wie die eingebildete Gegenwart seiner Fee. Wenn ein Mann ein Vierteljahrhundert sein Bestes gegeben hat und man ihm plötzlich sagt, es wäre nicht gut genug, dann stürzt die Welt für ihn ein.

‚Was tue ich nur', fragte er sich, ‚was die Menschen so aufregt oder aufbringt? Den gesellschaftlichen Aspekten des Krankenhauslebens entsprach er nicht, aber er hatte seine Pflicht nach bestem Wissen und Gewissen erfüllt. Er versuchte, sich mit der Erinnerung an seine außergewöhnlichen Erfolge zu trösten. Viele Patienten waren von seinen Kollegen aufgegeben worden. Er hatte sie gerettet! Zählte das etwa nicht?

Verletzt, durcheinander, sein Selbstvertrauen bis auf den Grund erschüttert, schritt er langsamer, als er wollte, und während er weiterging, sah er die verhüllte Frau wie im Traum an sich vorbeieilen.

Einen Augenblick stand sein Herz still. Dann begann es zu trommeln. Anstatt der üblichen zwölf Fuß war sie nur knapp drei Fuß vor ihm, und selbst in dem Nebel, der immer stärker wurde, konnte sie ihm nicht entkommen. Er holte so nah auf, wie er es wagte. Bei der ersten Ampel war er neben ihr. Ein schwerer hochgeschlossener Pelzkragen und ein breitkrempiger Schlapphut verbargen ihr Gesicht, Dennoch ließ ihn der Gedanke, ihr so nahe zu sein, erschauern. Er überquerte die Straße beinahe auf gleicher Höhe mit ihr, fand es jedoch ratsam, ein wenig zurückzufallen, damit sie ihn nicht bemerkte, und ärgerte sich im selben Moment darüber.

So gingen sie hintereinander, am Savoy vorbei, am Tempel, an Westminster. Sie hielt auf die alte Kettenbrücke zu, und Malcolm zögerte. Selbst in dem Nebel gab es genügend Spaziergänger an dem Themse-Ufer, um seine Gegenwart unverdächtig scheinen zu lassen, aber es war unwahrscheinlich, dass er ihr über die Lambeth-Bridge folgen konnte, ohne von ihr bemerkt zu werden. Nichts in seinem Verhalten gab Anlass für eine Beschwerde, selbst wenn sie ihn bemerken würde. Seine Schuhe hatten Gummiabsätze. Trotz seines stämmigen Körpers konnte er leise auftreten, und so beschloss er, sein Glück zu wagen.

Während sie der Mitte der Brücke zustrebten, wurde der Nebel dichter und dichter. Plötzlich durchzuckte es ihn – er benahm sich wie ein Lustmolch. Wenn die Frau ihn entdeckte, würde sie sich zu Tode erschrecken, und jetzt tat er genau das, was man ihm im Krankenhaus vorgeworfen hatte, dabei war sie doch die Letzte, die er erschrecken wollte.

Aber sie ging, ohne sich umzudrehen, weiter, und schon hatten sie die Mitte der Brücke erreicht. Einige Minuten später hörte er, wie sich, als sie das Kopfsteinpflaster der Brücke verließ und die südliche Seite des Themse-Ufers erreichte, der Klang ihrer Schritte änderte. In dem Moment, als er feststellte, wie nahe er ihr im Nebel gekommen war, spürte er die Straße unter seinen Füßen.

Hier war der Nebel noch dichter, und er musste ihr ganz nahe bleiben. Es waren genügend Leute unterwegs, und so blieb seine Gegenwart offensichtlich unbemerkt. Jedenfalls schaute sie sich nicht um.

Sie überquerte die Straße. Zur Sicherheit blieb Malcolm ein wenig zurück, und dann, einen angstvollen Augenblick, als er glaubte, sie verloren zu haben, schloss er wieder ganz nah auf, näher, als er es je gewagt hätte. Dann, plötzlich, stoppte sie – so unerwartet, dass er beinahe über sie gefallen wäre, was ihn völlig durcheinanderbrachte. Sie schickte sich an, eine Kirche zu betreten und machte sich in der Dunkelheit am Riegel zu schaffen. Die Tür gab nach.

Kaum wissend, was er tat, nutzte er die Chance. Wenn sie einen Gottesdienst besuchte, warum nicht auch er? Als sie sich umdrehte, um die Tür zu schließen, trat er unvermittelt ein, zog die Tür hinter sich zu und fand sich in pechschwarzer Dunkelheit und absoluter Stille wieder. Die Kirche, wenn es eine war, war leer!

Wie vom Donner gerührt, blieb Malcolm stehen, sich seiner misslichen Lage bewusst. Da wurde ihm klar, wie er auf die Frau, der er gefolgt war, wirken musste. Vergeblich suchte er nach beruhigenden Worten. Sie musste bis auf den Tod erschrocken sein. Wenn sie ihn der Polizei übergäbe, würde das für ihn mehr als unangenehm. Nicht nur sein guter Ruf wäre ruiniert, sogar seine Existenz. Bei diesem Gedanken wurde ihm eiskalt. Zurückweichend griff er nach der Tür, durch die er hereingekommen war, aber seine Hand glitt nur über eine Wand. Sich umdrehend, wartete er darauf, was geschehen würde, unwillkürlich eine Faust ballend. Dann glitt plötzlich der Schein einer Taschenlampe über sein Gesicht und befreite ihn von allem Zweifel.

„Was wollen Sie?"

Malcolm stieß einen Seufzer der Erleichterung aus, denn die Stimme klang ruhig und ausgeglichen.

„Ich – eh – ich dachte, das wäre eine Kirche, und ich wollte in den Gottesdienst", stammelte er.

„Es ist keine Kirche mehr, es ist ein Privathaus", antwortete die ruhige Stimme. „Die Tür liegt hinter Ihnen, wenn Sie bitte gehen wollen."

Er drehte sich um, der Schein der Taschenlampe zeigte auf den Knauf eines Yale Riegels. Dankbar ergriff er ihn, und die Tür schwang auf. Dann, schon auf der Schwelle, drehte er sich erneut um und hielt inne, unfähig, sich der Wirkung zu entziehen, die die Frau auf ihn ausübte. Das Licht fiel jetzt so voll auf sein Gesicht, dass es ihn blendete. *Sie* würde ihn wiedererkennen, aber *er* hatte nicht einmal einen Blick auf sie werfen können. Er zögerte einen Moment, aber sie richtete den Strahl der Lampe unverändert in seine Augen, und in der Erkenntnis, dass er die schlechteren Karten hatte und das Spiel vorerst für ihn ausgereizt war, tippte er hastig an seinen Hut und stolperte hinaus in den Nebel, der plötzlich zu einer undurchdringlichen Masse geworden war.

Einige Häuser weiter hörte er, wie ein Taxi seine Fahrgäste auslud, und es gelang ihm, das Taxi zu ergattern. Während das Taxi durch den Nebel schlich, hatte Dr. Malcolm ausreichend Gelegenheit, sich Gedanken darüber zu machen, was geschehen würde, wenn er so weitermachte. Er war in seiner Selbstachtung tief gesunken: Erst der Anraunzer im Krankenhaus, und gerade eben hatte er sich wie ein Narr benommen. In dieser Verfassung kam er zu Hause an, wo er wenig vorfand, was ihn tröstete und Leib und Seele zusammenhielt.

Dieser freudlose Geselle, ohne Hobbys, außer seiner Arbeit sogar ohne jegliche Interessen, aber sensibel bis in die Haarspitzen, hatte sich mit einem Panzer umgeben. Jetzt war der Panzer aufgebrochen. Der Hieb hatte ihn tief getroffen, und es gab nichts, das Unglück zu lindern, nichts, was ihn ablenken würde, keinen Freund, mit dem er sprechen konnte. Ein Mann wie er, todernst und mit eisernem Pflichtbewusstsein, war unfähig, über seine Schwächen zu sprechen. Der einzige Trost für ihn blieb seine Traumfrau,– die ihn mit einer Taschenlampe geblendet und ihm die Horrorvorstellung eingeflößt hatte, ihn der Polizei auszuliefern. Zu gut kannte er die ältlichen sexbesessenen Kerle, die brave Frauen belästigten, und sie kannte sie wahrscheinlich auch. Dass sie in dieser unangenehmen Situation kühlen Kopf bewahrt hatte, sprach für sie. Wie sollte er ihr klarmachen, dass er nicht zu dieser Sorte Mann gehörte? Nichts konnte er ihr erklären – das Einzige, was er tun konnte, war, sie in Ruhe zu lassen. Er musste seinen Traum opfern wie alle Träume, und sich an das klammern, was er kannte – seinen Beruf, denn wenn er diesen schmalen Pfad verließe, wäre es um ihn geschehen.

Er ging zum Fenster hinüber und zog den Vorhang zurück. Irgendwie brachte er die verhüllte Frau mit der erleuchteten Kirche in Verbindung – warum, wusste er nicht. Würde er sie dort finden, wenn das Licht in der Kirche auf der anderen Seite erlosch? Er starrte in die Tiefe der nebeligen Nacht, aber sogar der Trost des vertrauten Lichts blieb ihm versagt. Der Nebel verschluckte alles, und nur der schwache Schimmer der Lampen in der Nähe war zu erkennen.

Plötzlich überfiel ihn ein erregender Gedanke. Die Frau, der er gefolgt war, hatte den Fluss überquert und eine Kirche auf der südlichen Seite betreten. Sie hatte gesagt, sie würde nicht mehr als Kirche benutzt, sondern als Privathaus. War die erleuchtete Fassade, die er sooft gesehen hatte, etwa ihre Wohnung? Nach der Biegung des Flusses und dem Weg zu urteilen, den sie nach der Brücke genommen hatten, war es nicht auszuschließen. Das wäre auch eine Erklärung für die unmöglichen Zeiten, in denen das Fenster erleuchtet war oder dunkel.

Die Ellbogen auf die Fensterbrüstung gestützt, versuchte Dr. Malcolm mental, den dichten Nebel zu durchdringen. Konzentration war für ihn Routine. Wenn er arbeitete, hätte es ihm wie Isaac Newton passieren können, dessen Papiere Feuer gefangen hatten, ohne dass er es bemerkte. Auch er war ein Mann mit einer lebhaften bildlichen Vorstellungskraft und ohne fremde Hilfe in der Lage, die Verästelungen des Nervensystems und seines anatomischen Hintergrunds zu zeichnen. Trotz des Nebels konnte er die erleuchtete Fassade der Kirche über dem Wasser so klar erkennen, als wenn er davor gestanden hätte.

Er konnte die spitze Tür mit dem Eisenknauf im neugotischen Stil sehen; fühlte das kalte, nebelfeuchte Eisen des schweren Riegels in der Hand – die warme Luft auf der Haut wie in dem Moment, als er, auf den Fersen der verhüllten Frau, die Kirche betreten hatte. Die Realität wich weiter zurück, und plötzlich fand er sich in einem hohen gediegenen Raum mit einem großen offenen Kamin wieder, in dem mehrere Scheite brannten. Eine Sekunde lang sah er das Bild so deutlich wie mit seinen physischen Augen, dann verschwand es. Er ging vom Fenster zurück, zog den Vorhang zu und sperrte die Düsternis aus. Er wusste, das, was er gesehen hatte, war ein Bild seiner Fantasie, in der sein Verstand keinen Platz hatte; aber das Erlebnis hatte den Nachgeschmack eines unerquicklichen Abenteuers weggewischt und ließ ihn zwar nicht in Frieden, aber doch in gehobener Stimmung zurück.

Er wusste aber auch, dass er nach allen Regeln der Psychiatrie mit seinem Geist ein gefährliches Spiel trieb, aber dennoch war er nach jedem Überschreiten der Grenze zwischen Verstand und Fantasie ruhiger und glücklicher als an den meisten Tagen.

In den abgetragenen Ledersessel neben dem Feuer sinkend, versuchte er, die Situation so objektiv wie möglich zu analysieren. Ganz eindeutig hatte er ein Fantasienetz um die Gestalt einer Frau gesponnen, die er zwei- oder dreimal in der Dämmerung gesehen hatte. Das war nichts Außergewöhnliches, viele Menschen mit ausgeprägter Fantasie taten so etwas. Schon als junger Mann vor seiner Heirat hatte er diesem Laster gefrönt. Nach der Verlobung mit Eva hatte er das rigoros unterlassen, allenfalls seine Fantasien auf ihr Gesicht und ihre Figur beschränkt, und das auch nur nach den Regeln der Schicklichkeit. In Bezug auf Frauen hatte er sich nicht einmal in der Fantasie gehen lassen. Ausgleich fand er in wissenschaftlichen Auseinandersetzungen, wobei er keinem Disput aus dem Weg ging, wenn jemand Neigung zeigte, sich mit ihm auseinanderzusetzen.

Er sah jedoch, dass er nahe daran war, mit den Regeln, die er sich selbst gesetzt hatte, zu brechen. Obwohl idealisiert, waren seine Empfindungen überraschend stark und von einer Art, wie sie von einem verheirateten Mann nicht gehegt werden sollten. Wenn sie ihn dazu brachten, einer Frau aus Fleisch und Blut meilenweit durch die Straßen Londons zu folgen, sich sogar Zugang zu ihrem Haus zu erzwingen und sich zum Narren zu machen, so waren es erst recht keine Empfindungen, denen ein Mann wie er, in Amt und Würden und auf seine Karriere bedacht, nachgeben durfte. Er musste den Traum wie ein Geschwür herausschneiden. Basta! Einen Vorgeschmack möglicher Komplikationen hatte er bereits bekommen, zum Glück hatten sie nicht allzu viel Ärger mit sich gebracht und waren sanft entschlafen.

Nun, es hatte eine Schwester im Krankenhaus gegeben, dann eine Medizinstudentin in einer der Kliniken, und schließlich eines der Mädels von Miss Humphrey. Die beiden ersten ahnten nicht, welche Gefühle sie in ihm geweckt hatten; die dritte jedoch, das kleine Biest, hatte es darauf angelegt, ihn kirre zu machen, was ihr mit größter Leichtigkeit gelungen war. Auf ewig würde er sich dafür schämen, aber mehr noch wundern. Als er erkannte, was los war, war er schnurstracks in die Höhle der Löwin im Souterrain marschiert und hatte Miss Humphrey erklärt: „Einer von uns beiden geht – das Mädchen oder ich – und zwar auf der Stelle!“, und der verdutzten und entrüsteten Wirtin die restlichen Monatslöhne für das Mädchen ausgehändigt.

Sich von seiner neuen Sucht zu befreien, war schwieriger. Monatelang hatte er ihre Gesellschaft genossen, ja, er hatte sie geradezu kultiviert. Wenn auch nur ein Fantasiegebilde, so hatte sie doch ein feines Gespinst um die Wurzeln seines Seins gewoben. Aber wie Napoleon hatte er sich antrainiert, die Schubladen seines Geistes zu schließen. Er knallte sie zu, läutete nach dem Abendbrot und machte sich an die Vorbereitung eines Vortrags. Als das Abendbrot kam, aß er mit der einen Hand, mit der anderen machte er sich Notizen – die wilden Tiere aus Ephesus mussten heute in ihren Käfigen bleiben.

Er arbeitete bis spät. Als er vor dem Zubettgehen das Fenster öffnete, sah er durch den sich auflösenden Nebel, dass die Kirche auf der anderen Seite des Flusses immer noch erleuchtet war. Er drehte sich um und versuchte, die Geschichte aus seinem Kopf zu verbannen, indem er sich an einige Punkte seines Vortrags klammerte – aber als er die Nachttischlampe ausknipste, wusste er, dass seine Chance einzuschlafen genauso gering war wie die, zum Mond zu fliegen. Er hatte einen harten Tag vor sich und am Abend eine Ansprache als Präsident; die Aussichten für den nächsten Tag waren also nicht rosig.

Flach auf dem Rücken liegend, die Arme über das Gesicht gelegt, versuchte er, seine Gedanken unter Kontrolle zu bringen. Aber es war zwecklos – die wilden Tiere von Ephesus waren außer Rand und Band und rüttelten an den Gitterstäben.

Er stand wieder auf und ging in seinem dünnen Pyjama zu dem weit geöffneten Fenster, wo sich die letzten Nebelfetzen feucht Zugang zu seinem Zimmer verschafften. Unwillkürlich schaute er über den Fluss. Das Licht in der Kirche auf der südlichen Seite war erloschen – er konnte seine Lady haben, wann immer er wollte, er brauchte nur der Versuchung nachzugeben. Erneut ging er zum Bett zurück, setzte sich auf die Kante – die Ellbogen auf den Knien, den Kopf in den Händen – und stöhnte. War sie nicht besser als die wilden Tiere von Ephesus? Aber das war alles Unsinn, reine Spitzfindigkeit. Es war nur eine Frage der Zeit, bis sie in Ephesus endete.

Er musste das Geschwür herausschneiden – **herausschneiden**!

Plötzlich erblickte er durch die Finger, die sich gegen die Augäpfel pressten, die verhüllte Frau – von Angesicht zu Angesicht. Direkt vor ihm stand sie im Zimmer und sprach ihn an:

„Mach dir keine Sorgen. Es ist alles in Ordnung."

Er hob den Kopf, schwindelig, schwitzend, erschüttert, aber sie war fort. Sie war gegangen, wie sie gekommen war.

Wie Espenlaub zitternd, spürte er, dass der Schweiß seine Brust hinunterlief und die dünne Pyjamajacke am Rücken klebte. Immerhin hatte er noch genügend Verstand, keine Lungenentzündung zu riskieren, wälzte sich ins Bett und schnaufte. Als es ihm endlich zwischen den Decken warm wurde, überfiel ihn ein ungewöhnliches Gefühl von Frieden. Muskel für Muskel entspannte sich der Körper des überreizten Mannes. Er drehte sich auf die Seite, und fast schon eingeschlafen, hatte er das Gefühl, den Kopf nicht in einem Kissen zu bergen, sondern an der Schulter einer Frau.

3

Am Morgen danach hatte sich der Nebel verflüchtigt, und Frühling lag in der Luft. Die Patienten und Kollegen im Krankenhaus fanden ihr Untier von Arzt außergewöhnlich jugendlich und sanft, was niemand mehr verwunderte als ihn selbst, denn wer wusste besser, welches Chaos Stürme wie die der vergangenen Nacht normalerweise hinterließen. Er bemühte sich, den Studenten zu helfen und ihnen Erklärungen zu geben, anstatt sie wie sonst für fehlende Kenntnisse anzuschnauzen. Es gelang ihm sogar, den Patienten gegenüber grimmige Herzlichkeit an den Tag zu legen.

„Der alte Herr ist verliebt“, lautete der scharfsinnige Kommentar der Studenten, aber sie hatten keine Ahnung, wie weit Dr. Rupert Malcolm davon entfernt war, verliebt zu sein, und dass die Dame ihn wie einen streunenden Hund aus dem Haus gejagt hatte und er sie für immer aus seinen Gedanken und seinem Leben verbannt zu haben glaubte.

Dennoch war sie dort – ständige Begleiterin seiner Schritte. Da er ihr Gesicht nicht gesehen hatte, konnte er seiner Fantasie freien Lauf lassen. Er, ein hellhäutiger Mann, stellte sie sich mit olivfarbener Haut vor – wenn auch nicht als geschmeidiges junges Mädchen. Sogar durch den schleierartigen Umhang hatte er erkennen können, dass sie nicht jung war. Er, ein vom Leben gebeutelter Mann in den besten Jahren, hatte mit jungen Mädchen nichts im Sinn – wohl aber mit einer Frau in der Blüte ihrer Schönheit. Er versuchte, sich an Bilder zu erinnern, die ihr ähnelten, indem er seinen misslungenen Besuch in der Nationalgalerie wieder aufleben ließ. Dann beschloss er, noch einmal dort hinzugehen und nach einem Bild zu suchen, das sie für ihn verkörpern würde, denn er war sicher, sie nur unter den Werken alter Meister zu finden. Für eine Dame der Gesellschaft war sie zu dynamisch und zu natürlich; und zu fein und zu kultiviert für eins der Mannequins oder Models.

Während die Gedanken durch seinen Kopf rasten, sah er ihr Gesicht plötzlich klar vor sich – oval, blass, von schwarzen Haaren eingerahmt. Ihre Augen waren dunkel und mandelförmig, ihre Nase leicht gebogen, ihr Mund nach der neusten Mode scharlachrot geschminkt. Ihre Augen sahen ihn an, in einem samtartigen Braunton, sanft und unergründlich. Er konnte weder sagen, was sie dachte noch sich die Persönlichkeit hinter diesen Augen vorstellen. Sie blieb reserviert, ihr Inneres verbergend; dennoch strahlte sie eine Güte aus, die für den einsamen Mann unendlichen Trost barg.

Für seine Kollegen unvorstellbar, hegte er tief im Herzen eine seltsame Vorliebe für Märtyrertum. Erst wenn er bis zum Rand der Erschöpfung gearbeitet, sich den geringsten Luxus versagt und persönliche Opfer gebracht hatte, war sein Gewissen beruhigt. Als junger Mann war seine Wahl auf ein hübsches hilfloses Klammeräffchen gefallen, das er lieb haben und beschützen konnte. Jetzt war er älter, ein wenig müde, und sein Traum hatte sich verändert; immer noch wollte er sich aufopfern, aber nicht mehr auf die Suche nach Drachen gehen; und er wollte keine Klammeräffchen mehr, keine notleidenden Mädchen, um sein Ideal der Männlichkeit leben zu können. Jetzt wollte er sich anders opfern; sich in die Hände einer besitzergreifenden Frau begeben, die Forderungen stellte. Den Märtyrer zu verkörpern, war er leid. Früher hatte ihm dieses Leben Befriedigung geschafft. Jetzt, da die Illusionen in Bezug auf seine Frau verschwunden waren, hatte es für ihn seinen Reiz verloren, und er schreckte vor dem Schmerz zurück, weitere ungewollte Opfer zu bringen. Bevor er sich noch einmal auf den Altar legen würde, wollte er genau wissen, was von ihm als Opfer verlangt wurde.

Das war der Grund, warum ihn das Gefühl der versteckten und distanzierten Stärke seiner Traumfrau so faszinierte. Wenn solch eine Frau ihn wollte – er würde sein Leben für sie geben. Die meisten Männer würden sie wegen ihrer unbesiegbaren Stärke hassen, ihn aber entzückte genau das.

So gesehen, gab es keinen Grund, sich seine Tagträume zu versagen; es war kein geistiger Ehebruch. Die Spaziergängerin im Cape vom Themse-Ufer musste er aus seinem Gedächtnis tilgen, das war klar. Der Traum war eine andere Ebene, die niemandem wehtat, ihm aber half. Seine Gefühle für sie hatten weder etwas mit Sexualität noch mit Sinnlichkeit zu tun; sie war eine Traumfrau, ein Ideal, das ihn unerklärlicherweise beruhigte, besänftigte und sein emotionales Bedürfnis nach einer Frau nährte. Wenn es ihm gelang, den physischen Aspekt herauszuhalten und weder sie noch sich selbst zu demütigen, dann lag in dieser eingebildeten Beziehung nichts Verwerfliches.

Nachdem er somit das erste Zugeständnis in seinem harten Leben gemacht hatte, schwelgte er geradezu darin. Heute, nach diesem langen Arbeitstag, war er nicht in der Stimmung, sich mit der U-Bahn auseinanderzusetzen und ließ sich ein Taxi rufen.

Die Staus in den engen Straßen der City kümmerten ihn nicht, denn *sie* saß neben ihm in dem dunklen Taxi. Er spürte die Wärme ihrer Ausstrahlung, die ihn wie eine Wolke umhüllte. Er glaubte sogar, einen aromatischen Duft wahrzunehmen und wandte den Kopf.

„Ich bin sehr froh, dass Sie hier sind“, sagte er. „Ich weiß dieses Privileg sehr zu schätzen.“

Der Ton seiner Stimme brach den Zauber, der Sitz neben ihm war leer, sogar für die Augen der Fantasie. Das Glücksgefühl blieb trotz der Ernüchterung. Er wartete zufrieden in der Dunkelheit, eingehüllt in das Brummen des Taxis, während die Auspuffgase ins Fenster hereinströmten. Plötzlich spürte er, wie neben ihm erneut seine Traumfrau Gestalt annahm.

Er hatte seine Lektion gelernt, dieses Mal brach er den Zauber nicht, machte keinen Versuch, den Kopf zu wenden und sie anzuschauen. Sie war da, in einer anderen Dimension, für die Augen der Fantasie, und es machte ihn glücklich – und das war das Einzige, was zählte. Für ihn war sie Wirklichkeit.

Während er den langweiligen Worten des Vorsitzenden vor seiner eigenen Rede lauschte, rief er sie, und sie kam, wenn auch nicht mit der Lebhaftigkeit, die ihr eigen war, wenn sie spontan erschien. Im Taxi, auf dem Weg durch die leeren Straßen, kam sie wieder. Sie saß schon neben ihm, bevor er ihre Gegenwart bemerkte, schrecklich real. Er hörte das Geräusch ihres Atems in der Dunkelheit, nahm den aromatischen Duft ihres Parfüms wahr. Der Duft stieg ihm zu Kopf wie Alkohol und brachte seinen Puls zum Rasen. Einen Moment zögerte er – schließlich fuhren jede Menge Leute in Taxis, und er wollte nichts Verwegenes tun – dann beugte er sich zur Seite und legte den Kopf dorthin, wo die Schulter seiner Traumfrau hätte sein sollen. Da brach der Zauber. Innerlich fluchend fühlte er sich, als wäre er zurechtgewiesen worden. Den Rest der Fahrt starrte er wütend aus dem Fenster.

Nachdem er den Taxifahrer bezahlt hatte, warf er, plötzlich von Gewissensbissen gepackt, grob gewesen zu sein und ihre Gefühle verletzt zu haben, einen Blick zurück auf seine verlassene Begleiterin im Taxi. In dem Moment tauchte vor ihm in der Dunkelheit, vom Mond beschienen, ein Gesicht auf, und er erkannte einen ovalen Umriss, dunkle, ruhige Augen und einen geschlossenen, karminrot geschminkten Mund. Das Bild war so klar, dass er glaubte, es mit seinen Augen zu sehen, und nur der Verstand, der ihm suggerierte, dass solch ein Bild in der Dunkelheit unmöglich war, hinderte ihn daran, sich nach der realen Frau umzuschauen.

Oben im Wohnzimmer stand er, die Ellbogen auf dem Kaminsims, neben dem verlöschenden Feuer und rief sie erneut – und sie kam. Er sah nichts, aber er wusste genau, an welcher Stelle im Zimmer sie sich befand.

Nachdem er das Licht gelöscht hatte, ging er zu Bett und legte das Kissen in dieselbe Form wie in der vergangenen Nacht, lag dort gespannt und wartete. Würde sie kommen? Nichts geschah, und allmählich glitt er auf normalem Weg in den Schlaf. Kurz bevor er versank, spürte er die Sanftheit der Brust einer Frau unter seinem Kinn und das Auf und Ab ihres Atems. Sein erster Impuls war, die Hand auszustrecken und sie zu berühren, aber er fürchtete, den Zauber erneut zu brechen. Nur solange er nicht versuchte, sie zu besitzen, würde er die Vision genießen können.

Bewegungslos, angespannt, kaum zu atmen wagend, lag er dort, so süß und wirklich war die Illusion. Er fragte sich, ob er sich in der Fantasie umdrehen und sie küssen könnte, aber das Erlebnis war zu kostbar. Dann holte ihn der Schlaf ein; er schlief, ohne sich zu bewegen, bis zum Morgen und erwachte fröhlich, lebendig und glücklich wie ein kleiner Junge.

Als er an seine Verantwortung für die Villa an der See dachte, durchzuckten ihn Gewissensbisse, er schob sie jedoch beiseite. Segen und Frieden waren ein Geschenk für ihn. Einmal hatte er versucht, die Vision zu beenden, und das löste eine Explosion von Gefühlen in ihm aus, die er nicht noch einmal erleben wollte. Warum sollte er seine Traumfrau aufgeben, die niemandem etwas zuleide tat und ihm so ungemein half?

Er starrte aus dem Fenster zu der Kirche am anderen Ufer, die sich an diesem Morgen vor seinen Augen wie hinter einem Schleier verbarg. Und plötzlich, alle Kontrolle verlierend, entfuhr ihm ein Schrei: „Mein Gott, das kannst du mir doch nicht nehmen!"

Die Reaktion auf seinen Gefühlsausbruch war so stark, dass er sich an den Fensterrahmen geklammert wiederfand und an ihm rüttelte wie an den Gitterstäben eines Gefängnisses.

Er torkelte durch das Zimmer zum Sessel zurück, ließ sich hineinfallen und barg sein Gesicht in den schmuddeligen Kissen. „Nein", murmelte er, „das ist zu viel, ich lasse es nicht zu!"

Schon vor langer Zeit hatte er geglaubt, den Irrweg der Religion überwunden zu haben, aber das Trugbild eines eifersüchtigen Jehovas und freundlichen Jesu', mit dem man ihn in der Kindheit gequält hatte, stand vor seinen Augen auf, halb Idol, halb Engel. Das Idol hasste er, der Engel zerrte schmerzlich an ihm. Er war kurz davor, in Tränen auszubrechen – einfach kindisch!

Das brach den Zauber. Wütender auf sich selbst als auf den dämlichsten seiner Studenten, riss er Kragen und Schlips herunter, barg sein Gesicht in einer Schüssel kalten Wassers, rubbelte den Kopf, bis er aussah wie Struwwelpeter, fluchend wie ein Landsknecht, und zwang sich den Kragen wieder um den Hals, zurrte den Schlips fest, als ob er das Subjekt einer Blutrache erdrosseln wollte, zerrte mit einem Kamm an seinen Haaren, riss die Aktentasche an sich, ohne den Inhalt zu kontrollieren, und kam zu spät zur Vorlesung – das erste Mal in der Geschichte des Krankenhauses.

Sein Unterricht und der anschließende Kliniktag waren für alle Beteiligten die Hölle.

Den Nachmittag in der Praxis in der Wimpole Street verbrachte er genauso wie den Vormittag in der Klinik, aber die Patienten waren vorgewarnt worden. Eine Dame brach in einem hysterischen Anfall zusammen, und zwei Kinder heulten wie Schlosshunde. Von diesen Kleinigkeiten abgesehen, verlief der Nachmittag ruhig wie alle anderen auch.

Dr. Malcolm hatte seine Maske aufgesetzt, in die man mit einem Hammer hineinschlagen konnte, ohne eine Wirkung zu erzielen, und seine Empfangsdame, eine ehemalige Krankenschwester, argwöhnte hinter seinem ungewöhnlich reizbaren Temperament ohnehin nichts.

Gegen sieben Uhr abends war der letzte Patient mit dem Aussehen einer verlorenen Seele, dem Zorn des Herrn fliehend, in der Dunkelheit entschwunden. Dr. Malcolm rollte das Stethoskop zusammen, warf es in den Aktenkoffer und den empfindlichen Augenspiegel hinterher. Bevor er den Deckel schließen konnte, öffnete sich die Tür, und im Spalt tauchte das verschrumpelte Gesicht der Schwester auf.

„Was ist denn noch?“, schnappte er, als wollte er ihr den Koffer an den Kopf werfen.

„Im Wartezimmer ist noch eine Dame, die heute Nachmittag angerufen und einen Termin vereinbart hat.“

„In Gottes Namen rein mit ihr!“, brachte er, ausgelaugt bis auf die Knochen und todunglücklich, heraus.

Er öffnete den Koffer erneut, aber bevor er seine Instrumente nehmen konnte, wand sich das Stethoskop wie eine Schlange heraus. Er bückte sich, um es aufzuheben. In seiner Erschöpfung und Reizbarkeit gab ihm die Anstrengung den Rest. In dem Moment, als er sich wieder streckte, sah er die Frau im Cape hereinkommen.

Er starrte sie an.

‚Das ist eine Halluzination!‘, war sein erster Gedanke.

Sie war es, genauso wie er sie sich vorgestellt hatte, mit dem fließenden schwarzen Umhang und dem weißen Hut wie die Portwein-Reklame von Sandeman. Ihr blasses ovales Gesicht, ihre gebogene Nase, die scharlachroten Lippen und darüber die samtbraunen Augen mit ihrem freundlichen Ausdruck. Als er die Güte in ihren Augen erkannte, spürte er einen Kloß im Hals, wie schon an diesem Morgen, und wieder wurde er wütend – eine lebendige, konzentrierte Wut, von der er nie geglaubt hätte, sie gegenüber einer Frau empfinden zu können. Sie musste sein Gesicht, das sie im Schein der Taschenlampe gesehen hatte, aus einem Foto oder aus der Zeitung identifiziert und ihn verfolgt haben, und jetzt wollte sie ihn erpressen. Oder suchte sie etwa ein Abenteuer? Gedanken dieser Art waren ihm bisher fremd gewesen, und zu seinem Entsetzen spürte er, wie sich in seinem Inneren der sündige Mann breit machte und ihn ein schwaches Gefühl von Triumph durchzog, worauf seine Laune, falls möglich, noch schlechter wurde.

„Guten Tag", herrschte er sie mit harscher, schneidender Stimme an.

„Ich habe nicht das Vergnügen, Sie zu kennen. Wer hat Sie zu mir geschickt?"

„Mein Name ist Morgan, Miss Le Fay Morgan. Mein Zahnarzt hat mir von Ihnen erzählt, aber er hat mich nicht zu Ihnen geschickt. Ich bin aus eigenem Antrieb gekommen, weil ich glaube, dass Sie mir einiges erklären können."

„Eine sehr seltsame Methode, sich an einen Arzt zu wenden", sagte Dr. Malcolm und starrte sie feindselig an, während Kälte in ihm aufstieg, wie beim Abschied von einer lieben Toten.

„Mein Fall ist sehr ungewöhnlich", antwortete die Besucherin, völlig unbeeindruckt von seiner unverhohlenen Verärgerung. „Vielleicht können Sie mir trotzdem helfen."

„Eh – Ja, eh, vielleicht. Wollen Sie sich nicht setzen?", stammelte er, dann fasste er sich. Seine tief verwurzelte raue Ritterlichkeit verbot es ihm, eine Frau anzuschnauzen. Sie nahm im Patientenstuhl Platz, ließ ihren Umhang wirbeln, und er, mehr tot als lebendig und heftig schwitzend, versuchte, sich zu sammeln.

„Welche Beschwerden haben Sie?", fragte er.

Die braunen Augen, ruhig und verschleiert, gaben den Blick in seine graugrünen zurück. Jetzt lag in ihnen keine Freundlichkeit. Es waren die Augen eines Duellanten in der Vorbereitungsphase des Kampfes. Darauf konnte er sich einlassen, und er entspannte sich ein wenig. In seiner Stimmung wäre ein gutmütiger Blick unerträglich gewesen, weil ihn das seine eigene Schwäche hätte fühlen lassen.

„Ich habe", sie machte eine Pause, ihre Worte sorgfältig wählend, „Wahrnehmungen – Eindrücke –, für die ich keine Erklärung finde, die vielleicht Halluzinationen sind."

„Was sind es? Berührungen, Visionen, oder hören Sie etwas?"

„Visionen – meistens, aber das ist für mich nichts Neues, denn ich habe eine lebhafte Fantasie. Aber in der letzten Zeit habe ich mehrfach das Gefühl einer Berührung gehabt, und heute Morgen habe ich eine Stimme gehört, was mich dazu gebracht hat, Sie aufzusuchen. Die anderen Erscheinungen hätte ich als Fantasien beiseitegeschoben."

„Meine Dame, Sie sind ein Fall für einen Psychologen und nicht für einen Neurologen."

„Es könnte doch sein, dass es für meine Wahrnehmungen eine physische Ursache gibt", sagte die Frau, ohne den Blick von ihm zu wenden.

„Nein, das glaube ich nicht."

„Sind Sie so sicher, ohne mich untersucht zu haben?" Bei diesem Seitenhieb zuckte er zusammen.

„Wollen Sie, dass ich Sie jetzt untersuche?"

‚Ich möchte Ihre wohlüberlegte Meinung, Dr. Malcolm."

„Nun gut. Fangen wir mit den Berührungen an. Was fühlen Sie?"

„Ich bin mehrfach durch das Gefühl eines Drucks auf Schulter oder Brust wach geworden, und zweimal durch das Gefühl, als ob kräftige Hände meine Oberarme umklammern."

„Sie sollten – Ihr Herz untersuchen lassen“, brachte Malcolm heraus. Wie ein Ertrinkender an eine Planke klammerte er sich an sein medizinisches Wissen. Er zwang seinen Verstand, sich auf das zentrale Nervensystem der Patientin vor ihm zu konzentrieren, obwohl sein eigenes Herz wie ein Hammer schlug und ihn zu ersticken drohte.

„Ist das alles, was Sie mir vorzuschlagen haben?“, fragte die Frau ihm gegenüber und beobachtete ihn mit festem Blick.

Malcolm konnte nicht sprechen, er konnte nur dasitzen und sie anschauen.

„Haben Sie jemals telepathische Untersuchungen angestellt?“

Er schüttelte den Kopf.

Sie zog unter ihrem Umhang ein dickes Buch hervor und schob es ihm auf den Tisch zu.

„Das hier sollten Sie mal lesen!“

Das erste Mal seit Beginn des Gesprächs hatten ihre Augen die seinen losgelassen. Er beugte den Kopf und las den Titel: ‚Fantasien der Lebenden“ von Gurney und Podmore.

Malcolm saß so lange unbewegt über das Buch gebeugt, dass die Besucherin im Begriff war, das Schweigen zu brechen. Da hob er den Kopf und starrte sie an.

„Ich kann nur sagen – es tut mir Leid. Nicht mal im Traum wäre mir eingefallen, dass so etwas möglich ist.“

Er beugte den Kopf erneut über das Buch, so tief, dass sie nur seine dichten, ergrauenden Haare sah.

„Es wird nicht wieder vorkommen – darauf haben Sie mein Wort“, sagte er verwirrt, mit kaum hörbarer Stimme.

Plötzlich richtete er sich auf und sah sie an, und wenn je in den Augen eines Mannes Mordlust geflackert hatte, dann in seinen, denn es schien ihm, dass der verstümmelte Leib seiner Fee tot in den Händen dieser Frau lag. Als er ihre Ähnlichkeit mit seiner Geliebten erkannte, wurde er schwach; er konnte diese Frau nicht hassen, die so sehr der glich, die er geliebt hatte. Einen Moment schwankte er, um seine Selbstkontrolle kämpfend, dann legte er die Ellbogen auf den Schreibtisch und bedeckte sein Gesicht mit beiden Händen.

„Ich wäre Ihnen dankbar, wenn Sie gehen würden", brachte er kaum hörbar heraus.

Er hörte sie aufstehen und über das Parkett schreiten, überzeugt, sie würde den Raum verlassen. Da fühlte er eine Hand auf seiner Schulter. Er erschauerte und presste die Fäuste gegen die Stirn.

Obwohl sie ruhig neben ihm stand, pochte das Blut so heftig in seinen Schläfen, dass er glaubte, seine Augäpfel würden platzen. Um Gedanken und Blicke auszuschalten, presste er die Hände dagegen. Er war taub, wie Menschen in einem schweren Bombenangriff taub werden; gleichzeitig lagen alle Nerven blank. Unfähig, sich zu bewegen, wusste er, seine Selbstbeherrschung würde zusammenbrechen, wenn er zu sprechen begänne; er konnte nur still dasitzen und hoffen, dass sie gehen würde.

Ihre Stimme – voll und tief, samtig wie ihre Augen, erweckte in ihm erhabene Empfindungen wie die einer Sinfonie. Doch wenn sie noch länger mit ihm spielte, würde er schreien wie ein Mann auf der Untersuchungscouch kurz vor dem Kollaps.

„Sie haben gesagt, es würde nicht wieder vorkommen", hörte er sie sagen. Er nickte leicht.

„Ich werde Sie bitten, mit mir bewusst derartige Experimente zu machen."

Er schüttelte den Kopf.

„Doch, Sie können es, wenn ich Ihnen helfe", fuhr die Stimme fort. Sie schwieg einen Augenblick, dann drückte ihre Hand seine Schulter. „Mein Freund, wenn Sie nicht weitermachen, wird nichts von Ihnen übrigbleiben."

Er wusste, sie sprach die Wahrheit, und als der Widerstand aus ihm herausfloss, sank sein Kopf noch tiefer auf den Tisch.

„Ja, wir werden es gemeinsam durchstehen, im guten Sinne. Haben Sie keine Angst. Werden Sie mit mir arbeiten, Rupert Malcolm?"

Eine lange Minute saß er bewegungslos, dann nickte er.

„Ich wusste es", sagte sie. Ihre Hand bewegte sich von seiner linken Schulter zur rechten und drehte ihn zu sich herum. Als er sich gegen sie lehnte und sie sich beugte, um sein Gewicht zu tragen, erschlaffte er. Aber es machte ihm nichts aus, er übertrug sein ganzes Gewicht auf sie – das tote Gewicht seines Oberkörpers, schlaff und träge, und nur eine starke Frau konnte ihn halten, und er mochte diese Stärke. Plötzlich stieg in ihm Freude auf – seltsam wie der Gesang der Sterne am frühen Morgen; denn sie hatte seinen Tagtraum bis auf den Kern durchdrungen. Sie hatte ihn gequält – ihm am lebendigen Leib die Haut abgezogen und ihn dann gestreichelt. Aber sie war eine unbezwingbare Burg, nie würde er sie besitzen. Trotzdem war er nicht unerfüllt, im Gegenteil: Er war von ihr besessen. Sein Sein war in ihrem aufgegangen, und er war voll und ganz zufrieden.

Vorsichtig barg er sein Gesicht in den Falten ihres Umhangs. Ruhig stand sie dort, immer noch seinen schweren Körper haltend, und wartete darauf, dass er die Krise überwand.

Als die Uhr in der Halle acht schlug, hob er den Kopf. Sie schaute auf das Gesicht in der Beuge ihres Arms hinunter. Alle Linien darin waren verschwunden. Er hatte den verstörten Ausdruck eines kleinen Jungen angenommen, der in fremder Umgebung aus dem Schlaf erwacht. Dann wandelte sich seine Verkrampfung in Heiterkeit und kindliches Vertrauen. Während sie in das Gesicht hinunterschaute, aus dem zwanzig

Jahre Kummer und Belastung wie weggewischt waren, spürte sie plötzlich hinter ihren Lidern Tränen. Unsicher stand Dr. Malcolm auf.

„Ich – ich glaube, ich muss mich entschuldigen“, sagte er. Die Frau lächelte.

„Ich glaube nicht, dass Sie sich entschuldigen *wollen*“, antwortete sie.

„Nein“, sagte er und sah sie mit einem kurzen Lächeln an, das schnell wieder verschwand, schüchtern wie ein Schuljunge, aber ungeheuer glücklich.

„Ich werde Sie jetzt nach Hause fahren“, erbot sie sich. „Wo wohnen Sie?“

„Oh, nein, machen Sie sich keine Umstände. Ich nehme ein Taxi.“ Er verstaute seine Instrumente wahllos in der überfüllten Tasche und zwang die Lasche darüber. Innen krachte es, aber gnadenlos ließ er die Schlösser zuschnappen. Er hatte vergessen, dass er ihre Einladung abgelehnt hatte, und folgte ihr zu einem schicken schwarzen Coupé, das vor der Tür stand, ohne sich um die indignierten Blicke der Schwester zu kümmern, die eine Stunde länger geblieben war. Selbst sie, eine unbefleckte Jungfrau, musste mit heftiger Missbilligung zulassen, dass er mit einer hübschen Dame wie dieser hier nach Hause fuhr.

Teil 2: Die Gebieterin des Mondes

4

Wie alt ich bin, weiß ich nicht genau, ich schätze: einhundertzwanzig Jahre. Jedenfalls habe ich lange genug gelebt, um die Früchte meiner Arbeit reifen zu sehen. Deshalb werde ich bald gehen.

Es hat eine Zeit gegeben, in der man mich für die Priesterin alles Bösen gehalten hat. Ein Weiser hat einmal gesagt: „Jeder Schritt nach vorn ist unmoralisch gewesen." Das ist lange her. Was einst als Verbrechen galt, ist in der heutigen Zeit ein Kavaliersdelikt. Man wird mich bald mit dem Prinzip identifizieren, für das ich ein Beispiel gegeben habe und um dessentwillen man mich als Göttin verehrt hat, denn wer bin ich, dass ich erwarten könnte, dem Schicksal der Lichtträger entgehen zu können?

Die Welt, in der ich heute lebe, ist von Nervenkrankheiten genauso frei wie die Welt, in der ich gearbeitet habe. In ihrem zivilisierten Bereich frei von Typhus, Pest und Cholera, wo man versucht hat, die Gedankenwelt der Menschen hygienisch zu säubern, so, wie man Körperhygiene betrieben hat, um die schmutzigen Krankheiten zu besiegen. Selbst zu meiner Zeit hat man erkannt, dass ein Mensch, der in unhygienischer Umgebung lebt, keine Chance hat, gesund zu sein oder normale Kinder aufzuziehen, aber wir haben uns wenig um die emotional ungesunden Bedingungen gekümmert, unter denen der größte Teil der Menschen gelebt hat. Wir fragen uns, wie man diese Verhältnisse hat aushalten können; aber die Menschen werden alles, an das sie gewöhnt sind, als unvermeidlich akzeptieren und nie auf die Idee kommen, dass Unwissenheit und Misswirtschaft die Ursachen sein könnten.

So fortschrittlich wir auch zu sein glauben, bei Licht betrachtet unterscheiden sich die heutigen Bedingungen von denen der Hungerjahre 1942 bis 1946 in England nur unwesentlich.

Ich wurde zu einer Zeit geboren, in der noch abgefeimter mit zweierlei Maß gemessen und Doppelmoral betrieben wurde als heute. Die Frauen der Oberschicht waren so verhätschelt und verzärtelt, dass für sie eine Welt einstürzte, wenn sie ohne Schirm in den Regen gerieten; die Frauen der Unterschicht hingegen mussten so viel aushalten, dass es jeder Beschreibung spottet.

Ich wurde in der behüteten Klasse geboren, Armut zwang mich in die andere. Man kann an fünf Fingern abzählen, wie sich das auf meine Entwicklung auswirkte. Das war die erste Phase meiner Lehrjahre.

Wie der Name Le Fay sagt, war mein Vater Gallier, und in seinen Adern strömte bretonisches Blut; meine Mutter gehörte zu dem strengen, frühkeltischen Schlag, der in den entfernten Tälern des zentralen Bergmassivs in Mittelwales zu Hause ist. Es heißt, diese Menschen wären Phönizier gewesen, aber das ist falsch; sie waren älter als die Phönizier, nämlich Atlanter, die der Handel auf diese Metall bergenden Inseln geführt hatte, und die überlebten, als das Vaterland von der Katastrophe heimgesucht wurde. Sie sind ein seltsames Volk und auch heute noch in ihrer Unnahbarkeit isoliert. Ich glaube, sie sind nicht von dieser Welt. Auch die Bretonen sind ein Volk aus einer anderen Welt, und der Glaube von Carnac ist in ihren Herzen immer noch lebendig.

Aus der Verbindung dieser beiden Geschlechter bin ich hervorgegangen. Mein Vater und meine Mutter, beide jeweils typische Nachfahren ihres Stammes, waren normal – aber dann zeugten sie mich. Was die Angelegenheit zusätzlich komplizierte: Kurz nach der Geburt wurde ich für tot erklärt und nur deshalb nicht beerdigt, weil meine Mutter mich krampfhaft festhielt. In der Morgendämmerung, erwachte ich zu neuem Leben, aber – wie sie mir viele Jahre später erzählt hat, als ich sie nach dem Grund meines Andersseins fragte – die Augen, die meine Mutter ansahen, waren nicht die Augen eines Kindes, und sie wusste mit dem unbeirrbaren Instinkt einer Mutter, dass sich eine andere Seele in dem kleinen Körper eingenistet hatte.

Jung war ich nie. Ich hatte denselben Verstand wie jetzt, aber mit der von Gefühlen geprägten Sicht eines Kindes. Diese hinderte mich daran, Kind unter Kindern zu sein, und die Erwachsenen von damals waren eine feindliche Spezies: vornehme Leute, die arm geworden waren. Damals spürten wir die Auswirkungen des Klassensystems am eigenen Leib. Obwohl ein freundliches Kind, begierig zu spielen, sogar süchtig nach Gleichaltrigen, war ich alleingestellt und somit zur Einsamkeit verdammt. Aber das hatte auch sein Gutes. Nur Menschen, die sich nach innen wenden, finden den inneren Weg, und die, die das Schicksal für diesen Pfad ausgesucht hat, bekommen keine Chance, sich nach außen zu wenden und ihren Platz im Leben zu finden, wie chinesische Mädchen, deren Füße eingebunden werden.

Es ist ein schmerzvoller Prozess, aber man wird eine Persönlichkeit, die, frei von Bindungen und zur Einsamkeit verdammt, für den Zweck eingesetzt werden kann, für den sie bestimmt ist. Das ist das Gesetz des Höheren Pfades. Für die Menschen, die ausschließlich durch Bindungen ihr Glück finden, mag es ein schmerzliches Los sein, aber für den, der die Tatsache des Loslassens akzeptiert, öffnet sich das Leben in seiner ganzen Vielfalt, zumal Bindungen unweigerlich brechen. Dennoch gewinnt paradoxerweise ein solcher Mensch außerordentlich vielfältige Erfahrungen, denn solange man nicht abhängig wird, kann man alles genießen. Ein altes

Sprichwort sagt: ‚Ein Eingeweihter besitzt nichts, aber er kann alles nutzen.'

Der Beginn meiner Geschichte und wie ich den inneren Pfad gefunden habe, ist bekannt. Wilfred Maxwell hat es in *Die Seepriesterin* erzählt; auch von unserem gemeinsamen Experiment. Was er jedoch nicht erzählt hat – weil er es nicht wusste, was dieses Experiment für mich bedeutet hat, und das werde ich jetzt verraten, denn es ist die Vorgeschichte zu dem, was folgt.

Auf dem inneren Pfad wandernd, hatte ich meine Spiritualität bis zu einem Punkt entwickelt, an dem sie so verlässlich war, wie spirituelle Kräfte es nur sein können – mit anderen Worten: Wenn sie mich nicht betrafen, konnte ich ihnen trauen. Auch mit den Geheimwissenschaften war ich vertraut, wie man sie uns von alters her gelehrt hat. Aber zwischen einer übersinnlichen Begabung und einem Adepten liegt ein himmelweiter Unterschied. Der Übersinnliche ist übersinnlich und sonst nichts. Der Adept hingegen muss, um diesen Namen zu verdienen, mehr sein. Er muss Magier sein, also die Kräfte des Geistes objektiv wie auch subjektiv nutzen können.

Als ich Wilfred Maxwell traf, war ich ein „Adeptus Minor", und hatte die Wandlung noch nicht vollzogen. Aus Wilfreds Glauben an mich schöpfte ich die Kraft, meinen eigenen magischen Kräften zu vertrauen. Ein skeptischer, rational denkender Mensch glaubt nur daran, wenn er die Probe aufs Exempel machen kann. Das Paradoxe daran jedoch ist, dass Magie nur funktioniert, wenn man an sie glaubt. Der eigene Unglauben produziert ständig negative Schwingungen, die die astralen Formen genauso schnell wieder zerstören, wie man sie aufgebaut hat. Als ich Wilfred durch Suggestion eine astrale Form sehen ließ, hielt sein Glaube sie aufrecht, sodass auch ich sie sehen konnte. Das ist ein subtiler, nützlicher Teil der praktischen Arbeit und für diejenigen bestimmt, die damit etwas anfangen können. Es gibt nicht viele Menschen, die das können, geschweige denn, dass sie darüber reden können.

Ich brachte Wilfred dazu, mich zu sehen, wie ich sein wollte, und damit baute ich meine magische Persönlichkeit auf. Eine magische Persönlichkeit ist einem vertrauter als vieles andere, und man überträgt sein Bewusstsein wie bei einer Astralprojektion, bis man sich damit identifiziert und das wird, was man geschaffen hat. Mit anderen Worten und auf anderer Ebene: Man schafft sich selbst.

Nachdem ich Wilfred benutzt hatte, verließ ich ihn, aber nicht, ohne ihn mit den kosmischen Kräften in Verbindung gebracht zu haben.

Ich erinnere mich, London zur Rushhour erreicht zu haben. Weil ich eine nicht vertraute Route wählte, verfuhr ich mich in den großen verwinkelten Vorstädten in Surrey, wo alle Straßen gleich aussehen und man jegliches Gefühl für die Richtung verliert. Einziger Anhaltspunkt war der große Kamin der Doultonsfabrik, der mich zu der gewünschten Brücke führen würde. Aber die gewundenen Sträßchen verliefen nicht so, wie ich es dachte, denn wegen der Eisenbahnlinie ist dieser Teil der Stadt voller Sackgassen.

Plötzlich gewahrte ich vor mir am Ende einer Straße die bleigraue Fläche des Flusses. Ich glaubte, am Themse-Ufer und somit auf bekanntem Gebiet zu sein, fand mich aber in dem seltsamsten kleinen gottverlassenen Dorf der Welt wieder, mit Blick auf das Wasser und die zerrissene Silhouette der engen Straßen von Pimlico – kein Viertel mit Slums, sondern ein gediegenes. Jedes der kleinen Häuser besaß einen Vorgarten, und ausnahmslos zierten Spitzenvorhänge die Fenster. Einige Türen trugen Messingschilder, ein Zeichen, dass hier Schornsteinfeger, Leichenbestatter, Hebammen und solche Menschen lebten. Erneut in einer Sackgasse, musste ich auf einer umgestürzten Kaimauer gefährlich manövrieren und mich nach rechts orientieren. Dort stand eine kleine dunkle Kirche, mit einer Schmutzschicht bedeckt, deren obere Fenster durch enge Drahtgitter geschützt waren; die unteren Fenster waren mit schweren, schmiedeeisernen Stangen verbarrikadiert; und die Tür, mit großen Nägeln bespickt, bestand aus massiver Eiche. Die Kirche sah aus wie eine private Miniaturburg, die sich unter dem Schutzmantel der Religion versteckt hat. Eine abartigere Fassade hatte ich in meinem ganzen Leben nicht gesehen, und die Kirche hätte in den Zeiten der Inquisition durchaus als Gefängnis dienen können.

Im Eingang hing ein Schild: ‚Zu vermieten', was dem Ganzen die Krone aufsetzte. Das wunderte mich, denn ich dachte: ‚Einmal Kirche, immer Kirche.' Erst recht hielt ich es für undenkbar, dass kirchlicher Besitz auf dem freien Markt gehandelt werden könnte. Aber diese Kirche war offensichtlich selbst dem Klerus zu viel gewesen, und man wollte sie loswerden. Sie sah aus, als würde es in ihr spuken. Auch mir war die Kirche so unheimlich, dass ich dachte: ‚Nichts wie weg', und ich konnte erst wieder frei atmen, als ich mich auf der anderen Seite des Flusses in zivilisierter Gegend befand.

Heute freute ich mich auf meine kleine Wohnung unter dem Dach. Sie war einladend mit ihrem riesigen Kamin und den tiefen, mit unzähligen Kissen bestückten Diwans und den satten dunklen Farben, die ich so liebe.

Obwohl ich nur einige Monate weg gewesen war, machte die Wohnung einen vernachlässigten Eindruck, als ob ich meine Lebenskraft aus ihr gezogen hätte. Die Erkenntnis, dort keine Wurzeln schlagen zu können, machte mich traurig, denn die Atmosphäre eines Ortes ist für mich immer sehr wichtig gewesen. Da ich alleine lebte, war die Umgebung seit jeher für mich sogar wichtiger gewesen als Menschen.

Deshalb war ich froh, dass die Wohnung wie leblos wirkte, denn ich fürchtete mich vor dem Abschied wie vor der Trennung von einem lieb gewordenen Freund. Es war das erste richtige Heim gewesen, das ich gekannt hatte. Aber wenn man den Pfad beschreitet, ist es nicht gut, für Menschen oder Plätze Gefühle zu entwickeln. Die Lehrjahre waren vorüber, und ich war im Begriff, in der Hierarchie der Mysterien aufzusteigen. Was ich in der Theorie gelernt hatte, musste jetzt in die Praxis umgesetzt werden.

Das Gesetz, unter dem ich lebe, ist so seltsam, dass niemand die weitere Entwicklung verstehen wird, wenn ich sie nicht zumindest kurz erkläre. Viele Geschichten sind gesponnen worden um den im schwarzen Umhang gehüllten und mit mysteriösen Kräften ausgestatteten Adepten, der nach einem Hilferuf aus dem Nichts auftaucht und nach getaner Arbeit genauso geheimnisvoll wieder verschwindet. Niemand, nicht einmal Bulwer Lytton, der dafür prädestiniert war, hat die Geschichte aus der Sicht eines Adepten erzählt und erklärt, warum er kam, und warum er ging.

Das hängt mit dem Menschen zusammen, den dieser Adept verkörpert. Adepten beschäftigen sich nicht mit Politik und ihren Ränkeschmieden, sondern mit der inneren Führung der Welt und den geheimnisvollen spirituellen Einflüssen, die den Geist des Menschen beherrschen. Über ihnen stehen größere, die mit den elementaren Kräften verbunden sind und den Einflüssen, die das Zeitalter beherrschen. Sie sind wie Gezeiten für brechende Wellen.

Auf der physischen Ebene sind es die Seelen, die in die Inkarnation geschickt werden, um jenen zu helfen. Manchmal nennt man sie ‚Eingeweihte'. Eingeweiht worin? Zunächst in die Tradition, sonst hätten sie keine Schlüssel zu den Kontakten und könnten die Zusammenarbeit nicht leiten. Natürlich gibt es auch Eingeweihte, die Adepten werden, aber ich spreche jetzt von denen, die man kosmische Adepten nennt. Sie sind zu einem ganz bestimmten Zweck gekommen, und während der Entwicklung ihrer Persönlichkeit bis zur Reife werden sie auf ihre Arbeit als ‚Werkzeuge' vorbereitet. Es wäre ein grausames Training, wenn diese Menschen nicht tief im Inneren wüssten, woher und warum sie kommen – so wie ich, die ich schon als Kind eine Fremde und ein Gast auf dieser Welt gewesen bin, nirgendwo hingehörend. Das ist auch der Grund, warum man nicht so verletzlich ist wie andere. Aber man ist immer allein. Es gibt nur sehr wenige, die man als Gefährten findet, und weil man anders ist, wird man gehasst.

Dann kommt die Zeit, in der eine Ebene des Bewusstseins in die andere übergehen muss, wenn wir lernen, das Werkzeug zu gebrauchen, das wir für den ihm bestimmten Zweck geschmiedet haben – und dieses Werkzeug ist unsere menschliche Persönlichkeit. Es ist ein schwieriges Unterfangen, Abstand zur eigenen Persönlichkeit zu nehmen.

Diese Seelen sind in einem früheren Leben ausgebildet und vorbereitet worden. Ich bin immer eine Priesterin der Großen Mutter gewesen. Meine männlichen Inkarnationen waren unwichtig, gewalttätig und unglücklich. Schon damals, in den Tagen von Atlantis, war ich Priesterin, und zwar eine hohe, denn je höher der Grad, desto früher die Einweihung, und ich gehörte zu denen, die in der Stadt der Goldenen Tore der Insel Ruta in den Höfen des Sonnentempels dienten.

Als sie vor dem Untergang die Samenträger für die nächste Epoche auswählten, schickte man mich weg. Von der See aus sah ich, wie ‚das große Atlantis' in der letzten Katastrophe unterging. Dann schloss sich meine Seele der Gruppenseele Ägyptens an. Während aller ägyptischen Dynastien ging ich im königlichen Palast ein und aus. Zu denen, die auf dem Thron saßen, gehörte ich nie, ich war eine geheimnisvolle Gestalt, die im Schatten der Tempel wandelte.

Meine Liebe galt dem Kult der Schwarzen Isis. Er unterscheidet sich stark von dem der grün gewandeten Göttin der

Natur, die von Frauen angebetet wird, wenn sie Kindewunsch haben. Sie wird mit dem Gesicht eines Menschen oder den Hörnern einer Kuh dargestellt. Die Schwarze Isis ist die Verschleierte Isis, deren Gesicht niemand sehen darf, sonst muss er sterben. Da ich ihrem Kult diente, ging auch ich verschleiert und verhüllt, und ich habe die Gewohnheit nie aufgegeben. Ich mag es nicht, wenn mir Menschen in hellem Licht ins Gesicht schauen, und wenn ich es zeigen muss, setze ich eine Maske auf aus Lachen und Lebhaftigkeit. Nur wenige haben mein Gesicht im Zustand der Ruhe gesehen, denn Ruhe ist eine Maske, die ihr wahres Ich enthüllt. Einige setzen die Schwarze Isis mit Kali gleich und sagen, sie wäre die Verkörperung des Bösen. Das kann nur jemand glauben, der elementare Kraft mit dem Bösen gleichsetzt. Sie ist die ‚Zerstörerin' – sie bricht herein wie die See, aber genau wie die See lässt sie dann los. Sie verkörpert das sehr alte Leben, und nichts fürchten die Menschen mehr als das Ursprüngliche. Freud wusste das. Sie ist ein Sammelbecken der schrecklichen und dynamischen Kraft, und wenn je dynamische Kraft aufsteigt, dann ist sie es.

Ich glaube nicht, dass es das Böse schlechthin gibt; was Menschen böse nennen, ist nichts anderes als fehlgeleitete Kraft. Manche definieren das Gute als das Bewahrende und das Böse als das Zerstörende, aber Zerstörung kann eine reinigende, klärende Kraft sein, denn Menschen wie auch Völker werden von einer Art spiritueller Verstopfung heimgesucht, wenn sie sich zu sehr an den ‚Status quo' klammern.

Ich zerbrach Wilfred, und er stieg aus der Asche seines toten Lebens empor wie ein Phönix, denn er hatte die Große Isis gesehen.

So kam ich als Priesterin der Großen Göttin noch einmal zur Welt und brachte die Erinnerung mit an vergessene Künste,– auch an die Kunst, Frau zu sein. Ich kam, weil ich geschickt wurde. Das, was ich zu geben hatte, war unabdingbar.

Man hatte keine Priesterin der Hellen Isis geschickt, sondern der Dunklen und Verschleierten; und man sagte zu mir: „Du wirst die Zähne einer Tigerin haben, du wirst eine reißende Bestie sein. Die Menschen werden dich die ‚Priesterin allen Übels' nennen, aber du wirst es besser wissen."

So stieg ich herab in der Dämmerung eines neuen Zeitalters. Vor mir waren welche geschritten, die den Verfall der alten Welt überwachen sollten. Man hatte ihnen eine Rüstung angezogen und Waffen in die Hände gedrückt – große Schwerter. Ich war unbewaffnet. Ich sollte kämpfen mit den Waffen einer Frau, und ich musste sie schmieden wie ein Kunstwerk.

Ich habe an mir wie an einer Skulptur gearbeitet. Es war ein eigenartiges Gefühl zu spüren, wie sich die beiden Aspekte in mir mischten und schließlich miteinander verschmolzen. In den früheren Stadien war ich entweder in dem einen Bewusstseinszustand oder in dem anderen. Ich schlüpfte in die größere Bewusstheit und kehrte beim Erwachen zurück, brachte jedoch nur schwache schemenhafte Traumerinnerungen zurück. Zweimal in Krisen, die beinahe meine physische Persönlichkeit zerstört hätten, war ich so sehr damit beschäftigt, mich aufzubauen, dass ich ganz kurz meine beiden Selbste miteinander vermischte, aber das kindliche Gemüt konnte nur eine kurze Vereinigung ertragen – das Leben war zu schwierig.

Mit der Zeit des Heranwachsens ging alles zurück, denn kein Verstand ist in der Lage, die doppelte Belastung zu verkraften. Als ich mich in der Zeit der Reife stabilisierte, öffnete ich mich erneut, mir eines Schattens bewusst, denn zu jener Zeit hatte sich die Konzentration meines Seins voll auf den physischen Körper übertragen. Mit der Sprache der Spiritualität vertraut, dachte ich, dieser Schatten wäre eine geistige Kontrolle, aber allmählich wurde mir klar, dass es nur mein ‚Höheres Selbst' war, und noch langsamer lernte ich, darauf zu vertrauen. Nie waren meine beiden Selbste permanent in mir, denn kein menschlicher Körper würde das aushalten. Es gelang mir auch nicht, mein Höheres Selbst zu rufen, wann ich es wollte, aber ich verstand es, die Bedingungen zu schaffen, die sein Erscheinen ermöglichten. Leider benötige ich dabei immer die Hilfe eines anderen, der in mir die Göttin sieht, denn nur dann manifestiert sie sich. Ich bin nicht die Göttin, sondern ihre Priesterin, und sie manifestiert sich durch mich, denn alle Frauen sind Isis.

Nicht viele dürfen die Göttin sehen, und nicht alle können ihren Anblick ertragen, und sie hassen mich, weil sie SIE fürchten. Ich war in diesem Leben eine vielgehasste Person, hatte aber auch fairen Anteil an der Liebe.

Wie bereits erzählt, gab Wilfred mir die Hilfe, die ich brauchte, um mich in mich selbst zu verwandeln. Meine Waffen waren geschmiedet, und die nächsten Stufen auf der Karriereleiter mussten in der materiellen Welt erklommen werden. Das Alter, in dem eine Frau hoffen kann, mit ihrem Aussehen zu verzaubern, lag hinter mir, aber die Kräfte, die durchkamen, hatten mich wundersam neu erschaffen, und so lebte ich mit einer seltsamen Vitalität, alterslos, zeitlos und unsterblich. Ich war weder ein junges Mädchen noch eine reife Frau. Die Menschen wussten, dass ich nicht mehr jung war, für alt hielten sie mich allerdings auch nicht. Meine Vitalität verbarg, wer ich wirklich war: die alterslose unsterbliche Priesterin der Großen Isis. Außerdem verstand ich es, mich im Hintergrund zu halten. Wenn ich wollte, konnte ich mich in meine Aura einhüllen und unsichtbar werden wie ein Schatten. Die Leute spöttelten über meine Theaterlaufbahn und nannten mich ‚Schauspielerin', aber mein Hintergrund war psychologischer Art und meine Pose eine Autosuggestion.

Meine Aufgabe war es, dem Unterbewusstsein der Menschen neue Ideen zu suggerieren, indem ich diese Ideen vorlebte. Einer, der es wissen muss, hat einmal gesagt, ein Adept darf nicht nur den Pfad betreten, er muss der Pfad *sein*. Vorträge, Bücher oder Öffentlichkeitsarbeit würden mich nicht weiterbringen, allenfalls Menschen wie König Salomon. Das notwendige Geld hatte ich, und ich konnte jederzeit um mehr bitten. Aber aus Reichtum alleine würde nichts entstehen, und um mir den notwendigen Background zu schaffen, war kein Designer notwendig.

Die Menschen, die ich brauchte, mussten etliche Voraussetzungen erfüllen: Sie mussten gewisse Talente haben, aber auch ein Gefühl für Hingabe; Verstand, aber nur in Verbindung mit Kreativität. Vor allem aber brauchte ich Menschen mit dieser seltsamen Gabe des Magnetismus, und schließlich solche, mit denen ich experimentieren konnte. Aber es ist nicht leicht, Menschen zu finden, die sich benutzen lassen. Sie wissen nicht, mit welcher Münze Isis zahlt, und ich durfte es ihnen nicht sagen. Denn das ist eine der Prüfungen auf dem Pfad: Sie dürfen keine Krämerseelen sein. Sie geben der Isis, und sie gibt zurück; aber sie geben als Menschen, und sie gibt als Göttin. Zuschauer sehen das Opfer, das im offenen Tempel auf dem Altar liegt, aber sie sehen nicht die Einweihung, die hinter dem Schleier erfolgt. Sie sehen, wie der Kandidat in das Grab hinabsteigt, jedoch nicht die Auferstehung am dritten Tag. Sie wissen nur das, was mit denen passiert, die mutlos werden und umkehren. Glauben Sie, dass diese die besten Richter sind?

Ich wusste, ich würde alles bekommen, was ich brauchte; es würde manifest werden in dem Umfang, wie ich Glauben hatte. Meine Freunde hinter mir wussten, welche Arbeit nötig war, und hatten auf den inneren Ebenen vorgesorgt. Nur ich konnte es auf der irdischen Ebene manifest werden lassen, in dem Umfang, wie es mir gelang, die mir zur Verfügung stehenden Kräfte zu nutzen. In der alten Zeit hat man gesagt, die

Schätze der Erde lägen im Verwahr der Gnome, der Erdgeister, und dass es Zauber- und Machtworte gäbe, die die Geister der elementaren Erde zwingen würden, ihre Schätze auszuliefern. In der ‚Erdenseele' liegt Leben, und Gold rinnt wie Blut in ihren Adern und versorgt sie mit dem, was wir auf den feinstofflichen Ebenen als ‚vitale Kraft' bezeichnen. Es ist gleichbedeutend mit Energie, wir tauschen dafür unsere Energie, Körper, Geist und Seele ein und erheben sie zu ihren Herrschern.

Man kann sich mit den Hütern des Mineralreichs einigen, und sie werden Zutritt zu den unsichtbaren Quellen des Reichtums in der Erden-Seele gewähren, aber diese Kraft besitzen nur die hohen Eingeweihten, für die Geld nichts bedeutet, denn in der Magie können wir nur mit der Kraft arbeiten, die frei ist von Begehren; Begehren bekämpft sich selbst, denn es ist der Urheber der Angst. So verfügte ich, die ich Armut und Reichtum besaß, über gewisse Quellen, und ich nutzte sie, um meine magische Persönlichkeit in den Augen der Menschen zu schaffen und sie mich so sehen zu lassen, wie ich gesehen werden wollte.

Der Einmal-Geborene kann nicht in die Herzen sehen, und nur wenige von ihnen verstehen die subtile Arbeit des Geistes; aber man kann ihnen vorschlagen, das durch die Augen zu sehen, was sie glauben wollen. Das ist besser als Suggestion durch das gesprochene Wort, denn die Menschen nehmen das mit großer Skepsis auf, da sie in jener Kunst selbst bewandert sind.

Ich wusste, wie wenig der Adept für seine Magie braucht, aber ich musste mit den Vorstellungen der Menschen arbeiten, und dafür brauchte ich eine Bühne. Ich musste sie dazu bringen, mich als Adepten zu sehen, sonst würden sie mich nie anerkennen; ich musste also etwas ausstrahlen, was sie an die großen Tage der Vergangenheit erinnerte, an den Kult, dem ich angehörte, als er in der Blüte seiner Macht stand, auf dass ihre Gedanken dorthin zurückgingen und sie mir auf meiner Schwingung begegnen könnten.

So hatte ich Stück für Stück in den alten Tempeln Antiquitäten zusammengetragen und im Dämmerlicht aufbewahrt, damit ihr Magnetismus nicht verlorenging, sondern sich sammelte und die Atmosphäre wie Rauch durchdrang.

Auch Farben verwendete ich für den Hintergrund, im Bewusstsein ihrer Macht über den Geist – über meinen wie auch den derer, die mich besuchen würden.

Farben sind eine Wissenschaft, und in der Magie teilen wir sie in die zehn Stationen des Himmels ein: die sieben Planeten, den Weltraum, den Tierkreis und die Erde. Die vier elementaren Königreiche sind eine andere Geschichte.

Ich verwendete die opalen Mondfarben auf der Basis von Silber; Purpur ist ein Pflaumenton, die Rottöne sind Magenta oder Kastanienbraun, und die Blautöne Türkis wie das Meer und das Nachtblau des Himmels. Anders als die menschlichen Zauberer verwenden wir nie die strengen Grundfarben. Die schattierten gemischten Farben sind mein Brevier, denn ich selbst bin der Schatten im Hintergrund.

Meinen Körper hatte ich trainiert, geschmeidig gehalten, mir seine Künste und Kräfte zu eigen und ihn zum Instrument meiner Persönlichkeit gemacht. Die Natur war zwar nicht unfreundlich mit mir gewesen, verschwenderisch aber auch nicht; ich musste aus mir etwas machen. Als Eingeweihte hatte ich das Recht, um das zu bitten, was ich brauchte. Natürlich hatte ich um Schönheit gebeten, um die Augen der Männer auf mich zu lenken und ihre Aufmerksamkeit zu erregen; stattdessen hatte ich innere Sicht und Imagination bekommen, und damit schuf ich mir meine eigene Schönheit.

Die anderen sagten: „Sie hat ein Gesicht, das ihrer Seele als Maske dient." Es stimmte. Ägyptische Züge prägen mein Gesicht, leicht erhöhte Wangenknochen, die meinen Augen ein mandelförmiges Aussehen verleihen; die Nase erinnert an die eines Adlers, denn in der Königskaste von Ägypten floss assyrisches Blut. Meine Augen liegen sehr tief, sodass sie dunkler aussehen als sie sind. In gutem Licht sind sie beinahe grün, damit sie zu den Tigerzähnen passen‘, wie böse Zungen behaupteten. Man hielt mich für Kleopatra – oder Kleopatra für mich. Mein Haar hat die Farbe von Umbra, fast schwarz und ganz glatt, manchmal trage ich einen Knoten im Nacken oder türme die Haare zu einer Krone, und manchmal, wenn es heiß ist, hängen sie in zwei Zöpfen über meiner Brust. Auf der Stirn trage ich es immer wie die Indianerinnen. Das ist der Grund, warum die Menschen von ‚farbigem Blut‘ gesprochen haben, obwohl meine Haut sie Lügen straft. Sie hat das Aussehen von Elfenbein oder einer hellen Magnolienblüte, ohne rosafarbigen Schimmer. Ich bin kühn, um nicht zu sagen tollkühn in der Verwendung von Lippenstift, und ich liebe lange Ohrringe. Ich müsste Huysmans bitten, sein Urteil in Bezug auf die Ästhetik meiner Ohrringe abzugeben – Jade, Amber, Koralle, Lapislazuli, Malachit für den Tag, und für abends kostbare Juwelen – viereckig geschliffene Smaragde – lange, blasse, tropfenförmige Perlen und die verschiedensten Opale, die ich anbete, mit all ihrem Feuer.

Ich bin etwas größer als mittelgroß, aber da meine Gliedmaße sehr lang sind, könnte ich in jedem Modellkleid aus dem Modejournal herausspazieren. Aber ich trage meinen eigenen Stil, sehr oft Kleider aus weichen Dekorationsstoffen, und wer sollte es mir verübeln, das anzuziehen, was für die Fenster eines venezianischen Palastes gedacht war? Ich mag es, wenn meine Gewänder schwer und gerade herunterfallen und um meine Füße wallen, und oft trage ich Sandalen aus Silber, Gold und irisierenden Farben.

Und noch etwas: Bedingt durch meine dünne Haut, liebe ich Pelze. Sogar zu Hause hülle ich mich in Pelze, obwohl es dort heiß ist. Ich liebe das Originalfell mit dem großen bösen Kopf, und es muss ein edles Tier sein, nicht ein Tier mit kleinem, magerem Fuchsgesicht. Ich besitze das blasse Fell eines amerikanischen Wolfs und das eines ins Schwarze gehenden Blauwolfs – von den großen Katzen gehört mir das Fell eines gefleckten Leoparden aus dem Dschungel und eines hübschen, blassen Leoparden aus den Schneegebieten des Himalaja, von denen die Tibetaner sagen, sie wären die Geister der bösen, in Sünde gestorbenen Lamas.

Ringe mag ich auch, so groß, dass ich kaum die Handschuhe darüberziehen kann; und Armbänder, die wie Fesseln um die Gelenke liegen. Meine Hände sind durch die Rituale geschmeidig geworden, und mit dem Nagellack bin ich genauso kühn wie mit dem Lippenstift: Ich verwende Silber- und Goldlacke und ein ganz dunkles Rot, sowie irisierende Lacke, die meine Nägel wie Opale schimmern lassen, und meine Nägel trage ich so lang, dass sie zu meinen Tigerzähnen passen.

Meine Schuhe müssen weich, leicht und elastisch sein, eher wie Handschuhe, sodass ich sie geräuschlos ausziehen kann. In meiner Jugend bin ich als Tänzerin ausgebildet worden. Ich weiß, wie wichtig es ist, sich richtig zu bewegen. Die Bewegungen müssen fließend sein wie Wasser. Ich weiß auch, wie der Körper schwingen und von der Taille aus das Gleichgewicht halten soll, und dass dies mehr zählt als eine schlanke Figur.

Eine Modepuppe bin ich nicht. Nicht dass ich die Mode herabsetzen will – für einige ist sie wichtig. Manche sagen, Mode wäre etwas Künstliches, eine Ware, aber das ist nicht wahr. Die Mode wechselt, weil das Neue attraktiv ist und stimuliert. Aber ich bin die ewige Frau, das Urweibliche – ich spreche nicht von dem Intellekt, dem oberflächlichen Bewusstsein, das von Neuheiten angezogen wird, sondern vom Archaischen, Ursprünglichen, das in der Seele eines jeden Menschen verankert ist.

Durch meinen Charme nehme ich es mit jeder modischen Frau auf. Sie mag Liebhaber haben; mich hat man geliebt! Und gegen ihren Redefluss setze ich Schweigen.

Stimme und Modulation sagen viel über einen Menschen aus; sie sollte singen, süß und sanft auf den Lippen klingen, dennoch mit einem gewissen Timbre, denn der Klang birgt eine seltsame Kraft, die die Seele berührt. Ich weiß es nur zu gut, denn ich habe sie benutzt, und jetzt werde ich erzählen, auf welche Weise:

Ich setze Farbe, Bewegung, Ton und Licht ein wie andere Frauen Mode, aber wichtiger als alles ist der Duft. Düfte faszinieren mich, denn in Düften entfaltet sich eine ganze Psychologie, ja, sogar Theologie. Meine Düfte sind würzig und aromatisch; Blumendüfte sind nichts für mich. Nie hat mich jemand mit einer Blume verglichen, wohl hat man gesagt, ich wäre schön wie ein Leopard. Ich habe eine Vorliebe für Sandelholz, Zeder und Russisch Leder. Auch den Duft von Moschus liebe ich. Kampfer mag ich auch, wegen seiner Reinheit. Geranie, Jasmin und Rosenöl sind für mich unverzichtbar. Diese Ingredienzien sind Bestandteil der Psychologie der Düfte.

Bei Kulthandlungen sind zwei Düfte besonders wichtig – Galbanum und Weihrauch – die herbe, moschusartige Süße des Galbanums, dem erdigen Duft der Erde, und der scharfe Reiz des Weihrauchs, als würden alle Bäume des Paradieses brennen. Auch habe ich eine Vorliebe, die niemand mit mir teilt – der Geruch von Jodoform regt mich an.

Soweit persönliche Dinge, die ich mit Worten beschreiben kann. Den Rest müssen Sie aus meinen Handlungen schließen.

Nun zu meinem weltlichen Background – meinem kleinen Heim auf dem Dachboden, das ich mir eingerichtet und für meine Zwecke hergerichtet hatte, als ich arm war. Die Menschen sollten mich ja so sehen, wie ich gesehen werden wollte, und ich wollte mich nicht mit den Feinarbeiten abgeben. Durch den Kopf spukte mir ein Atelier. Ein Künstlerstudio würde genügen, vorausgesetzt, ich war bereit, in ein Bad zu investieren.

Ich habe eine Schwäche für Badezimmer – vielleicht ein Überbleibsel aus meinen Tagen in Rom. Was ich wollte, war nicht leicht zu finden. Nach einem scharfen Wortwechsel mit dem Immobilienmakler entschied ich mich für eine Anzeige – und auf Kosten einer hohen Benzinrechnung lernte ich den unglaublichen Optimismus von Menschen kennen, die etwas anzubieten haben. Seltsam, dass meine Arbeit von so primitiven Dingen wie Räumlichkeiten aufgehalten werden sollte, umso mehr, da ich gut bei Kasse war. Früher hatte sich ein Platz von selbst gefunden – mein Loft, mein Fort – beide wie einer Zauberkugel entsprungen. Als die entscheidende Arbeit beginnen sollte, hatte ich Hilfe bitter nötig.

In Gedanken ging ich noch einmal alle Einzelheiten durch. Der Ort musste absolut ruhig sein, eine unabdingbare Forderung. Wie eine fotografische Platte durch Licht zerstört werden kann, so ist Lärm Gift für hohe Magie. Damit meine Besucher nicht ihren Freunden in die Arme liefen, musste ich einen Ort finden, der leichten Zugang bot und dennoch abgeschieden lag. Ich brauchte einen großen hohen Raum, in dem ich Gäste empfangen konnte, und einen weiteren als privaten Tempel, dazu die Räume, derer eine alleinstehende Frau bedarf, und natürlich das Badezimmer, das ich mir selbst herrichten müsste, denn ich habe noch nie einen Künstler getroffen, der meine Ansicht über Badezimmer teilt. So gering meine Bedürfnisse auch waren, ich fand nichts Geeignetes.

Plötzlich kam mir die kleine Kirche in den Sinn, die auf mich so deprimierend gewirkt hatte. Die Kirche war abscheulich, aber vielleicht genau der Ort, der all die Jahre auf mich gewartet hatte. Vielleicht hatten sich alle Wohnungen unsichtbar gemacht oder waren laufen gegangen, um für die kleine Kirche Platz zu schaffen. Es klingt verrückt, aber ein unerklärliches Gefühl zwang mich, der kleinen Kirche eine Chance zu geben.

Ihre Lage in der ruhigen Sackgasse neben dem Fluss war ideal – abgeschieden, denn für die Leute, die ich suchte, war die südliche Seite so weit weg wie die Berge auf dem Mond, und doch einfach zu finden, man brauchte nur über die benachbarte Brücke zu gehen und war wieder in zivilisierten Gefilden.

Also nahm ich mein kleines Auto und fuhr hinunter, um die Kirche erneut in Augenschein zu nehmen. Nachdem ich die Vauxhall Bridge überquert hatte, fand ich mich in dem seltsamen Bezirk wieder, wo Wandsworth[1] an Battersea[2] grenzt. Als Richtungsweiser diente mir der große Kamin mit seiner blassen Rauchfahne. Aber glauben Sie, ich fand die Stelle wieder? Die kleine Kirche, vielleicht durch meine Missachtung beleidigt, verhüllte ihr Antlitz. Vielleicht lastete auch ein Fluch auf mir.

Weder Polizist noch Postbote noch Straßenfeger konnten mir helfen. Den Polizisten hatte ich zuerst gefragt. So gründlich, wie ich den schmuddeligen Bezirk durchkämmte, hätte er mich womöglich als verdächtiges Subjekt eingebuchtet.

Kurz vor Einbruch der Dämmerung gab ich auf und machte mich auf den Rückweg zur Vauxhall Bridge. Erneut war Rushhour. Hinter der Brücke bog ich in die Grosvenor Road ein, um der verstopften Hauptstraße auszuweichen. Dreimal dürfen Sie raten, wen ich sah: die Kirche! Die untergehende Sonne sandte flache Strahlen über den Fluss, und am Ufer gegenüber leuchtete das Glas ihres Westfensters wie ein Juwel.

Ich wendete den Wagen so heftig, dass ich beinahe ei-

1 Stadtteil von London
2 Dito

nen Mann überfahren hätte. Nicht nur, dass der Querkopf meine Entschuldigung nicht annahm, er bedachte mich mit Ausdrücken, von denen Schwarze Witwe, Alter Drachen und Mörderbiene noch die harmlosesten waren. Ich, nicht auf den Mund gefallen, sagte ihm in meinem angenehmsten Timbre mit entsprechender Modulation: „Mach eine Fliege und scher dich zum Kuckuck." Er entgegnete: „Aber nur, wenn wir gemeinsam ein Nest bauen, meine Dame!"

Da er den Hut lüftete, sah ich, dass man ihm einiges zugute halten musste, denn er hatte rote Haare. Einen Augenblick lang nahm ich an, er wäre Arzt – ich liebe Ärzte! – denn ein köstlicher Duft von Jod wehte mir in die Nase, als er neben meinem Wagen stand und mich düster anstarrte. Aber das altmodische Haus mit doppelter Front, das er betrat, trug kein Messingschild. Wäre er Arzt gewesen, dann hätte ich seine Bekanntschaft gesucht, denn er strahlte etwas aus, das mich beeindruckte – Energie, ja, sogar Dynamik. Er war der Mann meiner Träume. Ich meine, so hatte ich mir den Mann vorgestellt, der mir assistieren sollte. Außerdem kann ein Arzt nützlich sein im Okkultismus. Aber vielleicht war es ja auch besser, dass ich ihn nicht ‚konsultierte'. Er war nicht nur verärgert, er war auch zu Tode erschrocken. Sogar wenn er gut drauf war, schien er ein Brummbär zu sein, gefangen in den Ketten von Konventionen und beruflichem Prestige. Aus seiner „Verdammt-sollst-du-sein-Miene" schloss ich, dass er ein Mann vom Fach war. Menschen, die Gott oder Mammon dienen, legen eine andere Miene an den Tag, wenn sie außer sich sind.

5

Danach hatte ich keine Probleme mehr, meine Kirche zu finden. Kurze Zeit später stand ich vor ihr. Neulich war sie mir finster erschienen. Ganz anders heute, mit anmutigen Linien, als hätte jemand eine Kathedrale zurechtgestutzt, und ihr Ziegeldach, das durch eine Straßenlaterne beleuchtet war, erinnerte mich an Italien. Die dicke Schicht des Londoner Schmutzes hatte den bröckeligen Stein der Fassade vorzeitig verwittern lassen, was ihr einen Anflug von Antik gab, worauf sie kein Recht hatte, allenfalls auf einen Hauch viktorianischer Gotik.

Das Schild *‚Zu vermieten'* ließ auf einen Hausmeister schließen. Also schlug ich mit dem riesigen Klopfer an die Tür, der so einen Lärm machte, dass ich befürchtete, das ganze Viertel aufzuscheuchen. Aber nichts geschah; nicht mal Neugier legte Hand an eine der Nottingham Spitzengardinen. Offensichtlich war der Zerberus nicht zu Hause. Deshalb wiederholte ich das Bombardement nicht. Als ich mir gerade die Adresse des Maklers notierte, eilte, eine Melone auf dem Kopf, ein Mann aus einem kleinen Haus herbei, das versteckt im Schutz der Kirche lag und an ein Pförtnerhaus erinnerte, wie es bei Landgütern üblich ist.

Melonen wirken immer so offensiv brav und haben etwas an sich, das mein Misstrauen weckt: Kein Mann, den ich als Freund bezeichnet habe, hat je so etwas getragen. Schlapphüte, flache Filzhüte, weiche Filzhüte, Homburger, also Pfaffenhüte, unter Umständen sogar Spitzhüte – alles, aber keine Melone. Wenn es wenigstens eine normale Melone gewesen wäre – aber sie war mit Teer beschmiert! Bis zum Abbau meiner Vorurteile war also noch ein langer Weg. Ein Mann, der seine Hüte teert, war mir noch nicht begegnet. Irgendetwas an diesem Typen erinnerte mich an ein Pferd, und ich vermutete, dass er ein pensionierter Droschkenkutscher war – später sollte sich diese Annahme bestätigen. Zu allem Überfluss sprach mich die Melone an: „Meine Dame, wollen Sie die Kirche besichtigen?"

Gerade wollte ich in der mir eigenen höflichen Art sagen. „Das geht Sie einen feuchten Kehricht an!", da holte er aus seiner Hüfttasche einen Schlüssel. Offenbar war der melonisch Behütete der Hausmeister. Das Schild „Zu vermieten" hatte bei mir zu einem Missverständnis geführt. Der Hausmeister wohnte eine Tür weiter. Der Schlüssel war so riesig, dass, wenn er ihn in der Hosentasche aufbewahrt hätte, dieses Anlass zu einem weiteren Missverständnis gegeben hätte. Davon abgesehen, dass es ihm unmöglich gewesen wäre, sich hinzusetzen. Die schwere Tür, verrostet wie sie war, knarrte in den Angeln. Offensichtlich war er der Meinung, seine Erscheinung würde ausreichen, der kleinen Kirche Glanz zu verleihen. Ihr Inneres war zwar dumpf und ungelüftet, aber es roch nicht muffig.

Wir betraten eine breite Vorhalle, die über die gesamte Fassade ging und von der Haupthalle durch eine gelb gestrichene Wand aus Pechkiefer getrennt war. Nachdem wir zwei Doppeltüren passiert hatten, fanden wir uns in dem typischen Inneren einer Kapelle wieder, nur dass am östlichen Ende ein geweihter Raum lag, mit Heiligen in den Nischen und einem hohen fleckigen Glasfenster mit einer schrecklichen Szene des Jüngsten Gerichts. Am anderen Ende über der Empore war eine Rosette eingelassen, die aus zwei konzentrischen Kreisen mit Teufeln zu bestehen schien. Welcher Sekte auch immer dieses Tabernakel gedient hatte, sie musste ganz schön schauerlich gewesen sein.

Offensichtlich war ein guter Architekt an der Arbeit gewesen, denn die Proportionen waren nicht übel. Aber es sah so aus, als hätte man die Kirche kurz vor Fertigstellung aufgegeben, denn es gab weder Kirchengestühl noch Kanzel, und auf dem mit Steinen gepflasterten Boden fand ich keine Anzeichen, dass hier früher etwas Derartiges existiert hatte.

Langsam schritt ich durch den breiten Raum und stieg drei Stufen hoch zu dem, was wie eine anglikanische Kanzel aussah, die man für Kultzwecke nutzte. Im Verhältnis zum Kirchenschiff war sie groß. Wahrscheinlich hatte sie als Versammlungsort gedient, und ich entdeckte zu meinem Erstaunen, dass das, was ich für einen überdimensionalen Altar gehalten hatte, ein kleines Becken aus Stein war, fast wie ein Schwimmbad *en miniature*. „Was in aller Welt ist das?", fragte ich den Hausmeister.

„Die Quelle", antwortete er und schaute sie voller Stolz an, so schmutzig und wenig einnehmend sie auch war.

„Hat diese Kapelle den Baptisten gehört?", wunderte ich mich, denn ihre reich geschmückte Architektur war nicht der übliche Stil dieser so strengen Sekte.

„Ja und nein. Er taufte seine Schäfchen, aber er hielt auch Gottesdienste. Er war so'n Zwitter aus Baptist und Kathole."

Die Vorstellung, was für eine Kreatur ‚er' gewesen sein mochte, verschlug mir die Sprache. Wie hatte es überhaupt funktionieren können? Egal – eins war sicher: Die zwei Hälften seiner Seele mussten ständig damit beschäftigt gewesen sein, sich gegenseitig zu verfluchen und aus der Kirche zu katapultieren.

„Welcher Religion gehörte er an?", fragte ich, als ich mein Gleichgewicht wiedergefunden hatte.

„Meine Dame, er gehörte keiner Religion an, er hatte seine eigene. Sie nannten sich ‚die Auferstandenen', jawohl!"

Mich an die andere Bedeutung des Wortes erinnernd, konnte ich ein Lächeln nicht unterdrücken. Er sah es und ging darauf ein.

„Nein, meine Dame, keine Leichenräuber. Sie glaubten,

sie würden wieder auferstehen, alle, genauso, wie sie waren. Entsprechend kleideten sie sich. Er taufte sie jeden Sonntag, indem er sie so tief untertauchte, dass sie wie Neugeborene wieder herauskamen."

„Hatte er viele Anhänger?", wollte ich wissen, an all die Trinitatis-Sonntage denkend und mich fragend, wie viele solch eine drastische Seelenrettung überlebt hatten, denn es schien keine Möglichkeit zu geben, das Becken zu heizen.

„Ja, ganz schön viele", antwortete er.

„Und das Ende der Geschichte?"

„Nun, meine Dame, Sie sehen, wie die Baptisten glaubte er an die Immersionstaufe, aber er glaubte auch an die Kindstaufe wie die Katholen sie zelebrieren. Einmal hat er ein Kind untergetaucht, und als es starb, hat er sich aufgehängt. Mit so was wie ‚ner Kollekte hat er sich nicht abgegeben. Deshalb ist niemals für den Platz bezahlt worden, und so gingen die Bauherren Pleite, die Makler schnappten sich die Kirche, und so ist es geblieben, in all den vierzig Jahren."

„Auf ihr muss ein Fluch liegen", sagte ich.

„Oh, das war mir recht", sagte er mit einem Augenzwinkern. „Wenn Sie sie nehmen, meine Dame, werden Sie einen Hausmeister brauchen?"

„Nein", sagte ich, „nein, aber für einen geschickten Mann gibt es jede Menge Arbeit, und vielleicht könnte Ihre Frau das Putzen übernehmen."

„Meine Frau hat man heute Morgen ins Heim gebracht, meine Dame, aber ich kann auch putzen, alles, was Sie wollen. Ich bin geschickt. Sehen Sie, in den letzten Jahren ist sie mit ihrer Religion so fanatisch geworden, dass sie keinen Handschlag mehr getan hat. Alles musste ich alleine machen: kochen, putzen, aufräumen..."

„Das tut mir leid", sagte ich in der Hoffnung, er würde es auf seine Frau beziehen und nicht auf das Kochen.

„Nun, meine Dame, wer weiß, wofür es gut ist. Ich könnte Ihnen bestimmt helfen, meine Dame, wenn Sie mir eine Chance gäben."

„Ich weiß noch nicht, ob ich nach hier ziehe", sagte ich. „Jeder, der mit dem Ort hier zu tun hat, scheint Pleite zu machen oder verrückt zu werden."

„Ich nicht, meine Dame, weder das eine noch das andere."

„Und Ihre Frau?"

„Verrückt, aber nicht pleite, meine Dame. Sie wäre eine ordentliche Putzfrau gewesen, wenn sie gewollt hätte. Aber sie bekam diesen religiösen Fimmel und kam davon nicht mehr los. Man sagte zu ihr: „Mrs. Meatyard, wenn Sie nicht ein bisschen dalli machen, müssen Sie gehen.

„Oh!", schrie sie, „der Herr naht."

„Nun, er ist noch nicht da, wollen Sie nicht mit Ihrer Arbeit weitermachen, während Sie warten?" schrie man zurück.

Es hatte keinen Sinn. Sie war wie besessen. Als sie sich die Kleider vom Leib riss und versuchte, sich im Waschkessel in der Küche zu taufen, hat man sie nach Hause geschickt."

„Himmel!", sagte ich, „war der Kessel heiß?"

„Oh nein, meine Dame. Ihr Guru hatte mit Komfort nichts am Hut. Ich behielt sie für eine Weile, aber es hatte keinen Sinn. Sie schrie ständig, der Herr wäre hinter ihr her. Am Ende schien sie sich mit dem Teufel verbündet zu haben. Es wurde so schlimm, dass ich sie abholen lassen musste. Nun ist sie fort. Aber, wissen Sie, meine Dame, wenn ich ehrlich sein soll, als Sie klopften, hatte ich mir gerade einen genehmigt, als Trost, sozusagen!"

„Sie müssen sich sehr einsam fühlen", sagte ich, obwohl er eigentlich recht munter aussah.

„Ja, ja. Es ist einsam. Aber friedlich. Während sie ihre Seele rettete, gab es für niemanden Frieden. Ich will Ihnen mal was sagen, meine Dame, wäre es meine Seele gewesen, ich hätte sie nicht gerettet. Ich hätte sie mir aus dem Leib gerissen. Sie war eine Rettung nicht wert, wirklich nicht, sie hat ihr nur Kummer gebracht."

Um diesen Schwall Psychologie zu bremsen, gab ich dem Gespräch eine andere Richtung.

„Ist der Makler in der Nähe?"

„Direkt um die Ecke, aber wenn Sie bis morgen warten wollen, werde ich ein paar Eimer Wasser über den Boden schütten und sagen, das Dach wäre undicht. Dann wird man Ihnen die Kirche billiger lassen. Ich möchte, dass Sie sie bekommen, denn ich glaube, Sie und ich, wir passen zusammen. Aber ich will Ihnen nichts vormachen, meine Dame, ich habe im Kittchen gesessen."

Was sollte ich angesichts solcher Freimütigkeit anderes sagen, als dass er einen Job hätte, wenn ich die Kirche nähme?

Wahrscheinlich war er für mich viel geeigneter als eine Frau. Das, was ich tat, würde ihn weniger erschrecken.

Nun, ich kaufte die Kirche, wenn auch mit Skrupeln, denn ich reagiere sehr empfindsam auf die Schwingungen eines Ortes, und ich fragte mich, was für eine Atmosphäre der mörderische Prophet und seine selbstmörderischen Anhänger hinterlassen hatten. Ich konnte mir den verrückten Fanatiker sehr gut vorstellen, der, ganz schön viele Anhänger um sich und seine verrückten Ansichten geschart und das architektonische Mischmasch produziert hatte, das ich nun bewohnen wollte. Hinzukamen die religiösen Ansichten dieses Non-Konformisten mit einem Hang für Rituale. Die baptistische und die katholische Seite seiner Natur würden mich hassen, aber da sie unterschiedliche Motive hatten, würde es sich aufheben.

Als erste heilige Handlung nahm ich eine gründliche exorzistische Reinigung mit dem Bannungsritual des großen Pentagramms vor. Was würde Meatyard wohl sagen, wenn er den Weihrauch roch, aber er meinte nur:

„Meine Dame, Sie brauchen sich keine Sorgen über die Abwasserrohre zu machen, es gibt keine", und es stellte sich heraus, dass er recht hatte, was den Preis erklärte, für den ich die Kirche bekommen hatte. Es war nur gerecht, dass er niedrig war, denn ich musste einiges investieren, bis ich sie so hatte, wie ich sie wollte. Ein altes Sprichwort sagt: ‚Was magischen Zwecken dienen soll, muss ohne Feilschen erstanden werden.' Aber auch das hat seine Grenzen.

Was das Badezimmer angeht, habe ich nicht gehandelt: Blassrosafarbener quarzähnlicher Marmor bedeckte die Wände, schwarzer Marmor den Boden, angewärmt, weil die Heizungsrohre darunter verliefen. Die Badewanne war außen schwarz wie eine Grabkammer, innen jedoch emailliert in demselben blassen Braunrosa wie die Wände. Außerdem war sie quadratisch und eigens für mich angefertigt worden. Reine Verschwendung, ich weiß, aber ich habe nun mal eine Schwäche für Badezimmer. Obwohl ich es nie zugeben würde, aber die Idee kam mir bei dem schrecklichen Becken des Propheten. Mr. Meatyard jedoch erriet meine geheimen Wünsche und meinte augenzwinkernd:

„Ich sehe schon, meine Dame, Sie sind ein Fan der Immersionstaufe."

„Ich glaube nur daran, dass ich bekomme, was ich will", sagte ich.

„Das tun viele, aber wenn sie es haben, dann stellen sie fest, dass sie es gar nicht mögen."

In meinem Schlafzimmer hatte ich das seltsame Blaugrün von Chagrinleder verwendet, das mich immer an die See an einer Felsenküste erinnert. Möbel gab es keine, nur mein Bett, meinen Frisiertisch und ein Schränkchen neben dem Bett. Alles andere war Dekoration. An den Wänden, wo keine Spiegel hingen, zogen sich reliefartige Gebilde hin, die an brechende Wellen erinnerten. Wie es sich für ein Schlafzimmer gehört, lag es nach Osten, obwohl ich den ganzen Raum umkrempeln musste, um ihn so hinzubekommen, denn es gab nur wenige Räume, die nicht Kirche waren. Dass der Ort für mich überhaupt nutzbar war, verdankte ich dem Propheten, der nach der Taufe für seine ersoffenen Ratten Ankleideräume haben musste. Seine Sakristei hatte ich zur Küche umfunktioniert, und die Räume, in denen er die Engel dem Teufel entrissen hatte, dienten mir als Schlafzimmer und Badezimmer. Nach den Ausmaßen der Räume zu urteilen, hatte er Konvertierende in Massen erwartet.

Schließlich richtete ich mich häuslich ein und verbrachte die meiste Zeit in der großen Halle.

Die Halle hatte ich umbauen lassen, und sie strahlte jetzt geradezu überirdischen Glanz aus. Die Wand aus Pechkiefer war ersetzt worden durch eine aus alter Eiche, und dunkler Parkettboden verdeckte die kalten grauen Steine. Ich hatte nicht versucht, die Arbeit des Steinmetz' zu korrigieren, hatte Kreuzbögen, die in einer Gewölbekappe zusammenliefen, mit Gips durchsetzt und in der Farbe alten Pergaments bearbeitet, immer noch die trüben Schattierungen ehemals goldener Sterne tragend. Ich ließ alles so, wie ich es vorgefunden hatte, aber ich entfernte die schrecklichen, fleckigen Glasfenster und ließ aus ihren bunten Stücken ein verwirrendes Mosaik entstehen, wie ein Juwel aus dem Rokoko. In die Spitzbögen der Kanzel ließ ich Bleifenster aus durchsichtigem Glas einbauen, sodass man in das hineinschauen konnte, was einst ein schmutziges und von Katzen bevölkertes Verließ gewesen war, aber jetzt wie ein italienischer Hof wirkte. Der Architekt musste an eine italienische Kirche gedacht haben, denn Feigenbäume in großen irdischen Krügen machten sich ausnehmend gut, und über ein Spalier zog sich wilder Wein.

Im Sommer wollte ich mich vorwiegend im Altarraum aufhalten, wo die Sonne durch die Blätter einer großen Platane hereinbrach, anmutig wie eine Weide, denn eine Baumsäge hatte sie nie gekannt; im Winter würde ich mich in die getäfelte Ecke am großen Kamin zurückziehen, den ich hatte einbauen lassen.

Allen Schmeicheleien des Kaminbauers trotzend, einen fertigen Kamin zu nehmen, hatte ich meinen Kopf durchgesetzt. Ich wollte einen Kamin nach meinem Geschmack, größer als der Speisetisch der meisten Leute, und wenn der Steinmetz nicht so wollte wie ich, klopfte ich ihm auf die Finger – bis er fertig war, mein Kamin, und die Feuerstelle mit einem großen kupfernen Dach abgedeckt. Im Winter loderte ein Feuer aus Scheiten, fast einen Meter lang und aus Torfstücken, und da die große Halle selbst bei heißestem Wetter kühl war, glomm das Feuer auch im Sommer. Ich hatte Diwane und große Stühle aufstellen lassen, niedrige Hocker und Sitzkissen, dazu Vitrinen, in denen ich meine Erinnerungen ausstellte; und eine Unzahl von Kissen nannte ich mein Eigen. Auf der Empore, zu der Gelegenheitsbesucher keinen Zugang hatten, standen meine Bücher.

Nicht, dass ich viele Besucher gehabt hätte. Für Geplauder hatte ich weder Lust noch Zeit. Mr. Meatyard hatte eine verheerende Art, Besucher abzuwimmeln. Die Leute, die ich sehen wollte, kamen aus einem bestimmten Grund.

Mr. Meatyard war zauberhaft, nachdem wir das Problem mit seinem Hut gelöst hatten. Er war kahl wie das sprichwörtliche Ei und erklärte höchst einleuchtend, dass es ihm im Winter ohne Hut und Haare zu kalt wäre und im Sommer die Fliegen seine Glatze als Landeplatz benutzten. Er brauchte Schutz. Wir schlossen einen Kompromiss: schwarze Samtkappe. Mit seinen Segelohren und der Fuchsnase sah er aus wie ein Gnom, und wenn man ihn vor einen Hintergrund aus alter Eiche platzierte, war er ein Anblick für die Götter! Und das ideale Faktotum für mein Kaliber, mit Aussehen und Ruf eines Vampirs, den es aufrechtzuerhalten galt. Niemand, der ihn sah, hätte ihn für einen ehemaligen Droschkenkutscher gehalten. Außerdem entwickelte er sich unter meiner Fuchtel zu einem bewundernswerten Koch.

Es war ein seltsamer Haushalt. Da hatte ich mich in eine verlassene Kapelle in einer Allee auf der südlichen Seite mit einem Droschkenkutscher als Koch zurückgezogen. Aber auch Priesterinnen eines seltsamen Kults müssen während ihrer Inkarnation leben, und es gibt seltsamere Kulte als den meinen.

Das Ganze war einfach, aber anspruchsvoll. Dennoch brauchte es seine Zeit, bis ich alles eingerichtet hatte. Ich ging nicht in die großen Geschäfte, um irgendetwas zu bestellen, sondern stöberte in urigen kleinen Läden in den Seitenstraßen, denn dort verstecken sich die wundersamsten Sachen. Man muss nur wissen, wo und wie, und was man sucht. Schwere viktorianische Mahagonimöbel mit Knöpfen und Schnörkeln sind eine Sache, dieselben Stücke, vom Schnickschnack befreit, lackiert und mit Goldstaub getönt, eine andere. Stück für Stück klaubte ich mir mein neues Heim zusammen, während ich im alten lebte. Als ich endlich einziehen konnte, war es Spätsommer.

Der Einzug war fast ein Martyrium. Weil ich, wie gesagt, sehr empfindlich in Bezug auf die Schwingungen eines Ortes bin, hatte ich eine ausgiebige spirituelle Reinigung vorgenommen. Der Ort war daher frei von allem Bösen, aber infolgedessen bar jeglicher Ausstrahlung und seelenlos wie der Weltraum. Während die Arbeiter ihn noch mit Beschlag belegten, nahm ich dort mehrfach zwanglos mein Mahl ein, aber das ist etwas anderes, als dort zu leben.

Mr. Meatyard blieb in seiner Kate. So hatte ich das gesamte Gebäude für mich, und ich kam mir vor wie eingesperrt in einem Vakuumglas. Nie zuvor hatte ich so etwas Seltsames erlebt. Ich glaube, etwas Ähnliches fühlt man, wenn man in einem einsitzigen Flugzeug über den Atlantik fliegt – mein Bannritual war wirklich sehr wirkungsvoll gewesen. Zum Glück war es ein sonniger Tag, umweht von einer leichten Brise, als ich meinen Dachboden endgültig verließ und mit meinem neuen Wagen, einem hübschen schwarzen Coupé, über die Brücke fuhr, um ein neues Leben zu beginnen. Wenn es nass und kalt gewesen wäre, ich hätte es nicht ertragen.

Mr. Meatyard hatte ein wunderbares Mahl vorbereitet, wie es nur ein Mann kann, der es gewohnt ist, auf einer Schaufel über einem Kohleneimer zu kochen, und trotz der Wärme des Tages flackerte im Kamin friedlich ein Feuer aus Torf und Zedernholz. Als die Dämmerung hereinbrach, flüchtete ich, wie von Furien gehetzt, auf die Warft, um die letzten Strahlen des Sonnenuntergangs zu erhaschen.

Die Sonne stand schon unter den Dächern von Pimlico auf der anderen Flussseite, denn hier biegt der Strom von Norden nach Süden, und die Silhouette der Häuser gegen den Himmel erinnerte mich an die Anden. Der Fluss zur Strommitte hin lag bereits im Schatten der Dämmerung, indigoblau, aber am südlichen Ufer flammte er in allen Schattierungen von Orange, und in den Wellen fing sich das Licht wie in funkelnden Juwelen. Ein Schlepper kam mit der Flut hinunter und hob sich mit seiner hohen Deckladung wie eine gigantische Gondel gegen das Gold des Himmels ab wie ein Scherenschnitt. Ich ließ mich auf einem großen Holzbalken nieder, unter meinen Füßen, die auf einer verrotteten Planke ruhten, schwappte das Wasser, und ich beobachtete, wie die Pracht verging und die Nacht hereinbrach.

Das schwindende Licht nahm den Schmutz der Hauptstraßen von Pimlico mit; ihre ungleichmäßigen Hausdächer und spiralförmigen Kamine standen gegen den heller werdenden Himmel wie eine zerrissene Silhouette. Mit dem nachlassenden Licht und dem heraufziehenden Nebel verschwamm die Silhouette noch mehr, bis ihre zerklüfteten Umrisse zu sanften Wellen wurden und schließlich zu Hügeln verblassten. Als die Dämmerung heraufzog, wurden die Lampen auf der Grosvenor Road heller und warfen lange glitzernde Muster über das dunkler werdende Wasser, aber sie wurden nie ganz hell, denn ihr Teil der Welt hatte wenig mit Handel und Geschäft zu tun und gehörte auch nicht zu den elegant-modernen Bezirken. Die Häuser am Fluss waren alt, hoch, und das Licht der Straßenlaternen erreichte nicht einmal das zweite Stockwerk. Allmählich jedoch wurde die dunkle unregelmäßige Linie ihrer zerklüfteten Fassaden hier und dort von Vierecken aus gelbem Licht unterbrochen, wenn das Licht in Häusern anging, deren Bewohner sich nicht die Mühe machten, die Fenster, die zum Fluss hinausgingen, mit Vorhängen abzudichten.

Plötzlich bemerkte ich, wie sich in einem der Fenster im obersten Stockwerk, das zuletzt hell erleuchtet gewesen war, etwas hin- und herbewegte wie ein Pendel, und ich fragte mich, was für ein Gewerbe wohl zu dieser Stunde dort oben ausgeübt wurde. Dann verdunkelte sich das Viereck eines der Fenster, und ich sah gegen das Licht die Umrisse von Kopf und Schultern eines Menschen. Vermutlich lehnte ein Mann mit den Ellbogen auf der Fensterbank und sah auf den Fluss. Dass es ein Mann war, dessen war ich mir sicher, denn keine Frau geht so durch einen Raum. Merkwürdigerweise kam mir mein rothaariger, ungestümer Freund in den Sinn, den ich beinahe überfahren hatte. Die Art des Hauses und das rastlose Hin und Her hätten zu ihm gepasst.

Meine Gedanken kehrten zu dem Mann zurück. Sein Bild hatte sich in meinem Gedächtnis deutlich eingeprägt, typisch bei solchen Ereignissen, denn es hatte nicht viel an einem grässlichen Unfall gefehlt, und nur weil er trotz seines untersetzten Körperbaus flink wie eine Katze war, hatte er sich retten können. Ich war nicht überrascht, dass er mir gegenüber die Fassung verloren hatte.

Er war ein Mann mittleren Alters mit dem blassen Gesicht eines Menschen, der nicht viel an die frische Luft kommt. Das rote Haar seines Kopfes, einer Bulldogge nicht unähnlich, war leicht ergraut und begann, an den Schläfen zurückzutreten. Viele Linien durchzogen sein Gesicht, einschließlich Furchen zwischen den Augenbrauen, die nervöse Anspannung verrieten, und die tief eingegrabenen Linien von den Nasenwinkeln bis zu den Ecken des Kiefers waren ein Signal für Reizbarkeit. Seine tiefliegenden Augen, vor Schreck weit aufgerissen, funkelten mich unter den schweren Brauen an wie die eines Kindes. Bösartig sah er nicht aus, auch nicht schlecht gelaunt, eher überlastet und verbittert. Ganz sicher war er kein angenehmer Zeitgenosse. Seine Kleidung war gut, aber alt und nachlässig gepflegt. Der braune lederne Aktenkoffer ließ mich auf einen Mann vom Fach schließen, sein blauer Zweireiher und sein Schlapphut hoben den Eindruck auf. Als er den Hut lüftete, kam seine Stirn zum Vorschein, ungemein breit und hoch, und die Hand, mit der er nach meiner Tür griff, um sein Gleichgewicht wiederzufinden, war schön geformt, breit und viereckig wie er selbst, trotzdem sensibel und geschmeidig: die Hand eines Pianisten, die, im Gegensatz zur volkstümlichen Meinung, nie schlank und langfingrig ist.

Das wütende, bulldoggenartige Gesicht mit den wunderbaren Brauen war mir irgendwie vertraut, und es hätte mich nicht gewundert, wenn ich es in der Zeitung gesehen hätte, denn ein Mann mit solch einem Kopf und solchen Händen war nicht irgendwer. Er stellte etwas dar, trotz seiner nachlässigen Kleidung und seines altmodischen Wohnsitzes.

Ich saß dort beobachtend in der warmen Dämmerung,

inzwischen überzeugt, dass der hin- und herwandernde Mann und der, den ich beinahe überfahren hatte, ein und dieselbe Person waren, und fragte mich, welche Erlebnisse diese Linien in sein Gesicht eingegraben hatten und was ihn zu einem ruhelosen Tiger hatte werden lassen. Für eine Frau wie ich, die so viel Erfahrung mit Männern hat, war es nicht schwierig zu erraten – dieser Mann hatte große sexuelle Probleme. Die nachlässige Kleidung; die beiden Räume im obersten Stock eines Hauses, offensichtlich eine Pension, wo er wahrscheinlich Dauergast war; der zusammengepresste Mund – all das erzählte dieselbe Geschichte. Plötzlich sah ich ihn als Mann, der ohne eigenes Verschulden von seiner Frau getrennt lebte und mit seinem Gewissen keine Kompromisse schloss. Arm war er nicht, das bewies seine Kleidung. Außerdem strahlte er Selbstsicherheit aus, die nicht mit Versagen einhergeht. Dass die Situation nicht durch seine Schuld zustande gekommen war, schloss ich aus dem festen, strengen Mund und seinem offenen, pflichtbewussten Blick. Vielleicht hatte er die Pflicht übertrieben – Frauen sind seltsame Lebewesen und schätzen einen Mann nicht immer seiner Tugenden wegen – dennoch glaubte ich, dass ein Mann mit seinen Händen zugänglich für Gefühle war. Das, in Verbindung mit der Vitalität, die aus seinen schnellen, agilen Bewegungen sprach, und die Antriebskraft, offensichtlich in diesem robusten, untersetzten Körper eingesperrt, ergaben die Erklärung für das zerfurchte Gesicht und die wütenden, unglücklichen Augen.

Das erinnerte mich an das Dilemma, das mir meine Arbeit gebracht hatte. Meine Lebensaufgabe war es, Lösungen für genau solche verklemmten Existenzen zu finden, wie sie dieser Mann verkörperte. Er war sicherlich ein anständiger Kerl, wahrscheinlich zu anständig und von seiner eigenen Anständigkeit frustriert. Was sollte man solch einem Mann raten? Sich zu beugen? Er sah nicht so aus, als würde er einen solchen Rat befolgen, und selbst wenn – er wäre nicht glücklicher. Es war ein tragisches Problem, für das eine Religion, die die Liebe predigt, keine Alternative bietet.

Aber welche Vorschläge konnte ich, eine Heidin, sinnvoll anbieten? Dieser Mann war dazu verdammt, in einem christlichen Land zu leben und mit den Konsequenzen des Zorns klarzukommen, wenn er beim Überschreiten moralischer Grenzen erwischt wurde. Mr. Gladstone hat 1884 erklärt: „Es gibt nichts Schlimmeres, als von einem wahnsinnigen Schaf gejagt zu werden."

Als großer Apostel der evangelischen Rechtschaffenheit der Mittelklasse sollte er es eigentlich wissen. Ein leidender Odysseus von heute muss seinen Weg zwischen der Keuschheit von Skylla[3] und der Promiskuität von Charybdis[4] suchen. Eine auf diesem Gebiet bekannte Autorität hielt einst einen Vortrag über die Grenzen der Promiskuität. Demnach gibt es keine Grenzen der Keuschheit, wenn man erst einmal mit dem Spiel begonnen hat. Ich war immer der Meinung gewesen, das wahre Geheimnis des Lebens läge darin zu erkennen, wann man aufhören muss und ob man zu der rechten oder der linken Seite des Pfades tendiert.

Wenn man davon ausgeht, dass ich eine Priesterin der Natur sein soll und ein Beispiel für ein Zuviel der guten Seite, bei wem würde ich Gehör finden? Würde ich mir nicht selbst auf die Füße treten? Wie weise waren jene gewesen, die mich auf den Weg schickten, als sie sagten: „Predige nicht das Gesetz, sondern lebe es."

Mit der Dämmerung war ein kühler Wind aufgekommen. Irgendwann musste ich meiner neuen Behausung gegenübertreten, und je früher ich es tat, desto besser. Den Mann auf der anderen Seite des Flusses weiter zu beobachten, hatte wenig Sinn; er bewegte sich immer noch wie ein Tiger im Kä-

3 Meeresungeheuer aus der griechischen Sage

4 Dito

fig und schien entschlossen zu sein, eine ganze Nacht daraus zu machen. Zum Glück war inzwischen der Mond über den Häusern aufgegangen, denn die Warft war unbeleuchtet, und die verrotteten Steine waren für meine dünnen Slipper nicht gerade das richtige Pflaster.

Langsam ging ich die kleine Straße entlang. Obwohl der Abend warm war, versteckten sich die Leute dekorativ hinter Vorhängen. Aus einem der Fenster drangen die Klänge eines Harmoniums. Ich fragte mich, welche Schicksale sich hinter den Schildblumen auf den Fensterbänken verbargen, und war sicher, dass dort menschliche Wesen wohnten, die gegen die Beschränkungen ihres Umfelds kämpften und sich nach einem Leben sehnten, das ihnen verwehrt war. Es gibt einen Unterschied zwischen der Intelligenz eines Landes und seiner Durchschnittsbevölkerung und eine andere Kluft zwischen den großen Zentren der Welt und der Provinz; und eine weitere zwischen den Provinzen und der Diaspora. Vermutlich lebten die meisten hinter den verschlossenen Fenstern selbstgefällig wie die Philister und dankten Gott, dass sie nicht ‚so wie die anderen' waren, deren Taten von den Sonntagszeitungen angeprangert wurden. Nach dem Gesetz der Wahrscheinlichkeit war unter den etwa zwanzig Häusern in dieser kurzen Straße mindestens eins, dessen Spitzenvorhänge eine kleine private Hölle verbargen.

Als ich mich umdrehte, um die schwere Tür hinter mir zu schließen, blickte ich die Straße hinunter, über das Wasser, und es schien mir, als ob selbst durch den stärker werdenden Nebel des Flusses immer noch das Licht in dem oberen Fenster schimmerte, von einem rastlosen Schatten hin und wieder verdeckt. Dann schloss ich die schweren Riegel, drehte mich um und betrat die große Halle.

Einen Flügel der Doppeltür in jeder Hand, hielt ich inne. Durch das hohe Ostfenster flutete das Mondlicht hinein. Das schmuddelige Glas des oberen Fensters glühte dumpf wie ein Schatten und glitzerte wie das Licht in einem schwarzen Opal; durch das klare Glas der Fensterlinie, die jetzt die oberen Bögen füllte, brach das Mondlicht herein und warf die scharfen Schatten der Glasscheiben auf die breiten Fenstersitze mit den Sitzkissen. Auf dem dunklen polierten Boden erstreckte sich ein heller persischer Teppich. In dessen Mitte stand ein maurischer, mit Intarsien versehener Tisch, von einer breiten flachen Glasschale mit Seerosen gekrönt. Das Mondlicht überschüttete sie mit seinem Glanz, und ein Fleck hellen Lichts sammelte sich in der Krümmung des Glases. Die Rosen schwammen farblos auf der silbernen Oberfläche des Wassers. Unter ihnen schimmerte ein goldenes Feuer. Ich beobachtete diese sanft glimmende Schale vom anderen Ende der großen Halle aus. Als ich einige Altarstufen hinaufschritt, lag sie mit meinen Augen auf gleicher Höhe, und als ich sie anstarrte, schien es mir, als ob sich etwas wie Nebel von der Oberfläche des Wassers erhob und in der stillen Luft wie Rauch emporstieg, und es schien, als ob dieser Nebel ein weiteres Licht barg. Da wusste ich, es war alles gut: Die Kraft war herabgekommen. Isis hatte den Tempel, den ich für sie bereitet hatte, in Besitz genommen. In der Sprache der Eingeweihten: ‚Ich hatte Kontakt.'

6

Die Geschichte mit den Kontakten ist eine seltsame Sache. Ich habe erzählt, dass meine Wohnung so leer war wie der Weltraum, und meine Seele so einsam, als würde ich zwischen den Sternen umherirren. Ohne nachzudenken, ging ich zum Fluss hinunter, starrte auf das Wasser, und plötzlich war ich wieder verbunden und voller Energie, denn das geschieht nur durch ein Lebewesen, das als Kanal fungiert. Meine spirituelle Wandlung hatte Isis bewogen zu kommen, nicht eine Veränderung in Isis selbst; dennoch erreichte mich Isis durch das Wasser.

Ich sperrte das Mondlicht nicht aus und ging hinüber zum Kamin, um das glimmende Feuer anzufachen, denn die Flussnebel hatten mich frösteln lassen. Der Mensch muss die Grundlage für alle Erscheinungen schaffen. Mir war nicht nur kalt, ich war müde und froh, dass eine Kupferkanne mit Kaffee in der Glut zum Wärmen stand. Ich trank ihn, zündete eine Zigarette an und legte mich in die Kissen eines tiefen Sessels zurück, völlig entspannt und das Feuer beobachtend.

Mond und Wasser sind die Natur der Frau, Feuer entspricht der Natur des Mannes, und während ich in das Feuer starrte, fiel mir der Mann auf der anderen Seite des Flusses ein. ‚Lass es', dachte ich, ‚sonst nimmst du eine telepathische Verbindung mit ihm auf.' Nachdem ich ihn mit einer bannenden Geste aus meinem Kopf vertrieben hatte, gab ich mich der Meditation hin.

Ich hatte einen Ort für meine Arbeit, meinen Kontakt geschaffen. Jetzt ging es darum, Leute zu finden, die mit mir zusammenarbeiten sollten. Ich, die ich mich bisher immer auf mich verlassen hatte, musste mich jetzt auf andere verlassen, und das rettete mich. Bis jetzt hatte ich in mir die richtigen Bedingungen schaffen müssen, alles andere war von selbst geschehen. Die Gewissheit, auf Einsicht, Mut und Hingabe anderer angewiesen zu sein, gab mir ein Gefühl von Unsicherheit, und beim praktischen Okkultismus sind Nerven alles. Der Faktor des freien Willens kam mit dem Auftritt anderer Akteure im Drama. Die Tatsache allein, dass meine Seele bereit war, reichte nicht aus.

Bei der okkulten Arbeit habe ich immer am meisten befürchtet, dass die Leute, mit denen ich zusammenarbeitete, die Nerven verlieren könnten. Verrat ist schnell durchschaut; Unerfahrenheit spielt keine Rolle, wenn der Wille zur Hingabe vorhanden ist, aber die Nerven zu verlieren ist eine Katastrophe, zumal, wenn sie nicht vorhersehbar ist. Diejenigen, die am meisten versprechen, halten oft am wenigsten. Die schwierigen Intellektuellen, die unter Stress schlapp machen, sind das Repertoire fortgeschrittener Zirkel; man ist an sie gewöhnt. Aber was fängt man mit Menschen an, die frei von Hemmungen zu sein scheinen und plötzlich zurück in den Kindheitsglauben fallen? Sie klammern sich wieder an Mutters Rockzipfel, und für diese Inkarnation ist es mit der Aufklärung vorbei. ‚Gib mir ein Kind bis zum Alter von sieben Jahren', sagte Ignatius von Loyola, ‚und jeder wird es anschließend mögen.'

Dieser grimmige Heilige schien darauf stolz zu sein, aber darauf braucht man genauso wenig stolz zu sein, als wenn man einer Fliege die Beine ausreißt. Wenn ein Mensch mittleren Alters einem siebenjährigen Kind seine Meinung aufzwingt, welche Chance hat das Kind dann, sich den wechselnden Bedingungen des Lebens anzupassen? Dieses Kind beginnt das Leben eine Generation hinter der Zeit, und wenn es erwachsen ist, ist es sogar zwei Generationen zurück. Wenn wir nicht tagtäglich mit dieser Überheblichkeit kämpfen müssten, würden wir sehr schnell den Moloch sehen, der daraus erwachsen ist. Die Worte Cromwells, eines tief religiösen Mannes, würde ich über die Tür einer jeden Kirche und Kapelle im ganzen Land schreiben: ‚Ich flehe dich im Namen von Jesus Christus an, gib zu, dass du dich irren kannst', aber ich glaube nicht, dass es landauf, landab eine Kirche oder eine Kapelle geben würde, wo man mich gewähren ließe.

Wahrscheinlich kämpfte der Mann, der am anderen Ufer wie ein Tiger in seinem Zimmer hin und herging, gegen Hemmungen, mit denen man ihn gefesselt hatte, bevor er sieben Jahre alt war. Warum sollte er, wenn seine Frau nicht mit ihm leben wollte, nicht mit der Frau eines anderen leben, deren Ehemann sie satt hatte? Neues Spiel, neues Glück – und jeder wäre zufrieden! Es könnte alles so einfach sein, wäre nicht der Besitzanspruch, den wir durch Sex zu erlangen glauben, und der magische Wert, den wir der Tugend der Jungfräulichkeit zuschreiben – beides irrationale Tabus in den Augen jedes normalen Bürgers, ausgenommen der Sentimentalen. Die Menschen brechen diese Tabus, und solange man sie nicht erwischt, passiert nichts. Es ist nicht anders als bei einem Wilden, der, vom Hunger getrieben, einen Fisch isst, in dem die Seele seiner Vorfahren wohnt. Wenn sein Stamm davon erfährt, wird man ihn in der Wildnis aussetzen und dort sterben lassen; oder sein Gewissen jagt ihn in den Tod. In den Augen unseres polynesischen Bruders sehen wir den Staub der Sonne, aber der Strahl in unseren eigenen Augen ist die Säule des Tempels.

Es gab für mich nichts zu tun, als wachsam zu sein und auszuharren. Die Leute zu suchen, die ich wollte, war sinnlos; ich musste warten, bis sie mich gefunden hatten. Ich ließ auf den spirituellen Ebenen den Ruf der Isis erklingen, wie ein Funker seinen Kode in den Äther hinausschickt. Diejenigen, die auf meiner Frequenz waren, würden meinen Ruf auffangen, und der ‚Zufall' würde dann den Rest besorgen. In Scharen würden sie aus allen Ecken herbeiströmen, angelockt wie vom Klang einer Flöte, aber nicht wissend, was sie dorthinzog. Dann würde ich ihrem Bewusstsein erklären müssen, wer ich war. Es würde nicht leicht sein, denn meine Pläne waren von den normalen Vorstellungen so weit entfernt, dass sie kaum jemand verstünde: Auf den ersten Blick würden sie sogar verrückt erscheinen, und die Menschen fürchten das, was sie nicht verstehen. In früheren Zeiten bin ich sehr gefürchtet gewesen; von der Furcht bis zum Hass ist nur ein kleiner Schritt. Um das, was folgt, verständlich zu machen, muss ich einiges erklären.

Aus der Tatsache, dass ich Heidin bin und Iris verehre, ein anderer Name für die Natur, habe ich niemals einen Hehl gemacht. Das bedeutet nicht, dass ich den EINEN Gott, die Quelle allen Seins, leugne, denn in der Natur hat sich Gott manifestiert; aber ich glaube, alles hat seine Zeit – spirituelle Dinge wie auch natürliche, und wir machen einen Fehler, wenn wir das Spirituelle übertreiben. Die Menschen beachten dieses Gebot, zumal wenn sie Angst haben, die Dinge beim Namen zu nennen; ich habe keine Angst.

Ich setze mein Vertrauen in die Natur; für mich ist sie heilig, verkörpert in der Figur der Großen Isis, deren Symbol der Mond ist. Ich habe dem Kult der Großen Isis seit Zeiten gedient, und es ist heute meine Aufgabe, für die Natur einzutreten – denjenigen gegenüber, die über Isis lästern und damit über sich selbst.

Die Masse ist unwissend, aber grausam und mächtig, und wir, die wir zur großen Natur, der All-Mutter zurückkehren und sie anbeten, werden in den Kerker geworfen. In der Zeit, von der ich spreche, war es meine Aufgabe, den verborgenen Weg hinunter in die Katakomben zu zeigen – den Weg des nach innen schauenden Auges, den Weg des medial Begabten durch die spirituellen Ebenen, wo die Verehrung auf sicherem Boden erfolgt und die Gläubigen der Wut des Mobs entfliehen konnten. Wir nennen das ‚Tür ohne Schlüssel' oder ‚Tor der Träume', Freud hat ‚es' gefunden und verwendet ‚es' für das, was der Tag hervorbringt; wir, die Eingeweihten, verwenden ‚es' für das, was die Nacht hervorbringt. Ich bedauere, dass ich in Rätseln sprechen muss, aber anders kann ich es nicht ausdrücken, und dieses Buch ist voller Rätsel. Auf eins mehr oder weniger kommt es daher nicht an.

Schluss mit den Rätseln. Zurück zum Konkreten. Ich wollte Magie praktizieren, und dafür brauchte ich Hilfe, denn die magische Organisation ist wie eine Pyramide gebaut: Auf den spirituellen Ebenen oben an der Spitze die Gottheit, und zwei Wesen auf der physischen Ebene, die die Kraft durchbringen – Shakta und Shakti, wie die Hindus sie nennen. Shakti entspricht der Isis. Im Osten versteht man diese Zusammenhänge, im Westen ist das Wissen seit Zerstörung der Mysterien verlorengegangen, ich aber erinnere mich an die Mysterien.

Um meine Arbeit beginnen zu können, brauchte ich einen Priester, der Rest würde von selbst kommen. Es war der erste Schritt und der schwierigste. Ich konnte nichts tun, als den Altar zu bereiten. Isis würde ihren eigenen Priester wählen.

So vergingen die Tage. Der Sommer vermählte sich mit dem Herbst und der Herbst mit einem späten Winter, denn es war für die Zeit des Jahres wunderbar mild. Ich hatte mein neues Heim lieben gelernt, die Einrichtung war abgeschlossen, und ich hatte keinen Grund mehr, in den Nebengassen hübschen alten Krimskrams aufzustöbern. Die Tage schleppten sich dahin. Noch hatte ich mich nicht durchgerungen, Vorbereitungen für den geheimen Tempel zu treffen, wo der wichtigste Teil meiner Arbeit getan werden musste. Die Inspiration wollte nicht kommen; sie lässt sich nicht erzwingen. Die Throne, der kubische Altar, die Couch für die Trance und der große Spiegel waren bereit, und einige magische Instrumente besaß ich auch, geweiht war nichts.

Ich beschäftigte mich viel mit meinen Studien, aber die Arbeit war einsam und öde, und allmählich ging mir die Polarisierung verloren. Kein Magier kann ohne Partner arbeiten. Meine wichtigste Zerstreuung war, den Fluss im Wechsel der Gezeiten zu beobachten, bei Flut war er ein wundervolles elementares Geschöpf. Ich vermisste die offenen Flächen und die Abgeschiedenheit, an die ich mich gewöhnt hatte und die für mich so wichtig war, und ich hasste es, ständig Leute um mich zu haben. Ich begann herumzuwandern. Nachts im Nebel und bei schlechtem Wetter hatte ich das Themse-Ufer fast für mich allein. Ich ging über die Lambeth Bridge bis Blackfriars und zurück. Meistens schüttelten die Polizisten den Kopf, wenn ich in meinem schwarzen Cape auftauchte, und warnten mich vor dem schrecklichen Schicksal, das mich unweigerlich ereilen würde, – zu solch unorthodoxer Zeit und unter solch gefährlichen Umständen, aber ich besitze keine Wertgegenstände, die für einen Räuber interessant sind, und gehe schneller als die meisten, sodass ich für herumstreunende Taschendiebe keine Versuchung darstelle und nur eine sehr geringe für herumlungernde Kerle, denen sowieso schnell die Puste ausgeht. Ich glaube, man überschätzt die Gefahrenquelle für vernünftige Frauen. Wenn er nüchtern ist, riskiert kein Mann eine Abfuhr, und hat er einen im Tee, dann ist er zu gar nichts fähig. Es gibt zwar geborene Opfer, aber zu denen gehöre ich nicht.

Bevor die hellen Sommerabende begannen, hatte ich ein Erlebnis, das meine Meinung änderte. Ich merkte, dass ich von Zeit zu Zeit verfolgt wurde. Wie jeder sensitive Mensch weiß, gibt es im Nacken einen bestimmten Punkt, und wenn jemand auf diesen Punkt starrt, spürt man es. Zunächst war ich mir nicht sicher, hatte dem auch nicht viel Aufmerksamkeit geschenkt, nach dem Grundsatz, dass der einfache Mann von der Straße frei seine Meinung sagen darf und dasselbe

Recht wie ich hat, die City of London zu benutzen, solange er nicht zum Ärgernis wird. Anstatt über die Schulter zurückzuschauen, machte ich mir einen Spaß daraus, meinem Verfolger ein Schnippchen zu schlagen, und wenn er sein Heim so erhitzt erreicht hattte wie ich meins, muss es ihm sehr gut getan haben.

Aber die Wiederholung des Ereignisses hatte eine größere Wirkung auf mich, als ich zugeben wollte. Außerdem zerrten die lange Inaktivität und die Einsamkeit an meinen Nerven. Da auf der materiellen Ebene alles bereit war, konnte ich nicht verstehen, warum meine Arbeit so aufgehalten wurde. Mein Selbstvertrauen begann zu wanken, und in der Magie ist Selbstvertrauen alles. Ich ertappte mich bei der Frage, ob ich einer Selbsttäuschung erlegen sei. Obwohl ich den Gedanken sofort verwarf, war er kein gutes Zeichen. Die abnormalen Lebensumstände machten mich übersensibel. Außerdem hatte sich das Wesen, das mich durch seine Verfolgung am Themse-Ufer geärgert hatte, in meine Träume geschlichen. Ich träumte häufiger, als ich wollte. Meine Träume spielten zwar in einer Landschaft und waren völlig harmlos, aber das Gefühl, verfolgt zu werden, blieb. Angst vor meinem uneingeladenen Begleiter hatte ich nicht. Dennoch musste etwas geschehen. Es war nicht gut, wenn der Verstand außer Kontrolle geriet, vor allem bei einer Aufgabe wie der meinigen; so entschloss ich mich, mit der Arbeit zu beginnen und meinen geheimen Tempel in Ordnung zu bringen.

Wie gesagt, es war wichtig für mich, ein Refugium zu haben, das ausschließlich meiner magischen Arbeit diente, in das kein Unbefugter seinen Fuß setzen sollte. Das Gebäude verfügte über einen großen Heizungskeller. Er war größer als erforderlich, weshalb ich beschloss, ihn zu unterteilen und den inneren Trakt als magischen Tempel zu verwenden.

Ich schickte nach dem Architekten, ließ ihn den Ort besichtigen und einen Kostenvoranschlag unterbreiten, und Mr. Meatyard, im Kessel herumstochernd, stützte sich auf seine Schaufel und spitzte die Ohren. Er betrachtete sich zur Familie gehörig, was von mir toleriert wurde, denn in seiner intuitiven Art bekam der kleine Mann mehr mit, als ich ihm zugetraut hatte. Nachdem der Architekt sein Notizbuch zugeklappt hatte und verschwunden war, kam meine männliche Putzfrau mit der Miene eines Verschwörers näher, als wollte sie mich in ein Verbrechen einweihen, und flüsterte mit rauer Stimme:

„Ist Ihnen schon aufgefallen, meine Dame, dass es hier jede Menge Platz gibt?“

„Nein“, sagte ich.

„Draußen ist ein Viereck, nicht wahr? Nun, dann muss auch hier drinnen ein Viereck sein.“ Mir fiel ein, dass die Halle doppelt so hoch war wie der Altarraum; über dem Altar musste also ein Raum mit etwa denselben Maßen liegen. Wenn wir den Eingang fänden, wäre das ein Geschenk der Götter, aber ich wollte nicht auf gut Glück in dem Gebäude herumgraben wie die Forscher in der Cheops-Pyramide, denn meine Heimstatt war nicht von Pharaonen gebaut worden, und ich bezweifelte, ob sie eine solche Behandlung überstehen würde.

Mr. Meatyard hatte seine eigenen Ansichten. Er führte mich zu dem Schrank in der Ecke meines Schlafraums, der einst als Ankleideraum für die Frauen gedient hatte, und wir fanden das, was er schon lange vermutet hatte: eine falsche Wand.

Mr. Meatyard holte das Beil, mit dem er das Anmachholz spaltete, hackte die dünnen Spundbretter zu Spänen und enthüllte eine staubige Treppe, die in der Dunkelheit verschwand. Wir stiegen hinauf und kamen wie erwartet in den Raum über dem Altar, ein durchaus bewohnbarer Ort mit Kamin und mit einem von Spinnweben bedeckten Fenster, dürftig, aber angemessen ausgestattet, mit einem Doppelbett und einer Batterie Flaschen. „Ich habe so etwas vermutet", sagte Mr. Meatyard.

Aber das war noch nicht alles. In der Ecke stand ein zweiter Schrank. Mr. Meatyard klopfte gegen die Wand.

„Dasselbe wie eben", sagte er.

Wir nahmen sie heraus, und auch hier gab es eine Treppe, die sich nach oben in der Dunkelheit verlor.

„Hat wohl niemandem getraut", sagte mein Faktotum und stapfte die Stufen hinauf. Wir gelangten zu dem Raum unter dem Gewölbe. Vor dem Dachbalken entdeckten wir zehn Fuß hohe Wände. Ein Fenster gab es nicht, Boden, Wände, Balken und alles andere war schwarz geteert.

„Mannomann!, da bin ich aber platt!" Weiter sagte Mr. Meatyard nichts. Aber aus seiner Miene schloss ich, dass seine Bedenken in die gleiche Richtung gingen wie meine. Wir stiegen von diesem Versteck, das nicht gerade ein gutes Omen war, herunter, und ich war froh, als ich wieder Tageslicht sah. Die Mätzchen des Propheten hinterließen einen schlechten Geschmack auf der Zunge. Sein Heidentum und mein Heidentum waren so unterschiedlich wie Priapus und Pan.

Auf meine Anordnung hin fegte Mr. Meatyard den Platz und verbrannte das Bett. Ich führte ein Bannungsritual durch, und zwar ein gründliches. Der Raum über dem Altar sollte als Lagerraum für die magische Ausrüstung dienen, die sehr viel Platz einnimmt, und auch als Ankleideraum, und der achteckige Raum unter dem Gewölbe als Tempel. Von meiner Wohnung hatte ich eine ganze Menge Ausrüstung mitgebracht und auf der Empore gelagert. Mr. Meatyard und ich schleppten die Sachen die engen Stufen hinauf. Fremde wollte ich nicht dabei haben.

„Himmel, meine Dame, Sie sind aber stark!", murmelte er und wischte sich über die triefende Braue, nachdem wir den großen Spiegel in die richtige Stellung gebracht hatten.

So schafften wir alles an seinen Platz. Die schwarzen Wände brauchten nur einen Anstrich, um wieder zu glänzen. Auf den schwarzen Boden legte ich einen schweren schwarzen Teppich. Er würde jedes Geräusch verschlucken. An der zentralen Gewölbekappe hing die bronzene Lampe mit dem Ewigen Licht wie in einer Moschee, und darunter stand der kubische Altar, der das Universum verkörperte. An der Ecke gegenüber der Tür platzierte ich den großen Spiegel. Zwischen ihm und dem Altar stand für die Trancearbeit und die Meditation meine lange, schmale schwarze Couch wie eine Bahre, an beiden Seiten von den schwarzen und silbernen ‚Pfeilern des Gleichgewichts' flankiert. An den sieben Seiten befanden sich die Symbole der sieben Planeten. Die achte Seite, wo die Tür war, verkörperte das Element Erde. Hier gibt es kein Symbol, denn wir lassen die Erde hinter uns, wenn wir den kosmischen Tempel betreten. Das war alles, mit Ausnahme der beiden Throne auf den niedrigen Podesten, jeder an der gegenüberliegenden Seite des Raums platziert, den Altar dazwischen. Diese Pfeiler werden für die Arbeit der Polarität verwendet. Auf dem Altar lagen die Waffen der Elemente, die Erde, Luft, Feuer und Wasser regierten, und vor dem Spiegel hing das Symbol der Göttin – die Mondsichel, mit den nach oben gerichteten Hörnern. Es war alles sehr einfach – keine magischen Namen oder Zahlen und, die Planetensymbole ausgenommen, nur Schwarz und Silber, sonst keine Farben – nur die wichtigsten Elemente der magischen Zeremonie, ohne all den Schnickschnack, der notwendig ist, um die Fantasie derjenigen anzuregen, die nicht wissen, was magische Arbeit ist.

Dann schickte ich nach einer Freundin, die mir bei der Einweihung helfen sollte.

Sie war fasziniert und offensichtlich neidisch und begann zu lamentieren, dass die Bedürfnisse des Familienlebens sie daran hinderten, herrenlose Kirchen mit frauenlosen ‚Droschkenkutschern' aufzustöbern und ihr Leben dem Okkultismus zu weihen.

Ich habe mich immer köstlich über die Vorstellung Außenstehender vom Leben der geheimnisvollen Adepten der okkulten Orden amüsiert. Sie glauben, der Bogen wäre immer gespannt. Es ist Schwindel – eine Requisite des Theaters, wie der kleine näselnde Cupido in einer Pantomime. Ein guter Bogen hat eine Spannung von vierzig Pfund, auch beim Bogenschießen, und die Spannung, die den magischen Pfeil abschießen lässt, ist mehr als die Entsprechung von vierzig Pfund auf übersinnlicher Ebene. Soll sich jemand mit solch einem gespannten Bogen Tag und Nacht in Positur setzen? Einer von beiden würde zerbrechen.

Also widme ich mich dem Kochen, das für mich eine Kunst ist, und nähe mir die Kleider selbst. Wie es für die Eingeweihten immer Tradition gewesen ist, Künstler zu sein, in einer lebendigen Tradition der modernen Freimaurerei.

Als ich Ihnen erzählt habe, wie meine Freundin und ich begannen, den astralen Tempel zu bauen, habe ich noch nichts von den Geheimnissen verraten. Ich möchte daher erklären, was wir getan haben, und warum. Ich kann nicht für andere Okkultisten sprechen, vor allem nicht in der Romanliteratur; auch weiß ich nicht immer, warum sie es tun, und manchmal bezweifle ich, ob sie es überhaupt tun; ich kann nur für mich und die Eingeweihten meiner Tradition sprechen.

Erstens muss ein Ort, an dem magische Arbeit geschehen soll, abgelegen und verborgen sein. Weil er durch Gedanken verletzt werden kann, darf niemand wissen, wo er ist. Zweitens muss er ausschließlich mit den Symbolen, die bei der Arbeit verwendet werden, ausgerüstet sein, denn es ist ein Ort, an dem sich die Gedanken konzentrieren müssen. Dritte und wichtigste Voraussetzung: Darüber muss der astrale Tempel gebaut werden.

Es geschieht, indem wir uns hinsetzen und ihn uns denken – also nur durch die Vorstellungskraft eines geschulten Geistes!

So ließen meine Freundin und ich uns in dem dunklen achteckigen Raum oben unter der Spitze des Dachs nieder und stellten uns den Tempel der Isis vor, wie wir ihn nahe dem Tal der Könige in den großen Tagen des Kults gekannt hatten. Erst schufen wir uns ein Bild von seinen riesigen Ausmaßen, und dann von allen Details, indem wir beschrieben, was wir sahen, bis wir ihn beide immer deutlicher vor Augen hatten. Wir malten uns den Eingang aus, der durch die Prachtstraße widderköpfiger Sphinxe verlief; das große Säulentor in der Mauer des heiligen Tempelbezirks; den Hof mit dem Lotosteich; schattige Kolonnaden und die große Halle mit Pfeilern. Sie alle stellten wir uns vor, wie sie seit undenkbarer Zeit in jedem Tempel der Göttin gewesen waren. Während wir abwechselnd schauten und beschrieben, begannen sich die Szenen der Fantasie mit der Realität zu verweben, und auf einmal waren wir nicht mehr Zuschauer mit dem Auge des Geistes, sondern Akteure. Danach war keine Konzentration mehr nötig, denn die astrale Vision verselbstständigte sich.

Wir waren in unserer Vorstellung die Prachtstraße mit den Sphinxen hinaufgeschritten, unter dem großen Pylon hindurch, über den Hof des Lotosteiches. Durch die bronzenen Türen in der großen Halle gingen wir in der Realität.

Über uns hing die Lampe des Ewigen Lichts, das man in jedem Mysterientempel findet. Unter unseren Füßen lag, in Marmor eingelassen, der Tierkreis. An den entfernten Seiten der langen Halle leuchteten schwach die hohen Sitze der Priester. Gegenüber verdeckten die schweren Falten eines Vorhangs das Allerheiligste; daneben verbarg sich in der Vertiefung des Bogens ein Durchgang, der unter diesem Tempel zu einem anderen führte – ein Tempel aus dem lebenden Stein herausgehauen wie ein Grab. Durch diesen Gang lief das Wasser. Da es in diesem Tempel unter der Erde eine Quelle gab, mündete der Lotosteich in einen Kanal. Es war der Tempel eines noch älteren Glaubens als des unsrigen, lange vor unserer Dynastie. Er musste zu den schwarzen Hamiten gehört haben, die dem roten ägyptischen Stamm vorausgegangen waren, denn ihre Gottheit war aus schwarzem Basalt, und ihre Züge waren negroid. Vor ihren großen Knien stand ein tischförmiger Altar, von einem Kanal durchzogen, um das Blut aufzunehmen, ein Zeichen, dass er für Opfer verwendet worden war, und da er die Größe eines Menschen hatte, wussten wir, wen man geopfert hatte.

Zu meiner Zeit hatte man diesen Tempel nicht mehr benutzt, und obwohl seine Existenz Tradition gewesen war, war sein Eingang im Sand verschüttet. Kein Weg erinnerte mehr an ihn, ausgenommen der unterirdische Gang, der nur den ältesten Priestern bekannt war, die aber auch wussten, dass in diesen dunklen grausamen Anfängen die Wurzeln unseres Kults lagen. In diesen Tempel wurden die höheren Priester geweiht, aber das wussten nur noch wenige.

Der große Boden der Halle war leer, aber wir, die wir dem Tempel angehörten, wussten, dass er nicht leer war: hier lag die astrale Form der mumifizierten Isis in einem Sarkophag. Meine Freundin und ich nahmen unseren Platz jeweils auf dem Thron ein, sie an dem weit entfernten Ende links, ich auf dem hohen Podium rechts, wie es meinem Stand entsprach. Während wir dort in der Dunkelheit saßen, sahen wir in einer Vision, wie die mumifizierte Form der Großen Isis sichtbar wurde.

Nachdem dieser Teil der Arbeit beendet war, fragte ich die Freundin: „Sollen wir zum Schwarzen Tempel gehen?"

Sie nickte, stand auf und ging voran. Ich folgte ihr durch den niedrigen Eingang zu dem unterirdischen Gang. Als ich die Hand ausstreckte, um den Vorhang zu heben, bemerkte ich, dass wir nicht allein waren.

Ich sagte leise zu meiner Freundin: „Siehst du etwas?"

„Ja", flüsterte sie, „einen der Priester."

„Kannst du sehen, wer es ist?", fragte ich, denn sie war sensitiver als ich.

„Ich glaube, der Opferpriester."

Der Opferpriester hätte mit uns zu dem Schwarzen Tempel gehen dürfen, denn dort war sein Arbeitsplatz. Aber er war so unheimlich, dass wir ihn nicht dabei haben wollten. Alle Opferpriester hatten ein schweres Verbrechen begangen, und man hatte ihnen die Chance gegeben zu sühnen.

Als wir die Stufen hinabstiegen, spürten wir, dass etwas nicht stimmte.

„Das ist nicht der Opferpriester", sagte meine Freundin. „Es ist die Astralprojektion von wer weiß wem. Du hast den Platz nicht ordentlich versiegelt."

Was ich exorziere, ist exorziert und bleibt exorziert. Ich ärgerte mich, denn ich hätte schwören können, dass ich die Siegel angebracht hatte. Insgeheim dachte ich, sie hätte sich der Gedankenwanderung schuldig gemacht, an einen Unberufenen gedacht und ihn damit herbeibeschworen. Offensichtlich dachte sie dasselbe von mir, denn sie meinte:

„Hattest du in deiner Konzentration einen Bruch?"

„Nein", sagte ich kurz, denn das war unverschämt, zumal sie einen niedrigeren Rang hatte als ich.

Obwohl sie meine Verärgerung bemerkte, ließ sie nicht locker:

„Nun, er hat etwas mit dir zu tun, nicht mit mir. Hast du irgendjemandem erlaubt, in den Tempel zu kommen?"

„Keinem", antwortete ich.

„Kann es jemand sein, mit dem du arbeiten willst? Allein dein Wunsch mag den Mann, wenn er sensitiv ist, hierhergebracht haben. Tatsache ist", fuhr sie fort, „ich hatte den Eindruck, dass bereits jemand dort war, als wir die Halle der Sphinxen betraten. Ich glaubte, jemanden knien und vor dem Allerheiligsten beten zu sehen."

„Das ist unwahrscheinlich", antwortete ich. Das gemeine Volk würde so knien, ein Priester nicht, und niemand anderes als ein Priester hätte die Astralprojektion durchführen können. Meine Freundin gab das zu. Wir ließen das Rätsel ungelöst und gingen hinunter, um das Abendbrot einzunehmen, das Mr. Meatyard für uns in der großen Halle zubereitet hatte.

In dieser Nacht träumte ich mit außergewöhnlicher Lebhaftigkeit, dass ich über die dahingleitenden grauen Hügel wanderte, die See hinter den Kliffs zu meiner Rechten. Zuerst war ich alleine und genoss meinen Traum. Plötzlich kam es mir vor, als träumte ich von meinem unbekannten Verfolger. Als der Gedanke durch meinen Geist ging – ein Traum im Traum – vermeinte ich, hinter mir Schritte zu hören, und zum ersten Mal verspürte ich Angst. Ich beschleunigte mein Tempo. Um zu entkommen, musste ich gegen den Widerstand kämpfen, der für einen Albtraum typisch ist. Ich hörte, wie der Verfolger hinter mir näher und näher kam. Da verlor ich den Kopf. Selbst in Panik wusste ich, dass mein Verfolger nicht bösartig war. Dennoch verdoppelte ich meine Anstrengung. Der Traum schien sich in eine Vision zu verwandeln, und ich ahnte, dass ich gleich etwas sehr Wichtiges lernen würde, als mein Verfolger mich plötzlich, wie vom Wind getragen, einholte. Dann spürte ich seine Hand auf meinem Umhang.

Schweißgebadet wachte ich auf, meinen Schrei noch in den Ohren.

Um die schreckliche Atmosphäre loszuwerden, die dieser Albtraum hinterlassen hatte, stand ich auf und ging in die große Halle, wo die Überbleibsel unseres Abendbrots auf dem Tisch standen, trank die restliche Milch und verzehrte ein Sandwich. Die psychischen Zentren schließt man am wirkungsvollsten durch Essen und Trinken. Der Albtraum wich. Es war eine warme Nacht, ich setzte mich ans Fenster und betrachtete den Mond.

Ich war verwirrt. Irgendetwas mit meiner Arbeit stimmte nicht. Erst die lange Verzögerung, die mir bewies, dass ich meinen Kontakt verloren hatte, dann das wiederholte Eindringen eines Störenfrieds in meine Sphäre. Es war das Produkt einer Vorspiegelung des Unterbewusstseins, denn auch meine Freundin hatte die Gegenwart eines Störenfrieds wahrgenommen. Innerlich tat ich Abbitte und entschloss mich, Urlaub zu machen, – und das auf der Stelle.

Trotzdem ließ ich es bleiben – seltsamerweise blockierte mein Unterbewusstsein und baute in mir Widerstände auf. Der Konflikt war verzwickt, aber ich konnte nichts tun, außer zu warten, bis er sich von selbst lösen würde.

Seit mehr als einem Jahr lebte ich inzwischen in der Kirche. Selbst die Polizei hatte meine nächtlichen Gewohnheiten akzeptiert. In Abständen träumte ich von meinem Verfolger, gesehen hatte ich ihn nicht mehr.

Eines Nachts, im dicken Nebel, wusste ich, er war hinter mir. Ich beeilte mich, konnte ihn jedoch nicht abschütteln, da kein Verkehr an den Kreuzungen ihn aufhielt. Als ich auf einer Verkehrsinsel stand, war er mir so nah, dass ich ihn beinahe am Ellbogen fühlte. So weit hatte er sich nie vorgewagt; wenn jetzt einer meiner Freunde von der Polizei aufgetaucht wäre, ich wäre stehengeblieben und hätte ihn angesprochen. Mein Verfolger fiel zurück.

Als ich die Lambeth Bridge überquerte, konnte ich deutlich hinter mir seine Schritte hören. Es war nicht sehr amüsant, im dichten Nebel über die Fußgängerbrücke verfolgt zu werden, denn beide Ufer hatten sich im Dunst aufgelöst. Nichts war zu erkennen, außer dem wirbelnden bleigrauen Wasser auf beiden Seiten und den großen Ketten, die über mir in der Dunkelheit verschwanden. Die Schritte meines Verfolgers kamen näher und näher; kein anderes Geräusch war in der nebeldurchtränkten Dunkelheit zu vernehmen.

Im Nebel ist es sehr einfach, sich dem höheren Bewusstsein zu öffnen, denn man ist von der Welt abgeschnitten und mit den elementaren Kräften allein. Während ich durch die Dunkelheit ging, neben mir das Wasser, hatte ich plötzlich das Gefühl, den langen unterirdischen Gang entlangzuschreiten, der zum Tempel der Schwarzen Isis führte, und vom Opferpriester verfolgt zu werden. Dennoch hatte ich keine Angst, dass er mich auf den blutigen Altar, dem er diente, zwingen würde.

In dieser überreizten Situation wusste ich mit einem Mal, was mein Verfolger im Sinn hatte – er würde mir weder etwas tun, noch war er bösartig. Vielleicht war ich für ihn eine Traumgestalt, und er hatte sich nicht bewusst gemacht, dass sich unter dem Umhang eine Frau aus Fleisch und Blut verbarg, die durch seine Verfolgung alarmiert sein musste.

Am südlichenUfer angelangt, beeilte ich mich, nach Hause zu kommen. Jetzt führte der Weg durch belebte Straßen. Ich wusste nicht, ob mir mein Verfolger noch auf den Fersen war, hoffte jedoch, ihn abgeschüttelt zu haben. Um die Tür schnell aufschließen zu können, trug ich den Schlüssel in der Hand. Als ich mit einem Seufzer der Erleichterung in die warme, duftende Dunkelheit meines Heims glitt, wurde die Tür hinter mir aufgestoßen. Mein Verfolger hatte die Schwelle überschritten. Ich war mit ihm allein. Wenn ich jetzt keinen kühlen Kopf bewahrte, stand mir ein unangenehmes, möglicherweise gefährliches Erlebnis ins Haus. Als ich meinem ungebetenen Gast den Schein der Taschenlampe voll ins Gesicht hielt, geriet er in Panik. Stellen Sie sich meine Überraschung vor, um nicht zu sagen, meine Abscheu, als ich herausfand, wer es war: Niemand anderes als der Mann, den ich neulich in der Grosvenor Road beinahe überfahren, und der seither in meinen Fantasien solch eine bedeutende Rolle gespielt hatte!

Ich erkannte sofort, dass er tatsächlich harmlos war. Nie zuvor hatte ich einen Menschen gesehen, der so erschrocken und so beschämt zugleich war. Auf meine Bitte zu gehen, floh er.

Als ich die Halle betrat und die Lampen anzündete, zitterte ich dennoch am ganzen Körper. Vielleicht lag es auch nur am Nebel.

Um den üblen Nachgeschmack loszuwerden, ging ich die langen Fluchten der engen Treppen zu meinem Tempel unter dem Gewölbe hinauf. Die Lampe glomm. Ich erneuerte den Docht und legte mich zum Meditieren auf die Couch. Der astrale Tempel baute sich lebhaft und ohne große Anstrengungen meinerseits auf. In der Vision lag eine Kraft, die ich bisher nicht gekannt hatte. Ich sah den Opferpriester, mit ausgestreckten Armen vor dem Vorhang, der das Allerheiligste schützte, auf dem Boden liegend, so klar, als wäre er physisch anwesend.

Er hatte ein Recht, dort zu sein, und kein Bannritual würde ihn vertreiben. In dieser Nacht hätte ich den Tempel gerne für mich allein gehabt, aber ich musste mich mit dem Priester abfinden. Ich stieg den Thron hinauf, nahm meinen Sitz ein, ohne den Fremden zu begrüßen. Er ignorierte mich.

Ich bemühte mich, meine Gedanken zu sammeln, aber die Gegenwart des Opferpriesters lenkte mich ab. Als ich überlegte, wie ich ihn loswerden könnte, überkam mich plötzlich das seltsame Gefühl, dass ich nichts unternehmen durfte, da er Teil der Ereignisse war. Das missfiel mir noch mehr, denn ich teilte die Abneigung der normalen Priesterschaft gegen die Opferpriester. Nur die fortgeschrittenen Mitglieder der

Priesterschaft kannten deren wirkliche Rolle und Bedeutung.

Mir blieb nur übrig, die schweigende Gegenwart des ausgestoßenen Mannes zu akzeptieren. Allmählich baute sich zwischen uns eine Verbindung auf, und meine Aversion ließ nach. Plötzlich stand er auf, kam durch den Tempel auf mich zu, kniete zu meinen Füßen nieder und legte den Kopf auf meine Knie. Ich legte meine Hand auf die sensitive Stelle im Nacken. Während ich ihn segnete, erkannte ich, dass er rotes Haar hatte. Es war der Mann, dem ich soeben die Tür gewiesen hatte!

Kaum hatte ich ihn berührt, war er auf den Füßen und verschwand wie ein Blitz die Treppe zum Schwarzen Tempel hinauf. Unverzüglich folgte ich ihm, denn ich hatte erkannt, dass er in der psychischen Projektion unsicher war, und wagte nicht, daran zu denken, was ihm geschehen würde, wenn er den Tempel der Schwarzen Isis betrat; nicht auszudenken, wenn er die Konzentration verlor! Ich hastete die lange Säulenhalle am Wasser entlang und betrat den Schwarzen Tempel. Der Mann war bereits dort, die großen Knie der Schwarzen Isis in einem Gebet, wie in Trance, umklammernd.

Er **musste**, egal wie, in seinen Körper zurückkehren. Aber das würde nicht reichen; die Schwarze Isis ist eine schreckliche Kraft. Wieso kannte er den Weg zu ihrem Tempel? Ich zögerte, die bannenden Pentagramme anzubringen, um die Vision zu brechen und ihn auf die Astralebene zurückzuzwingen. Hatte er das Recht, hier zu sein, weil er in der Lage war, die Siegel, die ich an meinem Arbeitsplatz angebracht hatte, zu brechen? Und konnte er aus freiem Willen kommen und gehen? Oder lag der Fehler bei mir? Hatte dieser herumschleichende Fremde meine Nerven so zerrüttet, dass meine eigenen wandernden Gedanken sein Bild dazu gebracht hatten, sich mit meiner Vision zu vermischen? Die Vision war außer Kontrolle, und es gab nur eine einzige Chance – sie zu zerstören.

Bis ins Mark erschüttert, saß ich auf der schwarzen Couch. Offensichtlich hatte sich meine Sensitivität unlösbar mit meinem Unterbewusstsein verstrickt. Ich war hier zu meinem gesiegelten und geweihten Platz heraufgekommen mit der ausdrücklichen Absicht, den Fremden aus meinen Gedanken zu verbannen, – und trotzdem war er Teil der Vision geworden. Eine Katastrophe!

Ich erhob mich, wanderte herum, wiederholte das Bannungsritual, verteilte den Weihrauch erneut, bis seine Wolken den Raum bis zur Erstickung erfüllten, und legte mich auf die Couch, wild entschlossen, eine Nacht der Meditation und Wache zu verbringen, bis die Situation geklärt wäre.

Die Große Isis, die schreckliche Schwarze Isis, die Quelle aller Kraft, die selten erscheint und nur in großen Momenten, baute sich auf. Ich war an ihre Energie gewöhnt und nahm sie furchtlos auf, wusste ich doch, dass sie in wenigen Sekunden ihre schöne Seite offenbaren würde, viel schöner als alles, was unter dem Symbol der Weißen Isis aufgebaut werden kann, bei der immer die Gefahr besteht, dass sie sich in die Schwarze Isis verwandelt, wenn sie viel Energie bekommt. Wir, die wir das Wissen haben, arbeiten mit der Schwarzen Isis und verwandeln sie in die Weiße.

Warum sie erst jetzt gekommen war, ahnte ich nicht. Plötzlich fiel mir auf, dass sich ein Muster durch meine sich aufbauende Arbeit zog. Mit der verborgenen Seite Vertraute kennen solche Muster. Bewusst gesteuert, entstehen sie durch die unsichtbaren Kräfte, mit denen wir arbeiten. Wenn es mir gelang, die Struktur des Musters zu erkennen, war ich gerettet. ‚Ein roter Faden zieht sich durch all diese Ereignisse, finde ihn, und du hast den Schlüssel!'

Wie dieser Faden zu finden war, wusste ich: Man sucht die wiederkehrenden Motive und lässt sie erneut wiederkehren. Im jetzigen Augenblick gab es ein einziges Motiv, das infrage kam: den Mann mit den roten Haaren. Ich musste ihn akzeptieren. In Gedanken rollte ich das Motiv auf: Ohne ihn war der Ort meines künftigen Wirkens nutzlos gewesen. Als ich ihn dann getroffen hatte, war ich nach einem kurzen Blick aus seinen wütenden graugrünen Augen schnurstracks drauflosmarschiert. Ich hatte mein Heim betreten, war, unfähig, zur Ruhe zu kommen, zum Fluss hinausgegangen, und dann hatte genau dieser Mann, sofern er es war, seine Hände auf die Fensterbrüstung gelegt und mich über das Wasser hin angestarrt. Mag sein, dass er mich sehen konnte, denn ich hatte voll im Licht gestanden und ein weißes Leinenkleid getragen, das sich gegen den dunklen Hintergrund abhob. Wie dem auch sei, von dem Augenblick an hatte ich Frieden gefunden, mein neues Heim in Besitz genommen, und die Kraft hatte sich allmählich aufgebaut. Dann, als er an der Themse hinter mir herging, gelang es ihm, in meinen Traum einzudringen. Aber ich wollte nicht zu diesem Fremden zurückschauen, den ich als lästig empfand, und so kam auf der physischen Ebene nichts durch. Offensichtlich schien es nur von Auge zu Auge zu funktionieren, und ich erinnerte mich daran, dass alle, die mit den unsichtbaren Kräften zu tun haben, dem Blickkontakt große Bedeutung beimessen.

Schließlich kam er mir in der besagten Nebelnacht sehr nahe, betrat mein Haus, sah mir ins Gesicht – und ich scheuchte ihn weg wie einen streunenden Hund.

Ich erinnerte mich sehr lebhaft an die Art, wie er von dannen ging – bestürzt, verwirrt, beschämt. Dieser Mann wusste nichts – jedenfalls nicht bewusst. Aber es gibt mehrere Ebenen des Bewusstseins, und ich wusste, zwei Kräfte schlummerten in ihm – Wissen und Energie. Das hier war kein gewöhnlicher Mann, nicht einmal im weltlichen Sinn. Sein feiner Kopf und die wunderbaren Hände sprachen für sich. Seine Identität kannte ich nicht, aber ich war überzeugt, dass er bedeutend war. Ab da gefiel er mir, denn Leistung imponiert mir immer.

Ich fragte mich auch, ob ihm wenigstens bewusst war, dass etwas im Gange war. Tauchte ich in seinen Träumen auf, so wie er in meinen? Identifizierte er mich mit der Frau, die ihn beinahe überfahren hatte? Wenn ja, dann musste sein erster Eindruck von mir genauso katastrophal gewesen sein wie meiner von ihm. Sicher hatte er mich für verrückt gehalten – er hatte mich ja sogar als „verrücktes Huhn" beschimpft. Außerdem hielt ich ihn für einen Mann, der Make-up ablehnt, denn ich hatte an jenem Tag meinen korallenroten Lippenstift benutzt und kardinalroten Nagellack; an meiner rechten Hand fehlte der Handschuh: ich trug einen granatroten Ring, mit spitzbogig, oval eingefassten Steinen, am Zeigefinger, über den kein Handschuh passte. Er hatte einen Blick auf meine Hand werfen können, als sie auf dem Steuerrad lag und er die Tür meines Wagens festhielt und mir unmissverständlich seine Meinung gegeigt hatte. Ich musste den Herrn in jeder Hinsicht durcheinandergebracht haben.

Und schließlich die letzte Szene. Ich fragte mich, ob es wirklich das Ende dieser seltsamen aufregenden Geschichte war: die Szene an der Kirchentür im Dunklen, als ich ihn mit der Taschenlampe geblendet und wie einen herrenlosen Hund vertrieben hatte. Wer wollte eine Wiederholung riskieren, es sei denn, es gäbe ein unsichtbares Band zwischen uns beiden. Einen Schatten auf dem Themse-Ufer würde es nicht mehr geben; er würde Reißaus nehmen, wenn er mich nur von weitem sähe. Wie also konnte ich mit ihm Kontakt aufnehmen oder gar eine vernünftige Beziehung aufbauen, und wie sollte ich ihm erklären, worum es ging, und ihn dazu bringen, die Rolle zu spielen, die für ihn bestimmt war?

Es gab nur einen Weg, den Weg der Tradition: Ihn auf der Astralebene zu packen und dann der Entwicklung auf der physischen Ebene ihren Lauf zu lassen. Dann war ich auf der richtigen Spur und würde bei meinem erwählten Priester keinen Fehler machen. Ich musste nur still dasitzen und warten – ein Jahr – fünf Jahre – es spielte keine Rolle; wenn er der richtige Mann war, würde er kommen. Der Ruf musste sich von seinem inneren bis zum äußeren Bewusstsein hocharbeiten, – ganz ungezwungen; er musste es selbst merken und sich gegen Gott weiß welche Widerstände von Konventionen, vorgefassten Meinungen und sogar tief sitzender Furcht durchsetzen, denn die meisten Menschen haben vor Isis Angst.

‚Nun gut', dachte ich, ‚wir werden nach der althergebrachten Politik verfahren – auf der äußeren Ebene: Passivität, auf der spirituellen Ebene: Aktivität.'

„Komm!"

So rief ich meinen Priester auf der geistigen Ebene zu mir, und er gehorchte. Kein Zweifel, er war der Opferpriester. Gerne hätte ich gewusst, was hinter ihm lag und was er vor sich hatte. Ich bedauerte ihn. Er war sicherlich nicht der Mann, der es mir mit Sympathie dankte, aber er war am Ende. Er wusste es, und ich wusste es auch. Männer wie er zerbrechen, wenn ihre Schale durchstoßen wird.

So bediente ich mich der Astralprojektion, die so viel vom Ätherkörper nimmt, dass es sogar jemand merkt, der nicht medial veranlagt ist. Es ist gefährlich, vor allem, wenn es über Wasser geschieht, denn Wasser absorbiert astrale Strahlen. Ich schickte meinen Geist, eingehüllt in eine Wolke von Licht, auf Reisen über den Fluss zu dem Raum, den ich erleuchtet gesehen hatte, von einem ruhelosen Schatten durchwandert. Ich hatte mich nicht geirrt. Er war mein Mann, und auch was seinen Zustand anbelangte, lag ich richtig.

„Damit musst du fertig werden", sagte ich zu mir, „sonst wirst du nicht nur deinen Priester verlieren, sondern diesen Mann sehr schlimm verletzen."

So machte ich, die Priesterin der Isis, mich mit meinem Wissen und meiner Macht an die Arbeit. Für mich selbst hätte ich es nicht getan; und für ihn auch nicht, denn zu jener Zeit bedeutete er mir nichts. Ich tat es zum Wohl der Isis, denn sie brauchte ihn.

7

Jetzt lege ich die Karten auf den Tisch und erzähle Ihnen, was ich getan habe, denn es erklärt, wie wir die TÜR OHNE SCHLÜSSEL öffnen, um dem HERRN DER WELT zu entfliehen, der ein Moloch ist, und Zuflucht in das GEHEIME KÖNIGREICH nehmen, die dunkle Seite des Mondes, wenn dieser sich von der Erde abwendet.

Die TÜR OHNE SCHLÜSSEL ist die Tür zum Reich der Träume, die Tür, durch die der Sensible in die Geisteskrankheit flieht, wenn das Leben für ihn zu hart wird. Es ist auch die Tür, durch die der Schriftsteller seinen Elfenbeinturm betritt. Psychologen nennen es ‚psychologischen Mechanismus'; Magier nennen es ‚Magie', und der Mann auf der Straße nennt es ‚Illusion' oder ‚Scharlatanerie'. Der Name spielt keine Rolle, Hauptsache, es wirkt.

Für die Astralprojektion wandte ich das übliche Verfahren an. Ich stellte mir vor, wie ich knapp sechs Fuß von mir entfernt stand und mein Bewusstsein auf das durch meine Vorstellungskraft geschaffene Abbild meiner selbst übertrug und den Raum durch dessen Augen betrachtete. Dann visualisierte ich das Gesicht des Mannes mit dem angegrauten roten Haar und stellte mir vor, wie ich mit ihm sprach. Die Magie funktionierte. Ich hatte das Gefühl, sanft aus meinem Körper herausgezogen zu werden; dieses Gefühl ist ein Zeichen für den Wechsel der Bewusstseinsebenen. Die Wahrnehmungskraft für die physische Umgebung verschwand, ich fand mich wieder in einem schäbigen, unordentlichen, schlecht beleuchteten und schmuddeligen Raum, vollgestopft mit Büchern und Papieren – ein komplettes Chaos. Ein Feuer aus billiger dumpfer Kohle glomm in einem altmodischen Kamin, dessen Schlacke in den letzten zwölf Stunden nicht entfernt worden war. In der Mitte des Kaminsimses stand die Fotografie eines

Mädchens in der Mode von anno dazumal. Ein junges Ding mit hübschem Gesicht, verrückten Augen und eigenwilligem Mund. Wenn das seine Frau war, konnte ich verstehen, warum er von ihr getrennt lebte. Die hübsche Larve hatte ihn eingefangen. War sie auch nicht intelligent genug, das Leben zu verstehen, so hatte sie doch genügend Kraft, sich bei ihren Streitereien durchzusetzen.

Eine solche Frau musste er verlassen!

Mitten zwischen den Resten einer Mahlzeit saß ein Mann und arbeitete an Papieren. Das ist keine Basis für Telepathie. Es gelang mir jedoch, seine Gedanken zu lesen, und da wusste ich, warum er sich mit solcher Intensität auf seine Arbeit konzentrierte. Er wehrte sich gegen mein Bild, das in seinem Bewusstsein immer wieder auftauchte, denn plötzlich verstärkte sich für eine Sekunde mein Gefühl für die Realität der Vision.

‚Das hält er nicht mehr lange durch', sagte ich zu mir. ‚Zwischen Schlafen und Wachen wird es mir gelingen, zu ihm durchzukommen.'

Es gelang mir nicht, die Astralprojektion länger aufrechtzuerhalten; ich musste mein Bewusstsein in den physischen Körper zurückholen und eine Weile ausruhen, bevor ich die gefährliche Astralreise über das Wasser wiederholen konnte.

Spät in der Nacht machte ich einen zweiten Versuch. Wie erwartet, verließ die Willenskraft den Mann. Man kann sich nicht selbst so antreiben, wie er es tat, mit brutaler Gewalt und gegen die Natur. Die Natur hatte sich gewehrt und ihn bestraft.

Was sollte ich mit ihm tun? Ich hasse es zu dominieren. Aber das hier war ein Notfall. Es musste etwas geschehen, und zwar schnell, denn es gibt einen Punkt, über den der Wille das Naturell nicht hinaustreiben darf, ohne irreparablen Schaden zu erleiden.

Es gab nur eins – seinen Willen wie einen Hypnotiseur

zu beherrschen und ihn die Dinge so sehen zu lassen, wie ich sie sah. Das Risiko und die Verantwortung erschreckten mich, aber es musste sein, wenn er nicht untergehen sollte. Mitgefühl ist nicht der schlechteste Beweggrund.

Ich brachte mein Bild in seinen wirbelnden Verstand, der noch aufgewühlter wurde, als er mich sah – und ich hatte Glück: Vorher hatte er sich völlig aufgerieben, danach wurde er allmählich ruhiger und sicherer. Als sein Widerstand auf der Schwelle zum Schlaf nachließ, tat ich das, was Vampire tun. Jetzt werden Sie vielleicht sagen, ich wäre ein Vampir – ich entzog diesem Mann seine kochende, ihn quälende Vitalität, bis der Druck mehr und mehr abnahm und schließlich die Schwelle der Erschöpfung erreichte. Dann ließ ich ihn in die Normalität zurückgleiten und schlafen. Er hatte den Besuch eines Sukkubus gehabt. Ob ich ihm als ‚fair' oder ‚unfair' erschienen war, kann ich nicht sagen. Es würde davon abhängen, wie es in seinem Herzen aussah, unabhängig von den aufgestauten Emotionen.

Ich kehrte über das Wasser zu meinem Tempel zurück; eine gefährliche Reise über fließendes Wasser, das den Magnetismus absorbiert und die Projektion möglicherweise zusammenbrechen lässt. In meinem Tempel angekommen, aus dem die astralen Formen, die wir mit so viel Sorgfalt aufbauen, nie gebannt werden, legte ich beide Hände auf den Altar und blickte das Mondsymbol an. Es hing über dem Spiegel, der Tür zu einer anderen Ebene. Dort sah ich meine eigene Reflexion mit dem Bild der Großen EINEN hinter mir. Auf diese schattenhafte Form, in meinen Gedanken entstanden, übertrug ich die vitale, von mir aufgenommene Kraft.

Ich sah, wie SIE sich aufbaute, hell wurde, wie IHRE Umrisse klar und berührbar wurden – die Astralform nahm die Substanz von Äther an – bald würde es zu einer Materialisation kommen.

Aber das wollte ich nicht. Als ich meine Vitalität auf SIE

übertragen hatte, fühlte ich, wie ein Rückfluss einsetzte – Isis gab mir jetzt IHREN Magnetismus. Ich fühlte mich vital, jung und dynamisch, wusste aber, dass ich in mir IHR Bild reflektierte. Mit schmerzlicher Klarheit wusste ich auch, dass ich, als ich mich mit dem Mann jenseits des Wassers beschäftigt hatte, eine Verbindung mit ihm eingegangen war, die nicht leicht zu lösen wäre, und dass ich für ihn nun Isis war. Diese Verantwortung wagte ich nicht abzulehnen. Und noch etwas wurde mir bewusst: Dass ich ihn auf der physischen Ebene suchen musste, und ich überlegte, auf welche Weise.

Die Brücke überqueren und an seiner Tür klingeln, war nicht möglich. Aber das beunruhigte mich nicht. Wenn auf den inneren Ebenen eine Verbindung besteht, dann arbeitet sie auf den äußeren mit einem Minimum an menschlicher Aktivität. Man muss die Gelegenheit beim Schopf packen. Manchmal funktioniert es so schlecht, dass man es kaum sehen kann, aber es reicht.

Ich schloss meinen Tempel ab und ging zu Bett. In den Bildern an der Schwelle des Schlafs sah ich erneut die Szene an meiner Tür, als ich den Mann in den Nebel hinausgeschickt hatte. Mir schien es, als ob ich ihm folgte und versuchte, ihn zu finden.

Es tat mir ungeheuer leid um ihn. Ich wusste, wie beschämt er war, und ich wollte ihm sagen, dass ich verstand, was geschehen war, die Ereignisse aber nicht mit normalen Maßstäben messen wollte und trotz der unglücklichen Art unserer Bekanntschaft meinerseits Sympathie für ihn empfand.

Mir kam es so vor, als ob ich auf der geistig-seelischen Ebene mit ihm in Verbindung wäre, und dass er seinerseits mich visualisierte, obwohl ich nicht wusste, welche Wünsche ich in ihm weckte. Aber ich spürte, dass eine Art ‚Tugendhaftigkeit' von mir ausgegangen war, und darüber war ich sehr froh, denn ich fühlte mit diesem Mann und seiner verdrehten

Natur und spürte einen heftigen Drang, ihm zu helfen.

Am Morgen war er immer noch gefangen, aber ich spürte intuitiv, dass er glücklicher und ruhiger war als seit langer Zeit. Plötzlich hörte ich ihn aufschreien, als wenn er mit Strom in Berührung gekommen wäre.

Ich erschrak, als hätte ich selbst einen Schlag bekommen, und konzentrierte mich auf ihn, bis ich fühlte, wie er ruhig wurde; aber das Erlebnis machte mich betroffen. Den ganzen Morgen und den restlichen Nachmittag hielt ich mental die Hand über ihn aus Angst, es würde noch einmal geschehen.

An diesem Nachmittag suchte ich meinen Zahnarzt zur jährlichen Kontrolle auf, denn selbst für so seltsame Sterbliche wie mich gilt: ‚Dem Kaiser, was des Kaisers ist.' Als ich in alten Illustrierten im Wartezimmer blätterte, entdeckte ich plötzlich unter all den Damen der High Society und Sportskanonen ein völlig anderes Gesicht.

Offensichtlich hatte Malcolm sich für diese Fotografie das Haar schneiden lassen. Sonst bestand kein Unterschied zu dem Aufzug, in dem ich ihn kennengelernt hatte. Sogar die Matrosenjacke und das Hemd mit dem weichen Kragen waren dieselbe. Genau wie an dem Tag, als ich ihn mit der Taschenlampe geblendet hatte. In der Zeitschrift las ich dann seine Geschichte.

Er hatte sich mit Leuten angelegt, die gegen Vivisektion waren, und sah aus wie ein streitsüchtiger Gockel. Bei Gericht warfen sie sich weiterhin wenig schmeichelhafte Komplimente an den Kopf. Klage und Gegenklage waren zu seinen Gunsten ausgegangen, aber der Richter hatte ihn ermahnt, sein Temperament zu zügeln.

Wie ich vermutet hatte, war er ein ‚hohes Tier', ein Arzt mit internationalem Ruf. Als er die Selbstbeherrschung verlor, da hatte er wie ein verlorenes Hündchen ausgesehen und nicht wie ein berühmter Wissenschaftler.

Ich überlegte, wie sich der Streit mit Leuten, die keinen Schuss Pulver wert waren, auf ihn ausgewirkt haben mochte. Wahrscheinlich hatte er die Nachwehen auf deren Kosten aufgearbeitet. Die Nachteile, die ihm durch den Streit entstanden waren, hatte er an sein Krankenhaus weitergegeben und mit höchster Wahrscheinlichkeit selbst nicht den geringsten Schaden genommen, obwohl seine Widersacher, sogenannte Menschenfreunde, besonders brutal vorgegangen waren, weshalb sie bei Gericht hatten bluten müssen. Das Ganze war ein Missbrauch der Gerichtsbarkeit, sogar der Richter hatte etwas Ähnliches geäußert.

‚Das also', dachte ich, während mich das Bulldoggengesicht auf der Glanzpapierseite anstarrte – ‚ist der Mann, für den ich Isis verkörpern muss!'

Als ich im Zahnarztstuhl saß, ging es weniger um meine Zähne als um die Biografie dieses Menschen. Ich erwähnte meinem Dentisten gegenüber, wen ich in der Illustrierten erkannt und dass ich ihn beinahe überfahren hatte. Damit öffnete ich dem Redefluss meines Arztes Tür und Tor.

Doktor Rupert Annesley Malcolm, M.D.[5], D.Sc[6], F.R.C.P.[7], um seine wichtigsten Titel zu nennen – darüber hinaus viele internationale Auszeichnungen – war ein Mann mit außerordentlichem wissenschaftlichem Prestige, aber gesellschaftlich ein Nichts. Sein reizbares Temperament, seine brüsken Manieren, sein dürftiges Heim waren Generationen von Medizinstudenten vertraut. Großzügigkeit, absolute Integrität und Selbstlosigkeit, enormer Arbeitseinsatz, Zivilcourage und seine Fähigkeit, Missstände zu bekämpfen und Argumente selbst höchster Kapazitäten wie Seifenblasen zerplatzen zu lassen, – all das hatte ihm unter Männern seines Kalibers nur wenige

5 Doctor of Medicine (Doktor Medizin)
6 Doctor of Science (Doktor Naturwissenschaften)
7 Mitglied eines britischen Ärzteverbands und Instituts in Großbritannien mit Sitz in London

Freunde beschert. Mein Zahnarzt sprach von ihm mit Respekt, aber ohne Begeisterung. Von seinem Privatleben wusste er nicht viel, außer dass er der Sohn eines presbyterianischen Pfarrers war, seine Frau an der See lebte und im Rollstuhl saß, man ihm nachsagte, ein riesiges Einkommen zu haben und es für die Forschung auszugeben. Mein Informant bezweifelte das riesige Einkommen, obwohl Doktor Malcolm einige recht berühmte Patienten hatte, aber Geld war ihm gleichgültig, und Menschen mit dieser Einstellung sind noch nie reich geworden. Sein Einkommen war jedoch vermutlich entschieden größer, als es seine bescheidene Art zu leben vermuten ließ.

Soweit die Nachrichten von heute.

Nach der Behandlung holte ich mir weitere Informationen aus dem Ärzteadressbuch. Erst da wurde mir klar, wie berühmt Doktor Malcolm wirklich war, und ich fragte mich, was dieser Verrückte sich wohl dabei dachte, mich über das Themse-Ufer zu scheuchen. Es war das Letzte, was ein Mann in seiner Position tun sollte. Wenn es unbedingt sein musste, sollte er es – in seinem eigenen Interesse – etwas diskreter anstellen –, dann schloss ich aus der besonderen Art der Unbesonnenheit seines Handelns, dass er sich Frauen gegenüber völlig hilflos fühlte.

Ich wählte die Telefonnummer, die ich in dem Adressbuch gefunden hatte, und machte für 18.30 Uhr einen Termin, den ich Malcolms Sekretärin geradezu abpresste. Ich bestand darauf, es wäre dringend. Wenn meine mentalen Wahrnehmungen stimmten, dann war es wichtig, dass Malcolm und ich uns sehr bald trafen und miteinander ins Reine kamen.

Dann saß ich im Wartezimmer in einem dieser Häuser im Ärzteviertel – mit gediegenen Möbeln, ohne Atmosphäre und verstaubter als nötig; der obligatorische Tisch in der Mitte übersät mit zerknitterten Illustrierten – ein Abklatsch des Raums, in dem ich bereits vor einigen Stunden gesessen hatte.

Als ich eintraf, war noch ein Patient vor mir – offensichtlich war Doktor Malcolm spät dran – ein armseliger, missgestalteter kleiner Junge, die Füße in Beinschienen, von einer überängstlichen Mutter begleitet, viel nervöser als er selbst. Wir begannen ein Gespräch, dem ich entnahm, dass sie den großen Doktor Malcolm verabscheute. Aus Gründen, die ihr nicht bekannt waren, schien ihr kleiner Sohn das nicht zu tun, was auf das Positivkonto des Mannes ging, dem ich in Kürze gegenüberstehen würde; der Instinkt eines Kindes ist untrüglich, und wenn der kleine Kerl nicht durch dessen grobe Manieren abgeschreckt worden war, sprach das umso mehr für Malcolm. Schließlich wurden meine Gesprächspartner aufgerufen, der Kleine glitt von seinem Stuhl und stolperte auf die Tür zu, geradezu begierig, sich den Pranken Doktor Malcolms auszuliefern.

Ich wartete und wartete. So, wie meine Mitwartenden gekleidet gewesen waren, saß ihnen das Geld nicht locker in der Tasche, vielleicht hatten sie nicht einen Cent, trotzdem geizte Malcolm nicht mit seiner Zeit.

Die Dämmerung drang in den dumpfen Raum, sodass ich mich nicht länger mit den Zeitschriften ablenken konnte, und allmählich begann die Atmosphäre auf mich zu wirken. Mir schien das Wartezimmer von intelligenten Geistern bevölkert zu sein, und ich begann, nervös zu werden. Als ich endlich an der Reihe war, musste ich allen Mut zusammennehmen, zumal ich bei dem Gespräch die Führung übernehmen musste, sonst wäre es vertane Zeit; wenn man in einer so nebulösen Angelegenheit den Boden unter den Füßen verliert, gewinnt man ihn nicht zurück. Ich musste nicht nur Malcolms Vorstellungskraft habhaft werden, sondern die Tiefen seines Seins berühren. Es hört sich nach Scharlatanerie an, aber letztlich war es ein Eingriff in die Psyche. Hätte ich es getan, um meiner Eitelkeit zu schmeicheln oder selbstsüchtige Ziele zu verfolgen, wäre es unverzeihlich gewesen; aber ich tat es, um ihm zu helfen, so wie ich mich, ohne mich um Konventionen zu scheren, an ihn geklammert hätte, wenn ich in Gefahr geraten wäre.

Endlich war ich an der Reihe. Die Sprechstundenhilfe öffnete eine schwere Mahagonitür und führte mich in ein Zimmer, das zwar geräumig und freundlich war, aber karg und unpersönlich eingerichtet. An einem flachen Tisch unter einer gleißenden Lampe stand mein rothaariger Freund, müde und verärgert. Ich merkte sofort, dass er mich erkannt hatte, denn er starrte mich wie vom Donner gerührt an. Mein Herz in beide Hände nehmend, rief ich Isis an und wappnete mich.

Der Empfang war alles andere als ermutigend. Malcolms bewusste Reaktionen ignorierend, sprach ich sein Unterbewusstsein an und weckte die verborgenen Kräfte, die dort schlummern mussten. Die Antwort kam sofort. Er wehrte sich und kämpfte, aber ich stand auf sicherem Boden, zu erfahren in der Behandlung von Menschen, um mich abspeisen zu lassen. Ich legte die Finger auf die wunde Seele des Mannes und übte Druck aus, wie ein Chirurg, der ein steifes Gelenk bricht, nur dass es in der Psychologie keine Anästhesisten gibt. Man sollte über solche Dinge nicht sprechen, und es ist schrecklich, die Seele eines Menschen nackt und bloß zu sehen.

Als es vorbei war, nahm ich Malcolm mit zu mir nach Hause. Ich weiß nicht, was mit ihm geschehen wäre, hätte ich es nicht getan. Wahrscheinlich wäre er blindlings in den Londoner Berufsverkehr gelaufen, so erledigt wie er war.

8

Es war eine seltsame Fahrt durch London mit diesem Mann, der mich so oft an der Themse verfolgt hatte und jetzt ruhig neben mir saß, den Schlapphut über die Augen gezogen und die Hände über dem Arztkoffer gefaltet, der auf seinen Knien ruhte. Er saß da wie eine Epstein-Skulptur und brachte kein Wort über die Lippen. Das war mir recht, denn der Verkehr verlangte äußerste Konzentration.

Als ich hinter der Brücke in eine ruhigere Gegend kam, fragte ich mich, mit welchen Gefühlen er durch meine Tür treten würde.

Als ich die Tür offen hielt, trafen sich unsere Augen zum ersten Mal.

„Ich bin hier schon gewesen, wissen Sie", sagte er kurz angebunden.

Ich bewunderte ihn. Es war ihm sicher nicht leicht gefallen, diese Worte auszusprechen.

„Ich weiß", sagte ich. „Schade, dass ich Sie nicht erkannt habe."

„Mich erkannt?" Wie ein Pferd, das scheut, hielt er plötzlich inne. „Mit wem verwechseln Sie mich?"

„Mit niemandem. Wollen Sie nicht hereinkommen? Es gibt eine Menge zu erzählen."

Das brachte ihn über die Schwelle. Einen Moment lang hatte ich befürchtet, er würde wieder die Flucht ergreifen, aber Neugierde ist nicht nur eine weibliche Eigenschaft.

Er deponierte den Hut auf dem nächstbesten Stuhl, behielt jedoch, wahrscheinlich aus Gewohnheit, den Arztkoffer in der Hand. Mit fragendem Blick schaute er sich in dem großen Raum um. Manchmal, wenn er seine Wachsamkeit verlor, lag etwas Jungenhaftes in ihm; andererseits machte er den Eindruck eines Mannes, der nie jung gewesen ist.

Als seine Augen erneut die meinen trafen, wurde er bis zum Haaransatz rot.

„Sie sind also bereits hier gewesen“, sagte ich, davon überzeugt, es wäre besser, selbst den Anfang zu machen. Er neigte den Kopf. „Ja.“

Daraus schloss ich, dass er telepathisch begabter war, als ich vermutet hatte – vielleicht sogar begabter, als er wusste. Es muss ein aufregendes Erlebnis sein, plötzlich zu entdecken, dass das Traumleben Wirklichkeit wird.

Ich verfrachtete ihn in einen großen Stuhl. Sherry lehnte er ab. Die Tasse Tee, die ich ihm anbot, nahm er jedoch dankbar an. Danach schien er wieder mit dem Leben versöhnt zu sein.

„Warum sind Sie kein Chirurg?“, fragte ich ihn, nur um etwas zu sagen. Er lächelte, wenn man dieses leichte, grimmige Kräuseln der Lippen Lächeln nennen kann.

„Hätte ich werden sollen“, sagte er, „das hätte mir Spaß gemacht.“

„Warum sind Sie es dann nicht geworden?“

Einen Moment schwieg er.

„Ich kann kein Blut sehen“, sagte er dann. „Niemand kann Chirurg werden mit diesem Handicap.“

Er zuckte mit den Schultern und sagte:

„Ich würde es nicht riskieren, zu operieren.“

Schweigen sickerte ein, ich füllte seine Tasse nach. Das Schweigen dauerte sehr lange; als er es endlich brach, verstand ich nicht, worauf er hinauswollte.

„Sie sind der erste Mensch, dem ich das erzähle“, sagte er.

Erneutes Schweigen. In dem Gefühl, dass er trotz seiner schleppenden Art schnell vorankam, schwieg auch ich.

Schließlich brach er das Schweigen: „Warum haben Sie mich gefragt, warum ich kein Chirurg geworden bin?“

„Ihre Hände“, antwortete ich.

Er sah sie an, prüfte die Fingerspitzen eine nach der anderen und reagierte mit offensichtlichem Missfallen auf die Tabakspuren, die die sonst gepflegten Nägel mit einem hässlichen Braun überzogen hatten.

Ich erhob mich, nahm von der Wand Dürers kleinen Stich ‚Betende Hände' und ließ ihn einen Blick darauf werfen. „Hände sind etwas Wundervolles", sagte ich.

„Ja, ich bin von meinen sehr abhängig, mehr als von meinen Augen."

Er betrachtete das Bild eingehend.

„Es ist schön", sagte er, „wo kann ich so einen Druck bekommen?"

Es lag mir auf der Zunge zu sagen: ‚Ich schenke es Ihnen.' Stattdessen antwortete ich: „In jedem Gemäldegeschäft."

Wieder Schweigen. Plötzlich sagte er: „Ich habe Ihre Zeit lange genug in Anspruch genommen, ich muss jetzt gehen."

Die Enthüllungen, die ihn nach hier gelockt hatten, schien er vergessen zu haben, oder er wollte ihnen entgehen. Es war jedoch besser, ihm Einhalt zu gebieten als ihn unter Druck zu setzen. „Möchten Sie, dass ich Sie zurückfahre?"

„Nein, ich gehe zu Fuß."

„Dann werde ich Ihnen die Abkürzung zeigen", bot ich ihm an. „Es ist nur ein Katzensprung."

Wir gingen die kleine Straße hinunter bis zur Warft.

„Liegt dort drüben meine Wohnung?", rief er aus, plötzlich stehen bleibend. „Guter Gott!"

Statt zu antworten, stellte ich eine Gegenfrage: ‚Gehen Sie nachts in Ihrem Zimmer auf und ab?" „Ja", sagte er, „tragen Sie weiße Kleidung?"

Er sah mich mit einem Blick an wie ein nervöses Pferd. Dann, ohne meine Antwort abzuwarten, ging er bis zum Ende der ungeschützten Warft und starrte auf das Wasser.

Ich folgte ihm. Ohne aufzusehen, sprach er weiter:

„Wasser hat auf mich eine magische Anziehungskraft. Sie ist manchmal so stark, dass ich hineinspringen möchte. Aber da ich schwimmen kann, hätte es keinen Sinn.“ Dann fügte er hinzu: „Diese Phase habe ich allerdings hinter mir.“

Danach drehte er sich so abrupt zu mir um, dass ich glaubte, er wollte der Faszination des Wassers entgehen. Später erkannte ich, dass es seine Art war, sich hektisch zu bewegen.

„Nun, Sie wollen mir den Weg nach Hause zeigen?“ „Ja – wenn Sie die Traute haben, ihn zu nehmen.“ „Was meinen Sie damit?“, fragte er scharf. „Eines Tages werden Sie es wissen“, sagte ich.

Ich ging vor. Er folgte mir – es blieb ihm auch kaum etwas anderes übrig –, und ich führte ihn ein enges Gässchen zu einer Flucht ausgetretener Stufen hinunter, die zu der Brückenzufahrt führten.

„Ich finde es nicht so schrecklich“, sagte er, als ich ihm unter einer flackernden Gaslaterne Adieu sagte.

„Das habe ich damit nicht gemeint“, sagte ich.

Er zögerte, als ob er sich nicht entschließen konnte zu gehen. „Werde ich Sie wiedersehen?“, fragte er kurz.

„Wenn Sie möchten! Sie sind immer willkommen!“

„Danke“, sagte er, lüftete den Hut, drehte sich auf dem Absatz um und verschwand.

Ich begann den Rückweg durch die schäbige Gasse. Ich war nicht sehr weit gekommen, da vernahm ich hinter mir schnelle Schritte. Mein erster Impuls war, mein Tempo zu beschleunigen, denn dieser Ort war nicht unbedingt für ein Stelldichein mit einem Unbekannten geeignet.

„Miss Morgan, ich möchte Sie etwas fragen“, hörte ich eine atemlose Stimme hinter mir – atemloser, als man bei einem so kurzen Weg erwarten könnte.

Ich drehte mich um. Selbst in der Dämmerung erkannte

ich die quadratischen Schultern und den Nacken, einer Bulldogge nicht unähnlich.

„Mein Freund", sagte ich, „was wollen Sie?" Ich sprach so sanft, wie ich konnte, denn ich wusste, er brachte ein Opfer.

„Nun, mmh, mmh, Tagträume... Ich kann dagegen nichts tun, das wissen Sie, aber wenn Sie wollen, werde ich es versuchen."

„Zu welchem Preis?" Er schwieg.

„Gut", sagte ich, „es tut niemandem weh, und Ihnen hilft es wahrscheinlich."

„Ich möchte es nicht mehr tun, jetzt, wo ich Sie kenne", sagte er.

„Lassen Sie nicht zu, dass die Visionen Sie beherrschen. Beobachten Sie sie und sehen Sie, was geschieht. Verstehen Sie etwas von Psychoanalyse?", fragte ich.

„Ja, natürlich."

„Dann sollte es Sie nicht stören, wenn sich der Symbolismus um mich herum festgesetzt hat. Ich komme sehr gut klar damit."

„Die Freud'sche Transferenz?"

„Ja."

Es stimmte zwar nicht ganz, war aber das Beste, was ich in dieser Situation sagen konnte. Beruhigt drehte er sich um und verschwand.

Ich ging zurück bis zur Warft und blieb stehen, bis ich im Fenster jenseits des Wassers Licht angehen sah. Dann verstellte ein Schatten das erleuchtete Viereck. Malcolm lehnte sich aus dem Fenster. Ich war froh, dass ich mein schwarzes Regencape anhatte und wartete eine Weile, bis er müde und den Vorhang zuziehen würde, denn es war durchaus möglich, dass er mich die hell erleuchtete Straße hinuntergehen sah. Er sollte nicht erfahren, dass ich auf der Warft Wache gehalten hatte, aber er war unglaublich geduldig. Schließlich hatte er mich ausgetrickst. Ich ging zurück und glitt in den warmen, duftenden Raum, der mein Zuhause war. Erst dann fiel es mir wie Schuppen von den Augen: Malcolm hatte gewartet, bis er die Lichter in meinem großen Fenster hatte angehen sehen.

Ich fragte mich, welche Gedanken durch seinen Kopf wirbelten, denn dass sie wirbelten, dessen war ich mir sicher.

Aus seinem Verhalten schloss ich wiederum, dass ich es mit einem Mann zu tun hatte, für den das weibliche Geschlecht bisher nur aus Patientinnen bestanden hatte. Mit seinem grimmigen, granitartigen Gesicht war er ohnehin kein Frauentyp. Andererseits wirkte seine dynamische Ausstrahlung auf viele Frauen sicher attraktiv, aber er war viel zu brüsk, als dass jemals eine Affäre infrage gekommen wäre.

Ich hätte gerne gewusst, ob er seine Beziehung zu mir als ‚Affäre' einstufen würde. Falls ja, würde er dagegen angehen. Ich hatte mein Bestes versucht, diese Geschichte als psychologisches Experiment erscheinen zu lassen; aber das war natürlich nur eine Seite. Von der anderen Seite konnte ich ihm nichts erzählen – noch nicht. Das Missverständnis, das sich daraus ergab, musste ich hinnehmen. Er war in den Händen der Großen EINEN, genauso wie ich. Ich konnte nur hoffen, dass er sich nicht in Konventionen verstrickte, sondern seinem inneren Drang folgen und einen geraden Kurs steuern würde. Ich hatte ihm einen Köder zugeworfen, als ich ihm sagte, ich würde ihm den Weg zeigen, wenn er die Nerven hätte, ihn zu gehen. Das könnte ihn zur Aufbietung all seiner Kräfte anspornen; oder er würde sich noch weiter zurückziehen, oder aber er würde aus seiner gesellschaftlichen Tollpatschigkeit heraus die Kurve nicht bekommen. Mir blieb nichts anderes übrig als abzuwarten.

Einen Monat lang passierte nichts, und ich begann mich zu fragen, ob Malcolm zu dem Schluss gekommen war, ich wäre ein zu heißes Eisen. Vielleicht hatte er auch andere Beweggründe, mich zu meiden. Oder er sah sich nach neuen Möglichkeiten um. Ich wusste jedenfalls nicht, wie ich mich verhalten sollte. Aber er war der Opferpriester und der Mann, der für die Arbeit ausgesucht worden war. Sein Höheres Selbst wusste es. Aber hatte ich das Recht, sein Unterbewusstsein zu beeinflussen, um ihn an mich zu ziehen? Nach dem Motto: ‚Du hast das Wissen, du solltest es nutzen!' Aber das würde eine Verantwortung mit sich bringen, die ich nicht bereit war zu übernehmen.

Ich habe eine tief sitzende Abneigung gegen spirituelle Gewalt, mag sie auch noch so subtil sein. Wie kann man je sicher sein, einen anderen Menschen einzuschätzen? Man hat ja schon genug Schwierigkeiten mit sich selbst. Andererseits würden meine Pläne nicht nur der Großen Göttin dienen und durch SIE den Menschen im Allgemeinen, sondern auch der verwirrten Seele jenseits des Wassers.

„Das Spiel mit den Seelen ist gefährlich, und es gibt Ärger genug, nur eine zu retten", sagt Browning, den ich für einen sehr weisen Mann halte. Und er geht sogar noch weiter: „Aber dort war mein Freund, der mit glühenden Kohlen spielte, wie mit Murmeln."

Dieser Ausspruch traf für Malcolm zu, den Mann, der sich selbst am schlimmsten misshandelte. Hier war er mit dem zentralen Nervensystem beschäftigt, der Stelle, wo sich Psyche und Körper treffen, und trotz Kenntnis der Freud'schen Lehre wusste er über den Verstand so viel wie über die Erforschung der Antarktis. Er war wohl zu einer Zeit Student gewesen, als man die modernen Entwicklungen der Psychologie noch nicht kannte, die im Zusammenhang mit der Geheimlehre stehen. Sein Innenleben bekam dieselbe Nahrung wie die zahllosen Kinder der Armen während der Industrierevolution – nämlich keine. Die Seele dieses Mannes war völlig aus den Fugen geraten und todkrank. Aber was war die Ursache? Unwissenheit und ein verstaubter Berufsethos. Zu Menschen wie ihm sollte Isis in silbernem Licht hinabsteigen.

‚Wenn du Zweifel hast, tue nichts!' – ein gesunder Grundsatz in der Magie, denn die Folgen einer Handlung auf den inneren Ebenen sind so weitreichend, dass man keinen Fehltritt riskieren kann. Außerdem spielt Zeit keine Rolle, und ich, als Eingeweihte, konnte es mir leisten zu warten.

So wartete ich also weiter. Ich wartete so lange, dass ich mich zu fragen begann, ob Isis für Malcolm wirklich Verwendung hatte. Dann brach plötzlich der Damm, und ich wusste, dass Malcolm sich aus Furcht, ich würde ihn von seinen Pflichten abhalten, entschieden hatte, sich von mir fernzuhalten. Ich konnte nicht anders als die eisenharte Integrität dieser Entscheidung zu bewundern, während ich gleichzeitig ihre Sinnlosigkeit und Verrücktheit bedauerte.

Es war eine seltsame Studie in Telepathie, und ich werde genau erzählen, was geschah.

In diesen Tagen war ich viel allein; ich bin meistens allein, und weil ich diese Aufgabe vor mir hatte, vermied ich alle anderen Verwicklungen und Verpflichtungen, bis Licht in das Dunkel käme. Damit mein Geist ruhig und empfangsbereit würde, legte ich sogar meine Studien beiseite.

Eines Abends saß ich friedlich am Feuer in der Halle. Die Dämmerung brach herein, ich hatte die Leselampe angezündet, weil mir der Weg zum Schalter des versteckten Lichts zu lästig war, das diesen großen Raum in sanftes gelbbraunes Licht tauchen würde. Keine Vorhänge bedeckten die Mondfenster, sie waren dunkel. Es war zwar Vollmond, aber er war noch nicht aufgegangen. Im Schein der Lampe war die Decke nicht zu sehen, und die Ecken des Raumes lagen im Schatten. Der Schein des Feuers warf einen hellen Schimmer auf den Boden, in meinem Schoß jedoch konzentrierte sich ein heller Fleck von der dunkel getönten

Lampe, und im Schein dieses Lichts versah ich eines dieser irisierenden Gewänder mit einem Goldfaden, der dem Silber einen sanften Glanz verlieh. Ich erinnere mich, an der einen Hand einen schwarzen Diamanten und an der anderen die schwarze Perle getragen zu haben. Während sich meine Hände bewegten, reagierten die wilden schwarzen Blitze auf das sanfte Licht wie Isis auf Nepthys.[8]

Plötzlich, nicht einmal einen halben Meter von mir entfernt, sah ich das Gesicht Malcolms. Nie zuvor war ich so kurz vor einer Materialisation gewesen.

Eine Sinnestäuschung war ausgeschlossen, denn die Augen spiegelten die Seele des Mannes wider. Hätte ich sein Gesicht nur in der Fantasie herbeigerufen, wäre Malcolms Blick leblos gewesen. Also hatte ich nicht Malcolms Bild herbeibeschworen, sondern er war in einer Astralprojektion zu mir gekommen, und ich fragte mich, was ihn bewogen hatte zuzulassen, dass sich sein Geist von ihm löste.

Wusste er, was vor sich ging? Wahrscheinlich, denn ich hatte ihm mein Buch überlassen, und wenn er es gelesen hatte, musste ihm bewusst sein, was er tat. Aber warum tat er es dann? Das Geheimnis konnte ich nicht entschlüsseln, aber ich sah die seltsamen hellen Augen, die mich mit konzentrierter Aufmerksamkeit anblickten. Er machte keinen Versuch zu sprechen, und sein Gesicht, jetzt unmittelbar vor mir, verriet nichts als Anspannung, nicht einmal, ob er schlief oder träumte, oder ob er mich in einer telepathischen Vision ansah. Die Augen jedoch waren wachsam, und sie blieben es.

Von dieser Zeit an war Doktor Rupert Malcolm beinahe ständig bei mir. Ob ich in meinem Stuhl saß, ob ich durch die belebten Straßen ging – Malcolm tauchte auf und schaute mich mit diesen aufmerksamen, ausdruckslosen Augen an.

Eines Abends, nachdem ich zur üblichen Zeit zu Bett ge-

---

8 Isis und Nepthys waren Zwillingsschwestern

gangen war, – in dieses große Bett, über das Mister Meatyard immer den Kopf schüttelte, weil es ihm für eine einsame Dame so viel unnötige Arbeit bescherte, machte ich meine übliche Meditation und glitt danach sofort in den Schlaf. Als ich die lange Zypressenallee zu meinem Tempel hinunterschritt, hatte ich plötzlich einen Begleiter. Ich brauchte nicht über die Schulter zu blicken, um zu wissen, wer es war, obwohl sich unsere Exkursionen im Traum bisher immer in der Hügellandschaft an der See abgespielt hatten.

Ich drehte mich um, sah Malcolm ins Gesicht, nahm seine Hand und Seite an Seite – Priester und Priesterin – betraten wir den Tempel der Isis. Vorsichtshalber schloss ich den Vorhang vor dem Allerheiligsten ganz fest.

Wir standen unter der Hängelampe, in der das Ewige Licht flackerte, im Zentrum des Mosaiks, das den Tierkreis darstellt und als Symbol für das Universum steht und für alles, was in ihm ist. Wir schauten auf den schwarzen Vorhang, der uns vom Allerheiligsten trennte, und verrichteten unsere Andacht wie alle Menschen; ihm jedoch war es nicht erlaubt, hinter diesen Vorhang zu gehen. Weil unsere Energien nicht auf derselben Ebene schwangen, war es schwierig, bis zu ihm durchzudringen. Daher sagte ich meinem Begleiter immer wieder, er hätte das Recht, den Tempel der Isis zu betreten und sein Ritual durchzuführen. Dann ließ ich ihn allein und trat hinter den schwarzen Vorhang. Vom Allerheiligsten darf ich nicht sprechen, nicht einmal nach dieser langen Zeit, von der ich meine Geschichte erzähle, sondern darf nur sagen, dass der Raum leer ist. Wer den Vorhang passieren darf, soll es tun und Priester werden: ich darf den Schleier des Geheimnisses jedenfalls nicht lüften.

Ich kehrte zurück, mein Priester kniete an der Stelle, an der ich ihn verlassen hatte. Wieder nahm ich seine Hand und führte ihn zurück, durch den Hof mit den Lotosblüten, die lange Allee entlang, an deren Ende wir uns trennten – er kehrte über den Fluss zu seinem irdischen Leben zurück, und ich für diese eine Nacht zum Haus der Jungfrauen.

Von nun an hatte ich den Tempel der Isis selten für mich allein. Diejenigen, die zeitweilig mit mir arbeiteten, waren sich der Gegenwart des Priesters bewusst. Einige hatten etwas gegen ihn, andere mit mehr Innensicht wussten, er gehörte dazu.

Am Weihnachtsvorabend dann folgte der Höhepunkt. Inzwischen hatte ich mich an die Gegenwart meines Priesters gewöhnt, und es machte mir nichts mehr aus, weder im Wach- noch im Schlafzustand.

In der Meditation war ich meinen üblichen Weg zum Tempel gegangen, und die Meditation war, wie es sein sollte, in einen Traum hinübergeglitten: Als mein Schlaf unterbrochen wurde, stand ich meinem Priester und dem Ewigen Licht gegenüber. Die Freundin, mit der ich gemeinsam arbeitete, verbrachte die Weihnachtstage bei mir, und ich glaubte, sie mein Zimmer betreten zu hören. Ich war verärgert, denn der Traum faszinierte mich so stark, dass ich nicht geweckt werden wollte. Wahrscheinlich war sie nervös und wollte mir irgendein albernes telepathisches Erlebnis erzählen. Ich lag ganz ruhig, wach und in der Hoffnung, sie würde schnell wieder verschwinden. Stattdessen fühlte ich einen festen Griff an meinen Unterarmen. Offensichtlich ließ sie sich nicht abschütteln. Als Gastgeberin durfte ich nicht unhöflich sein. Also setzte ich mich mühsam auf, aber dort war niemand! Da wurde mir klar, wer sich so weit materialisiert hatte, dass er auf meinen Armen blaue Flecken hinterlassen konnte.

Plötzlich saß ich kerzengerade im Bett: ‚Jetzt geht‘s los.‘

Die Materialisation war vollkommen, und sie war über das Wasser erfolgt. Wiederum konnte ich nichts tun als abzuwarten.

Ich musste eine ganze Weile warten, bevor etwas Neues

geschah. Am nächsten Tag herrschte absolute Ruhe, völliges Vakuum. Offensichtlich war Malcolm genauso erschrocken wie ich auch.

Aber ich vermisste meinen Priester. Der magnetische Fluss zwischen uns, die Grundlage der Mondmagie, hatte sich bereits entwickelt, und ich fühlte mich dessen beraubt. Das Erlebnis ließ mich leer, ziellos, verunsichert zurück, meine Mission, aber auch mich persönlich betreffend. Diese Reaktion war jedoch so normal, dass ich spielend mit ihr fertig wurde. So lange sie dauerte, war es unangenehm, aber sie dauerte meistens nicht allzu lange.

Obwohl ich ihn zum Stillschweigen verurteilt hatte, verdächtigte ich Malcolm, sich mit jemandem beraten zu haben, der ihm helfen sollte, meinem Einfluss zu entgehen. Ich hatte nicht die Absicht, seinen Willen gegen sein besseres Wissen zu bezwingen, der anderen Person gegenüber hatte ich diese Skrupel jedoch nicht.

Das Wetter wurde bereits unbeständig, ein Vorbote der Tag- und Nachtgleiche im März, und ich wehrte mich dagegen, eine telepathische Arbeit zu versuchen. Wenn sich die astralen Gezeiten ändern, auch im Herbst, werden alle Kontakte automatisch gestört. Wenn Malcolm sich widerspenstig zeigte, ließ ihn Isis vielleicht fallen. Aber wenn ich ihn brauchte, dann würden wir die Arbeit zu Ende bringen können.

Als sich die wirbelnden Astralformen und auch das Wasser nach dem Frühlingsmond beruhigt hatten, tauchte die Astralform von Malcolm erneut auf, aber er war nur ein Abglanz seines früheren Selbst. Was war geschehen? Was sollte ich tun? Ich hatte die Macht, sollte ich sie nutzen? Ich hasste die Vorstellung, sie willkürlich einzusetzen, denn eine Seele ist für mich heilig. Aber jemand anderes hatte seine Macht missbraucht. Ich entschloss mich, diesen Menschen aus dem Weg zu räumen, obwohl ich auf Malcolm keinen Druck ausüben wollte.

Als der Neumond an Kraft gewann, stieg ich zu meinem Tempel hinauf, den ich erneut gesiegelt und der neuen Flut geweiht hatte.

Als Erstes zeichnete ich das Pentagramm, wobei die großen Zeichen im Astralfeuer an den vier Kardinalpunkten gezogen wurden. Bereits in das schwarze Gewand gekleidet, angetan mit dem silbernen Kopfputz einer Mondpriesterin, malte ich mir aus, in die astralen Roben zu wechseln, meinem Grad entsprechend. Ich spürte das Gesicht der Uräus-Schlangen auf meiner Braue, den Druck der silbernen Schnallen auf meinen Hüften. In der Hand hielt ich das astrale und das irdische Henkelkreuz. Damit machte ich die Mondzeichen und sprach die Anrufung aus mit den größeren Namen der Macht. Die Macht kam herunter. Alle ritualen Gegenstände, jedes Symbol an den Wänden – alles war in Licht getaucht. Der Raum wurde ganz hell, obwohl nur die Lampe der Göttin und das Ewige Licht über meinem Kopf in der schattigen Dunkelheit brannten.

Nachdem ich das Henkelkreuz auf den Altar zurückgelegt und den Feuerstab genommen hatte, zeichnete ich die Spur des Feuersymbols in die Luft, und kleine Flammen folgten ihr. Den Rauch, der in Wolken aus dem Weihrauch hochstieg, überzog ein rötlicher Schimmer. Dann rief ich die Göttin Sekhmet, die Löwenköpfige, und ich spürte, wie sich über meinem Haupt der Kopf einer Löwin formte.

Ich legte den Feuerstab auf den Altar zurück und nahm erneut das Henkelkreuz auf, das Ankh, als Zeichen des Lebens. Nachdem ich damit den magischen Kreis und das magische Dreieck gezogen hatte, rief ich meinen Priester. Er formierte sich im magischen Dreieck. Dann zog ich mit dem Feuerstab den Feuerkreis um ihn, im Dreieck, und um mich, im Kreis. Die Flammen sandten glühende Hitze aus und stiegen höher und höher, bis sie über unsere Köpfe hinausgingen. Mit meinen

Augen hielt ich die Augen der Form fest, die ich geschaffen hatte. Und dahinter erkannte ich die Seele des Mannes.

„Oh, Isis, DU Geliebte!“, rief ich, „DU und ich, wir sind allein im Kreis des Feuers, das niemand betreten darf. DEIN Wille geschehe! Durch DICH!“

Dann ließ ich die Energie allmählich los. Die Flammen verloschen. Die Gestalt des Mannes verschwand, und ich führte das Bannungsritual durch, das die übernatürlichen Spannungen löste und alles in die Normalität zurückbrachte. Der Raum war glühendheiß. Wenn ich das Experiment ausgedehnt hätte, wäre alles in Flammen aufgegangen. Ich war so erschöpft, dass der Schweiß in Bächen meinen Körper hinablief. Einschließlich der Meditation hatte das Experiment nicht mehr als eine halbe Stunde in Anspruch genommen, aber ich brauchte zwei Tage, um mich davon zu erholen.

All das tat ich für Rupert Malcolm, aber ich hatte Zweifel, ob er mir danken würde. Wenn ich sicher gewesen wäre, ihn nie mehr wiederzusehen, hätte ich ohne Herzklopfen nach einem Ersatz gesucht. Aber ich fühlte die eindringlichen Worte:

„Das ist der Erwählte! Er muss die Arbeit vollbringen! Mach dir keine Gedanken über seine Gefühle! Mach dir keine Gedanken über deine eigenen! Persönliche Gefühle zählen nicht! Er wird leiden, und du wirst etwas riskieren, aber die Aufgabe muss erfüllt werden! Um jeden Preis!“

Dann kam die Bestätigung, die nie ausbleibt, wenn große Dinge geschehen, denn unsere geistigen Freunde auf der anderen Seite erwarten nie, dass man ihnen blindlings vertraut.

Meine Freundin kam und meinte:

„Ich hatte einen seltsamen Traum. Ich war mit dir im Tempel; der Mondpriester kam und trug mir auf, dir zu sagen, du sollst die Botschaft senden. Weißt du, was das bedeutet?“

„Ja“, sagte ich, „ich weiß es.“

„Wirst du es tun?“

„Ja.“

„Wie?“

„Auf meine Art“, sagte ich. „Sei sicher, sie wird denjenigen erreichen, für den sie bestimmt ist; ob er danach handeln wird, das ist eine andere Frage.“

9

Es war ein stürmischer Abend, die Flut stand hoch, an der Grosvenor Road wurden Sandsäcke aufgehäuft, und Mr. Meatyard hatte die schweren Bretter herausgeholt, die in die Spalten über den unteren Teil meiner Haustür passten. Anstelle meines üblichen breitkrempigen Filzhuts einen Südwester auf dem Kopf, war ich hinunter zur Warft gewandert, um mich daran zu berauschen, wie die Flut vorbeizog. Ich war so ins Schauen und Hören vertieft, dass ich alles andere vergaß. Plötzlich fühlte ich, wie etwas meinen Ellbogen berührte.

Erschrocken wollte ich zurückweichen, mein Fuß glitt auf dem nassen Holz aus, und ich wäre beinahe über die Kante der Warft gerutscht. Aber Hände wie die eines Gorillas schnappten mich und hoben mich in Sicherheit. Als ich mich umdrehte, sah ich in Dr. Malcolms Gesicht, weiß wie ein Laken.

„Mein Gott!", rief er aus, „Sie wären beinahe im Fluss gelandet! Es tut mir leid, dass ich Sie erschreckt habe, das wollte ich nicht. Ich habe Sie angesprochen, aber Sie haben es nicht gehört."

„Woher wussten Sie, dass ich draußen auf der Warft war?", fragte ich.

Er wurde rot.

„Ich weiß nicht, ich *wusste* es einfach. Ich habe bei Ihnen geklingelt, aber niemand hat aufgemacht, und so bin ich hierhergekommen."

Wir drehten uns um und gingen langsam die kleine Straße hinunter. Dr. Malcolm heftete die Augen auf den Boden, ohne mich anzuschauen und ohne ein Wort von sich zu geben.

„Ich bin froh, dass Sie gekommen sind", sagte ich. „Ich hätte es sehr bedauert, Sie nicht wiederzusehen."

„Ich war ganz schön eingespannt", meinte er. „Es gibt zu wenig Personal, außerdem ist mein Assistent krank."

Ich nahm seine Entschuldigung an, auch wenn ich sie nicht glaubte. Er merkte es und änderte die Taktik.

„Wenn ich unbedingt gewollt hätte, hätte ich natürlich kommen können, aber ich war mit mir nicht im Reinen. Ich konnte die Beziehung zwischen Ihnen und der Frau, von der ich geträumt hatte, nicht einordnen."

„Sind wir nicht ein- und dieselbe Person?", fragte ich.

„Nicht ganz", sagte er. „Was Sie tun, liegt außerhalb meines Vorstellungsvermögens."

Ich beschloss, nicht darauf einzugehen.

Wir gelangten zu der großen Tür. Ich steckte den Schlüssel hinein und schloss auf, aber sie war so schwer, dass sie zuzuschlagen drohte. Die kniehohen Flutbretter machten das Eintreten nicht unbedingt leichter.

„Geben Sie mir Ihre Hand?", fragte ich, bot ihm aber meine Hand nicht an, sondern legte sie in seine. Er ließ mich gewähren, die Augen weiterhin auf den Boden gesenkt, als ob er meinen ausweichen wollte oder als ob er sich für meine Fußfesseln interessierte. So kehrten wir ins Haus zurück.

„Wonach riecht es hier immer?", fragte er, als er durch die Innentür in die große Halle trat.

„Nach allem Möglichem", antwortete ich, „heute nach Weihrauch."

„Warum verwenden Sie diese Essenzen?"

„Aus psychologischen Gründen."

Jetzt, mit dem Rücken zum Feuer, steckte er die Hände in die Hosentaschen, sodass sich seine Matrosenjacke beulte wie die aufgeplusterten Federn eines wütenden Truthahns. Eine erloschene Zigarette zwischen den Lippen, starrte er in die Luft. Es fehlte nur der Dreispitz, und er hätte ausgesehen wie ein Schiffsoffizier auf Wache. Jetzt bemerkte er, dass die

Zigarette nicht mehr glomm, und schnippte sie ins Feuer.

„Ich habe das zentrale Nervensystem bis obenhin satt", sagte er.

Eine aufschlussreiche Bemerkung für eine auf diesem Gebiet weltberühmte Kapazität!

Er fischte ein verschrumpeltes Päckchen Players aus der Tasche und zündete sich eine Zigarette an, ohne um meine Erlaubnis zu bitten.

„Im Krankenhaus hat es ein Riesentheater gegeben."

„Weswegen?"

„Meinetwegen, wie üblich. Glauben Sie auch, Miss Morgan, dass meine Manieren so schlecht sind?"

Sie waren abscheulich, aber ich hatte nicht das Herz, es ihm zu sagen.

„Ich glaube, Sie sind in Ihren Gedanken meistens ganz woanders", sagte ich, „dadurch wirken Sie beleidigend."

„Warum sind die denn so bekloppt und merken nicht, dass ich es nicht so meine?"

„Wahrscheinlich, weil die bekloppt sind."

„Aber, Himmel noch mal, ich *weiß* wenigstens, dass ich nicht alle Tassen im Schrank habe!"

„Selbsterkenntnis ist der erste Weg zur Besserung."

„Sie könnten dazu beitragen, aber ich wollte Sie nicht wiedersehen, bevor ich Klarheit geschaffen hatte."

„Und, hatten Sie Erfolg?"

„Nein. Darum bin ich jetzt hier."

Ein widersprüchliches und gigantisches Zugeständnis. „Außerdem haben Sie mich gerufen", fügte er hinzu. „Das stimmt", gab ich zu. „Warum haben Sie es getan?" „Weil ich Sie brauche." „Was wollen Sie von mir?"

„Das ist eine lange Geschichte. Wenn Sie wollen, können Sie mir nützlich sein."

Eine Zigarettenlänge musste er diesen starken Tobak verdauen. Schließlich sprach er.

„Ich werde Ihnen jetzt etwas sagen. Ich bin ein verheirateter Mann. Meine Frau ist krank, sie lebt an der See. Früher habe ich sie an den Wochenenden besucht, aber ihr Arzt hat mir gesagt, ich soll es sein lassen, ich würde sie nur aufregen. Ich lebe hier in London und habe an verschiedenen Orten zu tun, aber notfalls könnte ich alles hinschmeißen. Nach dem, was mir heute zu Ohren gekommen ist, wären sie sogar froh, mich loszuwerden. Ich muss eine gewisse Summe Geld verdienen, damit meine Frau weiterhin versorgt ist, aber das ist ein Klacks. Für mich brauche ich nicht viel. Davon abgesehen, stehe ich Ihnen zur Verfügung."

Die plötzliche Kapitulation machte mich sprachlos. Meinem Plan entsprach dieser Weg, aber ich hatte erwartet, dass er Schritt für Schritt genommen würde und nicht im Marschtempo. Wie ich meinen schrecklichen Rekruten ausbilden sollte, wusste ich ohnehin nicht. Mein Kopf war leer, nur die Zeilen von Hilaire Belloc[9] schwirrten mir ständig durch den Kopf:

Ich hatte ‚ne Tante in Yucatan,
die schaffte sich eine Python an
und hielt das Tierchen als Schoßhund.
Weil Tantchen die Regeln nicht bedachte,
die Python aus ihr Hackfleisch machte.
Die Schlange lebt noch, dick und rund.

Mit einer Stimme, die nicht die meine zu sein schien, sprach ich: „Ein außerordentlich großzügiges Angebot. Zu großzügig."

Da schaute er auf.

„Eine vernünftige Einstellung. Machen Sie, was Sie für richtig halten. Ich habe keinen Schimmer von Ihren Absichten, aber ich werde tun, was ich kann."

9 Britischer Schriftsteller (1870 bis 1953)

„Dann setzen Sie sich“, sagte ich, „ich mache Ihnen eine Tasse Tee, und dann reden wir.“

Gehorsam ließ er sich in meinem Spezialsessel nieder. Ich stocherte in der heißen Glut des Kamins herum, legte die glühende Kohle auf den Eisenrost und machte Teekuchen nach Bauernart. Fasziniert beobachtete er mich. Vollends gefesselt war er, als der Duft des Gebäcks durch den Raum zog. Schließlich vertilgte er die Teekuchen in solchen Mengen, dass mir um seine Verdauung angst und bange wurde. Hoffentlich verdaute er das, was ich zu sagen hatte, auch so gut.

Ich stellte das Teegeschirr auf den Teewagen und schob ihn in die Küche, die frühere Sakristei, damit Mister Meatyard sich mit dem Spülen vergnügen konnte. Meine hausfraulichen Talente sind einfach, aber sehr wirkungsvoll. Dann ging ich in mein Schlafzimmer und schlüpfte in eins der lose fallenden, irisierenden Gewänder, die ich im Haus trage. Das war sicher etwas für Dr. Malcolm. Aber außer einem verwunderten Blick und einem Zittern der Hand, mit der er die Zigarette hielt, ließ er sich nichts anmerken.

Weil mein Begleiter nie auf die Idee kam, mir eine anzubieten – das Krankenhaus hatte schon Recht, ihn wegen seiner Manieren zu rügen –, zündete ich mir eine meiner Zigaretten an. Auf seinen Glimmstängel konnte ich verzichten. Er hatte mir etwas Besseres angeboten, ohne Gegengabe zu erwarten, und ein Mann in seiner Position hatte eine Menge zu bieten. Ein vierstelliges Einkommen und enormes Prestige. Er war einer der Ärzte der königlichen Familie.

„Nun,“ begann ich, „warum sind Sie das Zentralnervensystem leid?“

„Es führt zu nichts.“

„Haben Sie etwas anderes in petto?“

„Endokrinologie.“

„Nicht Psychologie?“

„Brr!“

„Dann glauben Sie also nicht, dass der Verstand für Entscheidungen verantwortlich ist?“

„Nicht, dass ich wüsste. Ich bin verdammt sicher, dass umgekehrt daraus ein Stiefel wird. Entscheidungen trifft der Bauch. Ich bitte um Entschuldigung, ich sollte Ihnen gegenüber nicht diese Ausdrücke verwenden, aber ich habe vergessen, dass Sie eine Frau sind.“

Eine erstaunliche Reaktion auf meine irisierenden Gewänder. Als er meine Irritation bemerkte, fuhr er fort:

„Ich meine es nicht körperlich. Ihre Vorzüge sind nicht zu übersehen. Aber Sie sind dynamisch wie ein Mann, haben den Verstand eines Mannes und sehen das Leben mit seinen Augen.“

„Woher wissen Sie das?“

„Weil es Ihnen gelungen ist, mich in den Griff zu bekommen. Eine Eva hätte sich eingeschüchtert gefühlt, zumindest gefragt, worauf sie sich einlässt.“

„Wie kommen Sie darauf, dass Sie mich nicht eingeschüchtert haben?“

„Es ist mir doch nicht gelungen, oder?“

„Nicht im Gerings-ten, aber ich hätte gerne gewusst, wie Sie darauf kommen.“

„Ich weiß es einfach. Außerdem fände ich es verächtlich, wenn Sie sich von mir einschüchtern ließen. Die ganze Zeit wollte ich mich für mein Benehmen bei Ihnen entschuldigen – ich meine, für mein Benehmen, bevor ich Sie kannte. Sie müssen mich für verrückt gehalten haben oder für einen schrecklichen Kerl. Wirklich, ich bin weder meschugge noch ein *Enfant terribl*e und stehe mit beiden Beinen auf der Erde. Deshalb war Telepathie für mich immer eine obskure Sache, von den Schwindelveranstaltungen im Varieté ganz zu schweigen.

Übrigens habe ich Ihr Buch gelesen. Wahrscheinlich wäre es besser gewesen, meine Gedanken über Sie im Zaum zu halten, aber nicht mal im Traum wäre mir eingefallen, dass Sie es herausfinden würden. Die Sünde liegt in der Absicht, und so gesehen, bin ich ein sehr sündiger Sünder. So, jetzt wissen Sie, woran Sie mit mir sind. Und jetzt sagen Sie mir bitte, wo Sie stehen, Miss Morgan."

„Das würden Sie nicht verstehen, Dr. Malcolm. Vielleicht später. Im Übrigen möchte ich nicht, dass Sie mich Miss Morgan nennen."

Er wurde rot. Wahrscheinlich nahm er an, ich wollte ihm das ‚Du' anbieten. Ich nahm ihm die Illusion.

„Morgan ist nicht mein richtiger Name. Ich musste dem letzten Willen eines Testaments entsprechen. Mein Name ist Vivian Le Fay. Wenn wir Freunde werden sollen, nennen Sie mich so!"

„Vivian passt zu Ihnen auch nicht besser. Klingt zu sehr nach Tennyson."

„Sie haben Recht, ich wurde nach der jungen Hexe in der Artussage genannt, die Merlin ins Verderben gestürzt hat, aber ich bin nicht im Geringsten wie sie. Außerdem war der Name eine Verlegenheitslösung. Mein Vater wollte mir einen anderen geben, aber der Standesbeamte lehnte ab."

„Wie sollten Sie denn heißen?"

„Lilith."

„Wer war Lilith? Und warum akzeptierte der Beamte den Namen nicht?"

„Das eine ergibt sich aus dem anderen. Sie war die Gefährtin Adams, bevor ihm Eva gegeben wurde. Einige sagen, Lilith sei ein gefallener Engel, andere halten sie für einen seelenlosen Geist der Erde. Nach Interpretation der Kirche ist sie ein Dämon, totgeschwiegen, weil sie nicht ins Bild der Forderung passt, ‚bis dass der Tod euch scheidet!' Die Kabbalisten behaupten, Lilith hätte Adam die Erkenntnis gebracht, wohingegen andere sagen, Lilith, und nicht die Schlange, wäre für den Sündenfall verantwortlich gewesen. Aber Adam konnte Lilith nicht vergessen, auch nicht, nachdem ihn Gott mit Eva beglückt hatte. Nebenbei bemerkt, ein pikanter Widerspruch zum Kirchendogma: Schon der erste Mann hatte zwei Frauen..."

Meine letzte Einlassung ignorierend, sinnierte Malcolm:

„Hm, ich verstehe. Das Urbild der Frau im kollektiven Unterbewusstsein der Menschheit. Vielleicht ist das der Grund..."

„Wofür?"

„Für meine Träume von Ihnen."

„Glauben Sie das wirklich?"

Er überlegte einen Moment, dann meinte er: „Nein, eigentlich nicht." Erneut eine Gedankenpause, dann: „Auch der Name meiner Frau ist Eva."

Schließlich fügte er hinzu: „Ich wünschte, Sie würden mir sagen, was Sie mit mir vorhaben."

„Das ist nicht so einfach zu erklären. Verstehen Sie etwas von Magie?"

„Geisterbeschwörung?"

„Nein, Magie. Würden Sie mir glauben, wenn ich Ihnen sagte, dass ich Magie praktiziere?"

„Ja. Obwohl oder gerade weil Sie völlig anders sind als die Menschen, die ich bisher gekannt habe, würde ich Ihnen beinahe alles glauben, was Sie mir über sich erzählen."

„Würden Sie mir auch glauben, wenn ich Ihnen sagte, dass auch Sie Magie praktizieren?"

„Sie meinen diese seltsame Geschichte mit der Telepathie zwischen uns beiden, die Sie mit mir ausprobieren wollen? Aber ich dachte, das wäre Spiritualismus."

„Ist Spiritualismus nicht Magie?"

„Sie bringen mich durcheinander, trotzdem werde ich alles tun, was Sie wollen Miss – Miss Le Fay. Aber was wollen Sie?"

„Die Fortsetzung dessen, was Sie bereits getan haben."

„Himmel nein! Sie wissen doch nicht, was ich getan habe."

„Wirklich nicht?"

„Nein, Miss Le Fay."

„Rupert Malcolm, ich weiß es doch."

Er sprang aus dem Stuhl. „Wie viel wissen Sie?"

„Eine ganze Menge. Aber natürlich weiß ich nicht, wie viel es zu wissen gibt."

„Sie wissen auch, dass ich Sie liebe?"

„Ja."

Er stand eine Minute lang wie vom Donner gerührt, und sprach dann mit beherrschter Stimme weiter:

„Aber Sie können mit meiner Liebe nichts anfangen."

„Und ob! Ich werde sie in Energie umwandeln."

„Ich verstehe nur Bahnhof."

„Das ist das Problem. Ich werde das Rätsel lösen, und Sie werden mir vertrauen, bis Sie Ihren Weg klar vor sich sehen. Warum setzen Sie sich nicht wieder hin und lassen mich erzählen? Wollen Sie sich nicht hinsetzen, Rupert?"

Ich hörte ihn nach Luft schnappen, dann ließ er sich auf den Stuhl fallen und lehnte sich zurück.

Nach einer Weile sagte er leise: „Sie bringen mich ganz schön in die Bredouille!", und barg das Gesicht in den Händen.

Da es den Anschein hatte, als würde der sonst so beherrschte Mann die Selbstbeherrschung verlieren, sprach ich zu ihm ruhig und unpersönlich, wie über einen beliebigen Fall:

„Das war nicht meine Absicht, Rupert. Wir haben drei Alternativen: Erstens: Wir brechen miteinander. Zweitens: Wir gehen den ganzen Weg. Drittens: Wir nutzen die Energien, die zwischen uns fließen, für magische Zwecke."

„Da kann ich mir keinen Reim draus machen", sagte Malcolm. Dann fuhr er fort: „Wir können die Entscheidung hinausschieben, indem wir Magie betreiben. Letztendlich werden wir dort landen."

Jetzt war ich es, die nur Bahnhof verstand, aber seine nächsten Worte machten mir klar, worauf er hinauswollte.

„Ich kenne mich und bin fair genug, Sie zu warnen. Es ist mir gelungen, jeglicher Versuchung zu widerstehen. Ich bin kein keuscher Mann, sondern muss mit den wilden Tieren von Ephesus kämpfen. Wenn ich mit den Gefühlen, die ich für Sie hege, oft mit Ihnen zusammen bin, wird es ein Hasardspiel. Wenn Sie mir einen Finger reichen, nehme ich die ganze Hand, und hinterher wird es uns beiden leidtun."

„Wenn wir uns gemeinsam mit Magie beschäftigen", sagte ich, „werde ich diese Kraft abziehen und das Leben für Sie erträglicher machen."

„Dazu kann ich nichts sagen. Ich habe mit Magie keine Erfahrung ..., und ich hätte auch nicht erwartet, jemals welche zu bekommen", fügte er mit einem schwachen Lächeln hinzu, woraus ich schloss, dass der Höhepunkt der Krise vorüber war.

„Nehmen Sie mich beim Wort?"

Er zögerte. „Ich bezweifle nicht, dass Sie in gutem Glauben sprechen, Miss Le Fay, aber ich bedauere, sagen zu müssen, ich bezweifle Ihre Kenntnis von der Natur eines Mannes."

„Ich weiß sehr viel über die Natur der Männer, Dr. Malcolm – aller Arten von Männern."

Er versteifte sich.

„Das allerdings bezweifle ich nicht. Aber es ist nicht meine Absicht, in Ihrer Vergangenheit zu kramen", sagte er gekränkt.

„Sie sind offen zu mir gewesen, und ich werde offen zu Ihnen sein", fuhr ich fort. „Dazu gehört, dass ich über meine Vergangenheit spreche, allerdings auf andere Weise. Was glauben Sie, wie alt ich bin?"

Er sah mich mit gerunzelten Augenbrauen an.

„Ende dreißig, vielleicht noch jünger."

„Ich bin viel älter. Denken Sie nicht darüber nach, die Wahrheit würde Sie schockieren. Haben Sie jemals Rider Haggards ‚*Sie*' gelesen?

„Ja, als ich ein Junge war."

„Ich bin genauso wie ‚*Sie*'."

Eine Weile schwieg er.

„Diese Geschichte hat damals großen Eindruck auf mich gemacht."

„Ich erzähle aber keine Geschichten, ich sage die Wahrheit."

„Ja, ich glaube Ihnen. Gott weiß warum."

„Dann werden Sie also mit mir Magie betreiben?"

„Meinetwegen. Aber für meine Manieren kann ich keine Hand ins Feuer legen. Und – Miss Le Fay – ich werde es Ihnen nie verzeihen, wenn Sie mir nicht die Zündhölzer aus der Hand nehmen."

„Mein Freund", sagte ich, „ich bin keine Pyromanin, ich spiele nicht mit dem Feuer. Darauf können Sie wetten."

Inzwischen kannte ich seine Gewohnheit, lange mit seinem Unterbewusstsein zu sprechen. Seine Umgebung vergessend, saß er dann im Sessel und starrte Löcher in die Luft. In seinem Gesicht lag ein versunkener, verwirrter Ausdruck, der ihm den Anschein gab, wütend auf das ganze Leben zu sein. Dieses Mal dauerte sein Schweigen wesentlich länger als sonst, und sein Gesicht verriet gereizte Ratlosigkeit. Es war ein erschreckender Anblick, und wenn ich nicht andere Empfindungen in diesen eigenartigen hellen Augen gesehen hätte, dann hätte er mich aus dem Konzept gebracht. Aber ich begann, Malcolm zu achten, sogar zu mögen, umso mehr, da er sich durchgerungen hatte. Schließlich sprach er.

„Nachdem dieser Punkt geklärt ist, können wir *in medias res* gehen. Sie erklären, und wenn ich nicht verstehe, werde ich Sie so lange löchern, bis es sitzt. Was Ihr Gebiet angeht, bin ich Analphabet. Aber auch ich muss mit Analphabeten leben, jeden Tag!"

Kein Wunder, dass er mit den Wichtigtuern im Krankenhaus aneinandergeriet, aber er hatte jetzt die Voraussetzungen geschaffen, dass ich mit der Herkulesarbeit beginnen konnte.

„Wir sind nicht auf der Schule und auch nicht an der Uni. Gestalten wir es als Frage- und Antwortspiel:

„Glauben Sie an ein Leben nach dem Tod, Dr. Malcolm?"

Wieder zögerte er und sagte dann, eine Nuance zu laut und zu unwirsch: „Nein."

Ich fragte mich, ob es statt der Herkulesarbeit nicht eine Sisyphusarbeit sein würde.

„Glauben Sie an eine unsichtbare Wirklichkeit hinter den äußeren Erscheinungen?"

„Natürlich. Wir sind schon lange auf ihrer Spur, und wir werden diese Spur auch weiter verfolgen."

„Wie, glauben Sie, lässt sie sich erklären?"

„Elektrisch."

Ich seufzte und legte mich erneut ins Zeug.

„Glauben Sie an die Existenz eines alten, geheimen, traditionellen Wissens, das seit Jahrtausenden von einem Eingeweihten an den anderen weitergegeben wird?"

„Damit habe ich mich nie beschäftigt."

„Würden Sie es MIR glauben?"

„Ja."

„Ich bin eine der Hüterinnen dieses Wissens..."

„Akzeptiert!"

„Und habe ungewöhnliche Kräfte."

„Das kann ich aus persönlicher Erfahrung bestätigen."

„Sie haben sie auch."

„Allerdings, ich habe merkwürdige Erlebnisse gehabt, seit Sie mir über den Weg gelaufen sind, aber die führe ich auf Sie zurück! Mit mir hat das nichts zu tun."

„Für derartige Erlebnisse, Dr. Malcolm, braucht es zwei. Ich könnte sie nicht hervorrufen, wenn Sie nicht darauf ansprechen würden. Und außerdem, haben Sie nicht bemerkt, dass Sie diese Erlebnisse unabhängig von mir hatten – bevor ich von Ihrer Existenz wusste?"

„Ich habe sie nie gehabt, bevor ich Sie traf, Miss Le Fay. Sie mögen nicht bewusst daran beteiligt gewesen sein, aber Sie haben als Katalysator gewirkt."

„Meine Kraft hat Ihre Kraft mobilisiert. Und Sie wirken genauso als Katalysator für mich wie ich für Sie."

Er drehte sich um und sah mich so vertrauensvoll an, dass ich in die Vollen gehen konnte: „Ich hatte mich eine ganze Weile nach einem Ort für meine Arbeit umgesehen – vergeblich. Es war mehr als die übliche Schwierigkeit bei der Jagd nach einem Haus, ich wollte nur ein Studio mit Wohnbereich, also eine ganz gewöhnliche Unterkunft. Dann fiel mir diese Kirche ein, die ich gesehen hatte, als ich vor einiger Zeit falsch abgebogen war. Glauben Sie, ich fand sie wieder? Pustekuchen! Stundenlang habe ich gesucht. Ich muss die Straße ein halbes Dutzend mal gesehen, aber jedes Mal die falsche Richtung eingeschlagen haben. Dann ging ich in meiner Verzweiflung nach Hause, überfuhr beinahe Sie, Dr. Malcolm ... Genau in dem Moment fing sich die Sonne im Westfenster, brachte es zum Glühen, und ich entdeckte meine Kirche."

„Guter Gott, Sie waren es?"

„Ja. Statt mich zu entschuldigen, habe ich Ihnen die Schuld für unseren Zusammenstoß in die Schuhe geschoben."

„Ich habe Ihnen ja auch tüchtig eins auf die Kappe gegeben. Der Grund für meine Erregung war jedoch ein anderer. Sie erinnerten mich an jemanden in einem Albtraum, den ich zu Studentenzeiten hatte: Ich träumte, nachdem alle anderen weg waren, hätte man mich in der Pathologie eingeschlossen; auf einem der Tische lag eine Frau mit langen schwarzen Haaren im Mondlicht, und ich musste sie ... Brr. Mir läuft es jetzt noch kalt den Rücken hinunter. Damals hatten wir noch nichts von Freud gehört. Ich nahm meinen immer wiederkehrenden Traum als Warnung, und ich wurde so unruhig wie ein Kater auf Brautschau."

„Warum hat Sie das so nervös gemacht? Sie waren doch ans Sezieren gewöhnt?"

„Klar – mit der einen Hand eine Stulle essen und mit der anderen an den Toten herumschnippeln. Aber ich musste die Frau nicht sezieren, sondern ausnehmen wie eine Weihnachtsgans. Nicht mit dem Skalpell: mit Stiefelhaken! Offensichtlich war es mir erlaubt, die Dame danach nach Lust und Laune in Stücke zu reißen, aber ich wusste, wenn ich fertig war, würde man mich umbringen."

„Die Dame war ich, nicht wahr?"

Er bewegte sich unruhig hin und her.

„Ja, es tut mir leid, Sie waren es. Aber ich habe Sie nie mit der Frau in dem schwarzen Umhang vom Themse-Ufer in Verbindung gebracht."

Ich stand auf, ging zum Bücherschrank und kehrte mit dem Buch von Elliot Smith über Mumien zurück.

„Kommt Ihnen das bekannt vor?", fragte ich, auf eine bestimmte Seite deutend.

„Mein Gott, ja!"

„Wie erklären Sie sich das?"

Er fiel wieder in Schweigen. So gespannt ich war, drängen durfte ich ihn nicht. Schließlich sprach er.

„Sie haben mich gefragt, ob ich an ein Leben nach dem Tod glaube. Mein „Nein“! entsprach nicht der Wahrheit. Ich hätte sagen müssen, ich bin überfragt, und die Hinweise habe ich ignoriert, vielleicht aus Angst, mein Weltbild in Scherben zu sehen. Jedenfalls bin ich nie auf den Gedanken gekommen, dass mein Albtraum etwas mit einem Vorleben zu tun haben könnte ... bis ich dieses Buch las, denn meine Gedanken haben oft um Ägypten gekreist. Obwohl Sohn eines Dieners der presbyterianischen Kirche, hatte ich immer den Eindruck, die Ägypter hätten eine Religion, mit der zu befassen es sich lohnt.“

„Was denken Sie über Ihre vergangenen Leben?“

„Nichts Erbauliches, eher Düsteres, Destruktives... Ganz andere Vorstellungen, als man bei einem Jungen vermutet.“

„Wie bitte? So kommen wir nicht weiter, Rupert!“

„Entschuldigen Sie, Miss Le Fay, ich sehe, dass ich mit der ganzen Wahrheit herausrücken muss. Schon als Junge hatte ich das Gefühl, schon einmal gelebt zu haben: als Ausgestoßener! Zeitweise fand ich das ungerecht, aber tief im Inneren wusste ich, dass ich es verdient hatte. Daraufhin hat meine Kinderseele so verrückt gespielt, dass ich es wohl verdrängt habe. So weit zu damals. Und heute? Ich weiß nicht, ich muss darüber nachdenken.

Aber zurück zur Religion. Trotz meiner Abneigung habe ich weiß Gott durchaus ein Gespür für Sünde. Aber, Miss Le Fay, als ich mich neulich ein wenig mit Psychoanalyse beschäftigt habe, kam nur das übliche Freud‘sche Zeug heraus.“

„Haben Sie Psychoanalyse betrieben, um mich loszuwerden?“

„Oh ja. Ich habe versucht, mich unparteiisch zu sehen. Nach den Regeln der Psychologie, wie ich sie kenne, schien ich zum pathologischen Fall zu werden...“

„Hat Ihnen die Analyse geholfen?“

„Nicht im Geringsten. Es war nur eine Diagnose. Unter drei Jahren Therapie ist nichts zu machen. Der Kerl machte einen Vorschlag, dem ich mich nicht verschloss. Er hat mich zu einer Frau geschickt, die der ‚New-Thought‘-Bewegung[10] angehört. Brr! Ich hätte ihr den Hals umdrehen können. So ein Käse! Hat – ausgerechnet mir! – etwas von der Macht des Geistes über den Körper erzählt. Ich sagte ihr, sie solle sich einen Hirntumor anschaffen, dann würde sie sehen, was der Körper mit dem Geist anstellt. Die ganze Zeit grinste sie wie ein Affe, weil es zu ihren Grundsätzen gehörte, freundlich zu sein, aber sie mochte mich nicht. Und ich mag nun einmal das Grinsen eines Affen nicht. Wenn ich Menschen nicht mag, dann lasse ich es sie merken, und es ist mir egal, was sie von mir halten.“

Ich bedauerte die arme Frau. Meine jetzige Herkulesarbeit war nichts gegen das, was sie versucht hatte, aber wenn ‚ein Affe‘ ein ‚Untier‘ überzeugen will, dass ‚alles Liebe ist‘, muss er froh sein, wenn er nur der Illusion beraubt und nicht gefressen wird.

„Eins jedoch bedauere ich, Miss Le Fay – ich habe ihr von Ihnen erzählt, und es tut mir schrecklich leid.“

„Was haben Sie erzählt?“

„Welche Anziehung Sie auf mich ausüben und dass meine Fantasie Kapriolen schlug, bis ich die Kontrolle verlor.“

„Und welchen Rat hat Sie Ihnen gegeben?“

„Es herauszuschneiden. Sie wusste, ich war ein verheirateter Mann.“

Ich dachte an die Sinnlosigkeit dieses Rats. Gerade weil Malcolm es nicht herausschneiden konnte, hatte er bei ihr Hilfe gesucht.

---

10 Neugeist-Bewegung, eine spirituelle Lebensphilosophie der USA in der 2. Hälfte des 19. Jahrhunderts

Aber ich musste mich vergewissern.

„Dr. Malcolm, warum haben Sie ihren Rat missachtet?"

„Das wissen Sie doch, aber Sie fühlen nicht für mich wie ich für Sie. Da mache ich mir nichts vor."

„Wir könnten nicht gemeinsam arbeiten."

„Nein, Madam, zumal Sie mich psychoterrorisiert haben – mit Stiefelhaken! Nur weiter so!"

„Zur Abwechslung versuche ich es mal mit Samtpfoten. Sie haben magische Kräfte, und die will ich nutzen, zumal sie außergewöhnlich selten sind. Dass Sie telepathisch veranlagt sind, ist nichts Besonderes. Außer Ihrer telepathischen Veranlagung – auch diese Kombination ist außergewöhnlich – verfügen Sie über Dynamik, Vitalkraft, Energie und Antrieb, nach meinen Erfahrungen sogar in einzigartiger Weise. Einiges davon fließt in Ihre Arbeit mit ein, deshalb sind Sie beruflich so weit gekommen, aber was geschieht mit dem Rest, Dr. Malcolm?"

„Der geht in meinem Kopf herum, und dann renne ich Leuten auf dem Themse-Ufer nach wie ein läufiger Kater."

„Rupert, hören Sie auf zu maunzen! Bleiben Sie sachlich! Haben Sie sich je mit Hinduismus beschäftigt?"

„Nie. Die ‚New Thought'-Dame sprach von Yoga. Ich glaube, dass an Yoga etwas dran ist, aber nicht so, wie sie es gesagt hat. Liebe! Geist! Brr!"

„Wenn Sie statt New Thought- und Themse-Ufer-Damen die alten Religionen studieren würden, wäre Ihnen aufgefallen, dass man in deren Weltanschauung die kreative Kraft verehrt, die wir unterdrücken."

„Die kreative Kraft?"

„Ist nicht die Fortpflanzungskraft kreativ?"

„Sicher, aber was wollen Sie damit sagen?"

„Dr. Malcolm, ich frage Sie etwas, was Sie nicht beantworten müssen. Erfüllt die Ehe Ihre Bedürfnisse?"

Er schwieg.

„Sie wissen, wie es um meine Frau steht", sagte er schließlich, „ich schulde ihr sehr viel."

„Und das Kind?"

„Sie konnten nicht beide retten."

„Und man überließ die Entscheidung Ihnen?"

„Ja."

„Keine weiteren Kinder?"

„Nein, war nicht möglich."

„Kein Eheleben mehr?"

„Nein."

„Was wird aus dem, was die Natur für die Ehe bestimmt hat?"

„Weiß der Himmel. Geistert durch die Gegend und reagiert sich ab. Macht mich schlecht gelaunt."

„Und schlecht schlafend, nicht wahr?

„Und wie!"

„Träumen Sie viel?"

„Das wissen *Sie* doch am besten!"

„Und wenn Sie geträumt haben, sind Sie dann glücklicher?"

„Oh, ja, meine Liebe!"

„Merken Sie, wie die enorme Lebenskraft, die in Ihnen schlummert, in Ihre Träume hinüberfließt und telepathisch auf mich übertragen wird? Wenn ich diese an Sie zurückgäbe, wäre es für Sie schrecklich."

„Ist so etwas möglich?"

„Sie haben geträumt, und Sie hatten Frieden, war es nicht so?"

„So kann man es ausdrücken."

„Und Sie haben versucht, sich von mir zu lösen. Und wie ist Ihnen das bekommen?"

„Ich war kaputt."

„Sehen Sie jetzt, wie die Kräfte herüberkommen? Ich komme Ihnen auf halbem Weg entgegen, übernehme diese Kraft und verwandele sie in Magie, und deshalb, Dr. Malcolm, haben Sie Frieden."

„Ist das fair?"

„Verletzt es jemanden?"

„Soweit ich sehen kann, nicht."

„Hilft es Ihnen?"

„Ungeheuer."

„Und habe ich, die man als Heidin bezeichnen würde, Ihnen mehr geholfen als die ‚New Thought'-Dame, die man für spirituell hält?"

„Jetzt sind Sie es, die von der alten Jungfer mit Ehering spricht."

„Mein Freund, werden Sie mir jetzt trauen und mich mit Ihnen arbeiten lassen?"

„Das wissen Sie doch! Aber – wie sieht das Ende aus? Wird es ein dickes Ende? Ganz konkret: Wollen Sie mich als Versuchskaninchen haben?"

„Wenn Sie etwas von Magie verstünden, würden Sie mich begreifen. Sie und ich sind Teil derselben Rasse, und somit ist diese ein Teil von uns. Woraus besteht die britische Nation? Vorwiegend aus altnordischen Geschlechtern und Kelten. Ich bin eine keltische Frau mit schwarzen Haaren, Sie sind ein nordischer Mann mit heller Haut, wir sind zwei entgegengesetzte Typen unserer Rasse."

„Gewiss. Größere Gegensätze als Sie und ich sind kaum zu finden, in jeder Weise. Sie haben die eine Sorte Verstand, und ich die andere."

„Und in diesen Unterschiedlichkeiten liegt die Faszination."

„Das stimmt. Nicht nur Ihr Aussehen zieht mich an."

„Kommen wir von den Persönlichkeiten zum nächsten Punkt. Wir, die Eingeweihten, glauben, dass man von den inneren Ebenen etwas in die Realität übertragen kann, indem man sie symbolisch agieren lässt. Dafür gibt es Rituale. Wenn Sie und ich gemeinsam das Problem, das ich lösen möchte, herausarbeiten, dann wird es für unser Volk gelöst sein, weil wir ein Teil dieses Volkes sind, und was immer auch unser Verstand realisiert, wird Teil des kollektiven Bewusstseins und breitet sich wie ein Ferment aus."

„Eine These?"

„Tatsache, Dr. Malcolm, und das Wissen darüber ist Teil der geheimen Tradition."

„Sie wollen mich benutzen und aus mir eine Kultur anlegen?"

„Genau."

„Ist Gefahr damit verbunden? Ich frage nicht aus Angst, sondern weil meine Frau auf mich angewiesen ist, zumindest finanziell. Ich möchte auch nicht das Krankenhaus von heute auf morgen im Stich lassen. Sobald ich diese Angelegenheiten geregelt habe, bringen Sie mir alles bei. Sie müssen nur Geduld mit mir haben."

All das von einem der größten Wissenschaftler unserer Zeit! Ich war erstaunt über die Einfachheit und Bescheidenheit dieses Mannes. Vielleicht lag darin das Geheimnis seiner Größe.

„Ich weiß nicht, wie ich Ihnen danken soll", sagte ich. „Und was die Gefahr betrifft: Es ist kein Himmelfahrtskommando. Wir werden hart am Wind segeln, aber wenn Sie mir vertrauen, sind Sie so sicher wie in Abrahams Schoß."

„Es gibt nichts zu danken. Bin nicht ich der Glückliche? Hatte ich noch etwas zu erhoffen oder zu erwarten? Ich fühle mich weit mehr geehrt, Miss Le Fay, als ich es verdient habe."

Er machte eine Pause.

„Kommen Sie bitte endlich zur praktischen Seite. Wie viel meiner Zeit benötigen Sie für den Anfang?"

„Eine ganze Menge, bis Sie die Technik erlernt haben. Nach der ersten Nacht eine Woche mit gelegentlicher Arbeit. Es wird immer abends sein. Ich bin ein Geschöpf des Mondes und komme erst nach Sonnenuntergang auf Trab."

„Auch ich bin ein Nachtmensch, das passt mir also gut. Wann wollen wir starten?"

„Sofort, wenn Sie wollen."

„Gewiss. Aber sollte ich nicht erst meine Angelegenheiten regeln?"

„Lieber Dr. Malcolm, glauben Sie, ich beabsichtige, Sie umzubringen? Das einzige Risiko: düstere Stimmung, wenn es schlimm wird, eine Nervenkrise, aber Sie haben genügend Durchhaltevermögen."

„Das Schlimmste angenommen, wie lange wäre ich außer Gefecht?"

„Höchstens eine Sonnenzeit, also bis zur nächsten Tag- und Nachtgleiche. Wahrscheinlich nur eine Mondzeit, also bis zum nächsten Neumond."

„Ich bin es gewohnt abzuheben! Fangen wir an..."

10

Um in den Ankleideraum zu kommen, mussten wir mein Schlafzimmer durchqueren. Malcolm sah sich erstaunt um und senkte dann den Blick. Er zuckte nicht mit der Wimper, atmete höchstens etwas heftiger, als er die hohen Stufen hinaufstieg.

Im Ankleidezimmer ließ ich ihn allein, nahm das schwarze Samtgewand und den silbernen Kopfputz einer Mondpriesterin aus dem Schrank und stieg zu meinem Tempel hinauf, um das Gewand zu wechseln, denn es war nicht erlaubt, der Göttin in weltlicher Kleidung gegenüberzutreten. Dann rief ich die Göttin an und versank vor dem Mondsymbol in Meditation. Nach einigen Minuten ging ich hinüber, um Malcolm zu holen.

In meinen Gewändern, im Gewölbe des Treppenhauses stehend, muss ich eine erstaunliche Figur abgegeben haben, denn Malcolm warf den Kopf zurück wie ein scheuendes Pferd. Einen Augenblick sprach keiner von uns.

„Kommen Sie", sagte ich dann.

Ich hielt den schweren Vorhang hoch, um ihn in den Tempel eintreten zu lassen. Schweigend überschritt er die Schwelle zum Reich der Isis. Ich folgte ihm und blieb neben ihm stehen.

„Das ist mein Tempel", sagte ich.

„Was tun Sie hier?" fragte er.

„Ich spreche mit dem Mond", sagte ich.

„Ich verstehe", meinte er, aber ich glaube nicht, dass er etwas verstand.

Er starrte an die Decke. Nicht in seinen wildesten Träumen hatte Rupert Malcolm, F.R.C.P., etwas Ähnliches gesehen, und man bekommt eine ganze Menge zu sehen, bevor man den F.R.C.P. erwirbt.

„Das ist eine schematische Darstellung des Universums", sagte ich. „Die Symbole um die sieben Seiten verkörpern die sieben Planeten und zeigen, wo ihr Einfluss hingeht. Die Seite, durch die wir hereingekommen sind, stellt den Rückweg zur Erde dar. Die vier Seiten am kubischen Altar weisen auf die vier Elemente hin – die Dreiecke dort drüben sind ihre Symbole. Gehen Sie hinauf zu dem Altar. Wie weit reicht er Ihnen?"

„Bis zur Taille, und ich bin 5,7 Fuß groß."

„Er geht bis zum Nabel eines 6 Fuß großen Mannes und hat die Form eines doppelten Kubus mit der Bedeutung: Wie oben, so unten. Das ist der kubische Altar des Weltalls. Nehmen Sie die doppelte Höhe des Kubus, und Sie haben die Höhe eines Mannes. Der andere Tischaltar oder die Couch – je nachdem, von welcher Seite Sie es betrachten –, der ein T mit dem kubischen Altar bildet, ist der Opferaltar. Der große Spiegel dort drüben ist die Pforte zu den höheren Ebenen. Wir hängen darüber das Symbol der Kraft, mit der wir arbeiten, und ordnen die anderen Symbole im Kreis. Das Licht dort oben ist das Ewige Licht. Es stellt den Schöpfer dar. Der schwimmende Docht in der lotosförmigen Vase auf dem Altar verkörpert die Macht des Schöpfers, die in das Universum gebracht worden ist – Gott, in der Natur manifest geworden. Das Licht dort drüben in der irisierenden Schale vor dem Spiegel repräsentiert die Kraft des Mondes. Unter all den Symbolen der Planeten stehen farbige Schalen mit schwimmenden Dochten. Heute Abend brennt nur die Mondschale, weil wir nur mit der Kraft des Mondes arbeiten. Der schwarze und der silberne Pfeiler sind Symbole für positive und negative Kraft. Sie stehen an jeder Seite des Opferaltars, weil sich dort die Energie für unsere Arbeit sammelt. Mit den beiden Lampen auf der Spitze sind es im Tempel insgesamt fünf. Diese Zahl symbolisiert den Menschen. Vier dieser Lampen spiegeln sich in dem großen

Spiegel, aber nicht die fünfte, die Petroleumlampe hoch oben im Dach; damit haben wir bei den Lampen die Zahl Neun, die Zahl des Mondes."

Malcolms Augen folgten meiner Hand, die auf die einzelnen Symbole deutete.

„Ich verstehe", sagte er, und ich glaube, dieses Mal verstand er wirklich, denn sein Geist war scharf wie ein Diamant und ebenso klar, und es war eine Freude, mit ihm zu arbeiten.

„Das ist nur der physische Tempel", fuhr ich fort, „es gibt auch den astralen Tempel, den wir in der Fantasie bauen, auf ihrer Ebene real. Wenn alles gut geht, werde ich Sie heute Abend in diesen Astraltempel mitnehmen."

„Wie kommen wir in den Astraltempel hinein?"

„Durch den Spiegel."

„Aha! Deshalb ist der Spiegel so groß?"

„Ja, deshalb nennen wir es Spiegelarbeit. Es ist viel leichter, mit den geistigen Augen in einen Spiegel zu sehen als in einen Raum, man kann die astralen Bilder im Spiegel erschaffen, und die kristalline Struktur des Glases wird den Magnetismus festhalten. Schauen Sie in den Spiegel."

Ich stellte mich ganz nah hinter ihn, und das Licht des flackernden Dochts auf dem Altar fiel auf mein Gesicht. Licht, das nach oben scheint, modelliert ein Gesicht in ungewöhnlicher Weise. Selbst ich, die ich mein Gesicht im Spiegel über Malcolms Schulter sah, erkannte es kaum wieder. Unsere Augen trafen sich im Spiegel.

„Wer ist das?", fragte ich.

„Die Frau auf dem Seziertisch", sagte er, und ich fühlte, wie er schauderte.

Das war nicht die Antwort, die ich erwartet oder gar gewünscht hatte.

„Schauen Sie noch einmal hin", sagte ich, „und sagen Sie mir, wer sie ist, sagen Sie es ganz offen und frei."

„Sie wissen es doch“, sagte er.

„Ja, ich weiß es“, sagte ich, „aber ich will wissen, ob Sie es wissen.“

„Soweit ich das aus meinem Traum beurteilen kann, war sie Priesterin eines dieser alten Tempel, in dem ich Priester war. Ich entweihte ihren toten Körper und geriet dadurch in Schwierigkeiten.“

„Haben Sie sie zum Wohl der Magie entweiht?“

„Nein“, antwortete Malcolm, und ich spürte, wie er abblockte: Er würde nicht mehr sagen, selbst wenn ich versuchte, ihn zu zwingen. Es genügte, dass er es wusste. Ich kannte die Wege der alten Ägypter gut genug, um Bescheid zu wissen.

„Wissen Sie, was die Strafe war?“

„Natürlich. Man hat mich zu Tode gesteinigt.“

Es gab jedoch keinen Anlass für ein ‚Natürlich‘. Ich hatte gesehen, wie sich Malcolm mit einer anderen Strafe auseinandersetzen musste, und ich fragte mich, warum er, der doch so viel wusste, das nicht erkannte.

„Haben Sie je einem Kult angehört, der Blutopfer gefordert hat?“, fragte ich.

Ich spürte, wie Malcolm erneut schauderte. Es war bedrückend, diesen stämmigen, harten Mann so zu sehen.

„Ich glaube schon“, sagte er ruhig, „ das ist wahrscheinlich die Ursache für meinen Horror vor Blut.“

„Ich glaube auch, dass Sie diesem Kult angehört haben“, sagte ich.

„Aber es war kein Blut-Kult, sondern die älteste und innerste Verehrung der Isis vor langer, langer Zeit, als man in großen Abständen einen Mann IHR zu Ehren tötete. Die Priester, die mit dieser Aufgabe betraut waren, standen in der Hierarchie des Kults ganz oben und taten es als Buße für eine Missetat. Was Sie betrifft, Rupert, es war Bestrafung für die Entweihung des Körpers der Priesterin.“

„Nein", sagte Malcolm schnell, „zumindest war es nicht die Geschichte, wie ich sie mir ausgedacht habe. Ich glaubte, unter falschen Voraussetzungen Priester geworden zu sein, einer ausgestoßenen Klasse angehört zu haben, die über die Toten verfügten. Sie hätten es mich unter keinen Umständen tun lassen, wenn sie es gewusst hätten. Um das Erbe zu sichern, war ich als Kind gegen ein Kind ausgetauscht worden, das gestorben war. Als Einziger kannte ich das Geheimnis meiner Geburt. Deshalb hätte ich nicht als Priester kandidieren dürfen, aber ich konnte nicht widerstehen. Es kam ans Tageslicht, und man hat mich gezwungen, die blutigen Opfer zu bringen. Dann hat man mich aus der Priesterschaft verbannt. Ich wusste zu viel, sonst hätte man mich sogar umgebracht. Und dann, wie um das Maß voll zu machen, verliebte ich mich in eine Priesterin. Damit geriet ich in einen Teufelskreis. Gott sei Dank hat man meinem Treiben ein Ende gesetzt. Das ist die Geschichte, mit der ich als Kind immer schlafen ging."

„Eine haarsträubende Geschichte für ein Kind!"

„Das ist noch nicht alles: Meine Mutter starb bei meiner Geburt, und ich wurde von unserem Hausverwalter aufgezogen. Diese Geschichten verfolgen mich bis heute. Aber meine Verbannung war auch das Ende der Priesterin."

„Haben Sie sich das als Kind auch vorgestellt?"

„Ja, die ganze Geschichte, wie ich sie Ihnen erzählt habe. Natürlich musste ich mit dem Tod meiner Mutter fertig werden. Aber so jung war ich damals gar nicht mehr, etwa dreizehn."

Ich konnte sehen, wie die Pubertät seine Erinnerung durcheinandergebracht hatte.

„War das Mädchen, das Sie geheiratet haben, derselbe Typ wie die Priesterin?"

„Nein, genau das Gegenteil, in jeder Hinsicht. Selbst damals wusste ich, dass ich auf meine Priesterin hätte warten sollen."

Seine Hände packten die Ecke des Altars, und die Flamme in der Lampe zitterte.

„Aber mein Temperament war zu heftig. Das ist schon immer mein Problem gewesen. Dann drängten ihre Eltern auf Heirat. Eigentlich wollte sie gar nicht. Sie hatte Angst vor mir, und ich kann es ihr nicht verdenken. Aber ich war halsstarrig, sogar rücksichtslos. Verstehen Sie jetzt, warum ich das Gefühl habe, ich würde ihr etwas schulden? Wenn überhaupt je ein Mensch zum Opfer geworden ist, dann sie. Es ist ein Kreuz mit mir. Immer noch opfernd, und immer noch ausgestoßen."

Erneut erzitterte der Altar unter seinem verkrampften Griff und brachte die Flamme zum Flackern, bis die Schatten über die Wände tanzten, und ich fürchtete, dass die Lampe erlöschen würde.

Was sollte ich sagen? Malcolm, in den Spiegel starrend, fand für sich selbst die Spiegelarbeit heraus.

„Wissen Sie, warum ich mich für Medizin entschieden habe? Wiedergutmachung. Meine Sünde abarbeiten. Verdammt noch mal, ich hätte Missionsarzt werden sollen!"

Malcolms Hände hatten sich jetzt in dem kubischen Altar verkrampft, als hätte er Wurzeln geschlagen. Wie sollte ich ihn an den Opferaltar bringen? Ich musste diesen Mann opfern, so, wie er andere geopfert hatte – nicht sein Blut oder gar sein physisches Leben, sondern seine magnetische Vitalität und alles, was für einen Mann Leben bedeutet. Ich musste seine Wiedergeburt nutzen. Er hatte sich richtig eingeschätzt, als er sich mit einem Tier verglich, das man bei lebendigem Leib seziert hatte.

„Ich möchte, dass Sie sich auf diese Couch legen", sagte ich. „Werden Sie es tun?"

„Ja."

Er ging um den Altar herum – entgegen dem Uhrzeigersinn, der Himmel mochte ihm helfen – und legte sich auf die lange flache Couch, Altar und Grab in einem. Ich stellte einen Stuhl hinter seinen Kopf und ließ mich nieder. Für einen Wimpernschlag trafen sich unsere Augen im Spiegel. Ich beugte mich über ihn, die langen Enden meines silbernen Kopfputzes fielen auf seine Schultern und rahmten sein Gesicht ein. Als ich seinen Kopf in die Hände nahm, versteifte er sich und wandte sich ab, aber ich hielt ihn fest.

„Fassen Sie Ihre Patienten nicht an, wenn Sie ihnen eine Spritze geben?"

„Es tut mir leid", sagte er und entspannte sich.

„Schauen Sie in den Spiegel!"

Unsere Augen trafen sich erneut. Ich begann, in meiner Vorstellungskraft den Tempel zu bauen.

„Denken Sie nicht an mich, denken Sie nie an die Frau in mir. Denken Sie an die Priesterin im Spiegel. Benutzen Sie mich als Kanal für die Kraft, mit der Sie in Verbindung treten werden. Meine Persönlichkeit verschwindet, sobald die Kraft durchkommt. Alle Frauen sind Isis, und Isis ist alle Frauen. Schauen Sie in den Spiegel! Jetzt werde ich Sie auf eine Reise mitnehmen.

Wir sind in Ägypten, am Nil. Es ist Vollmond. Dem Wasser entsteigt Nebel. Der kalte Flussnebel. Der kalte Mondnebel. Der kalte Astralnebel. Jetzt sind wir auf der Astralebene."

Malcolm zitterte. Er hatte die astrale Kälte gespürt.

„Vor uns erhebt sich ein großes Säulentor. Sein Schatten liegt schwarz auf dem Sand. In diesen Schatten treten wir hinein."

Malcolm erschauderte erneut, bis die Couch unter ihm zu zittern begann.

„Wir gehen unter dem dunklen Bogen des Pylon hindurch. Das Mondlicht fällt auf das Wasser, wo die Lotosblüten schlafen. Wir gehen vorbei, steigen einige Stufen hinauf, schreiten über die breite Terrasse durch eine große Tür. Jetzt stehen wir im Licht der Hängelampe in der Halle der Sphinxen."

Malcolm sah alles im Spiegel. Er atmete zitternd tief ein, seine Hände näherten sich den meinen und umklammerten meine Handgelenke.

„Der Vorhang teilt sich. Die Göttin erscheint! Beten Sie sie an! Bitten Sie um das, was Sie brauchen!"

Malcolm setzte sich so jäh auf, dass ich mich mit einem Knie auf der Couch abstürzen musste, um nicht das Gleichgewicht zu verlieren. Jetzt kniete ich auf der Couch hinter ihm, meine Ellbogen ruhten auf seinen Schultern, meine Hände pressten sich gegen seine Brust. Ich fühlte, wie sie sich hob und senkte und wie sein Herz pochte. Seine Fingernägel gruben sich in mein Fleisch. Starr, bewegungslos, unter äußerster Anspannung schauten wir beide in den Spiegel. Da war das verstörte Gesicht des Mannes, die Augen mit einem fast wahnsinnigen Ausdruck; und darüber das Gesicht der Frau, völlig ruhig, beinahe im Raum schwebend, denn in der Dunkelheit war mein schwarzes Gewand unsichtbar. Das Licht fing sich in dem silbernen Kopfputz. Die Augenhöhlen schwarze Löcher. Nicht einmal ich erkannte mein Gesicht wieder.

Plötzlich spürte ich, wie hinter mir Wärme entstand und sich eine Kraft aufbaute. Es war Isis. Über meinem Kopf sah ich sie. Den Schmerz in den Händen und die Anspannung im Körper vergaß ich. Ich spürte nur die Energie, die mich wie elektrische Hitze durchfloss. Ich spannte meine Hände nicht länger an, um sie gegen Malcolms Klammergriff zu schützen, sondern ließ sie erschlaffen und fühlte, wie ein Knochen über den anderen glitt, als sich die Hände verkrampften. Sie waren jetzt taub, ich fühlte nichts, denn die Kraft kam durch.

Über dem Mann und mir formte sich eine silbrige Wolke aus blassem Mondnebel, langsam zu Gold erglühend und sich erwärmend. Es war die Aura der Isis, die von unserem vereinigten Magnetismus ausstrahlte. Sie hielt eine Weile und löste sich dann langsam auf, von Isis absorbiert. Malcolm fiel gegen meine Brust zurück. Ich dachte, er wäre ohnmächtig geworden, bis ich einen tiefen Seufzer vernahm. Ich legte ihn auf die Kissen, immer noch hielt er meine Hände fest. Seine Hände schwitzten. Meine waren kalt wie Eis, und so wusste ich, welchen Weg die Energie genommen hatte. Er rollte sich herum, stützte sich auf die Ellbogen, ergriff erneut meine Hände und starrte mir ins Gesicht.

„Aber SIE sind Isis!", sagte er, „SIE sind Isis!"

Dann presste er sein Gesicht in meine Hände und blieb bewegungslos liegen.

Wie lange er dort lag, weiß ich nicht – jedenfalls eine lange Zeit, vielleicht eine Stunde. Schließlich setzte er sich auf, schwang die Füße von der Couch, drehte sich um und sah mich an. Er hob meine Hand zu den Lippen.

„Danke", sagte er schlicht, aber ergriffen.

Er schaute die Hand in seinen Händen scharf an. Die Nägel waren blau, die Finger geschwollen.

„Was ist mit Ihrer Hand?", rief er aus, „mein Gott, war ich das?" Untersuchende, unpersönliche Finger tasteten über jeden Muskel, jeden Knochen und die Gelenke, ganz sanft, damit sie den Blutergüssen keinen Schmerz zufügten. Dann legte er die Hand zur Seite und nahm die andere. Malcolm, der Mann, mochte mit Frauen seine Probleme haben – Malcolm, der Arzt, hatte keine – die Hände, die meine untersuchten, waren rein. Dann nahm er erneut die erste Hand und verglich beide Hände.

„Ich werde diese Ödeme behandeln", sagte er, „setzen Sie sich hin."

Ich setzte mich neben ihn auf die Couch. Jetzt war er ein gänzlich anderer Mann als der, der meine körperliche Nähe scheute, aus Schüchternheit oder aus Prinzip. Meine Hand auf seinem Knie, begann er, sie zu bearbeiten, als ob er einen

Handschuh anzöge. Seine Finger wanderten sanft von der Nagelspitze bis zum Knöchel und durch die Räume zwischen den Knochen, immer wieder. Ich beobachtete sein Gesicht. Er sah nicht, was seine Finger taten. Mit einem leeren, konzentrierten Ausdruck starrten seine Augen in den Raum. Es war, als ob er meiner Hand lauschte. Ich erinnerte mich, dass er gesagt hatte, er würde seinen Fingern mehr vertrauen als seinen Augen. Schließlich legte er die erste Hand auf die Seite wie ein lebloses Objekt und nahm die andere. Nach Beendigung der Massage war meine Erleichterung grenzenlos; die Hände fühlten sich fast normal an. Von einigen scharlachroten Abschürfungen auf der eiskalten Blässe der Haut abgesehen, verriet nichts mehr die grobe Behandlung, die sie erfahren hatten, obwohl ich sicher gewesen war, eine Hand wäre verrenkt.

„Ich werde morgen noch einmal massieren", sagte er, „Ist Ihnen kalt?"

„Eigentlich nicht", sagte ich. „Ich habe jegliche Energie verloren."

„Wo ist sie hin?"

„Schwer zu sagen. Sind Sie auch kraftlos?"

„Ja, und wie. Ich glaube, mein Blutdruck ist gefallen. Innerlich bin ich ganz ruhig."

„Dann hat die Göttin Sie aufgenommen. Haben Sie gespürt, wie sie sich gebildet hat?"

Er schaute auf und sah mir in die Augen.

„SIE waren die Göttin", sagte er leise.

„Ich bin ihre Priesterin."

„Wo liegt der Unterschied?"

„Jetzt sehen Sie mich nicht als Göttin, nicht wahr?"

„Ich sehe Sie so, wie ich Sie immer gesehen habe."

„Und das ist?"

Er beugte sich über meine Hände, bis ich sein Gesicht nicht mehr sehen konnte.

„Als Göttin, meine Liebe, als DIE Göttin!“

Ich saß starr, zu sehr erschüttert, um antworten zu können. Wer war dieser Mann, hinter welche Geheimnisse war er gedrungen?

„Sind Sie jemals hinter dem Vorhang gewesen?“, fragte ich.

„Welcher Vorhang?“

„Im Haus des Net.“

„Ich weiß nicht, was Sie meinen.“

„Dr. Malcolm, wie viel wissen Sie?“

„Gar nichts, ich habe es Ihnen doch gesagt.“

„Sie meinen, Sie sind mit diesen Phänomenen nicht vertraut wie mit Ihren Anatomie- oder Physiologie-Kenntnissen. Sie kennen sie im Traum, im Tagtraum und in der Fantasie. Sie sind die Verkörperungen der unsichtbaren Realität.“

Einen Augenblick saß Malcolm starr und steif.

„Mein Gott, was für eine Realität! Meinen Sie wirklich, Miss Le Fay, dass meine – Fantasien – in irgendeiner Form etwas mit einer unsichtbaren Realität zu tun haben?“

„Ja!“

„Der Himmel möge uns helfen, mehr fällt mir dazu nicht ein.“

„Können Sie mir sagen, wie diese Fantasien aussehen?“

„Muss das sein? Es wird Ihnen nicht gefallen.“

„Das sollte Ihnen egal sein. Ich kann Sie so unpersönlich wie ein Chirurg behandeln.“

Einige Minuten schwieg er. Schließlich brach er das Schweigen. „Ich habe Sie nicht ernst genommen, als Sie die Schwierigkeiten dieser Arbeit betont haben. Jetzt tue ich es, frage mich jedoch, ob Sie wirklich wissen, wohin Sie mich mitnehmen? Vielleicht wäre es besser zu sagen, wohin ich Sie mitnehme, wenn Sie mich auf diesen Pfad stoßen.“

„So kann man es sehen."

„Nun gut, ich werde Sie beim Wort nehmen. Sie sind, wie ich annehme, mit der Sprache der Psychoanalyse vertraut?"

„Ja."

„Als ich neulich bei der Beratung war, habe ich meinen Traum in der Sezieranstalt psychoanalysieren lassen; man hat gesagt, er hätte einen sadistischen Hintergrund. Ich halte das für eine Fehlinterpretation. Bei Gott und allen Engeln, Miss Le Fay, sadistische Neigungen sind genau das, was ich nicht habe. Mein Naturell ist abscheulich, aber das liegt nur an meinem Temperament und meiner Reizbarkeit. Bösartig bin ich nicht. Ich mache mich sogar zum Märtyrer."

Nachdem er tief Luft geholt hatte, fuhr er fort:

„Es gibt jedoch noch einen anderen Traum, der in Abständen mein Leben begleitet hat. Bisher habe ich ihn keiner Menschenseele anvertraut. Ich will nicht sagen, dass er prophetisch ist. Machen Sie sich selbst ein Bild: Er tritt immer vor einem wichtigen Ereignis auf, das mit Stress verbunden ist, etwa wenn ich einen Vortrag vor einem internationalen Gremium halten muss. Früher kam er vor einer Prüfung. Und so sieht er aus:

Ich befinde mich in einem Garten in Ägypten. Dass es Ägypten ist, weiß ich, weil dort ein ägyptischer Tempel steht. Es ist Nacht. Der Vollmond scheint. Plötzlich taucht ein Mann in einem seltsamem Gewand auf. Ich ersteche ihn. Jede Menge Blut. Dann betrete ich durch eine Seitentür den Tempel und gebe mich als der Mann aus, den ich erstochen habe – als den Priester des Tempels.

Da öffnet sich die Hauptpforte des Tempels, und eine Frau betritt die Halle. Die Halle ist leer, von einer Hängelampe erleuchtet wie hier – sie kommt auf mich zu und zuckt zusammen, als sie erkennt, dass ich nicht der Mann bin, den sie erwartet hat. Ich nehme sie an die Hand und ziehe sie hinter den Vorhang... Oh Gott, Miss Le Fay, Sie haben mich gefragt, ob ich hinter dem Vorhang gewesen bin – ist es der Vorhang, den Sie meinen?"

„Ja."

Malcolm saß wie versteinert.

„Sie betreten das Allerheiligste", half ich nach. „Was finden Sie?"

„Nichts, einen leeren Raum."

„Sie verehren die Priesterin als die Göttin."

„Nein."

„Und ob!"

Nach einer Pause sagte Malcolm: ‚Aber das kann nicht in diesem Leben gewesen sein."

„Sicher nicht. Diese Epoche ist vorbei. Die Evolution ist weitergegangen. Wir befinden uns jetzt im Zeichen des Wassermanns. Die Arbeiten geschehen auf der Astralebene. Das ist der Grund, warum im religiösen Leben das Ideal des Zölibats gefeiert wird und nicht die Fruchtbarkeit. Die Priesterin entsteht auf der Astralebene, Dr. Malcolm."

Jetzt verstehe ich, aber funktioniert es?"

„Das sollten Sie eigentlich wissen."

Eine Minute lang dachte er nach.

„Ja. Ich weiß nicht wie, aber es funktioniert."

„Magie arbeitet immer mit der Vorstellungskraft."

„Aber die Lebenskraft wird nicht in der Vorstellungskraft übertragen."

„Doch."

„Das sehe ich nicht so."

Malcolm war ein harter Brocken, und ich versuchte es anders: „Was ist ein Sakrament?"

Wieder dachte er lange nach. Dann antwortete er: „Zeichen einer inneren und spirituellen Gnade?"

„Ist die Ehe ein Sakrament?“

„Sollte sie sein.“

„Und was ist die Natur der inneren und spirituellen Gnade der Ehe?“

„Liebe, nehme ich an.“

„Etwas Greifbareres – Magnetismus. Erinnern Sie sich daran, wie Sie mir erklärt haben, dass die unsichtbare Realität hinter aller physischer Manifestation Elektrizität sei? Nun – das ist es, in Aktion – greifbarer als Emotion, weniger greifbar als Protoplasma.“

Malcolm saß in Gedanken verloren, wohl das nachvollziehend, was ich gesagt hatte.

„Geht Magnetismus vom Protoplasma aus, oder geht Protoplasma von Magnetismus aus?“, fragte er schließlich.

„Beides“, sagte ich, „aber der Magnetismus war zuerst da und kommt in allen Manifestationen des Lebens an erster Stelle. Kein Protoplasma ohne Magnetismus.“

„Gibt es Magnetismus ohne Protoplasma?“

„Ja“, erklärte ich, „und das ist einer der geheimen okkulten Schlüssel. Hinter dem äußeren und sichtbaren Zeichen liegt die innere und spirituelle Gnade.“

„Und das äußere und sichtbare Zeichen ist – Protoplasma? Ja, natürlich, Protoplasma – die Grundsubstanz – reines Eiweiß – ja, so könnte es funktionieren. Haben Sie schon jemals über das Wunder nachgedacht, wenn sich ein Küken aus der weißen Substanz eines Eies entwickelt, das ebenfalls reines Eiweiß ist?“

Ich antwortete mit einer Gegenfrage: „Haben Sie je über das Wunder des Universums nachgedacht, das sich aus dem Raum entwickelt?“

„Mein liebes Kind, wenn Sie über alles lange genug nachdenken, werden Sie feststellen, dass es ein Wunder ist. Ich habe mein ganzes Leben am zentralen Nervensystem gearbeitet. Eigentlich müsste ich alles darüber wissen, aber ich habe nicht die geringste Ahnung, wie sich Wahrnehmung in Bewegung wandelt. Das Gerede über sensorische und motorische Impulse: Gefasel eines Verrückten auf höherer Ebene – es bedeutet nichts anderes als das Gebrabbel eines Babys. Bla – bla – bla! Das ist die Hälfte der wissenschaftlichen Terminologie. Wir sind zu blöd zu begreifen, dass Beschreiben nicht dasselbe ist wie Erklären. Ich kann das zentrale Nervensystem beschreiben, niemand kann es besser als ich, aber verdammt, erklären kann ich es nicht. Mein liebes Kind, wissen Sie, dass es meine wichtigste Aufgabe ist, bei den Patienten das wiedergutzumachen, was andere verpfuscht haben? Es ist ein Glückstag für mich, wenn ich einen Fall bekomme, den ich behandeln kann. Diagnose? Ja, ich klebe ein Etikett drauf und prophezeie ihnen ihr Ende. Das ist der Grund, warum mir das zentrale Nervensystem bis hier oben steht – man kann so wenig tun. Ich mag die feingezogene Genauigkeit der Neurologie, und ich habe meinen Teil dazu beigetragen, aber wenn ich meine Patienten in den Kliniken wie auf der Hühnerstange nebeneinander sitzen sehe, fühle ich mich wie eine alte Henne auf einem Haufen Porzellaneier. Bei neunzig Prozent der armen Teufel ist nichts mehr zu machen. Diese Fantasiebehandlungen bringen jede Menge Schmerzen, kosten jede Menge Geld und sind zu nichts nutze. Salvarsan und Morphium lindern wenigstens die Schmerzen. Noch einmal: Ich habe es satt, bis oben hin."

Ich stand auf.

„Sollen wir uns einen Kaffee genehmigen?"

Er stand ebenfalls auf.

„Halten Sie die Hände sooft wie möglich hoch", sagte er. Dann legte er meine linke Hand, die schlimmer betroffen war, auf meine rechte Brust, band aus seinem Schlips eine Schlinge und befestigte sie mit seiner Schlipsnadel. Dann löste er die Brosche, die die Querfalten am oberen Teil meines Gewandes zusammenhielt, und arrangierte sie neu. Ich fühle mich wie ein Kind, das angezogen wird.

Als er den Verschluss der Brosche befestigte, trafen seine Augen die meinen, und plötzlich kam Malcolm, der Mann, wieder zum Vorschein. Die Falten meines Gewandes noch in der Hand, verkrampfte er sich, als wenn er ein unter Spannung stehendes Kabel berührt hätte. Ich lächelte ihn an und löste mich langsam aus seinem Griff.

„Danke, mein Freund“, sagte ich und fügte nach einer kurzen Pause hinzu:

„Ich verwende den Begriff ‚Freund‘ nicht einfach so.“

„Es tut mir so leid, dass ich Ihre Hände verletzt habe“, sagte er leise und wandte den Kopf ab.

„Machen Sie sich keine Sorgen. In der Magie muss es immer ein Opfer geben. Wir hätten es inszenieren müssen, wenn es nicht zufällig geschehen wäre. Aber es ist besser so. Wenn die Magie aus sich selbst heraus arbeitet, spontan, dann haben wir den Beweis, dass die kosmischen Kräfte dahinter stehen.“

„Aber ich muss Ihre Handgelenke nicht noch einmal verdrehen, nicht wahr? Ich glaube nicht, dass ich es kaltblütig tun könnte.“

„Oh nein, nichts dergleichen. Es geschieht nicht mit Absicht. Magie bedeutet eine schreckliche Anspannung, eine physische wie auch mentale.“

„Als ich an Ihrem Altar stand, war ich einem Krampf ganz nahe. Meinen Sie das?“

„Ja. Man wagt nicht, sich zu bewegen, sonst wird der Kontakt unterbrochen, und die Muskelspannung wird einfach schrecklich, vor allem, wenn man Energie mit ausgestreckten Armen herbeiruft oder überträgt.“

„Ich habe die Entwicklung Ihrer Nacken- und Schultermuskeln beobachtet. Sie haben einen Hals wie die Frauen, die auf ihrem Kopf Krüge tragen."

Er beobachtete mich, während ich die Grußformel sprach, die den Kontakt abschneidet, denn an einem gesiegelten Arbeitsplatz verwenden wir kein Bannungsritual. Dann folgte er mir die flachen Stufen zurück in die Normalität – sofern man einen Ort, wo ich auftrete, als normal bezeichnen kann.

Malcolm begleitete mich in die Küche und machte, da ich gehandicapt war, unter meiner Anleitung Tee. Er benahm sich so tollpatschig, dass er den Teekessel geradezu malträtierte. Die Aufschläge seiner Hose bekamen doppelt so viel Tee ab wie die Teekanne.

Bevor er mich verließ, wollte ich ihn wieder auf die normale Ebene bringen, aber er war so verändert, dass ich nicht wusste, was für ihn normal wäre. Er lag, einem Tagtraum hingegeben, in meinem großen Sessel, wie im Schlaf. Der Tee machte ihn jedoch munter, und plötzlich blinzelte er mich an, als ob er überrascht wäre, mich zu sehen.

„So sieht also unsere Zukunft aus, nicht wahr?", fragte er.

„Es ist der Anfang", sagte ich. „Zufrieden?"

„Bis jetzt, ja. Allerdings hatte der Anfang es in sich."

„Ja, aber das Schlimmste ist vorüber. Zu Beginn ist immer der stärkste Stress. Normalerweise fließt die Energie langsamer, aber sie kam wie eine Flut, weil bei Ihnen bereits so viel latent vorhanden war."

„Nicht latent, Miss Le Fay. All das war schon an der Oberfläche, als ich ein junger Mann war. Natürlich ist es mit den letzten Jahren verblasst, aber es war nur vergraben und bedurfte nur einer kleinen Schaufel, um ans Tageslicht befördert zu werden. Dieser Vergleich fällt mir ein, weil ich solch eine Geschichte in einer Zeitschrift gelesen habe, im Zug, während der Fahrt zu meiner Frau."

„War sie illustriert?"

„Ja, in Farbe. Eine Weihnachtsnummer."

„Das erklärt alles, Farbe ist sehr wichtig".

„Warum?"

„Weil Farbe ein Symbol für Kraft ist, dasselbe gilt für die Tonlage und den Rhythmus in der Musik."

„Sie eröffnen mir eine völlig neue Welt, Miss Le Fay, aber ich ahnte, dass sie existiert. Ich kannte die Grenzen der Wissenschaft; ich wusste, wo das Beweisbare endet und das Spekulative beginnt. Deshalb bin ich immer sehr vorsichtig gewesen, vor allem bei der Arbeit, wo wir vor Hysterie auf der Hut sein müssen und Suggestion eine große Rolle spielt. Miss Le Fay, ich habe gesehen, wie Kräfte durch den Körper auf den Geist wirken und durch den Geist auf den Körper. Sie sind die Einzige, die das für möglich hält. Sie haben mich gefragt, ob ich an die Kraft des Geistes über den Körper glaube, und ich habe Sie mit Hohn überschüttet. Nicht zuletzt wegen der ‚New Thought'-Kurpfuscher. Es bleibt nichts anderes übrig, als Placebos zu verordnen, obwohl das Zeug für einen armen Teufel satanische Nebenwirkungen hat... Aber die Geistheilung einer richtigen Krankheit – das muss ich erst noch erleben. Sie sollten Mäuschen spielen, wenn ich Geistheilung betreibe, Miss Le Fay. Sie würden piepsen vor Vergnügen. Der Löwenanteil meiner Dompteurarbeit besteht darin, zwischen organischen Leiden und funktionellen, also nervösen, Störungen, zu unterscheiden. Die Funktionsstörungen sind natürlich Hysterie. Da kommt der Gelähmte auf seiner Bahre angebraust, und dann ran an den Speck! Die meisten Ärzte nehmen einen Holzhammer, ich meine Finger..."

Was Doktor Rupert Malcolm weiter ausführte, das untermalte er mit theatralischen Gebärden und verstellter Stimme. Wenn man ihn näher kannte, entwickelte er Geist und Esprit.

„So, Sie können Ihre Hand nicht bewegen, Sie armer Mann? Womit verdienen Sie denn Ihr Geld?" – „Mit Gelegenheitsarbeiten." (Malcolm machte krumme Finger) – „Ach, und jetzt werden Sie von der Polizei schikaniert..."

In Fahrt gekommen, war Malcolm nicht mehr zu bremsen:

„Dann kommt eine Geschichte, triefend von Beleidigung, Widerstand, auch gegen die Krone, sprich Staatsgewalt, und verletzter Eitelkeit. Ich lege meinen Finger auf seinen Ellbogen..."

Malcolm beugte sich so plötzlich zu mir herüber, wobei er meinem Ellbogen die gleiche Gunst gewährte wie dem des Gelähmten, dass ich zusammenzuckte. Er sagte: „Keine Angst, Miss Le Fay, als grüner Junge werde ich Ihren blauen Flecken keine weiteren hinzufügen."

Offenbar ging der Gaul jetzt gänzlich mit ihm durch, denn er legte die Hand auf mein Knie und fuhr fort: „So, seit Ihrem Verkehrsunfall sind Sie von der Taille ab gelähmt und spüren nicht mehr die Bohne, Madam?" –

„Nicht mal mehr meinen Mann, Herr Doktor..."

Malcolm drückte plötzlich meinen Oberschenkel. Unwillkürlich schlug mein Fuß aus. Malcolm gluckste in sich hinein. Er wiederholte den Druck, und erneut machte sich dieser lächerliche Fuß selbstständig.

„Noch einmal, und ich trete Sie, dass Sie wiehern", drohte ich. Er beugte sich so weit vor, dass sich fast unsere Nasen berührten, und sagte in vertraulichem Ton: „Einmal bin ich tatsächlich von einem angeblich Gelähmten getreten worden. Er gab sich als Balletttänzer aus. Aber seinem Tritt nach war er Fußballspieler. Es hat mich beinahe meine Vorderzähne gekostet. Sehen Sie mal!"

Als er mir einen Blick in seinen Rachen gewährte, verkniff ich mir eine Anspielung auf Dracula, zumal er aufhörte, mein Bein zu malträtieren und weiter erzählte:

„Wenn ich von den Versicherungen Provision bekäme, wäre ich Millionär. Aber nicht alle Patienten sind Betrüger. Einige halten sich für tatsächlich krank. Das sind sie auch, aber nicht physisch. Das sind die, die bei großen religiösen Treffen in der Albert Hall geheilt werden. Ich weiß, dass einige meiner Fälle dort gewesen sind, Miss Le Fay, und einige dieser verrückten Gesundheitsapostel haben ihnen eine Bescheinigung gegeben, dass sie physische Heiler sind. Es ist nicht meine Sache, ihnen Knüppel zwischen die Beine zu werfen, aber Sie sehen, wie ich über diese Dinge denke. Nicht, dass ich diese Leute bezichtige, aus dem zentralen Nervensystem Schrott zu machen. Ich weiß, was von unseren eigenen ambulanten Patienten zu mir geschickt wird. Was ich ihnen zum Vorwurf mache ist, dass sie ihren Namen für eine Sache hergeben, die sie nicht überprüft haben. Manche, die sich mit diesen mystischen Dingen beschäftigen, scheinen ihren gesunden Menschenverstand verloren zu haben, Miss Le Fay. Was geht in denen vor?"

„Selbsthypnose und bewusst hervorgerufene Bewusstseinsspaltung der Persönlichkeit sind Teil der Verfahren der Geheimwissenschaften. Einige Leute wissen, worum es geht, andere nicht. Die Ignoranten werden schizophren und bleiben es."

„Ich verstehe. Künstlich erzeugter und lokalisierter Wahnsinn. Hyperbeeinflussbar für den Anfang, und dann den Zustand kultivieren. Was Sie mir heute Abend angetan haben, Miss Le Fay, war auch Suggestion."

„Es war der Startschuss, und es wäre noch viel mehr geschehen, wenn ich nicht rechtzeitig die Bremse gezogen hätte. Immerhin war es unser erster Versuch einer gemeinsamen Arbeit, und ich wollte Sie nicht über Gebühr belasten."

„Sie haben also erst mal meine Gangart ausprobiert, nicht wahr?"

„Ja, getestet, den Start angegangen und Sie an das Fluidum der Kraft gewöhnt."

„Und der nächste Schritt?"

„Die Basis ist Ihr wiederkehrender Traum. Jetzt werde ich

Ihnen die Technik beibringen. Wenn Sie sich an die Kraft gewöhnt haben, werden wir die Spannung erhöhen."

„Was gibt Ihnen mein wiederkehrender Traum, Miss Le Fay?"

„Ihnen wie mir Zugang zu den höheren Ebenen Ihres Bewusstseins, den Ebenen, die hinter dem Unterbewusstsein liegen und die man normalerweise mit flüchtigen Träumen erreicht."

Er sah auf die Uhr.

„Guter Himmel, wie spät es ist! Ich wollte Ihnen nur einen Besuch abstatten. Zum Glück ist morgen Sonntag. Darf ich nach Ihnen sehen und Ihre Hand behandeln?"

„Sie sind herzlich willkommen. Aber sagen Sie mir eins, bevor Sie gehen, sagen Sie es mir ganz offen, so, als ob ich eine Ihrer Patientinnen wäre. Wie hat die Erfahrung des heutigen Abends auf Sie gewirkt?"

Er strich sich das angegraute rote Haar glatt und schob es mit beiden Händen aus der wundervollen Stirn, eine typische Geste von ihm.

„Halb war ich bezaubert, halb skeptisch. Der Zauber ist verflogen, aber auch die Skepsis. Ich habe erkannt, dass diese Geschichte einen psychologischen Aspekt hat, der durchaus im Vernunftbereich liegt, genauso, wie Yoga im zentralen Nervensystem eine physiologische Basis hat. Ich sehe, dass Sie die Basis verstehen, das ist mehr, als die ‚New-Thought'-Dame fertiggebracht hat; und ich sehe, dass Sie eine sensible Frau sind. Auch in dieser Hinsicht sind Sie mir überlegen. Es wird mir eine tiefe Freude sein, mit Ihnen zu experimentieren, vor allem, wenn Sie mir erlauben, die Ergebnisse schriftlich zu fixieren. Ich frage mich, ob Sie eine außerordentliche Hypnotiseurin sind mit Kenntnissen in Psychologie, die Sie in Verbindung mit den Vorstellungskräften eines erstklassigen weiblichen Romanciers verwenden, oder ob noch mehr Substanz da ist. Bis jetzt habe ich nichts gesehen, das nicht psychologisch erklärbar wäre, bin aber für jedes Spiel offen. Sie haben Vorhand und garantiert noch einige Karten im Ärmel. Vielleicht können Sie bei der Schickimicki-Jugend noch etwas retten, bei einem so zähen alten Burschen wie mir ganz sicher nicht mehr. Meinetwegen sollen Sie freie Hand haben und mit mir alle Verrücktheiten anstellen, Miss Le Fay. Es ist höchst interessant!"

„Das freut mich, aber im Augenblick ist es für mich interessant und vor allem wichtig zu wissen, ob ich Ihnen Frieden gebracht habe."

„Ja. Es geht mir sehr gut, ich fühle mich nur ziemlich schläfrig."

Er stand auf. Ich begleitete ihn zur Tür. Auf der Schwelle blieb er zögernd stehen. Ich zog meinen Pelz an und schlenderte mit ihm langsam die Straße hinunter. Bis zur Warft sprach er kein Wort. Dann meinte er:

„Woher wussten Sie, dass ich mir gewünscht hatte, Sie würden mich ein Stück begleiten?"

„Es ist meine Aufgabe zu wissen."

„Können Sie wirklich meine Gedanken lesen?"

„Wenn sie sich verstärkt an meiner Richtung orientieren, dann ja."

„Wissen Sie, wenn ich Sie belüge?"

„Auch das."

Er blieb stehen und starrte über den jetzt Niedrigwasser tragenden Fluss auf die andere Seite zu seiner Wohnung.

„Ja, Miss Le Fay, Sie haben mir Frieden gegeben, den Frieden, der über jegliches Verständnis hinausgeht, und ich bin Ihnen dafür dankbar."

Dann lüftete er den Hut, drehte sich auf dem Absatz um und verschwand im Nebel.

11

Am nächsten Morgen waren meine Hände so geschwollen und steif, dass ich mich weder anziehen noch kämmen konnte. Also setzte ich mich in meinem Morgenrock aus weißem Samt ans Feuer, röstete meine Zehen in scharlachroten Pantoffeln, trank Schokolade und fragte mich, wann Malcolm auftauchen würde, um mir die versprochene Massage zu verabreichen. In dieser Lage wurde mir der Nachteil einer männlichen Putzfrau deutlich. Aber ich hoffte, Malcolm würde meinen Anblick überleben. Seine Fülle ausgenommen, unterschied sich der Morgenmantel nur wenig von den lose fallenden Gewändern, die ich normalerweise im Haus trug, aber es passte mir nicht, dass Malcolm mich mit offenem Haar sah, das mir bis über die Schultern reichte. Also rief ich meinen Hausangestellten.

„Mister Meatyard, haben Sie je den Schweif eines Pferdes gekämmt?"

„Sehe ich so abgehalftert aus, Madam? Ich habe Preise in Ascot gewonnen."

Das war unwahrscheinlich, aber ich wollte nicht darauf herumreiten und erst recht nicht seine Gefühle verletzen.

„Könnten Sie mein Haar richten?"

„Ich kann noch ganz was anderes. Und was Ihr Haar betrifft, ich kann es sogar stylen und mit Troddeln versehen."

Er ließ sich neben mir nieder und begann mit großem Vergnügen, meinen Kopf mit den silbernen Bürsten zu bearbeiten. Meine Haare waren entwirrt und wie einen Umhang ausgebreitet, als es klopfte. Die Bürste in der Hand, ging mein Universalgenie zur Tür, und ich hörte, wie er jemanden so freudig begrüßte, als wäre es der Geldbriefträger.

„Oh, Sie sind es."

„Wer denn sonst?", hörte ich Malcolms Stimme. „Und

was wollen Sie mit der Bürste? Jemanden erschlagen? Oder haben Sie die Bürste geklaut?“

„So etwas habe ich jetzt nicht mehr nötig, seit ich diesen Job habe. Ich striegele ihr das Toupet.“

Dann öffnete meine männliche Zofe die Tür und ließ Malcolm herein.

„Setzen Sie sich. Ich bin gleich fertig.“

Es war am besten, das Ganze als die normalste Sache von der Welt zu behandeln, und so fragte ich ihn:

„Möchten Sie eine Tasse Schokolade?“

„Danke, sehr gern“, sagte Malcolm und schenkte sich aus dem Tontopf ein, der in der Glut warmgehalten wurde.

Von Malcolm beäugt, legte Meatyard die Bürste weg und begann, einen Zopf zu flechten, sich immer weiter von mir entfernend, je länger der Zopf wurde.

„Halten Sie mal einen Moment, mein Herr“, sagte er, und reichte Malcolm das eine Ende, während er mit dem anderen Zopf weitermachte. Dann, im Mund eine Handvoll Haarnadeln, drehte er beide Flechten in einer sehr glaubwürdige Imitation meiner üblichen Frisur um meinen Kopf.

„Nun, mein Herr, was halten Sie davon?“, fragte meine männliche Putzfrau, mich mit verzeihlichem Stolz ansehend. Malcolms Augen trafen die meinen für einen kurzen Augenblick. Mehr wagten wir nicht.

„Prima“, antwortete er. „Ich hätte es nicht besser machen können.“

„Das ist die Anerkennung eines Experten“, sagte Meatyard. „Sie haben sogar bei mir gute Arbeit geleistet, als ich im Krankenhaus lag.“

„Gelernt ist gelernt“, sagte Malcolm. „Wie geht‘s dem Bein?“

„Für den Marathonlauf langt es zwar nicht, aber ich hatte ohnehin etwas Besseres vor.“

Er sammelte meine Toilettenartikel ein und brachte sie weg.

„Soll ich Ihnen die Nase putzen ... ich meine pudern?" fragte Malcolm. „Ein Wink, und ich bin zu Diensten." Dabei verneigte er sich wie ein Lakai.

„Sie Schuft!", sagte ich, völlig aus dem Konzept gebracht. Dass er so locker war, weil er sich bei mir wohlfühlte, wurde mir erst später bewusst.

„Apropos Schuft. Ich habe geschuftet wie ein Berserker! Hier ist Ihr Bericht", sagte er und ließ einige Blätter Papier auf meinen Schoß fallen. „Während ich Ihre Hände behandele, können Sie ihn lesen."

Soweit es ging, drehte ich die Blätter um. Auf dem ersten Blatt war eine Skizze des Tempels, wundervoll gezeichnet in allen Einzelheiten, mit allen Informationen, die ich ihm gegeben hatte. Danach, in Schönschrift, ein nahezu lückenloser Bericht der Astralreise, zu der ich ihn mitgenommen hatte. Schließlich ein Resümee seiner eigenen Erfahrungen...

Von Anfang an hatte ich das Gefühl, in einen Strudel hineingezogen zu werden. Wenn ich mich dagegen wehrte, war dieses Gefühl äußerst schmerzhaft, und äußerst angenehm, wenn ich ihm nachgab.

Als Miss L.F. vorschlug, mit der Arbeit zu beginnen, war ich übernervös. Atmung hektisch, aber flach. Herz schnell und unregelmäßig. Mund trocken. Unangenehmes Gefühl in der Magengrube. Schwitzen..., bis sie mich allein ließ, um sich anzukleiden.

Um mich zu beruhigen, redete ich mir ein, sie würde sich etwas vormachen und ich mich amüsieren.

Als ich sie in ihren Gewändern die Treppe herunterkommen sah, wusste ich: An der Sache war etwas dran, und meine Nervosität verwandelte sich in freudige Spannung. Als ich ihren silbernen Kopfputz bemerkte, fiel mir ein, wo ich sie vorher gesehen hatte: in meinen Tempelträumen. Ich weiß jetzt, dass Miss L.F. die Frau in dem Tempel, der Körper auf dem Seziertisch und die Frau in dem Umhang ein und dieselbe Person sind:

Als Miss L.F. den Vorhang beiseiteschob, um mich hineinzulassen, hatte ich das Gefühl, in meinem Kopf würde sich ein Schleier heben.

Wenn auch kleiner als erwartet, war mir der Raum doch vertraut. Es kam mir ganz natürlich vor, die Stufen hinaufzugehen und die Hände auf den Altar zu legen. Die ganze Zeit zitterten meine Hände, als ob elektrischer Strom durch sie hindurchliefe. Auch der Spiegel übte auf mich eine seltsame Wirkung aus. Wie zuvor schien er für mich zu leben. Für einen Moment glaubte ich, er wäre ein Torbogen, der zu einem anderen, kunstvoll ausgestatteten Raum führte. Dann erkannte ich in ihm den Tempel, wo ich die Frau getroffen hatte.

Schließlich hieß mich Miss L.F., mich auf die Couch zu legen, und sie begann, für mich zu beschreiben, was sie im Spiegel sah, bis es für mich Wirklichkeit wurde.

Ich vergaß zu erwähnen, dass es mich noch mehr durcheinanderbrachte, als ich ihre Hände an meinen Schläfen spürte. Aber dann überließ ich mich dem wohligen Strudel, ging direkt durch den Spiegel und fand mich auf der anderen Seite im Tempel wieder, in ihrer Gesellschaft. Dort erlebte ich meinen üblichen Traum mit großer Lebhaftigkeit.

Plötzlich hatte ich das Gefühl, der Priester zu sein und eine Rolle in einem vorgeschriebenen Ritual zu spielen. Früher hatte der Traum in Beschämung, Terror und Ekel vor mir selbst geendet. Dieses Mal empfand ich eine tiefe Befriedigung, ja sogar Erfüllung, als ob sich mein Ich neuen Dimensionen geöffnet hätte. Ich schritt durch eine Pforte in unendliche Räume. Das Gefühl der Erleichterung und Dankbarkeit war so groß, dass es mir schwer fiel, die Tränen zurückzuhalten. Als ich wieder ins Tagesbewusstsein zurückgekehrt war, erschien mir Miss L.F. immer noch so, wie ich sie in meiner Vision gesehen hatte.

Nachdem ich die Papiere geordnet hatte, sagte ich:

„Ich danke Ihnen. Nichts respektiere ich mehr als den Mut, ehrlich zu sich selbst zu sein."

„In dieser Hinsicht habe ich nie Probleme gehabt", sagte Malcolm, mit der Massage der zweiten Hand beginnend. „Ich finde es jedoch schwierig, ehrlich zu Ihnen zu sein. Ich weiß, dass ich mit Ihnen sprechen kann wie von Mann zu Mann, und dass Sie mich verstehen. Andererseits sind Sie durch und durch Frau.

Kennen Sie diesen Traum? Sie kriechen auf allen Vieren einen Abhang hoch, jedoch wach genug, um zu wissen, dass Sie träumen und sich ungestraft fallen lassen können? Und dann, in dem Moment, in dem Sie sich fallenlassen, kommt die Angst, es wäre doch kein Traum, sondern gefährliche Realität? So fühlte ich mich, als ich mich bei Ihnen fallenließ. Ich weiß, Sie wissen, was Sie tun. Und dann kam diese schreckliche Angst, wir würden in einem Chaos enden. Ich sage Ihnen, mir wurde eiskalt."

Während Malcolm sprach, massierte er mit ruhigem Gesicht und perfekt arbeitenden Händen meine Finger.

„Wenn Sie sich an die Kräfte gewöhnt haben, werden Sie die Angst verlieren", sagte ich.

„Ich hoffe es," sagte Malcolm. ‚Eins jedenfalls ist sicher", fügte er hinzu, „indem ich mit Ihnen darüber gesprochen habe, ist mir vieles klar geworden. Ich glaube, Sie sind eine Frau mit großer Lebenserfahrung. Es hat eine Zeit gegeben, als mir das alles nicht geheuer war, jetzt bin ich dafür dankbar. Bewegen Sie die Hände am Handgelenk hin und her. So werden sie wieder geschmeidig."

„Was machen Sie normalerweise sonntags?", fragte ich, denn Malcolm hing herum wie ein müder Gaul, und ich wollte ihn nicht in meiner Nähe haben, bis es Zeit war, erneut mit ihm zu arbeiten.

„Früher bin ich an den Wochenenden zu meiner Frau hinausgefahren und habe am nächsten Tag gearbeitet. Jetzt – mal dies, mal das. Wenn das Wetter schön ist, gehe ich im Park spazieren, und wenn es nass ist, gehe ich in ein Konzert – aus Bildern mache ich mir nicht viel. Aus Konzerten im Übrigen auch nicht. Letztlich ende ich bei der Arbeit, wie an Wochentagen."

Es war nicht schwierig, sich das trostlose Leben dieses Mannes vorzustellen. Er hatte nichts außer seiner Arbeit und seiner Pflicht seiner Frau gegenüber, letztere auf ein Mindestmaß reduziert.

Ich hatte nicht das Herz, ihn wegzuschicken, so ließ ich ihn einen Spaziergang machen, während ich mich anzog und mich um die wenigen Dinge kümmerte, die meiner Aufmerksamkeit bedurften.

Zu gegebener Zeit tauchte Malcolm wieder auf und vertilgte seinen Lunch mit solch großem Genuss, dass ich mich fragte, was ihm seine Pensionswirtin auftischte. Dann verfrachtete ich ihn in meinen großen Sessel mit einer Auswahl Sonntagszeitungen, über denen er friedlich bis zur Teestunde schlief. Malcolm war ein pflegeleichter Gast.

„Haben Sie nicht behauptet, Sie litten unter Schlaflosigkeit?", fragte ich, als er wach wurde. Mister Meatyard rollte gerade den Teewagen herein.

„Das stimmt auch", sagte er, „aber wenn Sie in der Nähe sind, schlafe ich immer sofort ein."

„Danke für die Blumen!"

„So habe ich es nicht gemeint! Wenn Sie wüssten, welch ein Luxus Entspannung für mich bedeutet."

Wir hielten Abendmahlzeit mit Tee à la Yorkshire, denn es würde einige Zeit dauern, bis wir das nächste Mal etwas zu essen bekämen. Malcolm genoss das Essen wie ein Internatsjunge zu Hause. Wieder wurde mir bewusst, dass ich eine Schwäche für ihn hatte und es mir Freude machte, ihm eine Freude zu machen. Zwischen den Menschen, die Magie miteinander zelebrieren, entsteht ein seltsames Band der Sympathie. Aber wehe, wenn mit der Magie etwas schief läuft. Dann sind die persönlichen Auswirkungen besonders schlimm.

Nach dem Tee versuchte ich, Malcolm mit Kommentaren zu den Berichten in der Sonntagszeitung und über das Wetter zu unterhalten, aber er ließ mich abblitzen. Für Smalltalk hatte er keinen Sinn.

„Ich werde Sie jetzt etwas fragen", sagte er. „Natürlich brauchen Sie nicht zu antworten, und ich werde nicht versuchen, Schlüsse zu ziehen. Bei einem Menschen wie Sie, so weit außerhalb der Norm, kann man keine Schlüsse ziehen. Sie haben erwähnt, Sie hätten sehr viel Erfahrung mit Männern – was haben Sie damit gemeint?"

„Sie wollen doch nur wissen, wie weit ich gehen werde", sagte ich.

Malcolm wurde rot und geriet ins Stottern. Schließlich rang er sich durch:

„Das möchte doch jeder Mann über eine Frau wissen, die ihn interessiert. Ich möchte es aber auch gerne wissen, damit ich Sie verstehe. Und damit Sie mich verstehen. Wenn nicht, könnte es für Sie verdammt gefährlich werden."

„Ich nenne Ihnen einige Aspekte meiner emotionalen Entwicklung", sagte ich, „nicht die ganze Geschichte, es würde Sie langweilen.

Als Kind war ich unscheinbar, ernsthaft, kritisch und scharfzüngig. Außerdem tugendhaft, von der Neigung her und weil es verlangt wurde. Alternativen hatte ich nicht. Später kam ich mit der unsichtbaren Seite des Lebens in Berührung, ich änderte mich völlig, sowohl äußerlich als auch im Wesen."

„Das mussten Sie wirklich, wenn Sie ein anständiges Mädchen waren“, sagte Malcolm.

‚Die unsichtbare Seite des Lebens‘, dachte ich, ‚ist offensichtlich auch auf Malcolm nicht ohne Wirkung geblieben, erst recht nicht die Einhaltung der ungeschriebenen Gesetze.‘

„Als ich mich mit anderen Religionen beschäftigte, fand ich heraus, dass es viele Arten von Moral gibt. Einige funktionierten, andere nicht. Unsere Religion gehörte zu denen, die nicht funktionierte. Ich fragte mich daher, ob es notwendig wäre, Konventionen und Macht Tribut zu zahlen, und gelangte zu der Überzeugung: Nein! Selbst wenn die Regeln bis zur Selbstverleugnung beachtet werden, kommt nur Unglück heraus, sogar Zerstörung.“

Malcolm bewegte sich unruhig im Stuhl hin und her.

„Ich habe gesehen, wie sie sich systematisch zerstörten und kam zu mehreren Erkenntnissen: Erstens, dass sie nicht nur aus Gedankenlosigkeit, sondern bewusst missachtet wurden. Zweitens, dass es zwar einen Kodex geben muss, wenn Menschen zusammenleben, nicht aber unbedingt unseren Kodex, denn dieser war in seinen Auswirkungen mehr als kläglich. Wenn ich einer vornehmen Lady vorgestellt wurde, machte ich zwar einen Knicks, denn kein Mensch ist stark genug, öffentlich den Sozialkodex, unter dem er lebt, zu verleugnen, begann aber, einen eigenen Kodex zu entwickeln...

Die Wurzel allen Übels steckte, wie ich weiter herausfand, in der Sexualität. Sex dient zwei Zwecken: der Arterhaltung und dem Glück des Einzelnen. Diese beiden Ziele widersprechen sich nur auf den ersten Blick – wie gewonnen, so zerronnen... Es war ein echtes Problem, diese widersinnigen Ansprüche unter einen Hut zu bringen.“

„Und wie haben Sie das geschafft?“, fragte Malcolm.

„Indem ich, wie die Hindus, die sich rivalisierenden Ansprüche auf verschiedene Altersstufen verteilt habe. Warum sollte ich vor oder nach der Blüte meines Lebens für den Fortbestand der Rasse sorgen? Zumal in einem ohnehin dicht bevölkerten Land, wenn ich auf andere Weise zum Gemeinwohl beitragen könnte? Mach es wie die alten Griechen, und du hast den Schlüssel. Ich bin eine freie Frau und eine Priesterin der ältesten Götter – das gibt Ihnen den Schlüssel zu mir."

„Ich verstehe, dass Ihre Studien Ihren Standpunkt verändert haben", sagte Malcolm, „aber was hat Ihr Äußeres verändert? Studieren bringt das nicht."

„Mein Äußeres habe ich verändert", sagte ich, „als ich gelernt habe, was die alten Götter in den alten Mysterien gelehrt haben, denn sie geben Erfüllung, und ich, ausgezehrt vom Leben, begann, von den Göttern zu zehren. Ich änderte mich, wurde wieder sehr jung, und ich wurde vital. Männer, die mich vorher nicht mal wahrgenommen hatten, guckten sich die Augen aus dem Kopf, und ich zehrte von ihrer Bewunderung. Sie mögen mich für einen Vampir halten, aber ein Vampir nimmt alles und gibt nichts. So war ich nie. Menschliche Wesen nähren sich gegenseitig – magnetisch und emotional – Schauen Sie nur Ihr eigenes Leben an."

„Und was passiert mit einem, dessen Hunger nicht gestillt wird?", fragte Malcolm.

„Dann ist er ruhelos, deprimiert oder streitsüchtig, je nach Temperament."

„Ich bin alles gleichzeitig!"

„Aber in meiner Gegenwart schlafen Sie ein wie ein Baby, das seine Flasche gehabt hat."

„Sie sind eine äußerst magnetische Frau, Miss Le Fay, das spürt man aus meilenweiter Entfernung. Warum sollten Sie mich nicht beruhigen, anstatt stimulieren?"

„Weil ich weiß, wie ich meinen Magnetismus an- und wieder abstellen kann. Sie werden mich der Grausamkeit bezichtigen, weil ich den Druck dort verstärke, wo kein Ventil ist."

„Keineswegs. Ich kann mit Ihnen glücklich sein, ohne mein Leben zu riskieren, und dafür bin ich Ihnen tief verbunden. Sie haben eine außerordentliche emotionale Wirkung auf mich, aber – hoffentlich fühlen Sie sich nicht verletzt – sexuell stimulieren Sie mich nicht – nicht mal, wenn ich gezwungen bin, Ihren Zopf zu halten!“

Ich lachte, und Malcolm kräuselte die Lippen zu einem grimmigen Lächeln, sein höchster Ausdruck von Fröhlichkeit.

Die Dämmerung war hereingebrochen, und ich war für die Arbeit bereit. Wenn es sich vermeiden lässt, arbeite ich nicht bei Tageslicht.

Ich nahm Malcolm mit hinauf zu meinem Ankleideraum.

„Sobald meine Hände besser sind“, sagte ich, „werden Sie Ihre Gewänder bekommen.“

„Sie fertigen sie selbst an?“, fragte er.

„Man kann sie nicht von der Stange kaufen“, sagte ich. „Ich nähe sie, und zwar von Hand, und während ich die Nadel führe, magnetisiere ich sie.“

„Ich werde die Gewänder mit Vergnügen tragen“, sagte Malcolm.

„Ihre Sandalen kann ich allerdings nicht selbst machen,“ sagte ich. „Sie werden sie sich selbst besorgen müssen – gewöhnliche Badesandalen, die ich vergolden werde.“

Ich ließ ihn zurück und stieg zu meinem Tempel hinauf, um mich anzukleiden. Ich konnte es schließlich nicht in Malcolms Gegenwart tun, denn wir ziehen uns aus, wenn wir uns anziehen. Weltliche Kleidung ist in der Magie verpönt. Auch Malcolm würde erst dann die ganze Macht der Magie erfahren, wenn er richtig gekleidet wäre. Daher war es gut, dass seine Kleidung noch nicht fertig war.

Ich stand vor dem Altar, die Hände auf die Oberfläche gelegt, und versuchte, mich zu sammeln. Manchmal, zu Beginn einer Arbeit, ergreift mich kaltes Grauen vor der Verantwortung. Bewusst lasse ich mich nur von meinem menschlichen Urteilsvermögen leiten, bringe jedoch eine Maschinerie in Gang, die kosmische Kräfte freisetzt. Es macht mir nichts aus, alleine betroffen zu sein, aber wenn jemand beteiligt ist, sieht die Sache anders aus. Viele Stunden verbringe ich in Meditation; Zeit bedeutet mir nichts; ich warte auf bestimmte Zeichen, ohne die ich nicht beginne. Schließlich lege ich mit einem Gefühl, als ob ich zu meiner eigenen Hinrichtung ginge, die Hand auf den unsichtbaren Hebel, lasse den Motor an und spreche die Worte des östlichen Gelübdes: „Ich gebe mich als dein Opfer."

In jeder magischen Arbeit gibt es Zeiten, in denen ich mich frage, ob ich einer Selbsttäuschung erliege. Bin ich wirklich das, was ich glaube zu sein? Das liegt an der Unterschiedlichkeit der beiden Bewusstseinsebenen – dem normalen Verstandesbewusstsein und dem höheren Bewusstsein, das das Unterbewusstsein einschließt und transzendiert, denn es hat nicht nur Erinnerungen an dieses Leben gespeichert, sondern an alle vergangenen Leben und alles Wissen, was man jemals erworben hat. In Trancearbeit lösen wir uns vom normalen Bewusstsein und sprechen nur das Überbewusstsein an; in der Magie setzen wir beide Bewusstseinsebenen gleichzeitig ein. Wir müssen auf der psychischen Ebene das tun, was in der Realität doppeltes Auskuppeln bedeuten würde, und das führt unweigerlich zu einem Verlust von Energie, wenn die Zahnräder greifen und sich wieder lösen. In diesen Augenblicken stellen sich schreckliche Zweifel und Furcht ein, verschwinden aber wieder, sobald die Kraft durchkommt und die Magie beschleunigt wird, aber währenddessen ist es hart.

In diesem Moment hatte ich den Punkt noch nicht erreicht, an dem ich mit Malcolm ein Ritual wagen konnte. Um zu überleben, musste ich einen kühlen Kopf behalten, aber es gelang mir:

Oh Zorn der Elemente, ihr feindlichen Stimmen
entschwindet, vermischt euch, lasst ab.
Werdet zu Frieden nach Leid,
dann werdet zu Licht.

(Browning)

Eingeweihte behaupten, Browning wäre einer von uns gewesen, und nach diesen Zeilen glaube ich es, denn ich bin oft genug durch diese Tür geschritten.

Ich habe den Pfad so oft betreten, dass ich beinahe verlernt habe, ihn zu fürchten. Ich weiß, er wird unangenehm sein, aber ich weiß auch, er ist kurz.

Die Schatten schlossen sich um mich, als ich in meinem Gewand vor dem Altar stand, aber ich biss die Zähne zusammen und ging Malcolm holen. Es macht mir nichts aus, allein zu sein. Nur wenn ich für andere verantwortlich bin, kommt diese Angst, denn das Opfer bin ich!

Daran klammere ich mich. Wenn etwas schief geht, stehe ich in der Schusslinie.

Malcolm folgte meiner Aufforderung begierig. Tags zuvor war er durch sein Tor der Furcht geschritten, und die Faszination des Unsichtbaren hatte ihn gepackt. Er folgte mir die dunkle Treppe hinauf. Erneut schob ich den Vorhang für ihn beiseite, wörtlich wie auch bildlich, und wir standen zusammen im Tempel der Isis.

„Muss ich auf die Couch?“, fragte er leise.

„Nein“, antwortete ich. „Sie stehen heute am oberen Altar.“

Ich platzierte ihn so, dass er den Spiegel auf der Seite des Erdsymbols anschaute und nahm, den Spiegel hinter mir, ihm gegenüber Platz. Die Hängelampe warf einen pyramidenförmigen Schatten über uns, und in diesem Schatten warf die Lampe über dem Altar einen Lichtkegel nach oben, sodass

Malcolms scharfes Kinn und die buschigen Augenbrauen plastisch hervortraten. Seine auf mein Gesicht gerichteten Augen sagten mir, dass sich meine Züge wie die seinen in diesem enthüllenden Licht verändert hatten. Sein Gesicht war das des mordenden Priesters; wie mein Gesicht war, konnte ich nicht nur seinem erschreckten, ehrfürchtigen Blick entnehmen.

Malcolms Reaktion half mir, das Gefühl für die Realität zurückzugewinnen. Der Motor wurde angelassen, und die Magie begann. Noch jedoch war ich nicht ganz Priesterin. Noch trieb ich mich mit eigener Willenskraft an. Ich wollte Malcolm auf der Höhe der emotionalen Intensität erwischen, wenn er an die Energiereserven gelangte, die dem Wahnsinnigen Kraft und dem Künstler schöpferische Besessenheit geben. Dann würde er den Magnetismus abgeben, ohne den in der Magie nichts läuft.

Schwierig war es nicht, denn ich konnte ihn am Ufer seines eigenen natürlichen Zwiespalts entlangführen – seinem Gefühl für mich und seinen Erinnerungen an die früheren Leben. Ihn stetig auf dem Kamm der Woge zu halten, kurz bevor sie brach, und die Grenze zwischen den Ebenen einer großen emotionalen Krise zu überschreiten, das war eine Frage der Nerven und der Konzentration. Wenn eins von beiden versagte, würde es das Ende von Malcolm bedeuten. Ich wollte ihn nicht töten, aber wenn die Sicherung bei dieser Spannung durchbrannte, würde der Mensch danach ausgebrannt sein wie Asche. Nach getaner Arbeit musste ich ihn in die Realität zurückbringen, die Energie immer weiter zurücknehmen; die gelösten Enden des Bewusstseins wieder zusammenfügen, sodass es keine Lücke dazwischen gäbe, und ihn so ruhig, so sicher in seinen Körper zurückbringen, dass keine Spuren der Spannung zurückblieben, und er schließlich wieder völlig in der Normalität war, bereit für seine Tagesarbeit, und je geschickter das geschieht, desto weniger merken die Menschen es.

Ich legte meine Hände auf den Altar und bat Malcolm, es mir gleichzutun. Die breiten, wohlgestalteten Hände mit den leicht spatelförmigen Fingern, die in ihrer Kraft und Sensitivität vollkommen waren, erschienen im Schein des Lichts.

Meine Hände sind eigenartig; die eine ist die Hand eines Mannes, die andere die einer Frau. An den Fingern trug ich magnetisierte Ringe, die Energie abstrahlten. Unsere Hände lagen auf dem schwarzen Samt des Altartuchs, im Licht der Heiligen Lampe. Seltsam kontrastierend: die kräftigen muskulösen Hände von Malcolm und meine Hände mit den rosa lackierten Nägeln. Sie lagen dort mit Hingabe, ja, Opferbereitschaft. Hilflosigkeit macht sich breit, wenn die Hände auf dem Altar liegen; man ist auf Gedeih und Verderb den Kräften ausgeliefert, die man ruft (die Seele weit offen). Ich spürte, wie die Kraft stieg, rief meine Reserven aus der Erdmitte und brachte sie im Dritten Auge, dem versteckten Astralauge in der Mitte der Stirn, zur Bündelung und spürte das Kreisen und Wenden. Ich hielt Malcolm mit meinen Augen fest, wie eine Schlange einen Vogel umschlingt, denn in der Magie muss man skrupellos sein, erhob meine Hände und warf die Kraft auf ihn, hart, zermalmend, um seine Hemmungen zu überwinden und die tieferen Ebenen zu erreichen. Ich sah ihn zittern, als er die Kraft spürte, aber seine Augen ließen meine nicht los. Er hob die Hände und legte die Handflächen in einem Abstand von etwa einem Fuß an meine. Er konnte nicht die Handgelenke zurückbiegen wie ich, aber seine Hände waren fest und die Arme hart wie Stahlstangen. Malcolm war ein Mann der Kraft, ein Felsen; aufrichtig, ohne Vorbehalt. Einen besseren Mann für die Arbeit hätte ich nicht haben können.

Ich musste Malcolm magnetisieren und ihn dazu bringen, mich als Priesterin zu sehen. So begann ich den alten Gesang, der meine Kraft zum Ausdruck brachte:

Ich bin die, die schon war, ehe die Erde entstand
Rhea, Binah, Ge.
Ich bin die stille, tiefe, raue See,
Aus deren Tiefe das Leben unendlich quillt.
Astarte, Aphrodite, Astoreh –
Schöpferin des Lebens und Engel des Todes;
Hera im Himmel, auf Erden Persephone;
Diana der Gezeiten und Hekate –
Alle diese bin ich, alle trage ich in mir.
Die Stunde des Vollmonds ist nah;
Ich höre die Worte, beschwörend und klar und erscheine –
Shaddai el Chai und Rhea, Binah, Ge –
Ich folge dem Priester, der mich ruft.

Während ich mit vibrierender Stimme die Worte intonierte, bewegte ich meine Arme im vorgeschriebenen Ritual, und Malcolm, unfähig zu folgen, ließ die Hände sinken und stand still. Ich zeichnete die Symbole des Raums und der See und der inneren Erde; der angerufenen Aphrodite und keuschen Diana, Göttin des Mondes, und schließlich der fledermausartigen Hekate. Wenn man nicht mit dem dunklen Aspekt der Kraft umgehen kann, kann man es auch nicht mit dem hellen. So gab ich Malcolm die Priesterweihe.

Wir schauten einander an, Priester und Priesterin. Malcolm musste den Kräften widerstehen, so gut wie möglich; ich konnte ihm nicht helfen. Dann begann die Stimme zu sprechen, die nicht die meine ist, die gewaltigste mediale Kraft, die es gibt, die kosmische, die die Energie der Götter durchbringt:

„ICH bin die Verschleierte Isis im Schatten des Heiligtums.
ICH bin SIE, die sich als Schatten hinter dem Wechsel
von Tod und Geburt bewegt.
ICH bin SIE, die bei Nacht erscheint,
und kein Mann darf MEIN Antlitz schauen.
ICH bin älter als die Zeit und von den Göttern vergessen.
Niemand, der MEIN Antlitz schaut, darf weiterleben.
Zur Stunde, in der er MEINEN Schleier lüftet,
ist er des Todes."

Malcolm sah in die Augen von Isis.
„Ich bin bereit zu sterben," sagte er.
„Knie nieder."
Er sank auf die Knie.

„Es gibt zwei Tode, durch die die Menschen sterben,
den höheren und den geringeren.
Den Tod des Körpers und den Tod der Einweihung.
Der Tod des Körpers ist der geringere.
Alle Sterbenden beschreiten den Weg zur Quelle,
die neben der weißen Zypresse liegt."

Unaufgefordert verschränkte Malcolm die Arme auf dem Altar und lege seinen Kopf darauf.

„Ihn, der bereit ist zu sterben, um zu leben, lass ihn das Antlitz der Gottheit in ihrem Geheimnis schauen! Weiche von uns, oh du Ungeweihter, denn einer betritt den Pfad, der zur Quelle neben der weißen Zypresse führt."

Malcolm schien eingeschlafen zu sein, und die intonierende Stimme fuhr fort:

Oh Isis verschleiert und Rhea, Binah, Ge
führ uns zum Brunnen der Erinnerung;

zum Rand des Brunnens, wo die blasse weiße Zypresse wächst auf dem geheimnisvollen Pfad des Zwielichts, den keiner kennt.

Der schattige Pfad, der sich in drei Wege teilt –
Diana der Wege und Hekate –
Selene des Mondes, Persephone –
Der hohe Vollmond am hohen Himmel scheint klar;
oh höre die beschwörenden Worte, höre und erscheine!
Shaddai el Chai und Rhea, Binah, Ge.

Der Raum war verschwunden, und ich stand in einer leeren Höhle, zu meinen Füßen dunkles Wasser. Vor mir kniete Malcolm mit gesenktem Haupt und erhobenen Händen, der Altar war verschwunden. Ich war nicht mehr in das dunkle Schwarz des Samts gekleidet, der alle negativen Kräfte symbolisiert, sondern in ein sanft schimmerndes, duftiges Indigo, Blau und Purpur; auf dem Kopf trug ich die Mondsichel und auf meinen Hüften den sternengeschmückten Gürtel der Gestirne. Ich war Isis in Gestalt der Unterwelt, von den Griechen Persephone genannt, denn alle Göttinnen sind eine Göttin, personifiziert in verschiedenen Erscheinungen.

Nichts Menschliches war mir geblieben; ich war leer wie das Universum; mein Kopf in den Sternen; mein Fuß auf der Krümmung der Erdkugel, um mich im lichten Raum die Sterne. Sehr weit unter mir lag die Natur, ausgebreitet wie ein grüngemusterter Teppich. Auf dem Globus allein, der durch den Raum wandert, stand ich, den knienden Mann vor mir, und nichts in der Schöpfung gab es außer ihm und mir – ich, die ALL-FRAU, und er, der UR-MANN, und das Universum war die Verbindung zwischen uns beiden.

In meinem ruhigen negativen Aspekt der Unterwelt war ich die Königin der Toten, Herrscherin über das Königreich des Schlafs. Im Tod überqueren die Menschen den dunklen Fluss zu mir, und ich hüte ihre Seelen bis zur Dämmerung. Aber es gibt gleichfalls Tod-im-Leben, und das führt zur Wiedergeburt, denn es gibt eine innerliche Umkehr der Seele, durch die Menschen zu Persephone kommen.

Ich bin auch die Große Tiefe, aus der das Leben entsteht, und zu der wir am Ende des Zeitalters zurückkehren werden. Dort baden wir im Schlaf, sinken zurück in die Urtiefe, kehren zurück zu vergessenen Ufern vor der Zeit, und die Seele wird erneuert, wenn die Große Mutter sie berührt. Diejenigen, die nicht zum Ursprung zurückkehren, haben im Leben keine Wurzeln – sie sind lebende Tote, die Waisenkinder der Großen Mutter.

Ich war diese Große Eine in ihrem höchstgütigen Aspekt, ruhig, brütend, wie eine Frau im Schutz ihres Leibes ihr ungeborenes Kind trägt. Ich war die Geberin des Schlafs, den gebrochenen Mann vor mir mit meiner großen Gabe segnend. Er war zu mir zurückgekehrt, um noch einmal Kind zu sein, wie es ein Mann tut, der mit seiner Kraft am Ende ist, und der das tun muss, wenn er neue Energie für den Kampf mit dem Leben gewinnen will. Wenn eine Frau solch einen Mann nicht nährt, wie ich Malcolm diese Nacht genährt habe, werden seine Nerven bar jeglicher Isolierung wie durchgescheuerte Drähte bloßliegen. Nur wenn sie ihn um der Liebe Willen in das Stadium vor der Geburt zurückbringen kann, gewinnt er seine Kraft zurück, denn für ihn ist sie die Seele der Erde, wo seine tiefsten Wurzeln liegen. Je dynamischer der Mann, desto stärker ist er von seiner Verbindung zur Erde über diese Frau abhängig. Diese Bindungen haben nichts mit Leidenschaft zu tun; sie sind älter, ursprünglicher, und gehen zurück zu der Zeit, in der die Erden-Seele noch keine Menschlichkeit geboren hatte. Ich war seine Anima, seine Verbindung zur Unterwelt, seine Verbindung mit der uralten Erde und den uralten Dingen, welche die Quellen der Kraft bergen; durch mich konnte er sie berühren, alleine war er dafür zu schwach, denn der Mann ist die Sonne und die Sterne und das Feuer; die Frau jedoch entstammt dem dunklen Raum, der dunklen Erde und den dunklen Wassern aus uralter Zeit.

Ich starrte auf diesen Mann, der vor mir kniete und alle Männer verkörperte. Mein ureigenes Wesen in mir erhob sich wie die Flut – mit dem göttlichen Erbarmen der ALL-FRAU. Ich streckte meine Arme mit ihrem flügelähnlichen Faltenwurf aus und segnete ihn, während sich die schimmernden Falten des Blaus und Purpurs um ihn legten wie ein Umhang, und ich zog ihn hinab in mein Königreich.

Sinke nieder, sinke nieder, sinke tiefer, sinke tief
in den ewigen und ureigenen Schlaf.
Sinke nieder, vergiss, sei ruhig,
und ziehe dich zurück in das
geheimnisvolle Herz des Erdinneren,
trinke die Wasser der Persephone des
geheimen Brunnens neben dem geheiligten Baum.

Während ich sang, wedelte ich, gleich den Schwingen eines Vogels, mit meinem Faltenwurf um Malcolm. Alles wurde dunkel und still und warm wie im Schoß der Zeit, und Malcolm wurde zum Ungeborenen im vorgeburtlichen Schlaf. So blieb er, und als sich seine Ruhe vertiefte, wurde er mit Lebenskraft erfüllt.

Dann, auf der tiefsten Ebene, nährte ich seine Seele. Mir war bewusst, dass das, was ich nun tun würde, einen tiefen Einfluss auf mein Leben haben und ich dafür würde büßen müssen. Ich wusste aber auch, dass er nicht die Kraft hatte, das zu tun, was ich von ihm verlangte. Also wob ich zwischen uns das magnetische Band, durch das Energie fließt – die Energie der Frau; nicht die helle Strahlung der Aphrodite, sondern die dunkle, brütende Wärme des Schoßes der Großen Isis, der

Natur. Sie ist die Geberin der Kraft, und in ihrem Aphrodite-Aspekt ist sie die Auslöserin dieser Kraft.

Von jetzt an würde Malcolm von mir abhängig sein, aber er war es schon, denn er hatte mich in meinem Persephone-Aspekt in seinem Schlaf erkannt, als er träumte, mit dem Kopf auf der Schulter einer Frau zu ruhen.

Und so sang ich, das Unvermeidliche akzeptierend:

Ich bin die geheimnisvolle Königin, Persephone,
alle Gezeiten sind mein und antworten mir.
Gezeiten der Lüfte, Gezeiten des Erdinneren –
die geheimnisvollen schweigenden Gezeiten
von Tod und Geburt –
Gezeiten der Seele der Menschen, ihre Träume,
ihr Schicksal –
Isis Verschleiert und Rhea, Binah, Ge.

Während er kniete, zog ich ihn in meiner Vision an mich, sodass sein Kopf auf meiner Brust ruhte, und gab ihm Frieden.

Die Energie begann zu schwinden. Wie durch tiefes dunkles Wasser traten die Umrisse des Raums allmählich durch den von Nebel umhüllten Mond, und ich spürte meine menschliche Persönlichkeit wieder. Malcolm kniete immer noch vor mir am Altar, in der Haltung des Schlafs. Im trüben Kreis des Lichtes sah ich sein angegrautes rotes Haar. Ich konnte eine der breiten Hände erkennen, die gelöst auf dem schwarzen Samt lag – die andere war für mich unsichtbar, denn sein Kinn ruhte auf ihr. Nie zuvor habe ich ein so völlig entspanntes Wesen gesehen, und dennoch kniete er aufrecht am Altar, getragen durch seinen unbewussten Willen. Ich musste diesen Mann zurückholen, er hatte einen langen Weg nach Hause.

Langsam, sanft, denn er durfte nicht zu schnell zurückkommen, strich ich über seine Aura. Damit hatte ich ihn zum Schlafen gebracht – Streichbewegungen, die ihn nie berührten und umso mächtiger waren.

Jetzt strich ich in entgegengesetzter Richtung, um ihn allmählich zurückzuholen. Er hob den Kopf und schaute mich verwirrt an. Unsicher kam er auf die Beine, sich am Altar festhaltend.

„Wo bin ich?“, fragte er.

„Sie sind wieder bei mir“, sagte ich, „in meinem Heim, wo Sie glücklich sind.“

„Ja, hier bin ich immer glücklich“, antwortete er mechanisch, denn sein Verstand war noch nicht völlig zurückgekehrt.

„Jetzt werde ich die Kraft kappen und alles in die Normalität zurückbringen. Strecken Sie Ihre Hände aus, ja, genau so.“

Ich streckte meine Hände aus, bog die Handgelenke zurück und brachte meine flachen Handflächen gegen seine. Da schnappte die Energie zurück wie ein Gummiband, und Malcolm und ich waren wieder in der Normalität und starrten einander an.

„Mein Gott!“, sagte Malcolm, legte die Hand über die Stirn und wischte sich den Schweiß ab.

„Wie geht es Ihnen?“, fragte ich.

„Ich fühle mich, als ob ich zehn türkische Bäder hintereinander genommen hätte. Ich schwimme im Schweiß. Was haben Sie mit mir gemacht? Ich muss mich setzen.“

Er taumelte zur Couch und ließ sich fallen. Seine Hand fuhr zum Kragen.

„Den nehme ich jetzt ab, es ist mir egal, wie ich aussehe.“

Er riss sich den Kragen wie einen Fetzen herunter und warf ihn auf den Boden. Selbst die Schlipsenden waren dunkel vor Nässe. „Himmel!“, sagte Malcolm, „puh!!“

Er wischte sich mit dem Taschentuch über Gesicht und Hals und warf es dem Kragen hinterher.

„Ich werde mir von Ihnen ein Badetuch leihen, wenn wir wieder unten sind," sagte er.

„Verstehen Sie jetzt, warum wir in Gewändern arbeiten, und uns unter dem Gewand ausziehen?", fragte ich.

„Himmel ja, kein Anzug würde dem standhalten. Darf ich meine Jacke ausziehen?"

Ich gab ihm ein kleines Handtuch, das ich für das Reinigen der Ritualinstrumente aufbewahrte, und völlig unbewusst, auch mich vergessend, weil er immer noch nicht ganz in seinem Körper war, saß er auf dem schwarzen Opferaltar und frottierte seine breite Brust wie ein angeschlagener Boxer.

Ich öffnete einen Einbauschrank, nahm eine Flasche heraus und goss den Inhalt in ein hohes Glas.

„Trinken Sie", sagte ich.

„Was ist das?", fragte er argwöhnisch.

„Apfelsaft", sagte ich. „Alkohol hat in der Magie nichts zu suchen."

„Auch sonst nicht, wenn Sie mich fragen", sagte Malcolm. „Ich halte mich jedenfalls davon fern."

Der Apfelsaft verschwand in einem Schluck.

„Kein schlechter Ersatz", sagte Malcolm. „Himmel, das hat gutgetan!"

Die Aufnahme von Flüssigkeit brachte ihn schnell zurück, und ihm wurde allmählich bewusst, wie er aussah.

„Meine liebe Dame...", begann er, und als er seine nackte Brust entdeckte, schloss er hastig sein Hemd. Er sammelte den Kragen vom Boden auf, sah ihn an, schüttelte traurig den Kopf und stopfte ihn in die Hosentasche.

„Ich kann mich nicht anständig anziehen, ich kann mich nicht anständig entschuldigen, ich kann überhaupt nichts mehr. Was ist geschehen? Ich bin eingeschlafen, nicht wahr?"

„Sie haben tief und fest geschlafen. Haben Sie geträumt?"

„Ich glaube, ja. Ich erinnere mich an vage Schatten. Ich hoffe nur, dass ich mich wenigstens anständig benommen habe."

„Sie haben sich nicht bewegt."

„Das ist ein Trost. Ich nehme an, Sie wissen, was Sie tun. Gott möge uns helfen. Ich bin kein Leichtgewicht."

„Haben Sie sich genügend erholt, um hinunterzugehen?"

„Oh ja, ich erhole mich sehr schnell."

Er stand auf. „Himmel, bin ich wackelig auf den Beinen! Gummibeine! Jetzt weiß ich, warum die Gelähmten so hysterisch sind!"

Er ließ sich auf die Couch zurückfallen und testete seine Kniereflexe.

„Alles in Ordnung", seufzte er erleichtert.

Dann stand er vorsichtig auf und ging zur Tür.

„Wenn es Ihnen nichts ausmacht, gehe ich vor Ihnen die Stufen hinunter. Sonst trete ich Ihnen auf die Schleppe, und Sie sind dann ein gefallenes Mädchen."

Die aufgezwungene Aktivität brachte ihn schnell wieder auf den Damm. Unten angekommenen, war er wieder ganz der Alte.

„Himmel, wenn Sie das oft mit mir machen, werden Sie bald eine Leiche haben", sagte er.

„Im Gegenteil", meinte ich. „Ich werde wie ein Jungbrunnen für Sie sein. Möchten Sie sich waschen?"

„Am liebsten sogar baden", antwortete er.

Ich verfrachtete ihn ins Badezimmer, mit meinem größten Badetuch bewaffnet. Nach einiger Zeit tauchte er wieder auf, das Gesicht rosa wie ein Schweinchen, der Körper unten herum mit der eigenen Hose, den oberen Teil seines Körpers mit meinem Bademantel verziert.

„Das nächste Mal bringe ich ein Hemd zum Wechseln mit", meinte er.

In Vorahnung seines Hungers hatte ich eine fürstliche Mahlzeit vorbereitet, konnte aber nicht ahnen, dass sich das Schweinchen in einen Wolf verwandeln würde.

Hinter seinem grimmigen Auftreten verbarg Malcolm ein großes Kind. Was seine gebildeten Kollegen von ihm hielten, das konnte ich nicht nachvollziehen, auch nicht, wie er die Position erreicht hatte in einem Beruf, in dem das gesellschaftliche *savoir-faire* so viel bedeutet. Aber es sprach Bände für die enorme Antriebskraft dieses Mannes, dass es ihm gelungen war, die zahllosen, von ihm selbst geschaffenen Hindernisse zu überwinden. Je näher ich Malcolm kennenlernte, desto mehr schloss ich ihn ins Herz. Er strahlte Aufrichtigkeit aus, ein Zeichen für guten Willen und Selbstlosigkeit. Ich nehme an, seine Top-Kollegen schätzten ihn, die Underdogs müssten ihn hassen!

Als wir unser Mahl beendet hatten, schob er den Stuhl zurück.

„Ich muss gehen. Wenn ich mich jetzt in Ihren tiefen Sessel fallenlasse, werde ich wieder einschlafen und die ganze Nacht bleiben."

„Das wäre nicht schlimm, zumindest was mich angeht."

„Mir würde es auch nichts machen, so, wie ich für Sie empfinde. Sie haben mich gezähmt, Miss Le Fay."

„Wie fühlen Sie sich jetzt?"

„Wie ein genudelter und geknuddelter Teddybär."

Er ging ins Badezimmer, um seine durchnässten Kleidungsstücke einzusammeln, und tauchte einigermaßen repräsentabel wieder auf. Plötzlich nahm er meine Hand.

„Was auch immer Sie mit mir gemacht haben, Sie haben mir mehr geholfen, als ich mir je hätte träumen lassen."

Er sah mich an, ließ sich dann auf die Knie nieder und lehnte den Kopf an mich, wie er es in meiner Vision getan hatte, und wie in der Vision hielt ich ihn. Dann stand er auf und ging ohne ein weiteres Wort zur Tür. Ich beobachtete, wie er Richtung Fluss im Mondlicht verschwand, einem neu geborenen Riesen nicht unähnlich.

‚So viel also', dachte ich, ‚zu Isis in ihrem Persephone-Aspekt.'

12

Der nächste Tag war ein Montag, Malcolm hatte etwas anderes zu tun, als sich mit mir und meiner Magie zu beschäftigen. Trotzdem klopfte es in der ruhigen Zeit zwischen Tee und Abendbrot an der Tür. Er stand vor mir mit gesenktem Kopf, wie bei dem Ritual am Abend zuvor. Ich dachte, er würde erneut auf die Knie gehen, aber er folgte mir schweigend in den großen Raum und ließ sich auf dem Stuhl neben dem Feuer nieder. Aus der Brusttasche zog er ein Bündel Papiere heraus und warf es mir in den Schoß.

„Hier ist Ihr Bericht", sagte er und zündete sich eine Zigarette an.

Ich sammelte die Papiere ein und begann zu lesen:

Als Miss L.F. ein weiteres Experiment vorschlug, spürte ich keinerlei Nervosität, sondern reines Vergnügen. Als sie mir sagte, sie würde mir ein Gewand nähen, fühlte ich mich sogar wie berauscht. Einen Augenblick verlor ich den Kopf. Ich fürchtete, sie würde mir eine kalte Dusche verpassen, aber sie gab mir Gelegenheit, mich abzukühlen, indem sie mich allein ließ. Als sie fertig war, hatte ich mich wieder in der Gewalt.

Sie gebot mir, mich an den Altar zu stellen und meine Hände aufzulegen, genau wie sie. Es hat mich sehr berührt, unsere Hände dort ruhen zu sehen. Ich hatte sogar das Gefühl inniger Verbundenheit. Dann wandte sie eine stinknormale Hypnose an, das war alles, woran ich mich erinnere.

Als ich wach wurde, war ich in einem Zustand, den ich noch bei keinem Menschen, der aus der Hypnose erwacht ist, gesehen habe. Ich hatte so hohes Fieber, bestimmt vierzig Grad, dass mir der Schweiß ausbrach, was ich trotz Erschöpfung als große Erleichterung empfand. Ich versank fast in Ohnmacht, und wie im Delirium war mein Verstand benebelt. (Ich wusste weder, was ich tat, noch wo ich war.) Ich kann mich nur für mein anschließendes unmögliches Verhalten entschuldigen, denn ich war nicht mehr Herr meines Körpers.

Was meine Beine betrifft, befand ich mich im Zustand deminutiver Kinästhesie, populär ausgedrückt: Sie gehorchten mir nur widerwillig, und ich hatte das Gefühl, als ob ich geistig umnachtet wäre. Das hat mir die hysterischen Paralysen und Anästhesien in einem neuen Licht gezeigt, für mich als Arzt äußerst aufschlussreich.

Als ich mich zwang herumzugehen, erholte ich mich sehr schnell, und Essen und Trinken brachten mich vollends auf die Beine. Ich fühle mich großartig (drei Uhr in der Früh). Unter meiner Vitalität verbirgt sich ein tiefer Frieden und ein so großes Glück, dass ich singen würde, wenn mir Gesang gegeben wäre.

Ich bin Miss L.F. für ihre Geduld und ihre Freundlichkeit sehr dankbar.

R.A.M

„R.A.M.?“[11] rief ich aus, „Widder! Der Widder, natürlich! Haben Sie in der letzten Nacht überhaupt geschlafen?“

„Ein bisschen, vielleicht zwei bisschen. Als ich ins Bett ging, schlief ich sofort ein, und dann das nächste Mal, als es bereits hell wurde. Aber ich spüre die Nacht nicht, den ganzen Tag habe ich mich fantastisch gefühlt und tue es noch. Miss Le Fay, ich habe aus dem geheimnisvollen Brunnen getrunken – ich habe das Wasser des Lebens genossen.“

„Haben Sie geträumt?“, wollte ich wissen, denn seine Worte sagten mir, dass das Unterbewusstsein dabei war, sich an die Oberfläche zu arbeiten.

„Ja, und zwar meinen Traum. Die Schlüsse, die ich daraus gezogen habe, finden Sie in den anderen Papieren. Es wird

11 Abkürzung von Rupert Annesley Malcolm – Wortspiel. Im Englischen bedeutet ‚Ram‘ das Tierkreiszeichen ‚Widder‘.

Ihnen nicht gefallen. Lesen Sie sie trotzdem. Wahrscheinlich werden Sie mich an die Luft setzen. Aber Sie haben mich gebeten, aufrichtig zu sein. Jetzt sind Sie am Zug."

Während ich in den Papieren blätterte, zündete er sich eine Zigarette an. Der Inhalt der Unterlagen musste äußerst brisant sein, denn seine Hände zitterten wie Espenlaub.

Nachdem ich das Haus verlassen hatte, war ich in sehr angeregter Stimmung, um nicht zu sagen ‚high'. Meine impulsive Reaktion war toleranter aufgenommen worden, als sie es verdient hatte. Ich war wie berauscht. In diesem Zustand ging ich nach Hause. Als ich meine Wohnräume betrat, änderte sich meine Stimmung schlagartig, denn mir wurde klar, dass ich etwas getan hatte, was sich nicht wiederholen durfte. Selbstzweifel und eine tiefe Depression überfielen mich.

Da ich wusste, dass ich nicht würde schlafen können, hielt ich mich an den Rat eines Kollegen und nahm eine Schlaftablette: Sie half nicht. Also nahm ich eine weitere, wodurch ich in einen unangenehmen, albtraumähnlichen Zustand zwischen Wachen und Schlafen geriet. Das Mittel, das ich genommen hatte, hinderte mich daran, aufzustehen. Zur Bewusstlosigkeit führte es nicht, aber es verstörte und verängstigte mich.

Irgendjemand redete mir ständig ein, dass es mir gut gehen würde, wenn ich Miss L.F. anriefe, aber ich hielt es für besser, es nicht zu tun.

Mit diesem Zustand kämpfte ich eine ganze Weile, wurde immer verzweifelter, entschloss mich aber, nicht aufzugeben. Plötzlich hatte ich das Gefühl, ein Mann würde an meinem Bett stehen. Ich wusste sogar, wie er aussah: groß und schlank, zwischen fünfzig und sechzig, kahl geschoren, von der Sonne gebräuntes Haupt, Hakennase, schmale Lippen, graue Augen. Gekleidet war er in ein langes Gewand aus weißer, in Falten gelegter Baumwolle oder Leinen, ohne Ärmel. An den Füßen trug er Goldsandalen, um den Hals einen goldenen Kragen, an den Armen goldene Reifen und ein goldenes Band um den Kopf. Mir war sofort klar, wer er war: Der Hauptpriester, unter dem ich gearbeitet hatte, der einzige, der für mich Verständnis gehabt und mir Sympathie geschenkt hatte. Mein Vertrauen kehrte unverzüglich zurück, und ich spürte eine ungeheure Erleichterung. Mein Schlaf wurde tief, und ich begann ernsthaft zu träumen.

Ich träumte, ich würde mit diesem Mann über meine Probleme sprechen:

Ich gebe kurz wieder, was er mir gesagt hat:

„Wenn du bereit bist, geopfert zu werden, brauchst du keine Angst zu haben. Aber dir fehlt Vertrauen."

Ich antwortete:

„Das stimmt nicht, und ich fürchte auch keine Konsequenzen für mich, sondern die Folgen meiner Unvollkommenheit auf der anderen Seite."

Er behauptete, es wäre unwichtig. Ich widersprach und bat um eine Garantie. Er schüttelte den Kopf.

Plötzlich fing ich seinen Gedanken auf: ‚Erinnere dich daran, was ich dir gesagt habe – beim nächsten Mal wirst du der Priester sein.'

Da war die Angst verschwunden, selbst als mich die Erinnerung an diesen Mann überkam, der in dem Moment auftauchte, als man begann, mich zu Tode zu martern.

Ich fuhr auf, hellwach, erstaunlicherweise ohne Nachwirkungen des Schlafmittels. Allerdings wirkte etwas anderes nach: der Albtraum. Ich sah die Folterkammer und die Instrumente. Da wurde mir bewusst, es war kein Albtraum, sondern die Erinnerung an etwas, das tatsächlich geschehen war.

Diesen Eindruck sich überschneidender Bewusstseinsebenen zu beschreiben, war schwer. Alles schien sich aufgeklärt zu haben. Meine Angst war verschwunden. Ich war nicht mehr in Gefahr, die Selbstkontrolle zu verlieren, und würde nicht länger eine Marionette in den Händen von Miss L.F. sein, die alle Verantwortung auf sich genommen hatte. Das notwendige Wissen trug ich in mir, es würde zusammen mit der Erinnerung zurückkommen. Als Priester, der echte Priester, nicht der Pseudopriester, würde ich alle Macht haben.

In dieser optimistischen Stimmung legte ich mich wieder hin, erfrischt und geistig völlig klar. Das wiedergewonnene Selbstbewusstsein stimulierte mich so stark, dass ich mich entschloss, ein Experiment zu wagen. Ich rief die Szenen zurück, die Miss L.F. beschrieben hatte, als sie mich mit in den Tempel der Isis nahm, wo mir tatsächlich die Göttin erschien, ein außergewöhnlicher Erfolg. Die Erinnerung wurde so lebhaft, dass sie Wirklichkeit zu sein schien. Einen Moment lang war ich versucht, Miss L.F. in der Fantasie zu mir zu holen, wie ich es bereits früher getan hatte, widerstand jedoch und ging allein in den Tempel. Dort angekommen, spürte ich ihre Gegenwart hinter dem Vorhang. Plötzlich hatte ich das unwiderstehliche Verlangen, das Allerheiligste zu betreten, aber ich hatte keine Befugnis. Eine Einladung würde nie erfolgen. Oder doch? Das war ungeklärt. Und so beherrschte ich mich.

Ich stieg einige Steinstufen hinunter zu einer Tür, die nach unten führte. Plötzlich hatte ich den Schlüssel in der Hand, schloss auf und ging hinein: Das war mein Bereich, wo ich zu Hause war. Es war ein düsterer, unheimlicher Ort, aber ich fühlte mich dort mehr zu Hause als im Hauptteil des Tempels, so, wie ich mich im Labor wohler fühle als auf der Krankenstation, und mit Forschern besser klarkomme als mit Studenten. Ich war ein Ausgestoßener, aber so sehr ich ihnen auch missfallen mochte, ohne mich kamen sie nicht aus. Ich spreche vom Krankenhaus, aber auch vom Tempel. Die Geschichte wiederholt sich, sofern es echte Inkarnationserinnerungen sind. Aber ich frage mich, ob es wirklich Erinnerungen sind oder nur Ausdruck einer Dramatisierung meines Zustands. Jedenfalls dienen sie demselben Zweck wie eine Psychoanalyse.

Auch meinen Zustand zu beschreiben ist schwierig. Es war mehr ein Tagtraum als Schlaf. Ich erlebte ihn wie ein Zuschauer. Trotzdem konnte ich ihn beeinflussen. So wurde ich Teil dieses Tagtraums.

Ich malte mir aus, wie ich einen langen unterirdischen Gang durchschritt, an der einen Seite floss Wasser wie in einem Kanal. Der Weg dort unten im Dunkeln war lang, und es gab keine Möglichkeit, ihn abzukürzen. Es gelang mir jedoch, meine Geschwindigkeit so zu steigern, dass ich beinahe flog. Schließlich erreichte ich einen großen Raum mit einem sehr hohen Dach, dessen Ende ich nicht erkennen konnte. Er kam mir vor wie eine ursprüngliche Höhle, die man für einen bestimmten Zweck hergerichtet hatte. Auf der einen Seite lag der Haupteingang – er war achteckig –, gegenüber stand die riesige Statue einer nackten Frau, aus dem lebenden Fels gehauen, nicht ganz aus dem Stein gelöst. Als ich eintrat, stieß ich beinahe an ihr rechtes Bein. Sie war so groß, dass mein Kopf in gleicher Höhe mit der unteren Kante ihrer Kniescheibe war und ich ihre Knie umfangen konnte.

Die Struktur dieses Kunstwerks war einfach, fast grob, und sie schien vom Rauch geschwärzt zu sein, so, wie der obere Teil der Wände und das Dach. Die Statur der Frau war üppig und verkörperte rohe tierische Gewalt. Mir fielen Insekten ein, vor allem Spinnenweibchen, die ihre Männchen nach der Paarung auffressen. Auch das hier war eine zerstörerische Frau. Obwohl ich ihr Priester war, konnte ich es nicht verhindern. In dem anderen Tempel gab es den Aspekt der schönen Weiblichkeit, aber damit hatte ich nichts zu tun. In den anderen Aspekt der Priesterin hatte ich mich verliebt, was mich in große Schwierigkeiten gebracht hatte. Die höherrangigen Priester und Priesterinnen kamen regelmäßig in meinen Tempel in der

Höhle, warum, wusste ich nicht. Soweit ich mich erinnerte, musste ich ihr ein Blutopfer weihen. Danach verschwanden sie und kümmerten sich nicht mehr um den Opferpriester.

Ich erinnerte mich an den Rat von Miss. L.F., zu Isis zu beten, und an die Erkenntnisse, die mir dieses Gebet gebracht hatten. So betete ich zu diesem großen Bild, von dem ich annahm, es wäre eine primitive Form der Isis. Wie unter Zwang umklammerte ich ihre Knie und goss meine Seele vor diesem hässlichen monströsen Gebilde aus, das mich bis ins Innerste aufwühlte.

Plötzlich begann sie sich zu verändern. Der grobe rote Sandstein, vom Rauch geschwärzt, glänzte wie polierter schwarzer Marmor, und ich sah, dass es eine Statue von Miss Le Fay Morgan war, drei- oder viermal so groß wie in natura. Ich dachte an die Worte der Bibel – ‚Ich bin schwarz, aber gar lieblich.‘[12]

Mir grauste, aber ich war so gebannt, dass ich ihre Knie nicht loslassen konnte. Ich wusste, dass ich Furcht und Abscheu überwinden und mich hingeben musste, dann würde etwas Sensationelles geschehen.

Während ich mit mir rang, öffnete sich die Tür, und die Priesterin schlüpfte herein, in die ich mich verliebt hatte. Der Bann löste sich. Voller Freude stieg ich vom Podium herunter, ging auf sie zu und umarmte sie. Sie erwiderte die Umarmung nur leicht. Dann nahm ich sie bei der Hand und führte sie auf das Podium hinauf, wo wir uns zu Füßen der Göttin niederließen. Wie von selbst legten sich meine Arme erneut um sie, mit mehr Wärme. Jetzt umschlang auch sie mich.

Plötzlich hörte ich ein Singen und entdeckte in der Mitte des Raums einen Teich, dessen Wasser wohl den Kanal speiste. Neben dem Teich stand ein großer Stalagmit, der als heiliges Objekt verehrt wurde.

---

12 Hohelied 1:5

Dann wandelte sich der Traum. Ich saß wieder zu Füßen der Göttin und streichelte die Prinzessin, die es ruhig und wie selbstverständlich geschehen ließ .

Ich kann das Gefühl der Spannkraft, des Selbstvertrauens und des Glücks nicht schildern, mit dem ich erwachte. Wenn ich sonst einen Albtraum gehabt habe, wache ich mit einem Ekelgefühl auf und bin den ganzen Tag über erledigt. Die schlimmen Ereignisse in diesem Traum verkraftete ich jedoch spielend. Ich erinnerte mich an die Worte meines männlichen Besuchers. Sie hatten offensichtlich gewirkt, und zwar so stark, dass der Rest unwichtig war. Den ganzen Tag über waren meine Gedanken bei der Priesterin, die ich gestreichelt hatte.

Ich hoffe, Sie schließen nicht daraus, dass ich vorgehabt habe, meine Fantasien auszuleben. Zuerst wollte ich es für mich behalten, aber dann wurde mir klar, dass ich offen sein musste, unbeeindruckt von den Konsequenzen. Andernfalls würde ich das Experiment gefährden und Miss L.F. in falscher Sicherheit wiegen."

‚Kein Wunder', dachte ich, ‚dass Malcolms Hand gezittert hat, als er mir den Bericht übergeben hat.' Für einen Mann seines Kalibers musste ein solches Geständnis so viel bedeuten wie für einen anderen der Gang zum Kiefernorthopäden.

Dort saß er, rauchend, in das Feuer starrend, völlig passiv. Mehr denn je kam er mir jetzt wie ein Granitblock vor. Wie sollte ich mit ihm umgehen? Dass ich ihn ermutigt hatte, würde er mir nicht danken. Es ging auch nicht darum, den richtigen Ton zu finden, damit er sich nicht abgefertigt oder verlegen fühlte.

Obwohl ich mich bemüht hatte, meine Augen nicht schweifen zu lassen, spürte er, dass ich mit der Lektüre fertig war.

„Nun“, fragte er, „sehen Sie jetzt, was ich für ein Mann bin? Geben Sie mir jetzt den Laufpass? Ich habe Sie gewarnt, ich bin nicht reinen Herzens.“

„Ein Mann, der so ehrlich ist wie Sie, Doktor Malcolm, ist entschieden vertrauenswürdiger als jemand, der sich vormacht, die Welt verbessert zu haben.“

„Sie haben Recht, aber ich war nicht sicher, ob Sie genug von der menschlichen Natur verstehen, um mein Verhalten so aufzufassen. Als Freund war ich nicht zuverlässig, denn ich versuchte, Ihnen und mir vorzugaukeln, besser zu sein, als ich bin. Ich liebe Sie, Miss Le Fay, es wäre Unsinn, es abzustreiten. Aber das bedeutet nicht, dass ich mit Ihnen auf und davongehe. Wie Sie wissen, habe ich versucht, Abstand zu Ihnen zu halten, als ich sah, wie der Hase lief, aber ich ahnte – je öfter ich Sie sehen würde, desto mehr würde ich Sie lieb gewinnen. Ich hatte Angst, verletzt zu werden, denn verletzt worden bin ich oft genug. Es war seltsam, aber nach unserem ersten Besuch oben machte es mir nichts mehr aus, verletzt zu werden. Ich hatte nur Angst, Sie zu verletzen, vor allem, nachdem ich Ihre Hände malträtiert hatte, und auch, etwas zu tun oder zu sagen, das Ihnen missfallen würde oder mich abstoßend wirken ließe. Aber jetzt sind alle diese Ängste verschwunden. Wie es der alte Hohepriester gesagt hat: Es ist unwichtig. Ich spreche zu Ihnen von Mann zu Mann, und Sie sprechen genauso zu mir. Wir haben ein großes Ziel vor Augen und werden nicht zulassen, dass uns Kleinkram aufhält. Ich weiß, Sie sind genauso darauf aus, Böses zu verhindern wie ich. Ich würde nie absichtlich eine Frau verletzen. Sie schon gar nicht, dafür halte ich meine Hand ins Feuer – beide Hände. Und wenn ich explodiere, explodiere ich in sicherer Entfernung. So sieht‘s aus!“

Nicht ein Muskel bewegte sich in Malcolms Gesicht, nicht die winzige Spur einer Modulation der Tonlage während der ganzen Rede. Er sprach wie bei einer Vorlesung.

„Warum antworten Sie nicht?“, fragte er schließlich.

„Weil ich nicht kann. Ihre Worte haben mich zutiefst bewegt.“

„Ich komme Ihnen nicht abstoßend vor?“

„Weit entfernt. Ich schätze Sie sehr, Doktor Malcolm. Von Ihrer Arbeit verstehe ich nicht viel, aber ich verstehe jetzt, warum Sie ein geachteter Mann sind. Sie sind sogar ein großer Mann.

„Mein liebes Mädchen, erzählen Sie keinen Unsinn. Ich tue nur meine Pflicht und kämpfe wie der Teufel mit jedem, der mir in die Quere kommt. Wenn Kleinkarierte mich mit Verrückten auf eine Stufe stellen, komme ich ganz groß heraus!“

„Und was ist mit all den Jahren der Beobachtung und der Experimente?“

„Ach, das ist nur Routine. Ich bin nicht so dumm abzustreiten, dass es nicht noch etwas gäbe, was man über das zentrale Nervensystem lernen könnte, aber ich werde meinen Job im Krankenhaus an den Nagel hängen. Ich habe durchaus nichts dagegen, als Berater zu fungieren – irgendwo in einem kleineren Ort, wenn man mich gebrauchen kann. Ich bin das Ganze einfach leid. Man braucht einen Neurologen wie mich. Ich mag ja als Arzt fungieren – von meiner Begabung her bin ich Chirurg. Ärzte sind in meinen Augen viel zu zimperlich. Präsentieren Sie mir ein schönes, chronisches Geschwür: Rausschneiden, nähen, Pflaster drauf: Ende der Vorstellung!“

Während ich überlegte, welches Trostpflaster ich ihm verpassen könnte, fuhr er mit sanfterer Stimme fort: „Spendieren Sie mir noch eine Tasse Tee?“

„Himmel“, sagte ich, „haben Sie Ihren Tee noch nicht bekommen?“

„Nein. Wenn man bedenkt, wie ich mich durch meinen Bericht auf dem Altar der Wissenschaft geopfert habe, habe ich mir wohl einige Ihrer Kekse verdient. Hoffentlich habe ich

Sie mit meinen Enthüllungen nicht allzu sehr schockiert, Miss Le Fay!"

„Natürlich nicht", sagte ich. „Ich bin weniger zartbesaitet als Sie denken. Mit Ihrem Ablenkungsmanöver von der chirurgischen Begabung können Sie mich nicht aufs Glatteis führen."

Ich kochte ihm einen wundervollen Tee, er trank ihn bis zur Neige und vertilgte den letzten Krümel der Kekse. Nie war Malcolm von einer Frau so verwöhnt worden, und er genoss es in vollen Zügen.

„Ich bin restlos glücklich", meinte er, als er sich, zum Platzen voll, im Sessel zurücklehnte. „Ich dachte, Sie oft zu sehen, würde mich auf die Palme bringen, aber es beruhigt mich wie ein Lager auf weichem Moos...

So, und jetzt reden wir Tacheles: Ich war verdammt offen zu Ihnen, offener als ich mir zugetraut hätte. Sie sind mir das Gleiche schuldig. Raus mit der Sprache! Welche Gefühle hegen Sie für mich?"

„Ich werde mein Bestes tun, aber ich kann nicht garantieren, dass Sie es verstehen."

„Sie haben mir gesagt, Sie wären – genauso wie SIE – etwas Nicht-Menschliches, aber Sie sind so verdammt menschlich, und das liebe ich an Ihnen so. Es macht Ihnen doch nichts aus, wenn ich so rede, nicht wahr?"

„Reden ist ein gutes Ventil. Tun Sie sich keinen Zwang an."

„Bisher habe ich zu allem, was bedeutsam ist, geschwiegen wie das Grab. Das war ein Fehler. Geflucht wie ein Landsknecht und die Möbel geradegerückt habe ich nur bei Bagatellen. Ich bin ein verdammt reizbarer Teufel, aber bei Ihnen bin ich fromm wie ein Lamm. Jetzt reden wir schon wieder über mich."

„Also, gut, Sie haben mich weichgeklopft. Ich muss am Anfang beginnen, sonst werden Sie es nicht verstehen. Ich wusste, ich musste mit jemandem zusammenarbeiten. Es durfte keine Rolle spielen, ob ich den Mitarbeiter mochte. Es ging nur um die Aufgabe. Aber mir war klar: Wenn die Arbeit funktionierte, würde ich den Menschen lieb gewinnen. Ich habe so lange Selbstdisziplin geübt, dass ich über meine Gefühle nicht mehr nachdenke. Ich komme Ihnen immer näher, Doktor Malcolm, aber um glücklich zu sein, bin ich nicht von Ihnen abhängig. Sie dagegen, fürchte ich, sind dabei, sehr abhängig von mir zu werden."

„Ich bin es schon, verdammt noch mal. Egal, machen Sie weiter."

„Das ist das schwache Glied in der Kette. Aber diese Phase werden wir durchstehen. Wie ich Sie kenne, werden Sie sich so im Zaum halten, dass ich Sie nicht vor den Kopf stoßen muss."

„Am Ende verlangen Sie noch, dass ich aufhören soll, Sie zu mögen!"

„Nein, nur dorthin gelangen, wo ich bin."

„Sie wollen also, dass ich ein Neutrum werde?"

Wir beide lachten. Mir fiel auf, dass Malcolms Lachen weniger schnarrend wurde. Auch seine Stimme hatte ihr Krächzen verloren und entwickelte sich zu einem schönen Bariton.

„Sagen Sie mir wenigstens, ob Sie mich mögen."

„Das habe ich doch schon gesagt. Es ist mehr als mögen. Sie haben in meinem Herzen einen festen Platz."

Er schwieg einen Moment und machte eine saure Miene.

„Sie wollen wissen, ob ich Sie als Mann attraktiv finde?"

„Ja."

Ich dachte einen Augenblick nach, und er missverstand mein Schweigen.

„Nein, natürlich nicht, wie sollten Sie auch? Da habe ich meine Antwort, und ich habe sie verdient."

„Nein, Sie haben Ihre Antwort nicht", antwortete ich. „Ich

habe nur versucht, die richtigen Worte zu finden. Von Ihnen als Mann fasziniert zu sein ist etwas ganz anderes, als von Ihnen als Freund fasziniert zu sein und bedingungsloses Vertrauen in Sie als Mitarbeiter zu haben. Beides trifft für mich zu.

Ich finde Ihre dynamische Kraft sehr attraktiv. Die Chancen, mit Ihnen Außerordentliches zu erleben, sind sehr groß. Darüber hinaus bin ich auch eine Eva, die gegen Versuchungen nicht gefeit ist. Aber ich darf um der Arbeit willen und um Sie zu schützen, emotional nicht experimentieren. Dieser Widerstreit hindert mich wahrscheinlich daran, ein klares Bild meiner Gefühle zu gewinnen. Sowohl vom Temperament wie auch von der Erziehung her bin ich außerordentlich eigenständig. Andererseits brauche ich Sie."

„Das bedeutet mir viel", sagte Malcolm leise.

Das gab mir den Mut, mit der Wahrheit herauszurücken, soweit ich sie selbst kannte, wobei ich bemüht war, Malcolm so schonend wie möglich zu behandeln.

„Verliebt bin ich nicht in Sie, aber dass Sie in mich verliebt sind, gefällt mir. Ich nähre Ihre Liebe sogar. Ich ziehe daraus Energie, und sie hält mich jung. Aber ich bin ein Vampir, der Sie bis zum letzten Blutstropfen aussaugt. Das entspricht nicht meinem Charakter, und dafür sind Sie mir auch zu schade. Im Übrigen freue ich mich, dass Sie zu mir kommen, sich entspannen und glücklich und friedlich sind.

Etwas anderes macht mir Sorgen. Sie haben geredet, als ob keine Frau für Sie persönliche Gefühle haben könnte. Oberflächliche Frauen sicher nicht, aber auf eine Frau, die Augen im Kopf hat, üben Sie eine große Anziehung aus.

Sie sind in gewisser Weise sogar schön, eine Schönheit, die mit ausgewogener Kraft und Tüchtigkeit einhergeht. Ein schönes Gesicht haben Sie nicht, aber einen wundervollen Kopf. Und nicht mal ein Blinder würde die Schönheit Ihrer Hände übersehen. Sie haben die schönsten Hände, die ich je bei einem Mann gesehen habe. Mit Ihren breiten Schultern brauchen Sie sich auch als Adam nicht zu verstecken. Und auch im Wesen und Charakter offenbaren Sie Qualitäten, die viele Frauenherzen höher schlagen lassen. Aber tief in mir habe ich Angst vor Ihnen, vermutlich ein Relikt aus den Tagen, als ich Sie als Opferpriester kannte.“

„Sie glauben also nicht, dass es daran liegt, wie ich Ihnen am Themse-Ufer gefolgt bin?“

„Nein, das war ein Kompliment.“

„Nun haben wir unsere Empfehlungsschreiben ausgetauscht“, sagte Malcolm und lehnte sich in den Stuhl zurück, die Hände hinter dem Kopf verschränkt, die Füße auf dem Kamin, beinahe waagerecht. Seine Manieren waren zwar beklagenswert, aber nicht beleidigend.

„Habe ich Sie verletzt, mein Freund?“

„Ein bisschen, aber wenn man sich auf einen Schmerz eingestellt hat, ist er besser zu ertragen.“

Ich stand auf, trat hinter seinen Stuhl, lehnte mich über ihn, zupfte an seinem Ohr und legte meine Hand auf seine Wange.

„Ist der Stachel jetzt weg?“, fragte ich.

Er legte seine Hand über meine und drückte sie.

„Das würde allem den Stachel nehmen“, sagte er.

Die Minuten verstrichen. Schließlich löste sich Malcolm von mir und sagte:

„Ich bin verdammt undankbar. Natürlich hatte ich mir gewünscht, Sie sagen zu hören, Sie würden dasselbe für mich empfinden wie ich für Sie. Aber auch so kann ich mit Ihnen glücklich sein, und ich verspreche, nicht lästig zu werden. Um leidlich gesund zu bleiben, braucht es nur ein paar Vitamine. Sie sind außerordentlich verständnisvoll und geben mir das, was Sie können. Eine Frau wie Sie ist ein Gottesgeschenk. Warum stehen Sie die ganze Zeit herum? Setzen Sie sich auf meine Armlehne. Oder ist das zu viel Nähe?“

Ich tat, worum er mich gebeten hatte, er lehnte seinen Kopf an mich und vergaß sogar die obligatorische Zigarette.

So verbrachten Malcolm und ich den Abend. Er rührte sich nicht, noch sprach er ein Wort.

Als es elf schlug, erhob ich mich.

„Gehen Sie jetzt nach Hause", sagte ich leise. „Sie haben morgen einen harten Tag."

Er stand auf. Ich glaube, er war eingeschlafen, denn er fand sich nur mühsam zurecht, und seine Stimme klang belegt, als er sagte:

„Ihre Gegenwart war Balsam für meine Wunden. Ich fühle mich sogar, als hätten Sie mir ein Lebenselixier gegeben."

Dann kam er auf mich zu, als würde er mich küssen.

„Seien Sie ein braver Junge und gehen Sie", sagte ich, und berührte wieder seine Wange mit der Hand, um ihm die Bitterkeit meiner Verweigerung zu versüßen. „Gott segne Sie", fügte ich hinzu.

Mit den Worten „Ich bin wirklich gesegnet" drehte er sich auf dem Absatz herum und ging.

Zehn Minuten später ging das Telefon. „Hören Sie, ich fühle mich wie ein Preisochse. Jetzt haben sie mir auch noch den F.R.S[13] umgehängt, den einzigen Orden, den ich noch nicht habe, auch international, man macht mich zum F.R.S, wahrscheinlich die Belohnung für meinen streitbaren Charakter. Das Anerkennungsschreiben war in der Post."

„Oh mein Lieber," rief ich aus, „ich bin so froh!" Tatsächlich freute ich mich mehr, als wenn ich selbst den F.R.S bekommen hätte.

„Wirklich?", erklang die Stimme aus der Sprechmuschel.

„Das bedeutet mir mehr als alle Titel der Welt ... Lilith, ich habe dich schrecklich gern!" Dann machte es klick.

---

13 Hoher britischer Orden

13

Es verging etliche Zeit, bis ich Malcolm wiedersah, doch seine Stimme war allgegenwärtig – diese schroffe rasselnde Stimme, die ihre Herbheit verlor und tief und warm wurde, wenn er bei mir war.

Den Teetisch neben mir, saß ich am Feuer und wartete auf Malcolm, der jeden Moment kommen sollte. Da klingelte das Telefon. Ich nahm den Hörer ab. Malcolm war kurz angebunden und sehr förmlich, das Rasseln seiner Stimme war jetzt wieder sehr ausgeprägt.

„Ich möchte dir nur sagen, dass ich heute Abend nicht vorbeischauen kann. Ich habe einen Anruf bekommen und muss mich um meine Frau kümmern. Es geht ihr sehr schlecht."

„Es tut mir leid", sagte ich. Was sollte ich sonst sagen?

„Danke. Ich wusste, du würdest Verständnis zeigen, ich suche dich auf, wenn ich zurück bin."

„Glaubst du, dass du lange wegbleiben wirst?"

„Keine Ahnung. Vermutlich ein paar Tage. Es gibt ohnehin einiges zu erledigen – so oder so."

„Ist es so schlimm?"

„Sie hatte wohl einen Schlaganfall, aber ich weiß nicht, wie solch ein Schlag bei ihr wirkt. Ich kann erst etwas sagen, wenn ich sie gesehen habe. Ich muss mich sputen, um den Zug zu erreichen. Auf Wiedersehen."

War das derselbe Mann, der am Abend zuvor zu mir gesagt hatte: ‚Lilith, ich habe dich schrecklich gern?'

Es ging um seine Frau, und schon hatte er sich um 180 Grad gedreht. Ich ärgerte mich so über ihn, dass ich nicht an die Tragik der Umstände dachte – dann sah ich es mit den Augen der Psychologin: Als er sagte, er würde sich selbst gerne zum Märtyrer machen, hatte er mir den Schlüssel zu seinem

Wesen gezeigt. Wenn die Anforderung an seine Loyalität die Oberhand gewann – in diesem Fall die Loyalität für seine Frau – reichten seine Gefühle für mich nicht aus. Ich war sicher, dass er zu mir zurückkommen würde. Die Seele kann genauso aushungern wie der Körper.

Also setzte ich mich hin, nähte meine irisierenden Gewänder und wartete. Plötzlich kam ich auf die Idee, Malcolms Roben zu nähen. Natürlich war es Hexenzauber, aber warum sollte ich mich dessen schämen?

Fünf Tage vergingen. Von Malcolm hörte ich nichts, und auch mental schien er nicht ‚auf Kontakt' zu sein. Er hatte mich voll und ganz verlassen. Ich vermisste ihn mehr, als gut für mich war. Außerdem machte ich mir Sorgen; es war sicher eine schwere Zeit für ihn. Uns verband Sympathie, ohne die magische Arbeit nicht funktioniert, und ich fühlte mit ihm. Ich wusste, dass Malcolm litt, wie konnte ich da zufrieden oder gar gleichgültig sein?

Eines Abends klopfte es spät an der Tür, und da war er – ohne Hut und Mantel.

„Gütiger Himmel!", rief ich aus, „wo kommst du denn her?"

„Ich bin bereits seit einigen Tagen zurück", antwortete er.

Es nieselte, und sein dickes rotes Haar war feucht vor Nässe. Als er ein Taschentuch darüber legte, sah ich, dass es deutlich grauer war und sein Gesicht aschfahl.

„Wie geht es dir?", fragte ich.

„Beschissen! Ist es zu spät für eine Tasse Tee und etwas zu essen? Ich habe den ganzen Tag nichts gehabt."

„Hat dich der Hunger nach hier getrieben?"

„Wahrscheinlich. Ich bin ein Narr gewesen, nicht eher zu kommen und deine Hilfe zu erbitten, zumal ich wusste, du würdest mir helfen. Auf dem Weg zu dir ging es mir von Minute zu Minute besser."

Ich fragte mich, ob seine Frau tot wäre, aber er trug einen farbigen Schlips, und er gehörte zu den Menschen, die sehr konservativ waren. So schloss ich, dass sie noch lebte und vermutlich sogar außer Gefahr war, sonst hätte er sie nicht allein gelassen.

Ich stellte keine Fragen, sondern kochte Tee, machte ihm eine warme Mahlzeit und ließ ihn anschließend in Ruhe eine Zigarette rauchen.

Schließlich meinte er:

„Ich hoffe, du bist nicht beleidigt, wenn ich dir heute Abend nichts erzähle? Nicht, dass ich es dir nicht erzählen möchte, aber ich bin im Moment einfach nicht dazu in der Lage. Die letzten Tage waren die Hölle!"

„Mein Freund", sagte ich, „du kannst mir so viel oder so wenig sagen, wie du willst. Ich werde keine Fragen stellen, das gehört für mich zur Freundschaft."

Eine Weile saßen wir schweigend. Nur zwei Leselampen brannten, und der Schein des Feuers erhellte den Raum. Weil Malcolm sich tief in den Sessel verkrochen hatte, konnte ich sein Gesicht nicht erkennen, wohl aber seine ausgestreckten Füße im Lichtschein, den das Feuer warf. Aus der Art, wie die Füße auf dem Teppich vor dem Kamin lagen, war mir klar, dass Malcolm erledigt war. Ich fragte mich, was diesen zähen, eisernen Kerl in diesen Zustand gebracht hatte.

„Ich wünschte, du würdest noch einmal so für mich singen wie neulich Abend", sagte er plötzlich.

Ich stand auf und stellte mich ihm gegenüber an den Kamin. Obwohl Malcolm nicht aufsah, erhob ich, als ich zu singen begann, die Arme in der Geste des Rituals. Malcolm lag unbeweglich, die Hände über den Augen und lauschte.

Zuerst stimmte ich für ihn den Gesang der sehnsüchtigen Seele für die Täler Arkadiens an:

Oh großer Gott Pan, kehre zur Erde zurück:
Folge meinem Ruf und zeige dich den Menschen.
Hüter der Ziegen auf den wilden Hügeln,
führe deine verlorengegangene Schar
aus der Dunkelheit ins Licht.

Vergessen sind die Wege des Schlafes und der Nacht;
die Menschen suchen die, deren Augen das Licht verloren haben.
Öffne die Tür, die Tür ohne Schlüssel –
die Tür der Träume, auf dass die Menschen zu dir kommen.
Hüter der Ziegen, oh, antworte mir!

„Die Tür der Träume“, sagte Malcolm, ohne aufzusehen. „Ja, das ist richtig. Ich kenne diesen Weg, nicht wahr, Lilith?“

„Ja“, sagte ich, „und du wirst ihn nie vergessen. Eines Tages werde ich deine vergangenen Inkarnationen für dich auferstehen lassen, und dann wird dir vieles klarer werden.“

„Sing noch etwas. Sing diese Lieder über Isis und den Mond.“

So sang ich ihm das Lied, das die Göttin ruft, ich sang den Gesang, der die Frau zur Priesterin macht, und ich sang von dem Weg, den ein Mann durch das geheimnisvolle Zwielicht beschreitet, bereit, geopfert zu werden, damit die Priesterin Energie bekommt.

„Lilith, erinnerst du dich an meinen Traum von dem Teich in dem Keller mit den Stalagmiten? Und an den geheimnisvollen Brunnen neben dem heiligen Baum? Sind die weiße Zypresse und der Stalagmit dasselbe?“

„Ja.“

„Und die Wasser der Persephone – sind sie die Wasser des Lebens?“

„Ja."

„Aber warum? Ich dachte, sie wäre die Königin der Toten und der Unterwelt."

„Sie ist auch die Königin der Ungeborenen."

„War sie das große Bild, das ich gesehen habe?"

„Nein, es war Binah, die ursprüngliche Form der Isis. Persephone war das zweite Bild, das du gesehen hast, die schwarze, aber anmutige Gestalt."

„Ich sah dich als Persephone."

„Ja, das stimmt. Ich habe das Isis-Ritual mit dir bis zu der Stelle mit Persephone vollzogen. Für dich war ich Persephone."

„Was macht Persephone mit mir?"

„Um dir Frieden zu geben, habe ich dich in den Zustand der Ungeborenen versetzt."

„Das ist *Dementia praecox*, Schizophrenie."

„Auch Psychologie, Rupert, und zwar gesunde Psychologie. Die Menschen würden keine *Dementia praecox* bekommen, wenn sie bei Persephone Zuflucht suchten. Diese Geisteskrankheit bekommt man nur, wenn das Leben unerträglich wird."

„Ich war in den letzten Tagen nicht weit davon entfernt. Hättest du mich in dem Zustand gesehen, dann hättest du mich in die Anstalt gebracht. Aber dann rissen die Wolken auf, und ich stürmte zu dir."

„Du erinnerst dich an die Worte im Ritual: ‚Sie sind die lebenden Toten, die Waisen der Großen Mutter?' Sind die lebenden Toten deine *Dementia praecox*?"

„Zumindest habe ich es so gefühlt."

„Und jetzt, im wirklichen Leben hast du das Persephone-Ritual mit mir gemacht. Du hast Zuflucht im Schutz meiner Aura gesucht. Wenn du dich ausgeruht hast, werde ich dich zu neuem Leben erwecken, du wirst in die Welt zurückkehren und dein Leben neu beginnen. Aber du musst erst werden wie die Ungeborenen."

„Ja, ich weiß, vollständige Hingabe. Genau das wollte ich nicht, und deshalb hat es so lange gedauert."

Er rollte sich in dem großen Stuhl auf die Seite, hob die Knie an die Brust, kreuzte die Hände auf den Schultern und beugte den Kopf darüber. Himmel, was würde passieren?

„Hast du je einen Fötus gesehen, Lilith? So zusammengerollt habe ich den ganzen Tag gelegen, ohne den Wunsch, mich zu bewegen. Nichts schien Bedeutung zu haben. Plötzlich verspürte ich eine schreckliche Sehnsucht nach dir, befreite mich aus der Fötusstellung und schoss wie ein Wilder los, denn mir wurde bewusst, dass ich in den Anstalten Menschen in derselben Stellung hatte liegen sehen. Das hat mich völlig durcheinandergebracht."

„Hör zu, Rupert", sagte ich und begann, mit voller Kraft zu singen:

Ich bin der Stern, der aus der See aufsteigt,
der dunklen See.
Ich bringe den Menschen Träume, ihr Schicksal webend.
Ich bringe die Gezeiten zu den Seelen der Menschen;
Den ewigen Wechsel zwischen Ebbe und Flut –
Das ist mein Geheimnis, es ist mein.

Ich bin die ewige Frau, ich bin sie!
Geburt und Tod aller menschlichen Seelen sind mein.
Der ewige Wechsel zwischen Ebbe und Flut –
Die stillen, inneren Strömungen,
die die Menschen regieren,
Sie sind mein Geheimnis, sie sind mein.

Aus meinen Händen empfängt der Mensch sein Schicksal.
Die Berührung meiner Hand bringt Frieden –
Dies sind die Gezeiten des Mondes, sie sind mein.
Isis im Himmel, auf Erden Persephone,
Diana des Mondes und Hekate,
Isis verschleiert, Aphrodite von der See,
alle diese bin ich, und sie sieht man in mir.

Am hohen Himmel der Vollmond ist nah.
Ich höre die Worte der Beschwörung und komme –
Shaddai el Chai, und Rhea, Binah, Ge,
Ich höre den Ruf des Priesters und folge ihm.“

„Das ist nicht die Stelle mit Persephone!“, sagte Malcolm.

„Nein“, antwortete ich.

Eine Weile lag er dort schweigend, schließlich sprach er:

„Was du sagst, ist völlig richtig. Mein Schicksal liegt in deinen Händen, aber ich bin nicht frei, es anzunehmen – Ich bin nicht frei, Lilith!“

Die letzten Worte kamen heraus wie ein Aufschrei.

„Die Seele ist immer frei, Rupert.“

Ich sprach auf ihn ein, um ihn zu beruhigen, denn er war kurz davor, den Verstand zu verlieren.

„Du meinst, wenn meine Seele frei wäre, dann wären meine gesetzlichen und moralischen Verpflichtungen Schall und Rauch?“

„Auf den inneren Ebenen zählt einzig und allein das, was funktioniert. Hast du mit deiner Frau auf der Seelenebene Berührung?“

„Nein.“

„Dann kannst du alles rechtschaffen erledigen und trotzdem deine innere Freiheit bewahren.“

„Ich bin nicht sicher, ob ich dich verstehe.“

„Mach dir darüber jetzt keine Gedanken, halte dich einfach nur an meine Worte."

„Nun gut."

Es gab eine Pause. Dann: „Es ist das erste Mal, dass ich eine Fremddiagnose akzeptiert habe, ohne sie nachzuprüfen. Sing noch einmal für mich, Lilith, das hilft mir mehr als alles andere."

So sang ich erneut für ihn das Schlaflied der Persephone; ich sang es bis zum Ende, das er noch nicht gehört hatte.

Sink herab, sink herab, sink tiefer und tiefer
in den ewigen tiefen Schlaf.
Sei ruhig, lass dich fallen, vergiss, und steige hinab
in das geheimnisvolle Herz der Erde.
Trink von den Wassern der Persephone,
aus dem geheimen Brunnen neben dem heiligen Baum.
Wasser des Lebens und Stärke und inneres Licht –
ewige Freude, geboren aus den Tiefen der Nacht.
Erhebe dich, werde stark, voller Leben und Hoffnung
wiedergeboren aus Dunkelheit und Einsamkeit.
Gesegnet von Persephone,
und von Rhea, Binah und Ge.

Malcolm erhob sich aus seiner zusammengerollten Stellung.

„Es geht mir von Minute zu Minute besser", sagte er. „Dieses Lied hat Kraft, Lilith. Ich konnte alles, was du gesungen hast, vor mir sehen, und als du mich riefst, musste ich kommen. Ich konnte nicht einen Moment länger liegen bleiben. Ich fühlte diese Freude, Lilith. Nie hätte ich gedacht, es würde noch einmal geschehen, aber es ist geschehen. Jetzt habe ich auch die Kraft, dir zu erzählen, was letzte Woche in Worthing passiert ist. Ich möchte, dass du alles weißt. Jeder andere würde mich für ein Monster halten, aber du wirst mich verstehen. Nicht wahr, Lilith, du glaubst doch nicht, dass das, was ein Mensch fühlt, ihn bereits schuldig werden lässt? Es zählt doch das, was er tut – oder? Er kann schließlich nichts für seine Gefühle.

Also, Folgendes ist geschehen:

Gerade als ich mich auf den Weg zu dir machen wollte, bekam ich einen Anruf mit der Information, meine Frau hätte einen Schlaganfall gehabt und würde wahrscheinlich die Nacht nicht überleben.

Ich kam noch rechtzeitig. Es war kein Schlaganfall, sondern eine Embolie, und es gab nur eine Chance: operieren – eine erbärmliche Chance, aber immerhin. Jenkins, ihr Arzt, stimmte meiner Diagnose zu, aber nicht der Operation. Trotzdem ließ ich einen Chirurgen holen, einen vom Ort; einen von London zu holen, dafür war keine Zeit.

Auch der Chirurg war gegen die Operation. Zum einen, weil er glaubte, meine Frau würde sie nicht überstehen, zum anderen hatte er keine Erfahrung mit Hirnchirurgie. Als ich mich bereit erklärte, die Verantwortung zu übernehmen und ihn zu führen, ließ er sich überreden. Wir begannen um neun Uhr abends, ein zusammengewürfeltes Team: Der Chirurg war kein Hirnchirurg; ich nicht mal einfacher Chirurg; ein Anästhesist wie Jenkins; die Schwester hatte nie einen OP von innen gesehen, und wir operierten in einem Privathaus. Das waren die Voraussetzungen. Trotzdem haben wir so gute Arbeit geleistet, dass meine Frau am nächsten Morgen außer Gefahr war. Um Jenkins Willen blieb ich weitere vierundzwanzig Stunden. Als ich meine Frau verließ, saß sie im Bett, und die Wellensittiche spazierten auf ihr herum.

Nach Hause zurückgekehrt, wollte ich alles in die Ecke knallen, mich waschen und zu dir rennen... Plötzlich ging es los. Es lag wohl an der Atmosphäre meiner Wohnung – seitdem du es mir erklärt hast, ist mir bewusst, was die Ausstrahlung eines Ortes bei mir bewirkt. Ich nahm diese Zimmer, als ich mein Heim aufgeben musste, und habe dort viel durchgemacht – Depressionen noch und noch. Vermutlich sind die Räume vergiftet, so wie die OP-Mäntel in den alten Krankenstuben vor Opas Zeiten. Jedenfalls war ich wie erschlagen, Lilith. Dann hatte ich einen schrecklichen Gefühlsausbruch, verursacht durch die OP.

Jeder war dagegen gewesen; Jenkins hielt sie nicht für möglich; der Chirurg wollte sie nicht riskieren; die Schwester rümpfte die Nase; die Betreuerin benahm sich wie eine Verrückte und bezichtigte mich als Rohling, als Schlächter und der Himmel weiß was noch. Niemand hätte mir Vorwürfe gemacht, wenn ich sie hätte sterben lassen. Jenkins sagte sogar zu mir:

„Es wird Sie Ihr Leben lang verfolgen, wenn sie Ihnen auf dem Tisch bleibt."

Aber sie hatte eine Chance. Sollte ich sie ihr verweigern? Lilith, hältst du mich für verrückt?"

„Nein", sagte ich. „Es hätte dich dein Leben lang verfolgt, wenn du es NICHT getan hättest. Du bist über dich hinausgewachsen."

„Ich bin froh. Wenn du etwas anderes gesagt hättest, hätte ich dich ein für alle Mal verlassen – einen Moment habe ich die Schatten wieder gespürt. Unter diesen Umständen war die OP eine Glanzleistung, reif als Anschauung für jeden Hörsaal, zumal sie für jeden von uns eine Nummer zu groß war. Mit keinem Chirurgen habe ich besser gearbeitet als mit diesem. Komisch, dass ich mich nicht mal an seinen Namen erinnern kann.

Während der OP war ich mit mir im Reinen. Als ich wieder zu Hause war, bekam ich das heulende Elend, und das führte zu dem seelischen Kollaps, fast zur manischen Psychose. Lilith, ich hätte einen Mord begehen können, als mir klar wurde, was ich getan hatte. Und wenn ich meine Frau in den Klauen gehabt hätte, hopp und ex! Selbst wenn du bei mir gewesen wärst, meine Liebe, ich weiß nicht, was passiert wäre. Es war wie ein Zwang. Ich war kein Mensch mehr, ich war eine Bestie. Den Horror vor mir selbst habe ich noch nicht überwunden. Zum Glück hat die Psychose nicht lange angehalten, ich wurde ruhig und entspannt, und alles erschien unwirklich, wie im Traum. Schließlich habe ich nichts mehr gefühlt. Ich habe es damals als Gnade empfunden, jetzt weiß ich: Das Fehlen von Schmerz war ein Signal für Gefahr.

Zunächst geschah nichts. Ich habe mich sogar rasiert, aber nichts gegessen. Nicht aus Ekel vor mir selbst, mir war einfach nicht danach. Immer weiter entfernte ich mich von dem Geschehen, es machte mir weniger und weniger aus. Schließlich saß ich auf dem Stuhl, bereit, ins Bett zu gehen – als ich plötzlich Evas Gesicht vor mir sah, so plastisch, als wäre sie tatsächlich anwesend. Ich hielt beide Hände vor die Augen. Als ich sie wieder öffnete, war Evas Gesicht noch näher! Da kam ein plötzlicher Blitz der Erkenntnis: Ich war kurz vor dem Wahnsinn! Ich schoss aus dem Stuhl, die Treppen hinunter. Ohne Hut und Mantel, sogar das Licht ließ ich an. Hoffentlich hat mich niemand in diesem Zustand gesehen! Als ich hier eintraf, hatte ich mich leidlich gefangen, aber, meine Göttin Lilith, ich fühle mich wie eine Leiche! Du warst für mich Rettung in letzter Minute! Wenn ich noch eine Nacht hätte alleine verbringen müssen, dann härtest du mich begraben können. Glaubst du, dass du mich wieder auf die Beine bringst? Am liebsten würde ich ganz nahe bei dir liegen. Wenn du mich an die Luft setzt, gehe ich den Bach hinunter. Was in Gottes Namen machst du mit mir?“

„Dich hier lassen, unter meinen Fittichen, bis du wieder der Alte bist.“

„Das geht doch nicht. Es wird einen Skandal geben!“

„Nur, wenn du einen machst.“

„Und Meatyard?“

„Ist selbst ein wandelnder Skandal. Er wird das Schlimmste annehmen – und entzückt sein, zumal er uns beiden sehr zugetan ist.“

„Lilith, ich kann dich nicht in diese Lage bringen. Mein Leben lang habe ich versucht, das Richtige zu tun. Und was ist dabei herausgekommen? Die Indizien sprechen immer gegen mich. Du kannst mich einfach nicht hier behalten, Lilith.“

„Nein? Warte ab.“

„Wo soll ich schlafen?“

„In meinem Tempel.“

„In deinem Tempel?“

„Ja, hast du noch nie etwas vom Tempelschlaf gehört?“

„Nein. Was ist das?“

„Du würdest es Hypnose nennen, aber ich verwende meinen Geist nicht, um deinen zu beherrschen, sondern um ihn zu führen. Ich treibe dich nicht an wie englische Hirten ihre Schafe; ich leite dich, wie ein Schafhirte es im Osten tut, indem ich auf die inneren Ebenen gehe und dich folgen lassen, und genauso bringe ich dich zurück.“

„Wie bisher?“

„Ja, wie bisher, aber dieses Mal weiter – sieh, deine Gewänder.“ Ich hob die Masse des schwarzen Samts, der auf meinem Nähkasten lag. „Sie sind gerade fertig geworden.“

Ich zog den silbern glitzernden Kopfschmuck heraus. ,,Nimm ihn“, sagte ich, „geh ins Badezimmer und kleide dich an. Sandalen habe ich nicht, du musst also barfuß gehen. Nichts darf im Tempel getragen werden, das zum Alltag gehört – *Sink herab, vergiss und sei ruhig!*“

Malcolm erhob sich aus dem niedrigen Stuhl, nahm die Gewänder aus meinen Händen und schaute mich an.

„Du hast sie für mich angefertigt?“

„Ja.“

Er sah die langen Nähte an.

„Mit der Hand?“

„Ja.“

„Und wie hast du magnetisiert?“

„Durch das Nähen.“

„Ich soll diese Gewänder auf der Haut tragen?“

„Ja.“

„In Ordnung.“

Er legte die Gewänder über den Arm und ging hinauf zum Badezimmer, sich gänzlich anders bewegend als der Mann, der vor einer Stunde über die Schwelle gestolpert war.

Ich ging in mein Zimmer und zog mich ebenfalls um. In die Halle zurückgekehrt, wartete ich am Kamin auf Malcolm. Einige Augenblicke später sah ich ihn ruhig durch den dunklen Bogen der Tür neben der Kanzel treten.

Nie zuvor hatte ich erlebt, dass sich ein menschliches Wesen so verändern konnte. Malcolm war kein großer Mann, aber sehr kräftig gebaut, die Breite der Schultern und sein kräftiger Brustkorb nahmen etwas von der Höhe und ließen ihn noch kleiner erscheinen. In den Gewändern mit dem langen Faltenwurf und dem Kopfputz wirkte er doppelt so groß wie er war. Wegen seiner grimmigen harten Miene, gespannt vor Erwartung, unter den strengen Falten des ägyptischen Kopfputzes, sah er aus wie einer der unteren Götter: Er war das Urbild des archetypischen ursprünglichen Mannes. Das bronzene Messer des Opferpriesters, das in seinem breiten Ledergürtel steckte, machte ihn noch unheimlicher. Ich musste all meinen Mut zusammennehmen, um seinen Anblick ertragen zu können, zumal er im Dämmerlicht der Halle stand.

Er starrte mich an. Auch ich trug den schwarzen Samt und den silbernen Kopfputz der dunklen Seite des Kultes.

„Du bist schön wie der aufgehende Mond bei Mitternacht“, sagte er.

Als ich auf dem Weg durch den unterirdischen Gang vom Weißen zum Schwarzen Tempel hinter mir das Patschen seiner nackten Füße vernahm, durchrieselte mich ein Schauer. Ich riskierte eine ganze Menge. Nach eigener Aussage hatte er die Grenze zum Wahnsinn gestreift. Wenn ich ihn über diese Grenze stieß, würde der Tod eine Gnade sein, verglichen mit dem, war er mit mir anstellen konnte. Trotzdem empfand ich keine Angst, nicht mal die Spur von Unsicherheit. Heute Abend war ich die Priesterin der Isis und die Herrscherin der Magie.

Als wir zum Tempel kamen, hob ich ein drittes Mal den Vorhang für ihn. Unaufgefordert überschritt er die Schwelle zum kubischen Altar, legte seine Hände darauf und starrte auf die schwach flackernde Lampe. Mit den kleinen silbernen Zangen wechselte ich den Docht, bis das Licht flackerte. Mit einer dünnen Wachskerze, die in einem silbernen Leuchter steckte, trug ich die Flamme zu der Mondlampe vor dem Spiegel. Malcolm bewegte sich nicht. Nicht einmal, als ich das Weihrauchgefäß über die Flamme hielt und dann den Weihrauch im Tempel verteilte. Nach diesen Vorbereitungen stellte ich mich neben ihn. Er hob den Blick und sah mich neben sich ihm Spiegel.

Ein seltsames und dramatisches Bild, zurückgeworfen von dem großen Spiegel, der die gesamte Länge eines Wandabschnittes einnahm. Eingerahmt von den Pfeilern der Polarität, den schwarzen und silbernen Pfeilern, die den Couchaltar flankierten, standen wir Seite an Seite. Gleich groß, Malcolm breit und mächtig, das Urbild der Urkraft, ich schlank, in den Faltenwurf eingehüllt. Jeder dem anderen gegenüber, in jedem Aspekt des Seins.

Malcolm starrte sich im Spiegel an.

„Ja, das bin ich“, sagte er.

„Die Göttin wird jetzt kommen. Bitte sie um Kraft.“

„Kraft, Lilith, habe ich genug. Ich brauche Verständnis. Darf ich sie darum bitten?“

„Ja, wenn du glaubst, es ertragen zu können. Komm zur Couch“, sagte ich, und er folgte mir.

Ich breitete einen Pelz aus. Noch war der Tempel warm, aber es würde Malcolm kalt werden, wenn er dort stundenlang lag. Nachdem er sich hingelegt und die Hände auf der Brust gefaltet hatte, sah er aus wie ein Toter auf der Bahre. Ich fragte mich, wie ich dem Leichenbeschauer den Mann in den seltsamen Gewändern plausibel machen sollte, falls Malcolm etwas passierte. Es besteht immer die Gefahr, dass man nach weiten Astralreisen nicht zurückkommt.

Dieses Mal holte ich statt des Stuhls einen Thron, denn auch ich würde dort Stunden verweilen und wollte eine Stütze für meinen Rücken.

Als Malcolm mich den Thron tragen sah, machte er Anstalten aufzustehen.

„Warum lässt du mich das nicht für dich tun?“, fragte er.

„Das ist nicht nötig, Im Ritus habe ich solche Kraft, dass ein Thron für mich so leicht ist wie eine Fußbank.“

Der Weihrauch brannte beständig. Die neu angezündeten Dochte flackerten nicht mehr, als wir uns zur Wache niedersetzten. Ich streckte die Hand aus und strich sanft neunmal über einen stabähnlichen Gong, der neben dem Altar hing. Die astralen Glocken antworteten. Da Malcolm zusammenzuckte, wusste ich, dass auch er sie gehört hatte. Unsere Augen trafen sich im Spiegel.

„Du bist die Göttin“, sagte er. „Muss ich dich anbeten?“

Ich war verblüfft. Obwohl es keine Einleitungsanrufung gegeben hatte, war Malcolm schon auf Kontakt. Die Anbetung der Urfrau als Göttin ist hohe Tantra-Magie und selten, aber ich konnte es ihm nicht verweigern.

„Arbeite im Spiegel“, das war alles, was ich sagte. Unsere Augen trafen sich erneut.

„Du bist keine Frau, du bist eine Göttin, ich verehre dich, ich bete dich an. Ich bitte dich um eins – Verständnis. Gib es mir, und ich gebe dir die Kraft.“

Er lag still und starrte im Spiegel in meine Augen.

Dann begann er erneut.

„Ich möchte begreifen, wie alles geschehen ist. Warum liege ich in Ketten? Was habe ich falsch gemacht?“

Er lag dort, mich im Spiegel beobachtend, und ich blickte in seine Seele.

„Die Priester sind besondere Männer“, hörte ich mich sagen. „Du musstest von den anderen getrennt werden, sonst würde es nicht funktionieren. Diese Trennung war so gut wie jede andere.“

„Werde ich je die Schuld meiner Frau gegenüber abtragen können und frei sein?“

„In diesen letzten Tagen hast du alles bezahlt.“

„Das bedeutet aber nicht, dass ich frei bin, das Gesetz in die eigene Hand zu nehmen?“

„Nein. Priester sind niemals frei. Du bist an Isis gebunden und wirst die eine Pflicht gegen die andere eintauschen.“

„Etwas anderes will ich gar nicht.“

Ich hörte das plötzliche Aufflackern von Leben in Malcolms Stimme und sah, wie sich im Spiegel etwas bewegte. Da wusste ich, dass sich die Göttin bildete. Über die Fläche des Spiegels legte sich ein Lichtschimmer. Ich musste die Göttin hinter mir haben, wenn sie sich formierte; deshalb stand ich auf und stellte mich vor Malcolm, den Rücken zum Spiegel.

„Du bist SIE“, sagte er, mir in die Augen starrend.

„Ich bin SIE", antwortete ich, hob die Hände und schickte die Kraft zu ihm. Er hob seine Hände von der Brust, um die Kraft zu empfangen.

Eine Zeit lang standen wir so, Handfläche gegen Handfläche, gut einen Meter auseinander, und die Kraft stand zwischen uns wie eine Wand. Sie war deutlich sichtbar, selbst für meine physischen Augen.

Ich sprach: „Bist du bereit, dich bedingungslos auszuliefern?"

„Ja!" Die Antwort kam ohne Zögern.

„Wirst du zulassen, dass ich dich nehme und gebrauche, ohne eine Gegenleistung zu verlangen?"

„Ja."

„Dann ist es gut."

Allmählich nahm die Energie zu, um sich für die höhere Magie aufzubauen. Malcolm wurde zur Energiequelle, der ich Magnetismus entzog, um selbst mit Energie versorgt zu sein. Dann begann ich, an die Göttin Energie abzugeben. Als ich sie visualisierte, bildete sich ihre Form. Allmählich kam die Kraft durch – die Kraft, die Isis verkörpert; Energie vom Mond und dem Mondaspekt. Das Bild wurde lebendig. Dann, als die seltsamste Form der Besessenheit, legte sie sich langsam auf mich, und, verstärkt durch Malcolms Magnetismus, nahm ich sie in Empfang und wurde jetzt zu Isis (das ist die alte Tempelarbeit und nicht allgemein bekannt), und Malcolm fand sich wieder Antlitz zu Antlitz mit der Göttin, die ich war und die ich auch wieder nicht war.

Mein Bewusstsein schien im Hintergrund verschwunden zu sein, irgendwo hinter der manifestierten Göttin, und dennoch war ich sie und teilte ihr Bewusstsein. Alle Erde schien mein, ebenso wie die Himmel mit den Sternen, zwischen denen ich mich bewegte.

Ein Blick in Malcolm Gesicht zeigte mir, dass er die Veränderung bemerkt hatte. Er setzte sich langsam auf.

„Du bist SIE“, sagte er leise, „ich habe es immer gewusst.“

„Ich bin SIE!“, antwortete eine Stimme, die nicht die meine war. „Frage! Ich werde antworten.“

Malcolm saß wie eine Statue und starrte auf die Form hinter sich. Er hatte keine Erfahrung mit derartigen Erscheinungen und wusste nicht, wie er mit ihr umgehen sollte, aber die Geradlinigkeit und die Rechtschaffenheit seines Wesens führten ihn.

„Wer bist du?“, fragte er.

„Ich bin Isis, der Mond.“

„Was bedeutet das?“ Malcolm war nicht länger gefangen; sein Verstand funktionierte, er hatte Isis aufgespießt und nahm an ihr eine Vivisektion vor.

„Ich bin die negative Kraft des Universums, verkörpert durch die Kraft der Magie.“

„Bist du so wirklich, wie ich dich sehe?“

„Ist irgendetwas wirklich, was du siehst?“

„Nein, natürlich nicht. Die Psychologie der Sicht der Dinge ist anwendbar auf die Vision – und auf die Psychologie des Traums, nicht wahr?“

„So ist es.“

„Ich verstehe.“

„Dann nimm mich, und gebrauche mich. Was willst du?“

„Ich will Verständnis.“

„Das gewinnst du bei der Arbeit von selbst. Was willst du noch?“

„Ich will“, Malcolm bewegte sich unsicher und zögerte – „ich will das, was jeder normale Mann will. Darf ich dich darum bitten?“

„Du darfst, ich bin es, die die Gunst gewährt. Ich bin die All-Frau ... empfange den Segen von Isis."

Ein blendendes silbriges Licht flammte auf und verblasste. Als es verschwunden war, war auch die Göttin verschwunden, aber ich war hier – voller Energie – als ihre Priesterin. Meine menschliche Persönlichkeit hatte ich völlig aufgegeben und war mein Höheres Selbst und eine Priesterin – **die** Priesterin – die Hohepriesterin, – und in dieser Eigenschaft segnete ich Malcolm.

„Du hast gedient, und du hast geopfert – die Göttin wird es lohnen."

„Wann wird sie lohnen? Lilith – wie, wie?", schrie Malcolm, der Mann, plötzlich.

„Zu ihrer Zeit. Auf ihre Weise. Durch die Kanäle, die sie wählen wird; aber sei versichert – sie wird es lohnen."

Ich hielt die Magie mit aller Kraft fest, um zu verhindern, dass sie auf die persönliche Ebene hinabglitt. Malcolm beruhigte sich und gewann die Selbstkontrolle zurück. Er beugte den Kopf.

„Ich bin in IHREN Händen", sagte er. „Nimm, was du willst, ich verlange nichts."

Dann stand ich, die Energie herunterdrückend, vor ihm als Lilith, und als alle Frauen, denn durch meine Weiblichkeit bin ich ein Teil von Isis, wie es alle Frauen sind; und ich segnete ihn, wie alle Frauen ihre Männer segnen können, wenn sie wüssten, wie sie die Mondenergie durch ihre Weiblichkeit herabbringen.

Ich war die Ur-Frau, meine Göttin stand hinter mir, und vor mir stand das Urbild des Mannes, der mich brauchte, und ich sang für ihn den ‚Song of the Compassion of Isis', ein seltsames Lied, in der Magie entstanden und sehr alt. Nur Priesterinnen dürfen es singen:

Persephone, oh Mond des männlichen Begehrens,
dein sanftes Licht erfüllt mit kaltem Mondfeuer!
Persephone. Persephone,
Mond der Nacht, wir träumen von dir,
weit draußen im Raum wachsen die Wurzeln des Seins;
mit dem Strom der Gezeiten fließt das Leben
über die Himmel
und im Herzen der Männer erwachen die
schlummernden Feuer –
sie ist die Königin der Träume und der Begierden.
Persephone, Persephone,
Mond der Nacht, wir kommen zu dir!

Die Leidenschaft des Gesangs nahm zu, und ich spürte, wie Malcolm zitterte. Dann änderte sich das Motiv – die Energie wurde jetzt zur Erde hinuntergebracht.

Der Mond, der Mond, der seine Bahn gezogen,
der Mond, der Mond steht jetzt klar und hoch.
Oh, lieblicher Mond, komm näher noch
zu einsamen Männern auf einsamen Wegen.
Steige hinab in den Traum auf silbrigen Stegen.
Persephone, Persephone, bleib uns gewogen.

Da vernahm ich Schluchzen. Malcolm streckte die Arme nach mir aus. Ich ging zu ihm, denn ich musste diesem Mann etwas Menschliches geben, wenn er nicht zerbrechen sollte. Er presste mich an sich in Agonie. Es war schrecklich. Ich spürte jeden Muskel in ihm, starr vor Anspannung.

Dann fiel er erschöpft, keuchend und schwitzend zurück. Mit meinem dünnen Chiffontaschentuch trocknete ich ihm das Gesicht. Er lag ganz ruhig, die Augen geschlossen, dann tastete er mit seiner Hand nach mir wie ein Kind. Ich legte die meine hinein und setzte mich neben ihn auf die Kante der Couch.

Und so begann die Wache des Tempelschlafs. Für den großen Thron hatte ich keine Verwendung, ich hätte dort ohne Stütze aufrecht sitzen müssen, in der Asana-Haltung[14]. Nach einiger Zeit verkrampfen sich die Muskeln, werden starr, und das Schlimmste ist vorüber, bis man sich bewegen muss. Ich hatte herausgefunden, dass diese eigenartig verkrampften Stellungen notwendig sind, um die Energie durchzubringen, und dass Kraft und Schmerz dabei voneinander abhängen und sich gegenseitig beeinflussen. Ich bin sehr gelenkig und sehr stark und kann mehr aushalten als die meisten, die daran gewöhnt sind; sie sind wahre Märtyrer.

Weil ich vor Anstrengung, die Haltung zu bewahren, zitterte, gelang es mir vorerst nicht, mich zu konzentrieren, schließlich blockierten die Muskeln, und mein Geist war frei.

Malcolm, inzwischen eingeschlafen, sah aus wie ein Baby, das Gesicht von Falten durchzogen und bekümmert. Ich saß da und betrachtete ihn.

Dabei ging mir durch den Kopf, wie sinnlos, ja, verrückt das Opfer gewesen war, das die konventionelle Moral von ihm gefordert hatte. Wem nützte es, wenn dieser Mann seine Männlichkeit auf einem leeren Altar opferte. Die Ungerechtigkeit war grausam, denn im Leben ist Liebe kein Ideal, sondern eine Funktion. Ich dachte an die Kastrierung der Priester im alten Griechenland – das Einbinden der Füße der chinesischen Mädchen; die Kopfbretter der roten Indianerbabys, und an all die anderen sinnlosen endlosen Quälereien, von Aberglauben und Konventionen der Menschheit hervorgebracht. Unsere orthodoxe Moral ist eine der schlimmsten. Mit der Macht der Magie, die mir in diesem Moment gegeben war, trat ich gegen das tönerne Schienbein unseres modernen

14 Körperhaltung im Yoga

Molochs, spie ihm ins Gesicht und verfluchte ihn. Und weil mich Malcolms Leiden so sehr bewegt hatte, tat ich etwas für alle Menschen, die wie er – in welcher Weise auch immer – hungerten und dürsteten: Das ist der Sinn von Magie.

Meine Handlungen damals dort oben in der Dunkelheit des Mondtempels, in den intensiven Stunden der Energie und der Kraft, während draußen die Flut stieg, wurden Teil des Kollektivbewusstseins der Menschheit und würden ohne Unterlass wirken. Als ich Malcolm zum Ritual rief, wusste ich: In jener Nacht hatte ich der Welt Frieden gebracht, auch wenn nur ein winziger Spalt in der großen Mauer entstanden war. Die Kräfte begannen zu fließen und sich einen Weg zu bahnen, bis schließlich die Wucht des Wassers den Damm brechen würde.

So verging die Nacht, die Göttin kam zu mir, wie sie zu ihm gekommen war, und ich erneuerte mein Bild von ihr. Als Malcolm gesagt hatte, ich wäre SIE, hatte er Recht, und auch nicht. Da Isis ihre Energie durch die Frau je nach deren Stärke manifestiert, sind alle Frauen Isis, und Isis ist alle Frauen. Einige bringen mehr Energie durch, andere weniger, aber keine ist ohne Energie, es sei denn, sie würde sie bewusst zurückhalten. Eine ausgebildete Priesterin wie ich bringt sie mit aller Kraft durch. Nicht alle Männer können sie ertragen; ich brauche starke Männer wie Malcolm. Schon an sich großartig, bringt es der Seele Gesundheit. Die Griechen haben einen Gott daraus gemacht und ihn Dionysos genannt, aber nach der Ekstase kommt Ruhe, und das ist der Segen von Isis. Es ist mir unbegreiflich, wie jemand das, was so tiefen Frieden bringt, für falsch halten kann.

14

Ich weiß nicht, was Malcolm empfand, als er morgens im Tempel neben mir erwachte, denn auch ich war in meiner Asana-Stellung, mit blockierten Muskeln sitzend, eingeschlafen.

Als Erstes bemerkte ich, dass er aufrecht dasaß und mich anstarrte.

Ohne Hilfe konnte ich mich nicht bewegen, und während ich meine verkrampften Glieder lockerte, musste mich Malcolm stützen. Seine Sanftheit war ein Segen für mich, und seine medizinischen Kenntnisse bewahrten mich vor schlimmen Schmerzen, die sonst eine unausweichliche Folge der Ansana-Sitzhaltung sind. Er massierte jeden einzelnen Muskel und knetete die Steifheit aus meinen betäubten Gliedern weg. Als ich mich wieder frei bewegen konnte, stand ich auf, nahm ihn bei den Schultern und sagte:

„Nun, wie geht es dir?"

„Gut, mein Liebes. Ich bin verwundet worden. Du weißt es, denn du hast mich verwundet", und er nahm meine Hand von seiner Schulter und küsste sie.

Als Märchenprinz werden die meisten Malcolm, einen verheirateten Mann mittleren Alters mit ergrauendem Haar, stämmig, untersetzt und mit groben Manieren, wohl nicht empfinden, aber als er vor mir stand und mir in seiner schweigsamen Art dankte, strahlte er eine Schönheit und Würde aus, die wie ein großes Licht in einem dunklen Raum leuchtete.

Ich führte ihn zu der westlichen Wand und schob einen Vorhang beiseite, hinter dem sich ein Fenster versteckte, das ich zur Lüftung hatte einbauen lassen. Wir zogen die Rollläden hoch, und vor uns breitete sich der Fluss im Morgenlicht aus. Malcolm gluckste und zeigte weit hinüber auf die andere

Seite des Flusses, wo zwei erleuchtete Fenster im Grau des Morgens herüberschienen.

„Ich habe das Licht brennen lassen“, sagte er. „Ich werde Schelte bekommen.“

In diesem Augenblick ging die Sonne auf. Der Himmel war klar und das Wasser glitzerte. Obwohl Ebbe herrschte, war die Straße nass; die Flut musste während der Nacht, als wir Tempelwache hielten, bis zur Tür hochgekrochen sein. Mond und Wasser sind auf seltsame Weise verbunden. Wenn wir Mondmagie praktizieren, ist immer Wasser im Spiel.

Wir gingen wieder nach unten, Malcolm voran, mir seine Hand als Stütze gebend. Trotzdem tat ich mich schwer, denn ich war immer noch steif. Da nahm er mich kurzerhand auf die Arme und trug mich die restlichen Stufen nach unten. Als er mich an der Seite des Kamins auf das große Sofa legte, beugte er sich über mich, als wollte er mich küssen, aber plötzlich richtete er sich auf und starrte ins Feuer. Dann verschwand er schweigend im Bad, erschien kurz darauf angezogen und rasiert, um Meatyard zwanglos gegenübertreten zu können, der ihn mit einem Augenzwinkern begrüßte.

Malcolm wurde scharlachrot, und einen Moment fürchtete ich, er würde ihn schlagen; Meatyard jedoch, sich der Gefahr nicht bewusst, deckte friedlich den Tisch für zwei. Malcolm beherrschte sich, kam zu mir herüber und sah mich angstvoll an. Ich lächelte ihn an, da lächelte auch er, ein wenig schief. Armer Kerl, er war so unschuldig wie ein ungeborenes Kind, aber der Schein sprach immer gegen ihn.

Ich bestand darauf, dass er Urlaub nahm. Er hatte ihn weiß Gott verdient.

Die nächsten beiden Wochen verbrachte er bei mir, arbeitete jeden Abend mit mir und schlief auf dem großen Sofa in der Halle. Zwischenzeitlich wurden seine Räume auf mein Betreiben hin umgestaltet. Der ganze alte Plunder wurde entsorgt und durch neue, von mir ausgesuchte Möbelstücke ersetzt; ich brauche nicht zu erwähnen, dass ich nie in Sichtweite von Malcolms Hauswirtin geriet, obwohl sie vermutlich meine Gegenwart ahnte. Männer wie Malcolm richten sich nicht plötzlich nach ästhetischen Gesichtspunkten ein, ohne dass ein weibliches Wesen seine Hand im Spiel hat. Malcolm jedenfalls fühlte sich viel wohler mit einem soliden Bett, einem behaglichen Kamin und hellen Lampen, und allmählich fühlte er sich in seinen eigenen vier Wänden zu Hause.

Nachts machte ich ihn mit den Geheimnissen der Magie vertraut. Als geschulter Geist war es für Malcolm kein Problem, sich zu konzentrieren. Da er für seine Studenten Diagramme anfertigen musste, machte ihm auch die Visualisierung keine Umstände. Angst, sich den Kräften auszuliefern, hatte er nicht. Sich in meiner Gegenwart gehen zu lassen – davor schon! Es war eine Heidenarbeit, ihn dazu zu bringen, die Frau von der Priesterin zu trennen. *Früh krümmt sich, was ein Häkchen werden will*. Malcolm war in der Kindheit zu stark gekrümmt worden. Es hatte keinen Sinn. Malcolm hatte Angst, sich fallen zu lassen. Immer wieder versuchte ich, ihm klarzumachen, dass ich seine Patientin und er mein Patient wäre. Vergeblich, er begriff nicht, dass man die Kräfte auf der Astralebene lassen und dort mit ihnen umgehen konnte. Wie ein Pferd, das vor einer scheinbar morschen Brücke scheut, fehlte ihm das Vertrauen in die Stärke, die Sicherheit und die Genauigkeit der astralen Arbeit, selbst wenn sie in geübter Hand lag. Sein puritanisches Gewissen hatte seinen Geist verbogen, und es war spirituelle Gymnastik, ihn zur Natürlichkeit zurückzubringen.

Erst nach unzähligen Aussprachen, die von mir unendlich viel Geduld erforderten, gelangte er zu der Einsicht, dass Sex und Sünde nicht dasselbe sind. Seine wissenschaftliche Ausbildung hatte ihn wohl erkennen lassen, dass Sex eine physiologische Funktion mit psychologischen Ergebnissen ist. Erst dann wagte er es, den Kodex, mit dem er als Kind gekettet worden war, mit kritischen Augen anzusehen. Als er sich geöffnet hatte, ging alles sehr schnell, denn Malcolm war nicht begriffsstutzig.

„Glaubst du, dass meine Loyalität verschwendete Zeit gewesen ist?“, fragte er mich eines Tages.

„Nein“, antwortete ich. „Ohne diese harte Schule wären wir beide nicht zusammen. Ich glaube jedoch nicht, dass deine Frau auch nur das Allergeringste davon gehabt hat.“

„Nein, wahrscheinlich nicht. Ich hätte ein halbes Dutzend Geliebte haben können, und meiner Frau ginge es weder besser noch schlechter. Hältst du mich für einen Trottel, Lilith?“

„Erinnerst du dich an die Geschichte der Athener, die dem unbekannten Gott einen Altar errichteten? Du hast dem Ideal gedient; du hast ihm geopfert und nichts für dich behalten. Das geschieht auf den inneren Ebenen nicht umsonst. Dadurch ist Energie aufgebaut worden. Mein Freund, du bist in diesem Punkt blind gewesen, weil man dir als Kind Scheuklappen umgebunden hat. Jetzt sind die Klappen verschwunden, und es bleibt abzuwarten, ob du den Mut zum Handeln hast.“

„An Mut hat es mir nie gemangelt.“

„Mag sein, aber was deine Frau betrifft, fehlt er dir.“

Er dachte eine Weile nach. „Ja, wahrscheinlich hast du Recht. Es ist das einzige Mal in meinem Leben, dass ich gezögert habe zuzugreifen. Das hätte ich vor Jahren tun sollen, aus Fairness für Eva und mich. Ein klarer Schnitt hätte alles geheilt.“

Wieder dachte er eine Weile nach. Schließlich sprach er beinahe wie zu sich selbst: „Hat man jemals das Recht, das Recht in die eigenen Hände zu nehmen?“

„Eine gute Frage“, antwortete ich. „Für eine vollkommene Welt Gesetze zu machen ist leicht, aber wir leben in der

Unvollkommenheit. Es gäbe bald kein Recht mehr, wenn wir uns zum Richter aufspielen würden. Das Gesetz müssen wir einhalten, und auf einen Ausgleich in anderen Leben hoffen – das ist der Vorteil derjenigen, die an Reinkarnation glauben. Ist das Gesetz jedoch dämlich, dann gibt es keinen Grund, es zu beachten; wir sollen zwar den Kopf vor höherer Gewalt beugen, nicht aber den Geist. Der Erlass der *Queen* gilt nicht auf den inneren Ebenen, dort sind wir frei."

„Frei, das zu tun, was uns Spaß macht?"

„Es gibt keine absolute Freiheit. Es kann nur die relative Freiheit des Rechts sein, den Kodex zu wählen, dem man dienen will. Frei im Geist, Rupert – frei, das Idol vom wahren Gott zu unterscheiden. Frei, einen gesellschaftlichen Kodex als einen solchen Kodex anzusehen, und nicht als das Wort des Herrn. Frei, Gott auf deinem Weg zu finden, mein Freund, und nicht auf dem Weg eines anderen. Frei, die alten Zöpfe abzuschneiden und bis zu den Haarwurzeln vorzustoßen.

Du wirst es vielleicht nicht in diesem Leben erreichen, so frei zu sein, wie ich es bin, die seit vielen Leben diesen Pfad beschreitet, aber du kannst damit beginnen und zumindest die geistige Freiheit erreichen, die es keiner übergeordneten Macht erlaubt, die Wahrheit umzustoßen. Und denke daran: Dort, wo du in dieser Inkarnation aufhörst, kannst du in der nächsten weitermachen, und der Boden, den du urbar gemacht hast, der ist beackert für jene, die nach dir kommen."

„Das Blut der Märtyrer ist die Saat der Kirche", sagte Malcolm. „Ich wäre bereit, ein Märtyrer zu sein, es liegt mir im Blut, denn meine Vorfahren waren Covenants[15]; aber hat man jemals das Recht, einen anderen Menschen zu opfern? Wäre es gerechtfertigt, wenn ich meine Frau opferte?"

---

15 Bündnis, besonders der schottischen Presbytian, zum Schutz ihres Glaubens.

„Es gibt so etwas wie abstrakte Justiz, Rupert. Jeder hat die Pflicht, zu sich selbst zu sein wie zu anderen, und zu den anderen wie zu sich. *Was du nicht willst, das man dir tu, das füg auch keinem anderen zu!* Damit komme ich auf mein Spezialgebiet: die Ehe. Ehe ist ein Vertrag, aber im Gegensatz zu allen anderen Verträgen werden Rechte und Pflichten der Partner vom Gesetz bestimmt. Ein unzumutbarer Eingriff in die Privatsphäre! Kein Wunder, dass die meisten Ehen nicht funktionieren und die Partner den Vertrag brechen, zum Beispiel indem sie fremdgehen. Normale Verträge werden aufgelöst, wenn einer der Parteien vertragsbrüchig wird. Die Ehe wird so lange gekittet, bis das Glas aus dem Fensterrahmen fällt!"

„Die Kirchen würden dich kreuzigen."

„Die Kirchen können mir gestohlen bleiben. Sie gehören in die gleiche Kategorie wie der Staat. Noch schlimmer als dieser stellen sie Regeln ohne Rücksicht auf Wesen und Bedürfnisse der Menschen auf. Was die Ehe betrifft: Bis dass der Tod euch scheidet!

Ganz abstrakt wird es, wenn sich die Kirchen in die Politik einmischen.

Weißt du, dass es in Salt Lake City eine Zeit lang Pflicht war, polygam zu leben? Dass es sogar strafbar war, nur eine Frau zu haben? Nur die Minderbemittelten durften eine Einehe führen. Ein Schlag ins Gesicht der Freiheit! Wie kann der überzeugte Katholik für den überzeugten Mormonen Gesetze schaffen, beide tief religiöse Menschen und beide davon überzeugt, dass Gott auf ihrer Seite ist? Und wer soll zwischen ihnen urteilen? Die Kirche von England mit ihrem etablierten Gesetz? Die einzelnen Gemeinden? Oder die große Masse der Wähler, die darum keinen Pfifferling gibt und bei ein und derselben Wahl nur eine einzige Stimme hat für ein Mischmasch aus sozialen Interessen, Auslandspolitik, Finanzen und Reformierung des Scheidungsrechts?"

„Lilith, das geht über mein Verständnis hinaus, ich bin zu sehr betroffen, um unparteiisch zu sein. Wie hättest du dich an meiner Stelle verhalten?“

„Wahrscheinlich genau wie du. Wenn du mich fragst, was du unter den gegebenen Umständen mit deinem Temperament anstellen sollst, dann sage ich – auf der physischen Ebene nichts; stehe zu deiner Persönlichkeit; nimm Kontakt mit deinem Höheren Selbst auf, das Verbindung hat zu all deinen Inkarnationen und ihren Geheimnissen, und versuche, zu den fundamentalen Grundsätzen zurückzukehren und dich dort anzupassen. Wenn du diese Anpassung erreicht hast, wirst du feststellen, dass sich die Probleme auf der physischen Ebene von selbst erledigen. Das ist das Geheimnis der höheren Magie.“

„Und was ist die niedere Magie?“

„Das, was wir mit unserem Geist im Licht der größeren Magie tun.“

„Das, was du mir gezeigt hast?“

„Ja.“

„Arbeitet die höhere Magie nicht ohne all das?“

„Ja, aber nur sehr langsam, und wahrscheinlich nicht in diesem Leben.“

„Werde ich meine Frau verletzen, wenn ich deinem Vorschlag folge?“

„Nein, du wirst sie nicht mal berühren, denn du arbeitest nur mit dir selbst. Wie sich der Weg öffnet, kann niemand voraussehen; vielleicht durch eine Änderung der Umstände oder deiner Gefühle, aber Veränderungen wird es geben, denn große Energien werden freigesetzt, die Kräfte des fundamentalen Rechts – wir nehmen das Gesetz nicht in die eigene Hand oder basteln uns die Ergebnisse nach unserem Gusto zurecht. Aber eins, Rupert, lass dir gesagt sein: Was auch immer sich an deinen Umständen ändern mag, an deiner Beziehung zu mir wird sich nichts ändern.“

Bei meinen Worten zeigte sich auf Malcolms Gesicht ein seltsamer Ausdruck: Wildheit, die sich nach einigen Augenblicken in Erleichterung verwandelte.

„Ich bin froh, Lilith, dass du das gesagt hast", erwiderte er. „Es hat vieles geklärt."

„Es hat überhaupt nichts geklärt, Rupert, ich bin eine freie Frau, aber du wirst nie ein freier Mann sein, wenn du dich nicht änderst."

Er sah bestürzt aus.

„Ich habe nie geheiratet", sagte ich, „und ich werde nie heiraten. Warum sollte ich? Es ist nicht meine Aufgabe, neue Seelen in diese Welt zu setzen."

„Ich verstehe", sagte er. „Außerdem bist du eine Priesterin, und als solche auserwählt."

„Ja", sagte ich. „Ich bin eine auserwählte Priesterin."

Nach diesem Gespräch entwickelte sich alles besser. Malcolm war ein streng gläubiger Mensch, obwohl er es nie zugegeben hätte. Wenn er Leben nicht mit den fundamentalen Wahrheiten in Verbindung bringen konnte, hatte es für ihn keine Bedeutung. Das gilt auch für mich, und deshalb verstand ich ihn. Würden wir unseren Glauben für falsch oder sinnlos halten, keiner von uns beiden hätte Befriedigung gefunden. Mein Kodex war mein Kodex, und wer darf sich anmaßen, den Diener eines anderen zu beurteilen? Für seinen eigenen Herrn steht oder fällt er. Den eigenen Kodex zu brechen ist die größte Sünde gegen den Heiligen Geist, denn ich habe gesehen, wie die Kraft Gottes als flammendes Schwert herunterkommt.

So nahm ich Malcolm an die Hand und ließ ihn sein Problem mithilfe der höheren Magie lösen. Auf andere Weise kann niemand helfen – jede Seele geht ihren Pfad allein. Wohl aber durfte ich ihn die Kunst der niederen Magie lehren, die die höhere bewirkt. Wenn wir oft so lange warten müssen, bis der Himmel unsere Gebete erhört, dann nur, weil diese Magie fehlt.

Während des wohlverdienten Urlaubs vom Krankenhaus ließ ich Malcolm Nacht für Nacht zusammen mit mir das einfache alte und wirkungsvolle Ritual durchführen: das Ritual des Öffnens der Tore – die Voraussetzung, um auf eine andere Ebene oder einen anderen Bewusstseinsstand zu gelangen.

Ich brachte ihm bei, ‚umzusteigen' auf die imaginäre Reise, die auf der Astralebene endet. Zusammen mit mir ließ ich ihn Nacht für Nacht auf Reisen gehen, auf der Couch liegend und in den Spiegel schauend, bis ihm der Weg vertraut war und er ihn alleine gehen und – und das ist viel wichtiger – auf demselben Weg zurückkehren konnte. Die inneren Ebenen wurden für ihn zur Realität, er wurde sich ihrer bewusst und lernte, ihre Bedingungen durch seine eigenen Reaktionen zu erkennen.

Einmal drehte er sich um und sagte: „Du lässt mich einen künstlichen Traum träumen."

„Es ist für dich real, und es ist für dich wahr. Was willst du mehr?", hatte ich geantwortet.

„Es ist nicht real", protestierte er, „ich betrüge mich selbst."

„Es ist real auf seiner eigenen Ebene", sagte ich, „und das ist die Ebene des Kausalprinzips. Wir wissen nicht, wieso, aber es funktioniert. Du hast in deiner Vorstellung einen Kanal gebaut, durch den Energie fließt. Je realer dein Bild, desto besser die Verbindung, und meine angebliche Theatralik dient nur dazu, dir bei der Verwirklichung zu helfen."

So sprach ich mit ihm, lehrte ihn und wartete. Wir beschrieben einander unsere Visionen – die Visionen, die ich schuf, und die Visionen, die er sah – immer und immer wieder, bis sie uns beiden vertraut waren. So funktioniert die magische Arbeit, die den astralen Tempel baut. Unser Tempel war fertig, auch wenn Malcolm dachte, es wäre alles Einbildung, und die nächste Stufe war bereit – ihn zum Priester zu machen.

Um für den Tempel bereit zu sein, versuchen die Menschen, sich selbst zum Priester zu machen, aber der andere Weg ist der richtige – erst den Tempel schaffen und dann den Priester.

Ich brachte Malcolm auch die mystische Alchimie bei, das Yoga des Westens. Ich lehrte ihn, die Kräfte vom Erdzentrum aufzunehmen und bis in die Wirbelsäule hochzuziehen. Das ist die Basis all dessen, was folgt. Nur wem das gelingt, der kann Magie betreiben. Wir in der westlichen Welt arbeiten mit einem Baum[16]; im Osten arbeiten sie mit Blumen.

Einmal sagte Malcolm zu mir: ‚Es gibt nur eins, das ich nicht an dir mag, Lilith, und das ist dieser Zug von Unbarmherzigkeit."

„Das passt zu meinen Tigerzähnen", sagte ich. „Würdest du von einem weichherzigen Chirurgen mit stumpfen Instrumenten operiert werden wollen?"

Aber immer noch traute ich mich nicht, die Karten aufzudecken, sondern musste den rechten Zeitpunkt abwarten, bis Malcolm soweit war. ‚Wenn du wüsstest', dachte ich, ‚wie unbarmherzig ich wirklich bin, und wie hoch das Risiko ist, das ich trage.'

Ich bin unendlich geduldig und zäh wie Leder. Ich hatte Zeit; es gab noch genug mit Malcolm zu tun, bevor wir den nächsten Schritt wagen konnten.

Dazu gehörte, dass er sich an vergangene Leben erinnerte. Das ist in der Magie wichtig. Ein Mensch, der sich an seine vergangenen Leben erinnert, kann aus dem Vollen schöpfen. Auch in die Kunst der Schlangenkraft wollte ich ihn einweihen. Im Westen versteht man nicht viel davon, aber ich bin Expertin auf diesem Gebiet.

---

16 Baum des Lebens der Kabbala

Dann geschah das, was ich erwartet hatte, als ich Malcolm sagte, dass sich nichts an unserer Beziehung ändern würde, egal, was aus seinem Privatleben würde.

Eines Morgens kam er mit einem Brief. Während ich ihn las, wanderte er hin und her. Der Umschlag trug den Poststempel von Worthing:

Mrs. Malcolm hat sich zuerst sehr gut erholt, dann jedoch ist ihre Phlebitis wieder aufgeflackert. Aber kein Grund zur Besorgnis. Es war nur ein sehr leichter Anfall, und Dr. Jenkins hält es nicht für notwendig, dass Sie kommen.

Ich gab Malcolm den Brief zurück. Warum er so aufgeregt war, verstand ich nicht.

„Wie soll ich mich verhalten, Lilith?“

„Wie dir der Arzt geraten hat“, sagte ich. „Wenn du mit dem Rat nicht zufrieden bist, hol dir einen zweiten. Übernimm nicht wieder die Verantwortung. Es wäre für jeden zu viel.“

Er sah erleichtert aus. Er, in medizinischen Dingen der dogmatischste, überheblichste, selbstsicherste Mensch auf Erden, war für einen Rat in privaten Dingen nur allzu dankbar.

„Ruf an, wenn du dir Sorgen machst“, fügte ich hinzu.

Er nahm den Hörer und wählte. Einige Augenblicke später – ein ebensolches Wunder wie meine Magie – sprach er mit der Betreuerin seiner Frau.

Natürlich konnte ich nur eine Seite der Unterhaltung hören, aber es war nicht schwer festzustellen, dass Malcolm es mit einem Esel zu tun hatte, zudem mit einem störrischen. Sie hatten die Krankenschwester entlassen, angeblich, weil Mrs. Malcolm keine Fremden in ihrer Nähe haben wollte, und das Mädchen und die Betreuerin hielten sich für kompetent genug, die Schwester zu ersetzen. Malcolm hielt sie für inkompetent und hielt mit seiner Meinung nicht hinter dem Berg. Es gelang ihm jedoch nicht, sich in den Eselsohren Gehör zu verschaffen.

Schließlich beendete er das weinerliche ‚Ja' am anderen Ende der Leitung, indem er den Hörer auf die Gabel warf.

„Nun", sagte er, „auch Jenkins glaubt, sie ohne ausgebildete Schwester durchbringen zu können. Was soll ich tun?"

„Knöpf dir Jenkins vor", sagte ich.

Ein neuer Anruf, aber Jenkins war nicht erreichbar, und Malcolm hinterließ eine Nachricht. Wieder wanderte Malcolm herum wie ein Tiger im Käfig. Immer noch konnte ich seine Aufregung nicht begreifen. Als das Telefon klingelte, machte er einen Satz zum Hörer. Aber anstatt der tiefen Stimme eines Mannes, hörte ich am anderen Ende der Leitung erneut dasselbe weinerliche Getue, nur dass sich der Esel in eine Ziege verwandelt hatte.

Malcolm beendete das Heckmeck und kam zu mir ans Feuer.

„Meine Frau sagt, sie hat volles Vertrauen zu Dr. Jenkins und weigert sich, eine zweite Meinung zu hören. Soll ich hinfahren und auf den Putz hauen?"

„Nein", sagte ich. „Sie sind offensichtlich zufrieden, und dein Typ ist nicht erwünscht. Warum dich ihnen aufdrängen?"

Malcolm legte beide Hände auf den Kaminsims und starrte ins Feuer. „Warum hat dieser verdammte Jenkins nicht mit mir persönlich gesprochen?", fragte er. „Lilith, ich muss hin!"

Bevor ich meine Hand ausstrecken konnte, um ihm auf Wiedersehen zu sagen, hatte er auf dem Absatz kehrtgemacht, den Raum verlassen und die Haustür zugeschlagen.

Ich machte mir große Sorgen um ihn. Noch ein solcher Sturm, und von Malcolm würde nicht mehr viel übrig bleiben. Aber ich konnte nichts tun als abzuwarten.

Am nächsten Morgen, ehe ich aus den Federn war, ging das Telefon.

„Worthing für Sie."

Ich wartete. Plötzlich sagte eine Stimme: „Sie ist tot, Lilith." Es nahm mir den Atem „Lilith, bist du da?"

„Ja. Ich war so perplex, dass ich nicht wusste, was ich sagen sollte.

„Wie ist es passiert?"

„Wie beim letzten Mal hat sich ein Blutgerinnsel gelöst. Dieses Mal ist es im Herzen steckengeblieben. Aus und vorbei."

„Mein Freund", sagte ich, ‚kann ich irgendetwas für dich tun? Du weißt, du kannst dich auf mich verlassen."

„Ja, Lilith. Ich weiß nicht, was ich ohne dich täte. Allein der Gedanke an dich hält mich am Leben. Es war ein Schock. Es hat mich mehr erschüttert, als ich erwartet hätte. Die Beerdigung ist Donnerstagmorgen um elf. Wirst du in dieser Zeit an mich denken, Lilith?"

„Ich werde bei dir sein", sagte ich.

„Ich nehme den Nachmittagzug. Darf ich zu dir kommen?"

„Du musst sogar. Möchtest du die Nacht hier bleiben?"

„Nicht, wenn es mir so geht wie jetzt. Ich fühle mich wie ein Untier."

„Mein Freund, wer hätte mehr tun können als du?"

„Ich weiß es nicht. Wahrscheinlich benehme ich mich albern, aber so ist es nun einmal. Auf Wiedersehen, denk Donnerstag an mich, ja?"

Und da sagt man, Frauen wären unlogisch! Aber das war Malcolm, wie er leibte und lebte – er und sein verdammtes Gewissen, das keinem nützte und ihn fast umbrachte.

15

Als der Donnerstag kam, war mir klar geworden, dass ich Malcolm unbedingt sehen musste, bevor er nach Hause ging. Wer wusste, was ihm für hirnverbrannte Ideen durch den Kopf gingen, wenn er dort allein war. So nahm ich mein schwarzes Coupé und fuhr zum Bahnhof, um die ersten Züge abzufangen, aber von Malcolm keine Spur. Vielleicht hatte er nach der Beerdigung den Lunch abgewartet und würde später kommen.

Wieder Fehlanzeige. Ich telefonierte mit Meatyard. Malcolm hatte sich nicht gemeldet.

Wild entschlossen, nicht aufzugeben, passte ich Zug um Zug ab, bereit, notfalls bis zum Frühzug auszuharren. Endlich, kurz vor Mitternacht, kam ein Bummelzug – und mit ihm Malcolm.

Den Hut über die Augen, den Kragen bis zu den Ohren, die Tasche in der Hand, ein Bein nachziehend, sah er aus wie der Leibhaftige auf Reisen. Nie im Leben hatte ich ein so verschlossenes Gesicht gesehen. Selbst ich, die ihn so gut kannte, wagte kaum, mich ihm zu nähern. Trotzdem ging ich auf ihn zu und sprach ihn an. Er nahm mich nicht einmal wahr.

Schließlich fasste ich mir ein Herz und legte eine Hand auf seinen Arm. Wütend drehte er sich um. Als er mich erkannte, bekam er menschliche Züge, in seine Augen trat Erstaunen.

„Lilith, du? Was machst du hier?"

Um die Atmosphäre zu entspannen, antwortete ich:

„Ich bin dein Empfangskomitee." Auf das Coupé deutend, fuhr ich fort: „Voilà, die Staatskarosse. Für den roten Teppich hat es leider nicht mehr gereicht."

Er sah mich verständnislos an. Humor war nur selten seine starke Seite, in dieser Situation verständlicherweise gar nicht. So sagte ich:

„Guck nicht so, ich wollte dich nicht allein nach Hause gehen lassen. Komm mit und iss was mit mir."

„Aber woher wusstest du, welchen Zug ich nehme?"

„Du hast gesagt, mit einem Nachmittagszug..."

„Aber – Lilith, bist du etwa schon so lange hier?"

„Ja."

„Ach du liebe Zeit!"

Er schob seine Hand unter meinen Arm und ging mit mir zum Auto. Welchen Widerstand auch immer sein schrecklich schlechtes Gewissen aufgebaut hatte, er war verschwunden.

Als ich die Wagentür aufschloss, meinte er:

„Was soll ich sagen, Lilith? Wie kann ich dir danken?" Dann stiegen wir ein, und ich nahm ihn mit nach Hause. Obwohl es ganz natürlich war, ihn wieder in meinem großen Stuhl sitzen zu haben, lag' doch eine gewisse Spannung zwischen uns. Er war mit seinen Gedanken woanders, hatte sich nicht einmal eine Zigarette angezündet. Wenn es um Gefühle geht, sind Männer hilflos, erst recht beim Trauern. Eine Frau weiß, wie sie das Beste aus solch einer Situation macht, aber ein Mann mit schwarzem Schlips ist wahrlich ein Trauerspiel!

So ließ ich Malcolm in Ruhe vor sich hinbrüten.

„Ich habe etwas für dich", sagte er schließlich und holte aus seiner Reisetasche eine altmodische Schmuckkassette.

Die Vorstellung, die Juwelen seiner Frau, die gerade erst unter der Erde war, geschenkt zu bekommen, ließ mich zusammenzucken. Meine Abwehr gewahr werdend, sagte er:

„Mach dir keine Sorgen. Sie hat sie nie gemocht und erst recht nicht getragen. Ich habe sie nur aufbewahrt, weil sie dort sicherer waren als bei mir. Erbstücke meiner Mutter."

Als er die Kassette aufschloss, sah ich, dass sie einige sehr schöne Amethyste in schweren altmodischen Einfassungen enthielt, Cairngorms[17] und Achate und Ähnliches. Für die

17 gelb bis weinrot gefärbter Bergkristall

nichtssagende kleine Frau waren sie wie die Faust aufs Auge, aber für mich und meine Kleider wie gemalt. Ich sagte es Malcolm und ließ meine Freude in der Stimme mitschwingen, in der Hoffnung, es würde ihn von seinem Brüten ablenken.

Seine Freude über meine Freude erhellte sein grimmiges Gesicht.

„Der Teufel war los, bis ich die Klunkern für dich gerettet habe", sagte er. „Das ist der Grund für meine Verspätung. Nie hätte ich mir träumen lassen, dass du am Bahnhof sein würdest; ich hatte mich schon darauf eingestellt, dass es für einen Besuch bei dir zu spät wäre, und es graute mir bei dem Gedanken, den restlichen Abend alleine verbringen zu müssen. Selbst wenn ich hätte zur Hölle reiten müssen, ich wollte diesen Schmuck für dich. Im Übrigen, ich habe wirklich gekämpft wie ein Löwe. Weißt du, wozu dieser Teufel von Betreuerin meine Frau gebracht hat? Ein Testament zu ihren Gunsten! Arme Eva, sie war so arm wie eine Kirchenmaus. Trotzdem vermachte sie Miss Nesbitt das Haus, die Möbel, ihre Kleidung und das Geld, das sie von mir für den Rest ihres Lebens bekommen sollte – alles, außer einigen persönlichen Gegenständen für alte Freunde. Eva gab ihr den Auftrag, sich um das Mädchen zu kümmern, weshalb sich das Mädchen natürlich an sie klammerte.

Himmel, war das ein Theater! Sie hatte sich für das Testament sogar einen Anwalt ausgeguckt, Typ Winkeladvokat. Er kam zur Beerdigung und anschließend ins Haus. So, wie er aussah, hielt ich ihn für den Mann vom Beerdigungsinstitut. Nach dem Mittagessen rückte der Anwalt mit diesem niederträchtigen letzten Willen heraus. Ein schmackhaftes Dessert.

„Seien Sie nicht albern!", fuhr ich den Anwalt an, „Miss Nesbitt kann die Kleider haben, sie sind mir oben ohnehin zu eng. Meinetwegen auch die Möbel. Wenn es sein muss, werde ich ihr sogar eine Rente zahlen, aber den Geldhahn lasse ich mir nicht zudrehen! Das Haus werde ich verkaufen!"

Da begann der Kerl, mich zu erpressen.

„Was glauben Sie wohl, was aus Ihrer Karriere wird, wenn herauskommt, was Sie für eine feine Ehe geführt haben?"

Ich packte ihn am Kragen und am Umschlag seiner Hosen und trug ihn durch den Garten, *über* das Tor. Lilith, du hast richtig gehört: nicht *durch* das Tor, *über* das Tor und ein Stück weiter die Straße hinunter. Mag sein, dass ich jetzt ein Verfahren wegen Beleidigung und Körperverletzung an den Hals kriege. Gründe hätte er genug. Aber ich hatte Gründe genug, ihm einen Tritt in den Allerwertesten zu verpassen. Außerdem muss er genauso an seine berufliche Stellung denken wie ich. Nachdem ich ihm als Nachschlag einen aufs Maul gegeben hatte, war Ruhe. Dann ging ich zum Haus zurück und knöpfte mir die Betreuerin vor.

„Wenn Sie auch nur einen Penny wollen, sind Sie auch reif." Sie schnüffelte, schnaubte und greinte, soweit sie sich traute, aber sie hielt die Klappe. Dann suchte ich nach den Juwelen, natürlich glänzten sie durch Abwesenheit, das Schloss war aufgebrochen worden, die Bruchstelle noch frisch. „Wo sind die Juwelen?", fuhr ich sie an. „Ihre Frau hat sie mir geschenkt."

„Sie haben meiner Frau gar nicht gehört. Wenn Sie den Schmuck nicht sofort rausrücken, rufe ich die Polizei."

Da sie sich nicht beirren ließ, machte ich die Drohung wahr. Den Sergeanten im Schlepptau, ging ich hinauf in ihr Zimmer und stöberte den Schmuck unter ihren Petticoats hervor. Er wollte sie – ich meine die Frau – an Ort und Stelle mitnehmen, ich sagte ihm jedoch, die Frau hätte wahrscheinlich in gutem Glauben geklaut. Die Wurzel allen Übels war der sogenannte Anwalt.

Dann rief mich Jenkins an und bat mich, hinüberzukommen. Ich war todmüde, die ganze Geschichte hing mir zum

Hals hinaus, und ich wollte zurück zu dir, aber er bestand darauf. Ich bat die Frauen, mir ein Abendbrot zu bereiten. Natürlich weigerten sie sich, und ich verlor die Geduld. Ich habe sie gehörig heruntergeputzt. Dann brachten sie ein paar Krümel, aber sie waren ungenießbar, und ich habe sie an die Wellensittiche verfüttert. Anschließend ging ich zu Jenkins hinüber und spielte für ihn Apotheker, während er mit einer Operation weiterwerkelte. Seit Jahren habe ich keine Arzneien mehr zubereitet und hoffe, dass die Patienten überlebt haben.

Ja, Lilith, und dann kam das Schärfste: Wenn Jenkins nicht log, hat er meine Nachricht nie erhalten. Dann hat uns die Nesbitt gegeneinander ausgespielt. Offenbar hatte er die ganze Zeit protestiert, dass man die Schwester an die Luft gesetzt hatte; er würde seinen guten Ruf nicht ruinieren, erst recht nicht zulassen, dass sich Amateure mit Phlebitis abgäben, aber die Nesbitt erzählte ihm, ich würde die Kosten scheuen, und sie müssten sehen, wie sie klarkämen. Bei ihrer Frisur kann ich mir gut vorstellen, was für eine haarsträubende Geschichte sie ihm über meine Brutalität aufgetischt hat. Damals hat Jenkins sie geglaubt, später nicht mehr.

Als er merkte, dass ich mich kaum noch beherrschen konnte, und um weiterem Ungemach zu entgehen, kam er auf die Operation zu sprechen und sagte: „Wie Sie die OP im Griff gehabt haben, einfach toll."

Und dann erzählte er mir etwas – mein Gott, warum erst jetzt? – das mich aus den Pantinen hat kippen lassen. Lilith, mein Leben lang war ich Spezialist dafür, funktionelle Störungen von organischen Leiden zu unterscheiden. Bei Eva habe ich versagt. Sie hatte nicht den geringsten körperlichen Grund, mir ein normales Eheleben zu verweigern. Ich will nicht behaupten, dass alles Schwindel war, eher Hysterie. Sie missbrauchte ihre Krankheit, um mich loszuwerden, und ihre Betreuerin, bis zur Selbstaufgabe in sie vernarrt, machte aus ihr eine Invalidin. Der hauptsächliche Grund, warum Eva im Bett blieb: Sie hatte Angst, ich würde sie wieder zu meiner Frau machen. Denk dir nur, Lilith, all diese Jahre ... Was für ein bescheuertes Arrangement! Und das nennt man heilige Ehe und Moral und Reinheit! Lilith, ich bin ein Narr."

Nach diesem Ausbruch fiel er in sich zusammen wie ein erloschener Vulkan und starrte ins Feuer. Ich sprach kein Wort. Er hätte mich sowieso nicht gehört. Wie sollte ich mit Malcolm umgehen, jetzt, nachdem er wusste, dass sein Gewissen ihn zum Narren gehalten hatte? Hoffentlich fiel er nicht in das andere Extrem.

Um zwei Uhr morgens dann ging es wieder los:

„Was empfindest du für mich Lilith?" Und er versuchte auszuloten – in Anbetracht seines Status' als Mann, der gerade Witwer geworden war, mit gebotener Zurückhaltung – ob ich nicht doch bereit wäre, ihn zu heiraten. Wie gehabt, versuchte ich – ebenfalls zurückhaltend – ihm zu erklären, dass und warum es keinen Sinn hatte. Irgendwann hielt er einen Monolog, gespickt mit den altbekannten, oft nur angedeuteten Fragen, so lange, dass ich fast einschlief. Eine Bemerkung machte mich dann hellwach:

„Auch wenn du mich nicht liebst, respektive nur auf deine Weise, und mich nicht heiraten willst – meine ich doch, dass jetzt die Zeit gekommen ist, ins Allerheiligste zu gehen, Lilith, hinter den schwarzen Vorhang, von dem du gesprochen hast. Ich reklamiere das nicht als mein Recht. Allenfalls bitte ich um die Gunst."

„Du hast das Recht, Rupert, zumindest auf eine Antwort. Aber sag mir zuerst: Was glaubst du, ist das Allerheiligste?"

„Vermutlich ein leerer Raum mit gewölbter Decke, im Dach versteckt Fenster, die man öffnen kann, um das Mondlicht hereinzulassen. Die Form stelle ich mir oval vor."

„Nein, nicht oval, sondern ovoid, also eiförmig. Hast du

bemerkt, dass der Mondtempel die Form des Ankh-Kreuzes hat – das Zeichen des Lebens? Der Hof mit dem Lotosteich ist der Schaft mit dem großen Pylon am Fuß, die Halle der Sphinx der Querbalken und das Allerheiligste die Schleife. Jetzt, wo du die Form kennst, kannst du dich in der Vision dorthin begeben. Aber was ist deiner Meinung nach der Sinn der Fenster in der Kuppel?"

„Das Mondlicht hereinzulassen."

„Und was tue ich mit dem Mondlicht, und warum?"

„Ich weiß nur, dass du es nicht allein tun kannst. Du brauchst mich."

„Dich oder jemand anderen."

„Ja. Ich bin für dich nur ein Lückenbüßer."

„Rupert, hör auf damit. Ich will dich nicht verletzen, aber ich darf auch nicht das Gesetz meines Seins verletzen. Solange ich mit dir auf einer unpersönlichen Ebene arbeite und einen kühlen Kopf bewahre, kann ich dir viel geben, aber wenn ich mich auch nur einmal mit dir als Mann einließe, wäre der Zauber der Magie gebrochen und verloren."

„Wenn du es sagst, muss ich mich damit abfinden. Du hast mir eine neue Welt erschlossen, respektive mich an die Quellen meines Seins zurückgeführt. Ich will das Wasser nicht trüben, indem ich auf mehr poche. Vergiss meinen Ausrutscher und erzähl mir etwas über das Mondlicht."

„Ich weiß selbst nicht viel darüber. Vier Elemente gibt es – ich meine nicht: Feuer, Wasser, Luft und Erde, sondern Raum, Sonne, Mond und Erde. Die Energie entsteht im Raum, wie, das wissen wir nicht. Sie wirkt vom Raum auf die Sonne, und die Sonne überträgt sie ins Universum. Alle Planeten werden von ihr beeinflusst, sie sind sogar davon abhängig – das ist die Grundlage der Astrologie. Ich jedoch bin eine Priesterin des Mondes und habe nur mit seiner Energie zu tun, die ich empfange, und zwar im Nacken. Du hingegen bekommst

Energie von der Sonne, indem du ihr von Antlitz zu Antlitz gegenübertrittst. Auf der physischen Ebene bist du, der Mann, positiv, und ich, die Frau, negativ, also du gebend und ich empfangend. Auf den inneren Ebenen, in der Magie, ist es umgekehrt: Ich bin positiv, und du bist negativ und brauchst meinen Einfluss, der dich aktiv und kreativ macht. Aber es ist immer der negative Pol, der die Arbeit verrichtet – der positive Pol gibt nur den Impuls. Auf der physischen Ebene kannst du Leben nur durch mich weitergeben, und auf den inneren Ebenen kann ich das Leben nur durch dich weitergeben. Nie werde ich Leben auf der physischen Ebene geben; alle Mondpriesterinnen sind unfruchtbar, und das ist der Grund, warum ich nicht heirate – es macht einfach keinen Sinn. Meine Arbeit geschieht auf den inneren Ebenen und wirkt auf das Leben der menschlichen Rasse. Es gibt bestimmte Dinge, die ich tun muss; ich bin der Kanal, und dazu brauche ich deine Hilfe. Die Bilder werden auf den inneren Ebenen gebaut und die Kräfte zum Fokus gesammelt, aber damit sie sich auf der physischen Ebene manifestieren können, müssen sie wenigstens einmal in der Realität ausgelebt werden."

„Und wie soll ich dir helfen, Lilith?"

„Zuerst ziehe ich deinen Magnetismus an mich, um meinen eigenen zu verstärken, ich habe das bereits in der Vergangenheit getan, und darum hast du dich so viel friedlicher und zufrieden gefühlt, denn deine Vitalität ist zu stark, als dass du sie verkraften könntest. Sie zerbricht dich. Mit dem, was ich an Energie von dir abziehe, baue ich meine ‚magische Persönlichkeit' auf und realisiere sie nach meiner Vorstellung. Die eigene Vitalität reicht nur für die eigene normale Persönlichkeit; wenn man also eine magische Persönlichkeit aufbauen will, muss man sich Energie von jemand anderem borgen."

„Schön und gut. Aber wie? Wie?"

„Ich habe es dir bereits gezeigt. Deine starken Gefühle

für mich sind die Quelle der Energie. Damit sie fließen kann, muss eine magische Kanalisation geschaffen werden. Auf welche Weise, das werde ich dir demnächst zeigen."

„Ich bin froh, dass ich überhaupt etwas tue. Der Wunsch, mein Leben für dich auszugießen, ist außerordentlich stark. Ich weiß nicht, wie ich es beschreiben soll. Mich selbst hinzugeben, damit du mich nehmen kannst. Ich habe immer gedacht, ein Mann will eine Frau besitzen, aber für mich gilt das nicht; ich will von dir besessen werden."

Das war wirklich das Letzte, was ich von diesem rauen, dynamischen Mann erwartet hätte; andererseits hatte mich die Erfahrung gelehrt, dass nur Schwächlinge besitzergreifend sind. Sie suchen im geheimen Königreich der Liebe einen unterwürfigen Partner, um ihre Selbstachtung zu finden.

Ein Mann wie Malcolm, allein schon durch seine mächtige Statur dominant, lässt es zu, von der Frau, die er liebt, beherrscht zu werden.

Er sprach: „Was für andere Männer selbstverständlich ist, habe ich mein ganzes Leben lang entbehren und mit dem Defizit fertig werden müssen. Ich glaube nicht, dass die physische Abstinenz mir sehr geschadet hat – das Problem löst sich mehr oder weniger von selbst. Wie soll ich es beschreiben? Es ist nicht nur Einsamkeit, sondern Leere. Ich spüre sie inmitten von Studenten, die um mich herumscharwenzeln und an meinen Lippen hängen; sie merken, wenn ich den ganzen Tag über mit Menschen zu tun habe, öden sie mich irgendwann an, und dann sehne ich mich danach, allein zu sein. Menschen sind mein Beruf, dennoch habe ich sie bis oben hin satt. Die Leute hören nur allzu gern auf das, was ich zu sagen habe; ich brauche nur mit dem Finger zu schnipsen, und sie machen Männchen. Wenn ich wollte, könnte ich an jedem Abend der Woche eine Einladung zum Dinner haben: Du wirst es vielleicht nicht glauben, wenn du mein hässliches Gesicht siehst und mich schimpfen hörst, aber es ist so – mein Wort!"

Ich glaubte es ihm. Dynamische Persönlichkeiten sind immer interessant, unabhängig von ihrem Äußeren. Die Kapazität Malcolm brauchte sich nur ‚anständig' zu benehmen und wäre in der Gesellschaft ein Star gewesen.

Er fuhr fort: „Als ich jünger war, habe ich mich in Cafés, Kneipen und Parks herumgetrieben, aber nicht, um Frauen anzumachen, sondern um der Leere zu entgehen, und wenn Liebespaare turtelten, hat mich das so befriedigt, als wäre ich beteiligt. Schließlich habe ich diese Marotte wieder aufgegeben. Geschadet hat es keinem, aber ich kam mir wie ein Spanner vor. Du würdest natürlich sagen, dass sie durch ihr verliebtes Turteln Magnetismus an mich abgegeben haben."

„Nicht telepathisch. Das gilt nur für astrale Kommunikationen. Du hast lange Strahlen aus deiner Aura ausgesandt und den Magnetismus magnetisch angezogen."

„Aber warum geschieht das nicht automatisch überall da, wo man mit Menschen zu tun hat?"

„Weil man sich auf die Wellenlänge eines Menschen einstellen muss. Außerdem muss es eine Reaktion geben. Von einem Menschen, der sich dessen nicht bewusst ist und der Sache gleichgültig gegenübersteht, bekommst du nichts zurück."

„Aber wie konnte ich mich dann auf die Liebespaare einstellen? Sie waren ineinander versunken."

„Ein Mensch, der emotional erwacht ist, öffnet seine Aura und sendet Strahlen aus. Vermutlich hast du dich in der Vorstellung mit dem Liebhaber des Mädchens identifiziert und dich so in deren Schwingungen eingeschlichen."

„Ja, so war es wohl. Aber ist es nicht ein ziemlich mieser Trick?"

„Es ist nicht gerade die feine englische Art, aber du hast es ja nicht absichtlich getan!"

„Ist das, was du mit mir tust, besser?“

„Ja.“

„Willst du mit mir verfahren wie ich mit den Liebespaaren – also eine platonische Beziehung?“

„Genau das.“

„Und was kommt dabei heraus? Ich meine auch für unsere Beziehung?“

„Dazu kommen wir später. Ich habe dir doch von dem Sicherheitsventil in der Magie erzählt.“

„Dieses Sicherheitsventil werden wir sehr bald brauchen, wenn ich erst einmal damit beginne, meiner Fantasie freien Lauf zu lassen. Ich war einmal verdammt kurz davor, den Kopf bei dir zu verlieren. Ich wollte dich gegen mich aufbringen, um von dir den Laufpass zu kriegen. So hätte ich sogar das Bisschen, was ich hatte, verloren, Lilith, und daher habe ich mich so unnahbar und teilnahmslos gegeben.“

„Es ist der Druck, den du fürchtest, nicht wahr, Rupert? Die Kraft der Natur?“

„Ja, trotz bester Absichten, aber ich war nicht sicher, ob ich sie würde aushalten können. Vielleicht wäre die Natur zu stark geworden. Ich habe dich gewarnt: Wenn du mir einen Finger gibst, nehme ich die ganze Hand.“

„Ja, wenn wir hier auf dem Sofa herumbalgen würden. Aber im Ritual funktioniert es anders. Es hat nichts mit den Personen zu tun, sondern mit reiner Energie. Auf der physischen Ebene passiert nichts. Das Physische ist nur das Resultat, und so weit wird es nicht kommen. Wenn du und ich im Ritual arbeiten, bin ich das Urbild der Frau, und du bist das Urbild des Mannes. Isis und Osiris, wenn du so willst. Die Kräfte gehen von der Sonne auf dich über, und von dir zu mir, und von mir in die Gruppenseele der Menschheit und zur Sonne zurück. Oder umgekehrt, denn es ist wie Wechselstrom. Was ich mit dir tue, tue ich mit allen Männern. Was du von mir bekommst, empfängst du von der Großen Isis selbst, denn ich bin ihre Priesterin, und du verkörperst das ‚einfache Volk'. Verstehst du?"

„Nicht alles. Ich nehme an, es ist eine Art Telepathie."

„Telepathie ist der aktive Faktor, aber es ist mehr als das. Wir arbeiten mit dem Gruppengeist der Menschheit über Telepathie, aber wir übertragen kosmische Kräfte. Denk es dir einfach so, Rupert: Ich bin das, was ich bin, weil ich eine Frau bin. Eine Frau bin ich in diesem Leben durch das weibliche Prinzip, das mich geformt hat, und durch das, was es formt. Aber es gibt mehr als das weibliche Prinzip, und wir, die Priesterinnen des Mondes, wissen, wie wir dieses ‚Mehr' in reiner Form, von der Materie nicht beeinträchtigt, durchbringen: Wir nennen es die Mondkraft. Das wurde in alten Zeiten in den Tempeln der Großen Göttin und wird heute noch in Indien praktiziert. Dort nennt man es Tantra. Wo immer eine Göttin verehrt wird, sind Mondkräfte am Werk. Weil es das in unserer modernen Zivilisation nicht mehr gibt, sind die Menschen aus dem Gleichgewicht. Die Katholiken kompensieren es mit ihrer Anbetung der Jungfrau Maria – Stella Maris, Stern des Meeres – bei uns Venus Anadyomene – Venus, die Schaumgeborene. Und wer ist Regina Coeli, wenn nicht der Mond? Wenn du das Wesen der heidnischen Religionen verstehen willst, studiere den Katholizismus, ihren geradlinigen Abkömmling. ‚Je mehr es sich ändert, desto mehr ist es dasselbe'. Die romanischen Länder haben nicht dieselben sexuellen Probleme wie wir."

„Nun, meine Liebe, davon habe ich keine Ahnung. Ich habe den Eindruck, dass wir mit dem Feuer spielen."

„Das hätte Watts nicht sagen dürfen, als er seine Dampfmaschine erfand. Angst ist hier wirklich nicht angebracht."

„Schau, Lilith, angenommen, wir spielen mit dem Feuer und geraten in Brand, wo ist das Sicherheitsventil, das du mir immer einreden willst?"

„Wir brauchen nur die Kraft zu erden, das ist alles, aber es wäre das Ende der Magie. Magie kann nur unter Druck, wie etwa Dampfdruck, geschehen. Deshalb müssen die Priester lernen, ihre Kraft unter Kontrolle zu halten."

„Aber angenommen, ich wäre nicht frei, Lilith? Ich war es nicht, als wir mit der Arbeit begonnen haben. Den Tod meiner Frau konntest du schließlich nicht einkalkulieren."

„Ich habe nie zu denen gehört, die der Tugend einer Frau mehr Wert beimessen als dem geistigen Gleichgewicht eines Mannes. Falls notwendig, hätte ich die Sicherung durchbrennen lassen." Schweigend starrte er ins Feuer.

„Es tut mir leid, dass du das gesagt hast", meinte er schließlich.

„Warum? Denkst du jetzt schlechter von mir?"

„Nein, eigentlich nicht. Natürlich übersteigt es meine Begriffe von Konvention, ich verstehe schon, es ist eine Frage des gesunden Menschenverstands. Jetzt, da ich es weiß, liegt die Verantwortung bei mir. Vorher hätte ich mit dir wegen dieser Sache herumdiskutiert und versucht, dich zu überzeugen. Aber jetzt – nein, ich darf diese Sicherung nicht durchbrennen lassen, es wäre feige. Ich muss es durchstehen."

„Und wie stehst du dazu, dass ich dich als Opfer benutze?"

„Es bringt meine ganze Stärke zutage, und das gefällt mir, Lilith."

Er stand auf und streckte sich, die großen Muskeln seines Bizeps zeichneten sich unter den Ärmeln ab. Plötzlich drehte er sich um und stieß aus:

„Verdammt noch mal, es gefällt mir, meine Liebe! Ich habe keine Angst mehr vor dir. Zum Teufel mit den Folgen, wir werden unsere Chance nutzen." Seine Augen blitzten.

Dann steuerte er quer durch den Raum zu dem großen Fenster, bei dem sich die Steinbögen nicht mehr grau gegen die Dunkelheit abhoben, sondern dunkel gegen das Grau.

„Morgendämmerung!“, sagte er. „Mein Gott, es ist Morgen. Wir haben die ganze Nacht geredet, und ich fühle mich so frisch, als ob ich gerade aufgewacht wäre. Lass uns hinausgehen und die Morgendämmerung am Fluss genießen.“

Bei der Rückkehr würde uns die morgendliche Kühle zu schaffen machen. Daher fachte ich das Feuer neu an, wickelte mich in meinen Pelz und ging mit Malcolm hinaus. Draußen war alles ruhig. Die Straße war grau und mit Nebelschleiern überzogen, und die Frische eines neuen Morgen schon zu spüren.

Im Osten stand einsam ein Stern, die Sonne ließ sich noch nicht blicken, der Himmel im Westen war blass. Langsam bummelten wir über die vom Tau benetzten Pflastersteine bis zu der baufälligen Warft. Mit hereinbrechender Flut schwappte das Wasser in großen Wellen über die Ufermauer. In der nebeldurchtränkten Dämmerung lag tiefes Schweigen – in solch einer großen Stadt kaum vorstellbar. Nur der Fluss lebte.

„Ist der Fluss inmitten dieser großen Stadt nicht auch ein Naturelement?“, fragte Malcolm, seine Hand durch meinen Arm schiebend.

„Ja“, sagte ich, „deshalb lebe ich hier. Ich muss Kontakt zur Natur haben. In London kommt man nur in diesen Genuss, wenn bei Sturm die Elemente der Natur mit dem Wind hereinbrechen. Ist dir je aufgefallen“, fügte ich hinzu, „wie unterschiedlich die Atmosphäre von Kensington Garden zu der vom Hyde Park ist, obwohl beide nur durch einen Zaun voneinander getrennt sind? Kensington Garden ist von Einbruch der Dunkelheit bis zur Morgendämmerung geschlossen, der Magnetismus der Erde kann in den Stunden der Dunkelheit aufsteigen. Der Hyde Park jedoch wird die ganze Nacht von Lampen erleuchtet und bekommt nie eine Chance, sich zu erholen. Man könnte ihn glatt asphaltieren, der Magnetismus bliebe doch im Boden.“

„Nein", sagte Malcolm, „das ist mir nie aufgefallen. Für solche Phänomene habe ich kein Auge. Ich wusste nicht einmal, dass es sie gibt. Aber jetzt sage ich dir, was mir bewusst geworden ist, nämlich die Atmosphäre in deinen Räumen. Was für eine Energie! Deine Kirche ist wie ein Leuchtturm, Lilith. Lange, bevor ich etwas von dir wusste, habe ich von der anderen Seite des Flusses nach hier herübergestarrt. Die Kirche hat mich magisch angezogen, warum, kann ich dir nicht sagen. All die Jahre, in denen ich in der Grosvenor Road lebte, habe ich sie nie beachtet."

„Sie wird dich noch viel mehr anziehen, Rupert, wenn die Magie zu wirken beginnt."

„Das kann ich mir gut vorstellen, ich werde dann in der zweiten Reihe Platz nehmen. Du gehörst nicht zu den Menschen, die man für sich beanspruchen kann, du bist viel zu auffallend. Aber verdammt noch mal! Ich werde das Beste aus dir herausholen, solange ich dich haben kann."

Er lachte, ich drehte mich um und schaute ihn an. Er war ein gänzlich anderer Mann. Seine seltsam hellen Augen, die mich immer an die Augen einer Schlange erinnerten, funkelten. Unter dem Kragen hatte sich eine gesunde Röte ausgebreitet, sein rotes Haar war zerzaust. Als er dort lachend im stärker werdenden Licht stand, ging von ihm eine geradezu dionysische Kraft aus. Aber was hatte sich verändert, außer seinem Verhalten? Ich hatte nichts damit zu tun, ganz sicher nicht!

Ich bat ihn, mit mir ins Haus zurückzukehren. Trotz meines Pelzes fror ich. Wie würde es ihm da ohne Hut und Mantel ergehen, auch wenn er im Moment nichts spürte? Die Hand wieder unter meinen Arm geschoben, ging er mit mir zurück, berstend vor Vitalität und Lebendigkeit. Mir fiel das finstere Gesicht zwischen dem hochgezogenen Kragen und dem heruntergezogenen Hut vor einigen Stunden auf dem Bahnhof ein. Es war ein Wunder.

Das Feuer war heruntergebrannt. Bis Mister Meatyard die Heizung auf Trab gebracht hatte, würde es kühl bleiben. Also machte ich Frühstück für uns am Kamin in der Halle. Auf dem Rost bereitete ich Scones zu, denn das Brot war ausgegangen, briet Eier und Speck auf einem elektrischen Grill, und die Kaffeemaschine sorgte für die Krönung. Bereits die Vorbereitungen genoss Malcolm mit Vergnügen. Den Teller auf den Knien, verdrückte er sein Frühstück wie ein kleiner Junge. Plötzlich wurde mir die Widersinnigkeit der Situation bewusst, und ich fragte ihn, wie viele Briefe er nach seiner Auszeichnung bekommen habe? Er antwortete: „Keine Ahnung, gib mir lieber noch ein Ei!"

Dann machte er es sich auf dem Sofa bequem, ich deckte ihn zu, und er schlief ein. Bevor ich mich in mein Zimmer zurückzog, um ebenfalls eine Runde zu schlafen, stieg ich die lange Treppe zu meinem Tempel hinauf, um der Großen Isis zu danken, dass die erste Phase des Experiments so gut verlaufen war und die nächste bereits anstand. Die letzten Stunden hatten mich ausgehöhlt, und ich war sehr schwach, jeglicher Magnetismus war aus mir herausgeflossen und in Malcolm übergegangen, aber dieses Opfer war unabdingbar.

Im Tempel war es dunkel, ruhig und warm, es duftete nach Weihrauch. Der Raum schien erfüllt von Leben; selbst mit dem physischen Auge konnte ich die schattenhaften Formen sehen, sie fast berühren. Wie in einer endlosen Prozession gingen sie umher, und wenn sie den östlichen Teil des Tempels passierten, sah es so aus, als ob sich ein Arm oder Bein, ein Gesicht oder ein Gewand halb materialisierte: Der Tanz der Devas als Gruß für die Morgendämmerung. Hier war elementare Kraft in vollem Gange.

Als ich die Hände auf den Altar legte und an den Mond mit der Sichel dachte, kam die Große Isis. Wie immer spürte ich ihre Gegenwart dort, wo sie zu uns Frauen kommt – vom

Rücken her. In den Spiegel schauend, erkannte ich mein eigenes Gesicht, denn als ihre Priesterin bin ich SIE.

Ich dankte für den Erfolg, der meiner Arbeit bisher beschieden war, und betete um Stärke und Einsicht, fortfahren zu dürfen, und um Segen für meinen Priester. Als ich daran dachte, wie er in dem Raum unter mir schlief, mit meinem Umhang zugedeckt, erfüllte mich eine so starke Zärtlichkeit, dass ich alarmiert war. Wenn ich solche Gefühle für meinen Priester hegte, würde die Magie zerstört werden. Aber dann wurde mir klar, dass ich nur so mit ihm Magie ausüben konnte – die Magie durch einen Mann für alle Männer –, um die schwere Bürde einer Welt zu tragen, die der Großen Göttin Heiligkeit vergessen hat.

Teil 3: Die Tür ohne Schlüssel

16

Der Mann, der nach einem vierwöchigen Urlaub ins Krankenhaus zurückkehrte, unterschied sich von dem, der aufgebrochen war, nur durch einen sorglos gebundenen schwarzen Schlips. Sein Gesicht war wie immer eine Maske, er sprach so kurz angebunden wie zuvor, und dennoch scheuten die Studenten nicht länger wie vor den Hufen eines wilden Mustangs.

Er demonstrierte den Studenten den Unterschied zwischen hysterischer Paralyse und organisch bedingter Gefühllosigkeit und erklärte, wie in dem einen Fall die Bahn der Schmerzlosigkeit in einer geraden Linie über das betroffene Bein verlief, ohne eine anatomische Ursache aufzuweisen, und sie im anderen Fall dem Verlauf eines besonderen Nervs folgte.

„Sir, warum ist das so?“, fragte eine der jüngeren Studenten, dem nicht klar war, dass die einfachsten Fragen oft am schwierigsten zu beantworten sind. Malcolm sah ihn an und strich sich mit beiden Händen das ergraute rote Haar aus der Stirn, die typische Geste, von den Studenten bei ihren Versammlungen oft genug karikiert.

„Fragen Sie mal dort drüben“, sagte er, mit dem Kopf in Richtung Flügel deutend, wo die Psychiatrische Klinik zu Hause war, eine Errungenschaft aus der jüngsten Vergangenheit, mit der er ständig im Clinch lag.

„Ja, ich weiß, Sir. Warum fühlt sie nichts, obwohl es keine organische Ursache gibt?“

Malcolm sah den Pulk von Studenten an, die an seinen Lippen hingen und auf seine Antwort warteten. Dann schaute er wieder die Patientin an, die ihn aus den Augenwinkeln selbstgefällig und ein wenig hinterhältig beobachtete. Er nahm die Binde, die er von ihren Augen entfernt hatte, wieder zur Hand und wand sie um ihren Kopf wie bei einer Wachspuppe; dann stach er etwa zwanzig Zentimeter von der anästhesierten Hand entfernt in die Luft – und wurde durch einen Schrei belohnt! Er entschuldigte sich bei der Patientin, die sich jetzt indigniert die Hand rieb, und sah die Studenten an. Die machten Stielaugen.

„Haben Sie jemals ‚Gurney und Podmore' gelesen, ‚Hirngespinste der Lebenden'?", kam eine Stimme aus dem hinteren Teil des Raums, und Malcolm sprang hoch, als ob er selbst von einer Nadel gestochen worden wäre.

„Ja, natürlich."

Studenten und Dozent sahen sich erneut an. Malcolm blickte jedem Einzelnen ins Gesicht. Die meisten glotzten, aber eine nicht unbeträchtliche Minderheit war lebhaft interessiert.

„Ja", sagte er, indem er langsam und gedankenvoll die Patientin von dem pathologischen Kanonenfutter neben sich befreite, „ja, ich habe es gelesen. Es ist lesenswert."

„Ich auch", kam eine Stimme unter dämpfenden Falten der Bandage hervor, die er völlig abwesend über die Nase der Patientin hatte rutschen lassen.

„Wirklich?", fragte er, die Bandage abrollend, und sah sie zum ersten Mal an wie ein menschliches Wesen.

„Ja", sagte sie, „ich bin ein Paradebeispiel."

Die Studenten lachten, nicht jedoch der Lehrer. Er starrte die Frau an und zog die Bandage langsam durch seine Hände. „Was haben Sie für ein Gefühl?", fragte er.

„Als würde ich in einem Lift herunterfahren."

Die Studenten lachten erneut.

Malcolm berührte leicht die gelähmte Hand.

„An Ihrer Stelle würde ich das nicht zu oft tun“, sagte er. „Sie glauben, dass das die Ursache ist?“, fragte sie.

„Ja“, lautete die Antwort.

Wieder eine Lachsalve der Studenten.

„Vielen Dank, Herr Doktor, ich werde es mir merken“, sagte die Patientin.

Als sich die Gruppe zerstreute, kam der Student, der ‚Hirngespinste der Lebenden‘ erwähnt hatte, zu ihm herauf. Nie hatte sich ein Student bisher in die Höhle des Löwen gewagt, und dieser fühlte plötzlich ein geheimes Vergnügen.

„Ist Ihnen jemals ein Fall von Astralprojektion begegnet?“ „Ja“, sagte Malcolm, „und Ihnen?“

„Ebenfalls.“

Sie sahen einander an.

„Wie fühlt man sich dabei?“, sagte Malcolm.

„Genauso wie beschrieben.“

Sie drehten sich um, gingen langsam auf die Tür zu, und Malcolm legte die Hand auf die Schulter des jungen Mannes. Auch eine solch vertrauliche Geste war neu an ihm.

„Wer hat Sie dazu gebracht?“, fragte er.

„Meine Mutter. Ihr Leben stand auf des Messers Schneide. Obwohl ich damals im Ausland war, sah ich sie so klar, wie ich Sie jetzt sehe, und dann folgte ich ihr hinaus.“

Seine Augen trafen Malcolms Schlips, aber er wagte es nicht, die Gegenfrage zu stellen.

„Bei mir war es anders“, sagte Malcolm.

Dann klopfte er dem jungen Mann zur Verabschiedung leicht auf die Schulter.

„Schreiben Sie mir“, sagte er, „ich interessiere mich für solche Dinge.“

Als er das große Karree zum Tor durchschritt, spürte er erneut mit Vergnügen, dass eine seltsame Sympathie, beinahe Intimität, zwischen ihm und dem Studenten wie auch zwischen ihm und der Patientin geherrscht hatte. Das war ihm noch nie widerfahren, und es kam ihm so vor, als ob etwas, das in ihm hungerte, gefüttert würde, so, wie Lilith Le Fay ihn genährt hatte, und das gab ihm ein Gefühl des Wohlbehagens und der Zufriedenheit, das ihm bisher fremd gewesen war: Plötzlich war ihm seine Arbeit wichtiger als je zuvor.

Die Ampel an der Kreuzung zur U-Bahn-Station hielt ihn auf. Neben ihm stoppte ein Sportwagen. Als er hinüberschaute, erkannte er am Steuer den verantwortungsloseren der beiden klinischen Angestellten, dem er täglich das Fell Stück für Stück über die Ohren zog. Der junge Mann grinste.

„Sollen wir Sie irgendwohin mitnehmen?“

Auch das hatte es in der Geschichte des Krankenhauses noch nicht gegeben. Der junge Mann wunderte sich, dass er nicht totgeschlagen wurde, als ihm die Worte über die Lippen kamen, aber der Krankenhausdespot hatte ihn auf den Notsitz befördert, bevor er fliehen konnte, und die Fahrt nach Hause verging mit der Diskussion über die Vor- und Nachteile sportlicher Zweisitzer, den der ältere Arzt offensichtlich kaufen wollte. Der junge Mann war mehr als verblüfft, als sein Passagier an der Lambeth Brücke hinausgelassen werden wollte, statt in der Grosvenor Road, und beobachtete, wie Malcolm die Brücke im Eiltempo überquerte. Selbst jung und voller Saft, stellte er eine Vermutung an, die der Wahrheit näher lag, als er je zu glauben gewagt hätte.

Malcolm schritt so schnell voran, dass er vor sich herzulaufen schien, gierig wie ein junger Hund, der Futter witterte. Was ihm Lilith gab, das wusste er nicht, aber es füllte sein ganzes Sein aus. Wenn er von ihr zurückkam, stürzte er sich mit Eifer in seine Arbeit, glücklich, dass Lilith in seinem Leben war. Nach einiger Zeit begann er, sich nach ihr zu sehnen, und jetzt, nach vierundzwanzig Stunden, war ihm, als würde er von ihr an einem Haken gezogen, der in seinen Eingeweiden hing. Mit einer Mischung aus Freude und Schmerz hastete er die Straße hinunter, die ihm so vertraut geworden war. Als er um die Ecke bog und die Fassade der erleuchteten Kirche sah, wie sooft von der anderen Seite des Wassers aus, wusste er, dass er willkommen war, und es war ihm, als ob er träumte.

Die kleinen sauberen Häuser mit ihren geweißelten Stufen und Spitzenvorhängen, an denen er vorbeiging, schienen einer anderen Epoche anzugehören, sogar einer anderen Welt – der Welt, in der er gelebt hatte, bis er seine Traumfrau traf, – einer Welt, die ihn zum Kettensklaven ohne Hoffnung gemacht hatte. Jetzt waren seine Ketten zersprungen. Auf welche Weise, das konnte er nicht sagen. Durch den Tod seiner Frau jedenfalls nicht. Bereits vor ihrem Tod war die Änderung in ihm erfolgt, ihr Tod hatte nur das zum Vorschein gebracht, was unter der Oberfläche geschlummert hatte. Er würde sich noch weiter verändern müssen, bevor er dort war, wo Lilith Le Fay ihn haben wollte, und er erwartete diese Veränderung mit derselben begierigen Gewissheit, mit der er wusste, dass die Sonne morgens aufgehen würde.

Plötzlich lag vor ihm, die kleinen Häuser mit den Stuckfassaden überragend, die gotische Fassade der Kirche. Ihr großes Westfenster leuchtete schwach im Licht, das von innen durchschimmerte. Dort, in dem warmen diffusen Licht, wartete ein Willkommensgruß auf ihn, ein helles Feuer und ein riesiger Sessel mit weichen Kissen – und tiefschürfende Gespräche über seltsame Geschehnisse, die die Fantasie beflügeln, das Blut zum Rauschen bringen und vor dem inneren Auge exotische Bilder entstehen lassen. Der Raum würde erfüllt sein vom Duft des Weihrauchs, von Farben und dem Glanz seidener Vorhänge. Auf dem Boden dicke flauschige Teppiche, unterbrochen von großen Flächen dunklen Parketts, das wie Wasser schimmerte. An den Wänden Regale mit Büchern – seltene, seltsame

Bücher, von deren Existenz die meisten Menschen nicht einmal etwas ahnten – und Bilder, die die Tür öffnen würden in eine andere Welt – die Welt des Traums. Und dort SIE, Lilith, die genau wusste, was er brauchte, und auch, dass er nichts würde essen können, ohne vorher geruht zu haben. Sie würde ihm Tee servieren, heißen, aromatischen Tee, eine Zigarette und, bis er sich entspannt hätte, freundliches, dahinplätscherndes Geplauder. In der Behaglichkeit ihrer Gegenwart streifte er die Müdigkeit ab wie einen Umhang; seine Vitalität kehrte zurück, Hunger stellte sich ein, und dann bekäme er Abendbrot. Ohne Aufwand bereitete sie es zu, aus alltäglichen Nahrungsmitteln, dennoch Kunstwerk und Gaumenschmaus zugleich. Er, der sich hauptsächlich von Sandwiches ernährte, hatte gelernt, dass Essen, also eine Mahlzeit halten, eine Kunst sein konnte wie Musik. Sein schwerblütiges Temperament hatte rebelliert, aber als er geheilt war, hatte er sich schnell daran gewöhnt. Stunden reinen Glücks lagen vor ihm. Eines Tages würde alles zu Ende sein, aber daran wollte er jetzt nicht denken.

In diese Gedanken verstrickt, stand er plötzlich unter dem riesigen Bogen vor der schweren, eisenbeschlagenen, immer noch von einer Patina Londoner Schmutzes bedeckten Tür. Lilith hatte eine Reinigung nicht zugelassen, um keine Aufmerksamkeit zu erregen. Gleich würde sich ihm diese Tür öffnen, in eine andere Welt. Er pochte mit dem schweren ringförmigen Klopfer dreimal – das Zeichen für seine Ankunft. Voller Spannung fragte er sich, wer ihm die Tür aufmachen würde, Lilith oder Meatyard. Die Tür öffnete sich schneller als erwartet, und der kleine, einem Gnom ähnliche Mann mit den Segel-ohren begrüßte ihn. Natürlich war Malcolm enttäuscht. Er liebte es, wenn Lilith die Tür für ihn öffnete, er liebte es aber auch, wenn er über die weite Fläche des luxuriösen Raums hereinkam und sie neben dem Kamin stehen sah – groß, aufrecht und wunderschön. Es lohnte sich sogar, auf das Willkommen beim Entree zu verzichten, um des Genusses willen, auf sie zugehen zu können und zu spüren, wie die Atmosphäre ihrer Gegenwart stärker und stärker wurde.

Der kleine Mann ließ ihn in die innere Halle eintreten und verschwand. Als Malcolm die Tür geschlossen hatte und sich umdrehte, stand dort die große graziöse Gestalt der Frau, die ihn erwartete, so, wie er es sich ausgemalt hatte, aber – anders als in seinen Tagträumen – wurde er, wie immer, von einem lähmenden Gefühl der Schüchternheit ergriffen. Hastig schritt er über die große Parkettfläche. Er empfand schmerzhaft, wie sein schwerer Tritt die Stille des großen Raums durchbrach. Hilflos stand er vor der Frau. Er wollte ihre Hand nehmen und ihr sagen, wie glücklich er war, bei ihr zu sein, aber die Worte blieben ihm in der Kehle stecken. Er erinnerte sich, wie er sich morgens im Spiegel beim Binden des Schlipses gesehen hatte: Der Schlips war zerknittert, der Kragen ausgefranst, ein von Falten durchzogenes Gesicht, hässlich und schlecht gelaunt, starrte ihn an. Sogar die Manieren las er in seinem Gesicht. Wie konnte er hoffen, dieser schönen Frau zu gefallen und ihre Freundschaft, die ihm so freizügig geschenkt wurde, zu behalten? Warum hatte sie ausgerechnet ihn gewählt? Das lag außerhalb seines Begriffsvermögens. Er wusste nur, sie würde ihre Hand ausstrecken und ihm eine Brücke bauen, um ihn der Peinlichkeit zu entheben, die ihn jedes Mal überfiel, wenn er zu ihr zurückkam.

Die feste weiße Hand mit den seltsamen Ringen kam ihm entgegen, und er nahm sie in seine; einen Moment standen sie schweigend voreinander. Dann löste sich die Spannung in ihm.

„Nun, wie geht es dir?“, fragte sie mit ihrer tiefen samtigen Altstimme, die er so sehr liebte, und ihre Augen lächelten ihn an.

„Wenn ich dich sehe, besser“, erwiderte er, und seine

Hand schloss sich fester um ihre. Dann gab es Tee und Zigaretten, Wärme und Ruhe am Kamin. Sie neben sich spürend, ließ er sich in den tiefen Sessel zwischen die Kissen fallen und schaute ins Feuer. Da kehrte das Leben in ihn zurück. Er begann zu erzählen; sein Minderwertigkeitsgefühl, das er weder durch seinen internationalen Ruf noch durch FRS und FRCP kompensieren konnte, verschwand jetzt.

Er fand sogar seine Männlichkeit wieder, seinen Seelenfrieden und die volle Kraft seiner Vision, und das löste eine unbändige Freude in ihm aus. Ein neues Leben hatte sich für ihn aufgetan, und er spürte in sich neue Kräfte – und all dies dank der Magie von Miss Le Fay, die in den Augen der Welt, die er verlassen hatte, schlecht war.

Er sah sie an, wie sie dort ruhig am Feuer saß, ihr leicht assyrisches Profil ihm zugewandt, die langen weißen Hände mit den großen Ringen auf den Armlehnen, die Füße in Silberpantoffeln auf der Kante des großen Kamins ausgestreckt. Sie war das Schönste und Erhabenste, was er je gesehen hatte. Berühmte Gemälde, brillante Musik – nichts konnte sich mit ihr vergleichen. Sie hatte ihn die Bedeutung und den Wert der Schönheit gelehrt und seine Seele bereichert, und er hatte die Lektion auf ihre Beziehung übertragen.

Die Samstagtermine hatte er aufgegeben und bis Montag frei. Sie verriet ihm niemals, was sie vorhatte. Er ahnte, dieses Mal war es wichtig. Es war Vollmond, die Flut stieg, und die Tag- und Nachtgleiche des Frühlings stand vor der Tür.

Entspannt war er bei Miss Le Fay eigentlich nur, wenn er mit ihr diese seltsamen Rituale durchführte. Er war schnell zum Experten geworden, und seine Magie würde sich bald der ihrigen anpassen. Bereits jetzt wusste er, wie er die Energie herüberschicken und wie er sie selbst in Empfang nehmen konnte. Wenn er sich nur endlich frei und seiner und ihrer selbstsicher fühlen könnte – welch ungeahnte Möglichkeiten!

Heute Abend würde etwas Großes geschehen, und ausgerechnet jetzt überfiel ihn die Schüchternheit wieder besonders stark.

Die Frau, die ruhig an der anderen Seite des Kamins saß, war sich dessen bewusst. Sie konnte in das Herz des Mannes schauen, in keiner Weise beunruhigt, obwohl sein mangelndes Selbstvertrauen die Zusammenarbeit in der Magie erschwerte. Es hätte reibungslos funktioniert, wenn er hart oder sich seiner Technik sicher gewesen wäre und sie wie eine Fremde behandelt hätte. Wie von ihr befürchtet, hatte sein Gewissen ihn feige werden lassen.

Wie sollte sie ihn von Hemmungen befreien, ohne eine Lawine von Gefühlen auszulösen? Sie konnte nur das tun, was sie immer getan hatte – ihn benutzen, aber wegen ihres Gefühls und ihrer Zuneigung nicht skrupellos. Die Barriere zwischen ihnen herunterreißen – das wäre das Leichteste von der Welt. Sie brauchte nur die Hand auszustrecken und ihn streicheln; aber das wäre unfair gewesen. Sie musste ihn weiterstrampeln lassen und darauf vertrauen, dass die Hemmungen schwanden, wenn im Ritual die Energie durchkam. Für die Arbeit war es der einzige Weg – der Weg, den man früher immer gegangen war, als die Priesterinnen um des Rituals willen vom Haus der Jungfrauen in den Tempel gebracht wurden. Sie konnte mit Malcolm nicht Magie betreiben und ihn in einem Atemzug als Mann glücklich machen, was sie im tiefsten Inneren ihres Herzens bedauerte, Malcolm gegenüber jedoch nie zugegeben hätte.

Sie teilten das leichte Abendbrot, das einzige, das vor der Arbeit erlaubt war, und kehrten an den Kamin zurück, um Kaffee zu trinken und zu rauchen. Als sie im schwachen Licht der Leselampe saßen, wurde das Schweigen zwischen ihnen länger, bis beide nur noch selbstvergessen ins Feuer starrten.

17

Schließlich brach die Frau das Schweigen.

„Das Wasser steigt“, sagte sie. „Ich habe an der Grosvenor Road Sandsäcke gesehen, es ist Hochwasser gemeldet.“

Der Mann erhob sich und sah sie an.

„Der Mond geht auf“, fügte sie hinzu. „Bald wird er über die Häuserspitzen zu uns kommen.“

Erneut warteten sie eine halbe Stunde, bis sich am oberen Teil des großen Ostfensters ein Silberschimmer zeigte, sich ein langer Lichtstrahl hereinstahl und einen Fleck auf dem dunkel schimmernden Boden bildete.

„Die Energie beginnt sich zu sammeln“, sagte Miss Le Fay. „Sollen wir hinaufgehen und uns ankleiden?“

Wortlos ging der Mann in das große Badezimmer mit schwarzem Marmor und glänzendem Silber, das ihn so verwirrt hatte, als er es das erste Mal gesehen hatte. Bald lagen Kragen, Schlips, Schuhe und Kleider achtlos auf dem Boden. Malcolm stand vor dem großen Spiegel und sah sich selbstkritisch an: Ohne Kleidung sah er besser aus. Seine Erfahrung mit Nackten beschränkte sich auf den Sezierraum, er taxierte seinen Körper eher mit den Augen eines Anatomieprofessors als mit denen eines Künstlers, aber was er sah, stellte ihn zufrieden. Schön und stark war er, ein Tier in Menschengestalt.

Plötzlich durchzuckte ihn der Gedanke, die Frau oben könnte sich, während sie sich umkleidete, ebenfalls vor dem Spiegel begutachten. Hastig rief er sich zur Ordnung. Aber der Verstand ist ein noch unsicherer Patron als die Zunge, und auch nachdem er sich auf das Geistige konzentriert hatte, kreisten seine Gedanken um die Frau.

‚Wie unterschiedlich wir doch sind‘, dachte er, als er sein Gewand um sich legte. ‚Ich bin hell, und sie ist dunkel; ich bin stämmig und sie ist schlank. Ich bin so grob, wie es überhaupt nur geht, und sie ist zart. Wenn ich uns mit Tieren vergleichen müsste, wäre ich ein Gorilla und sie eine Schlange oder ein Leopard. Aber Lilith ist unvergleichbar.'

Als er die Falten des Kopfputzes zurechtrückte, starrte er sich noch intensiver an.

„Ich bin der böse Priester", sagte er, „nun gut, aber wie werden wir Frieden halten können, sie und ich? Sie ist alles, was ich nicht bin."

Er bückte sich, um die goldenen Sandalen über die Füße zu streifen, und dann, sich straffend, sah er erneut in den Spiegel.

„Himmel, ich bin wirklich der Priester!", sagte er, als er vor sich ein Bild sah, das aussah wie die Verkörperung der großen elementaren Kraft.

‚Ich bin der primitive Typ', dachte er. ‚Ich glaube, das ist der Grund, warum sie mich gebrauchen kann.'

Dann drehte er sich um und schritt durch die Verbindungstür in das leere Schlafzimmer der Frau, die er liebte.

Er blieb stehen und schaute sich in dem seidenen Luxus um.

‚Der Inbegriff der Weiblichkeit', dachte er, ‚trotzdem ist sie nicht nur Weib, sie hat auch etwas Männliches.'

Als er zu dem Wandschrank in der Ecke ging, wo die Tür zu dem verborgenen Teil des Gebäudes eingelassen war, spürte er den dicken weißen Teppich weich unter seinen Füßen.

‚Was wäre wohl aus mir geworden', dachte er, während er die Stufen hinaufschritt, ‚wenn ich anders erzogen worden wäre? Angenommen, ich würde gewissenlos alles daransetzen, das zu bekommen, was ich will? Angenommen, mein Trieb wäre in der Liebe genauso skrupellos wie mein Antrieb zur Arbeit? Welche Erfahrungen hätte ich gemacht? Wo wäre ich gelandet? Was für ein Mann wäre ich heute? Verdammt noch mal – ich habe noch nicht einmal mein halbes Leben gelebt!‘

Er war ein Rebell, der es mit allem und jedem aufnahm, aber vor den verborgenen Kräften hatte er Angst. Miss Le Fay fürchtete weder Tod noch Teufel, sie würde diese beiden Halunken sogar vor ihren Karren spannen, und seine eigenen Dämonen, die wilden Tiere von Ephesus, noch dazu. Er schrak davor zurück, sie auf Lilith loszulassen. Aber ausgerechnet diese Kräfte waren es, die sie für die Magie brauchte. Er würde ihr nur helfen können, wenn er sich endlich fallenließe.

Als er durch den großen Ankleideraum ging, sah er auf einem Stuhl ein schimmerndes perlgraues Gewand, ein Traum aus Chiffon und Spitze. In diesem Moment wurde ihm bewusst, wie sehr sie ihre menschliche Persönlichkeit ablegte, wenn sie die symbolträchtigen Gewänder anlegte und nur noch Macht verkörperte. So, und nur so, sollte er sie sehen, aber wie könnte er die Kraft von der Frau trennen? Sie bedeutete ihm zu viel.

Sanft klopfte er an die Tür des Tempels, sie öffnete sich, und er sah Miss Le Fays Hand, die den Vorhang aufhielt und ihn eintreten ließ. Er schritt zum Altar, wo er, ihr den Rücken zugewandt, stehenblieb, die Hände auf dem Tuch aus schwarzem Samt in dem kleinen Lichtkreis, der von der Lampe geworfen wurde.

‚Die Hände eines Würgers!‘, dachte er, als er auf sie hinunterschaute. Er sah, dass die ‚Pfeiler des Gleichgewichts‘ sich gehoben hatten und jeweils rechts und links standen.

Eine Glocke erklang sanft neunmal. Als die Frau an ihm vorbeiging, hob er die Augen nicht. Dann tauchten im Lichtkreis vor seinen eigenen zwei fremde Hände auf, langfingrig und geschmeidig, aber nicht fein. Die Ringe, die die Hände normalerweise schmückten, fehlten, ebenfalls der Nagellack.

Als die Frau vom Altar zurücktrat, hob sie die Hände, und auch er ging ein Stück zurück, hob seine Hände und, weil es das Ritual so wollte, auch die Augen, und schaute in die ihrigen.

Sie waren ruhig, ausdruckslos und konzentriert. Sie hatte nichts mehr von einer Frau, war nur noch die Priesterin. Für sie gab es nur eins: die seltsame Energie, der sie diente. Die Erkenntnis erfüllte ihn mit Bitterkeit. Warum enttäuschte ihn das Leben so sehr und versagte ihm sogar das, worauf er als Mann ein Recht hatte. Er wollte eine Frau – und zwar diese! Etwas Wildes stieg in ihm hoch, einer Bestie ähnlich. Bis jetzt hatte er das Feuer im Tempel der Wissenschaften abgebrannt, nie im persönlichen Bereich, und schon gar nicht bei einer Frau. Jetzt brach es aus, und er ließ es zu.

Das Ritual hatte er vergessen, es war ohnehin kein Ritual mehr, es war Realität. Die Frau ihm gegenüber am Altar verkörperte alles, was er im Leben vermisst hatte. Sie war nicht mehr Miss Le Fay, die er respektierte, und auch nicht Lilith, die er liebte; sie war die Frau schlechthin und hielt in ihren Händen alles, was Frauen Männern geben oder ihnen vorenthalten, und er war der Mann schlechthin, enttäuscht und hintergangen durch Selbstsucht, Unwissenheit und Feigheit von Frauen. Sie würde nicht nur seine Fehler ausbaden müssen, sondern die aller frustrierten Männer.

Die Rebellion wurde in ihm so stark, dass er zum Kampf bereit war, zum Kampf gegen alles, was er als falsch und ungerecht empfand. Die Natur in ihm forderte ihr Recht gegen die Gesetze der Gesellschaft, die ihn in die Irre geführt hatte. Die primitiven archetypischen, unterschwelligen Ebenen des Bewusstseins waren an die Oberfläche gekommen und hatten mit seiner Vernunft gemeinsame Sache gemacht, und seine Intelligenz stand diesen Trieben zu Diensten. Er war ein mächtiges, elementares Lebewesen; der Ur-Mann, mit der Natur, dem Antrieb allen Lebens, eins. Völlig entfesselt bedeutete er eine Gefahr für jede Frau, die in einem leeren Haus mit ihm allein war. Andererseits brachte er das Feuer vom Himmel herab, und wie immer, war es ein gestohlenes Feuer.

Die blasse Haut begann vor Schweiß zu glänzen, und in seinem maskenhaften Gesicht glitzerten die seltsamen hellen Augen wie Eis – die Augen eines Wahnsinnigen. Die Frau beobachtete von der anderen Seite des Altars, wie seine Hand nach dem wie ein Blatt geformten Bronzemesser griff, das an einem breiten Ledergürtel herunterhing. Sie spürte, wie sich bei ihm die Bewusstseinsebenen trafen – die unterbewusste und die überbewusste. Malcolm mochte in dem Moment ein gefährliches Tier sein, aber er war auch ein mächtiger Magier. Der Grat war sehr schmal zwischen einem hässlichen Erlebnis und einem mächtigen Stück Magie. Sie nahm die Herausforderung an.

Malcolm und sie beobachteten einander wie zwei Duellanten. Die Energie war jetzt auf die persönliche Ebene vorgedrungen, und dort musste sie aufgenommen, verwandelt, gefestigt und auf die anderen Ebenen zurückgegeben werden. Sie beobachtete, wie es ihn Inch um Inch nach links trieb, in einer Minute würde er einen Sprung um den Altar machen. Sie schwieg, nur ein einziges Wort, und es würde den Zauber des aufbrechenden Ursprünglichen zerstören und den Mann zurück in die Normalität reißen. Deshalb begann sie langsam um den Altar mit seinem flackernden Licht und dem wallenden Weihrauchduft zu schreiten, sodass er weiterhin eine Barriere gegen die Welle der elementaren Kraft bot, die sich aus der Tiefe Bahn brach.

Inzwischen hatten sie die Plätze getauscht, sie stand im Westen und er im Osten, der Spiegel stand hinter ihnen. Als Malcolm den Platz des Priesters im Osten erreicht hatte, ging mit ihm eine Veränderung vor. Es sah so aus, als ob die verschiedenen Bewusstseinsebenen in einem Fokus zusammenkämen und sich dort vereinigten. Vergangenheit und Zukunft waren eins. Malcolm war der große Adept der Zukunft, hervorgegangen aus dem einst verstoßenen Priester.

Wie bereits in einer früheren Inkarnation war die Frau, die er liebte, allein mit ihm im Allerheiligsten, versteckt vor den Augen der Welt durch den Schleier, mit dem Isis ihre heiligen Handlungen abschirmte. Dieses Mal war er nicht als Dieb in der Nacht gekommen, sondern dem Ruf der Göttin gefolgt. Er stand an dem ihm zugewiesenen Platz und führte die Arbeit durch, eine schreckliche Arbeit, ein Opfer, aber er würde es aseptisch vollbringen, mit sauberen Händen.

Wenn er in die Hölle hinabstieg und die elementaren Kräfte losließ, würde die Urkraft für die Magie frei werden. Er musste es als Mann und als Priester tun, denn in der Magie sind beide untrennbar miteinander verbunden, und er musste der Frau vertrauen, die als Hohepriesterin die entfesselten Kräfte beherrschte und mit ihrem Wissen und ihrer Energie diese Kräfte in Magie auf höherer Ebene verwandeln konnte.

Der Altar lag immer noch in Weihrauchschwaden, und durch die Nebel schaute er ihr in die Augen, die fest seinen Blick erwiderten: Sie war der ruhende Pol im Herzen des Zyklons, den er auf sich und auf sie losgelassen hatte. Aufrecht stand sie zwischen den ‚Pfeilern des Gleichgewichts', ausgeglichen, gelassen, ihre Hände ruhten auf dem Altar, mit den Flächen nach unten, während sich seine Hände festklammerten. Sie half ihm nicht bei der Magie der Elemente, das war seine Aufgabe als Opferpriester; sie als Hohepriesterin wartete darauf, dass er die Kräfte, die er aus den Tiefen hervorgeholt hatte, auf sie übertrug.

Der Raum war verschwunden. Malcolm war wieder im Keller der Schwarzen Isis, das große Ritual zelebrierend, wie es alle vier Jahre zu erfolgen hat. Unwissende mochten es

Schwarze Magie nennen, Malcolm wusste, es war nichts Böses, auch wenn auf dem Altar ein Toter lag. Es war nichts als ursprüngliche elementare Energie. Die Hohepriesterin würde sie von ihm übernehmen, umwandeln und sie zum Tempel der Großen Isis bringen. Dort würde sie wie ein Strahl Mondlicht durch den Vorhang des Allerheiligsten herausfließen und die mumifizierte Form der Göttin zum Leben erwecken, die dort zwischen den Sphinxen lag. Das war Magie, und darum war das Allerheiligste leer.

Die Frau, die ihn beobachtete, sah, wie sich der Wandel in ihm vollzog, und machte sich stark, die Kraft in Empfang zu nehmen. Auch ihr Geist ging zurück zu jenem dunklen Tempel in der Höhle und dem finsteren ausgestoßenen Priester, der sich zerstört hatte, um sie zu bekommen. Sie und der große Hohepriester hatten die Anzeichen von Größe in ihm erkannt, aber die Zeit war noch nicht reif gewesen.

Dann öffnete sich ihr Bewusstsein zu einer neuen Szene – zum Schauspiel der Marter, als durch magische Kräfte ihr Geist zurückgeholt worden war, um mit dem Mann, der ihren Tod verursacht hatte, konfrontiert zu werden und ein Geständnis zu erzwingen. Aber der Hohepriester von damals hatte mehr Einsicht gezeigt als die Richter, und als sich ihre Blicke über den Körper des auf dem Martertisch gefesselten Mannes trafen, waren sie sich einig: Die richtige Zeit würde kommen. Dann erschien vor ihrem geistigen Auge ein seltsamer Kontrast – der Behandlungsraum in der Wimpole Street, wo Malcolm, als er nach langen Stunden der Marter in sein anderes Leben zurückgekehrt war, zusammenbrach. Es kam ihr so vor, als wäre die erneute Kapitulation geschehen, während die Magie zu wirken begann.

Malcolm nahm den Raum nicht mehr wahr, er befand sich jetzt auf einer höheren Ebene seines Bewusstseins, im Stadium der Hypnose. Ihr oblag die Kontrolle des Rituals, fest auf der physischen Ebene zu bleiben und mit den Kräften sorgsam umzugehen. Sie starrte in die Augen, die mit der Intensität der Hypnose in die ihrigen starrten. Das Gesicht des Mannes war nicht mehr aus Fleisch und Blut, sondern aus Alabaster – nur die Augen glitzerten. Er war voll und ganz Priester; von dem Mann, der den Kopf verloren hatte, war nichts mehr übriggeblieben, und er bekam das, was er sich gewünscht hatte: Teil eines Rituals und Verkörperung einer Kraft zu sein, größer als er selbst – ein Symbol für alle Männer, die genau wie er vom Leben benachteiligt waren. Er hatte die Bande durch die Magie zerschnitten – durch das Wissen dieser Frau, die mit den kosmischen Kräften verbunden war und ihn benutzte. Was geschah, das war ursprünglich, archaisch, schrecklich, und dennoch war es heilig und so spirituell in seiner Art, wie alle Tugenden, die die Religion vorschreibt. Es war der elementare Stoff, aus dem der Bauplan des Lebens besteht und ohne den es nicht existieren könnte. Sie, eine Frau, musste seine Gültigkeit anerkennen.

Als sie die Hände auf die Altarlampe legte, griff er hinüber, umfasste ihre Handgelenke und zwang sie so, aus unmittelbarer Nähe in seine glitzernden, blassen, ausdruckslosen Augen zu starren. Es gab kein Entrinnen. Malcolm hatte sie gefesselt, um mit ihr das zu tun, was er tun wollte. Aber zwischen ihnen flackerte die geweihte Flamme, durch den in Spiralen aufsteigenden, duftenden Weihrauch verstärkt. Sie vollzogen ein Ritual – und dieses Ritual war heilig.

Sie verspürte keine Angst, nur ungeheure Spannung. Malcolm hatte weder Zweifel noch Hemmungen. Die Erfahrung hatte sie gelehrt, dass die Magie auf der Astralebene ausbalanciert werden musste. Wenn sie auf die physische Ebene herabkäme, würde es einen Kurzschluss geben, und die Magie wäre zerstört.

Ob Malcolm es wusste? Unmöglich! Aber vielleicht würde ihn das Wissen durch die Erinnerung der vergangenen Inkarnationen im Unterbewusstsein leiten.

Als die Zeit verstrich, ohne dass er sich regte, wurde sie immer sicherer, dass er auf der archaischen Ebene arbeitete und die archaischen Erinnerungen die elementaren Energien, die in ihm hochstiegen, steuern würden.

Während sie beobachtete, öffnete sich der Spiegel und enthüllte eine andere Welt. Sie und der Priester waren riesige Formen aus Licht, ihre Füßen standen in den dunklen chaotischen Tiefen, ihre Köpfe im sternenbedeckten Raum, zwischen ihnen lag die Erde wie ein Altar, auf dem sich ihre Hände gefunden hatten. Malcolm hielt sie an den Handgelenken, aber nicht mehr sehr fest. Sie legte ihre Hände um seine, ihn ebenfalls an den Handgelenken haltend, und so standen sie, während die Kräfte um sie herumwirbelten. Sie war sich eines rhythmischen Pulsschlags im Weltraum bewusst. Ihr Verstand sagte ihr, ‚es ist Malcolms Pulsschlag', während ihre innere Stimme dagegenhielt, ‚es ist der Puls des kosmischen Rhythmus.' Diese Aspekte verschmolzen, der Pulsschlag des Mannes wurde eins mit der ursprünglichen Kraft.

Auf einmal schwebten sie im Raum, bis der Altar der Erde zwischen ihnen verschwunden war. Ein Hauch silbernen Lichts hüllte sie ein, wie der Dunst des Mondes, wenn dieser am Himmel emporsteigt; da wusste sie: Es war der Magnetismus, den Malcolm abgegeben hatte.

Dann, auf der Ebene der Erde, sah sie die Aura des Mannes als Projektion der physischen Form, die vor ihr stand, von Angesicht zu Angesicht; sie kam näher, in silbriger Kälte erschauernd, und wurde von ihr aufgesogen. In ihrer Vision hingen sie im hohen Raum zwischen den Sternen. Es war, als wenn sie sich auf kräftigen Schwingen emporgehoben hätte, den Mann mit sich ziehend wie beim Hochzeitsflug der Bienen.

Dann ließ die Spannung nach, die Energie wich, und sie kamen schnell auf die Erde zurück. Sie nahm Malcolm wieder wahr, der sich mit beiden Händen an den Altar klammerte, während ihm der Schweiß vom Kinn tropfte. Langsam verließ ihn die Kraft, und er sank auf die Knie, sich mit der einen Hand festhaltend, mit der anderen sein Gesicht bedeckend. Sie kam um den Altar herum, nahm ihn bei den Schultern und stützte ihn, als er zu Boden sank. Einige Minuten verharrte er in der Haltung eines Sterbenden, dann gab sein Ellbogen nach, und er fiel flach auf den Boden. Jeder hätte ihn für tot gehalten, sie aber wusste, dass er lebte.

Ruhig bettete sie seine Glieder wie für eine Beerdigung, faltete die Hände auf der Brust, setzte sich neben sein Haupt und barg es in ihrem Schoß. Die Handflächen auf seinen Wangen, saß sie dort wie eine indische Gottheit und wartete. Der Mann atmete kaum, während die Kraft der Frau zurückkehrte. Es herrschte Schweigen.

Allmählich spürte sie, wie das Leben in seinen Körper zurückfloss. Malcolm schlief jetzt, mit der Morgendämmerung würde er erwachen.

Viele Stunden vergingen, und kein Ton, keine Bewegung störte die Ruhe der Frau. Der Weihrauch war heruntergebrannt, die Lampen glommen nur noch. Schließlich durchbrach der schwache Ton der Sirene eines Schleppers auf dem Fluss das Schweigen. Der Mann bewegte sich allmählich. Die Frau wartete immer noch.

Seufzend veränderte Malcolm seine Position; dann lag er erneut ruhig, aber sie wusste, er war wach und sich des Geschehens bewusst. Wusste er auch, dass sein Kopf in ihrem Schoß geruht hatte? Plötzlich legten sich zwei Hände auf die ihrigen.

„Du hast mir den Weg zu der Tür ohne Schlüssel gezeigt", sagte er. Sie antwortete durch einen leichten Druck ihrer Finger gegen seine Wangen. Erneut zog Schweigen ein, aber es war ein lebendiges Schweigen.

Schließlich sprach der Mann, jetzt wieder ganz im Hier und Jetzt.

„Ich kann nicht ewig so liegen, nicht wahr, Lilith? Ich muss mich bewegen, aber es strengt mich sehr an. Ich glaube, ich bin einen sehr langen Weg gegangen. Und du, mein Liebes? Was war mit dir?"

„Es geht mir gut", antwortete sie, „ich habe meine Aufgabe erfüllt."

„Ich habe es gespürt", sagte er

Zögernd richtete er sich auf, drehte sich halb herum und schaute die Frau hinter sich an, die immer noch wie eine indische Gottheit dasaß.

Schließlich meinte er: „Mag sein, dass es dir gut geht, aber du hast den Preis für diese Nacht bezahlt, Lilith."

„So wie du."

„Oh ja, alles hat seinen Preis, ich weiß. Ich habe es nicht widerwillig getan, und ich denke, du auch nicht. Aber du siehst ausgeblutet aus, Lilith. Viele Menschen sind nach einer großen Operation in besserer Verfassung als du jetzt. Lass mich nach dir sehen. Mit jeder Minute, die vorübergeht, gewinne ich meine Kraft zurück."

Er stand auf, trat hinter sie und legte seine Arme um sie.

„Lehne dich zurück gegen mich", sagte er. Sie entsprach seinem Wunsch, und er schaute auf sie herunter.

„Mein Gott, wie veränderst du dich?", rief er aus. „Du siehst so heiter und lieblich aus."

„Das Leben strömt in mich zurück", sagte sie.

„Ich sehe es. Lilith, du hast dich innerhalb weniger Minuten von einer Mumie in eine taufrische Blüte verwandelt!"

Sie löste sich von ihm und erwiderte:

„Danke, aber ich muss auch wach werden."

Zögernd ließ er sie los und half ihr auf die Beine.

„Ich nehme an, dass es sich nicht wiederholen lässt."

„Nein", antwortete sie. „Der erste Teil unserer Aufgabe ist vollendet."

„*Consummatum est* – es ist vollbracht", sagte er. „Ich weiß, ich weiß, und ich bin sehr froh, mein Liebes, dass ich dir helfen durfte. Gott möge dich segnen, es war ein großartiges Erlebnis. Ich möchte es nicht missen."

Lilith schaute ihm wortlos in die Augen. Dann sagte sie:

„Ich habe dir zu danken. Wir haben getan, was getan werden musste, und etwas in die Welt gebracht, das es nicht gab, und es wird sich weiterentwickeln."

„Es ist Zeit für mich zu gehen, nicht wahr?", fragte er.

Lilith zögerte, und sich von ihm abwendend, beobachtete sie den großen Spiegel, als ob sich die Tür zu der anderen Welt geöffnet hätte. Malcolm hatte eine Vision sich bewegender Sterne in den indigoblauen Tiefen, von strahlendem Licht übergossen. Schließlich drehte sie sich um und schaute ihn an.

„Ich möchte nicht, dass du unglücklich bist", sagte sie. Der Mann starrte sie an, als ob sein Geist sich bereits von dem ihrigen getrennt hätte.

Sie wandte sich erneut um und schaute in den großen Spiegel, als ob sich die Sicht weitete, und als der Mann sie beobachtete, erschien sie ihm riesig, formlos, ursprünglich, wie die aus dem Fels gehauene Frau seines Traums. Einen Augenblick lang war sie verschwunden, wie in einer Wolke aufgelöst. Dann stellten sich seine Augen auf ihren Brennpunkt ein, und er fand zu den harten Grenzen der Realität zurück. Dennoch schien sich etwas verändert zu haben. Die Umrisse waren schärfer, die Farben heller als in der Realität, wie in Licht gebadet, ihre losen flatternden Gewänder fielen gerade herunter wie die priesterlichen Gewänder, und ihr Haupt erhob sich darüber mit einer Würde, die keiner Krone bedurfte.

„Ich habe nie einem Mann angehört und werde es auch nie“, sagte sie ruhig, „obwohl mich viele Männer begehrt haben. Man hat mich die ‚Kosmische Hure‘ und die ‚Eiserne Jungfrau‘ genannt. Ich bin beides, aber ich erwarte nicht, dass du es verstehst – für dich bin ich die Frau, die du liebst. Ich liebe dich auch, auf meine Art, aber ich bin eine Priesterin, auserwählt und unsterblich. Ich habe zwei Identitäten – die eine sitzt am Feuer bei dir, geht ihrer Näharbeit nach und spricht mit dir, und die andere widmet sich mit dir dem Ritual.“

Da er nichts entgegnete, fuhr sie fort:

„Ich kann deiner Männlichkeit Erfüllung schenken – mehr als du dir erträumst, selbst wenn du mich nicht besitzen kannst. Ich möchte dir gerne zeigen, was eine Frau für einen Mann bedeuten kann. Du verdienst es. Du hast so lange gehungert.“

Ihre Gesichtszüge wurden lebhaft, und eine Welle von Magnetismus ging von ihr aus.

Der Mann stand schweigend.

„Erinnerst du dich an die Geschichte von Eros und Psyche? Eine wahre Geschichte, eine außerordentliche Geschichte. Erinnerst du dich an die Bedingungen, die Eros gestellt hat? Er würde nachts im Dunklen zu ihr kommen, sie dürfte sein Gesicht nie sehen. Sie würde Liebe empfangen, aber sie dürfte nicht versuchen, ihn zu besitzen. Und so ist es auch mit uns, die wir eingeweiht sind, aber anders als bei den Einmal-Geborenen, denn wir gehören an einen ‚anderen Platz‘. Wir leben im Höheren Selbst.

Die Lilith Le Fay, die du kennst, ist nur ein kleiner Teil meines Selbst, es ist meine ‚Persona‘, meine Maske, die ich trage, gleich den griechischen Schauspielern in den heiligen Dramen. Meine Persönlichkeit ist die Maske, die für die Rolle entworfen wurde, die ich in diesem Drama spielen muss, das auch heilig ist. Aber das verstehst du nicht, weil du in deinem Niederen Selbst lebst; du kennst die ‚weitreisende Seele‘ nicht. Du musst mir vertrauen. Jeder von uns muss den Gesetzen der eigenen Natur gehorchen, du genauso wie ich. Wer anders handelt, kann sich nicht treu bleiben. Du musst in dieser Welt leben, und ich muss in zwei Welten leben. Das Beste, was ich dir anbieten kann: Ich werde mich mit dir auf MEINE Weise vereinigen. Ich, die ich alle Frauen bin, kann die Männlichkeit in dir befriedigen, und mehr als das – sie zu der Gottheit hinaufnehmen. Wird dich das glücklich machen, Rupert?“

„Ich weiß es nicht, Lilith, ich bin kein Eingeweihter. Ich weiß nur eins: Ich liebe dich mit jeder Faser meines Herzens. Ich kann nicht anders. Auch wenn du mich hassen oder hinauswerfen würdest, könnte ich nicht aufhören, dich zu lieben. Du faszinierst mich. Alles, was du tust, fasziniert mich – jede Bewegung, die du machst, jede Silhouette deines Körpers, die Art, wie du deine Gewänder trägst, das Funkeln deiner Juwelen. Und ich möchte nur eins: mit dir glücklich sein!“

„Ich werde dich glücklich machen, aber du darfst nicht versuchen, mich zu besitzen.“

„Besitzgier ist bei manchen Männern stark ausgeprägt. Für sie bedeutet es Liebe.“

„Es ist das falsche Wort. Niemand kann einen anderen besitzen, ohne ihn zu zerstören. Deshalb ist die Ehe ein Notbehelf. Der eine ist nur zum Teil befriedigt, und der andere Teil zerstört. Die weitreisende Seele muss frei sein, zu gehen und zu kommen, wann sie will. Lass uns lernen zu lieben, wie jene lieben, die frei sind vom karmischen Rad von Geburt und Tod.“

Sie fasste ihn an beiden Schultern, ihre Augen glänzten.

„Rupert, hör auf mich! Es ist die nächste Phase der magischen Arbeit – das nächste, was zur Manifestation gebracht werden muss. Arbeite weiter mit mir, und wir bleiben zusammen.“

Er sah sie unsicher an.

„Ich bezweifle, ob ich noch Kraft habe, Lilith“, sagte er.

„Du hast – du hast“, schrie die Frau, ihre Wangen glühten, ihre Augen glänzten wie im Fieber.

„So wie dir das andere Frieden gegeben hat, wird dir dieses Kraft bringen. Folge mir, es ist gut. Bedenke, ich bin eine Eingeweihte!“

Einen Moment zögerte der Mann und meinte dann:

„Mein Liebes, ich werde alles tun, was du sagst“, und legte den Kopf auf ihre Schulter, und sie hielt ihn fest.

18

Den nächsten Tag im Krankenhaus erlebte Rupert wie im Traum. Wenn sich unter ihm die Erde geöffnet hätte, seine Verwirrung wäre nicht größer gewesen. Nie zuvor hätte er geglaubt, dass die Frau, die ihn liebte, ihm einen derartig seltsamen Vorschlag unterbreiten würde. Eigentlich hätte er dankbar sein sollen, und in gewisser Weise war er es auch, aber gleichzeitig erschreckte es ihn.

Lilith Le Fay war eine schöne, weltkluge, vitale Frau, völlig frei und mit einer Lebenserfahrung, nach deren Einzelheiten er nicht zu fragen gewagt hatte. Malcolm hätte gerne gewusst, ob er ‚den Ansprüchen genügen würde', oder würde er eine weitere vernichtende Niederlage erleiden?

Den animalischen Wesenszug in seiner Natur konnte er nicht länger leugnen. Früher hatte er ihn als Manko angesehen, das zu überwinden nur eine Frage der Willensstärke war. Sein Versagen führte er auf den geteilten Willen zurück – nur eine kleine Minderheit, kein einstimmiges Votum, gestattete ihm, auf dem engen Pfad zu trotten. Für ihn bedeutete ideale Liebe Transzendenz der Sinne. Er hatte zwar erkannt, dass er sich auf solche Höhen nicht schwingen konnte, aber er glaubte nicht, dass eine legalisierte Beziehung wie die Ehe einen anständigen Mann dazu bringen würde, seine animalischen Triebe in die richtigen Bahnen zu lenken. Er erinnerte sich zwar nicht mehr an die Zeiten, als die Anästhesie noch nicht ‚in' war, aber als Student hatte er genügend Ärzte gekannt, die Studenten mit Geschichten aus den guten alten Zeiten unterhielten, als man Krankenhauspförtner nach ihrer Muskelkraft aussuchte und Chirurgen im abgewetzten Straßenanzug erschienen. Bei rechten Licht betrachtet, waren diese Zeiten noch nicht vorbei, auch nicht, dass Schmerzlosigkeit bei der Empfängnis ebenso unabdingbar sein sollte wie bei der Geburt.

Für seine Braut mochte die Ehe ein Schock gewesen sein, ihm hatte sie sämtliche Illusionen genommen und tiefe Wunden geschlagen, deren Narben noch heute schmerzten. Der Verstand des zivilisierten Menschen hatte sich weiterentwickelt, aber er war zum Wasserkopf entartet, sodass sein Eintritt in die Welt zum Problem geworden war. Auch schienen sich Frauen wieder mehr zur Natur hin entwickelt zu haben, während der Mann stehengeblieben war. Die Folge: ein ewiges Gezerre. Er zog sie hinauf oder sie ihn hinunter, und dem armen Opfer blieb nichts anderes übrig, als sich in sein Schicksal zu fügen.

Er machte sich nichts vor: Lilith hatte nicht die geringste Absicht, ihn am Schlafittchen zu nehmen und himmelwärts zu heben. Für sie wäre das verschwendete Energie. Stattdessen hatte sie ihm angeboten, ihm auf einer anderen Ebene zu begegnen. Hoffentlich war ihr bewusst, auf welche Ebene sie sich begeben müsste. Er war beunruhigt. Seine Hoffnung würde sich wohl nicht erfüllen, dass der Engel die wilden Tiere von Ephesus, mit denen er so mannhaft gekämpft hatte, aus seinem Haus vertreiben würde. Ein Platz auf dem Kaminvorleger wäre ihnen sicher gewesen. Lilith hatte die Tür zum Zwinger geöffnet. Vor Schreck waren sie tot umgefallen, zumindest lagen sie wie leblos in ihren Käfigen. Malcolm verspürte den starken Drang, sich im nächsten Pub einen zu genehmigen.

Wieder schritt er in der Dämmerung an der Themse entlang und folgte dem Weg, der zu weit von der eingefahrenen Spur des normalen Lebens hinweggeführt hatte, als dass er noch umkehren könnte. Genauso gut konnte er weitergehen und die Sache durchstehen. Dieser Gedanke ermutigte ihn, und an der Lambeth Bridge angekommen, ging er hinüber.

Als Antwort auf sein Klopfen schwang die Tür auf, und im Bogen stand Lilith Le Fay. Ihr Haar, meistens als Krone auf ihrem wundervoll geformten Kopf frisiert, war jetzt zu einem griechischen Knoten im Nacken gebunden. Nicht eines der Gewänder aus weichem Samt und Brokat, die er an ihr gewohnt war, umhüllte sie, sondern ein Traum aus schimmerndem Chiffon, wie Wolken vor dem Mond, durch dessen duftigen Schimmer sich ihr silbernes Unterkleid abzeichnete. Heute Abend war sie wirklich die Priesterin des Mondes. Er fühlte sich wie Aktaion[18], dessen Hunde nach ihrer Beute gierten.

Als er den Hut zog, fiel der Schein der Lampe auf sein Gesicht. Lilith sah ihn mit ihren durchdringenden Augen an, nahm ihn bei den Schultern und drehte ihn zu sich herum.

„Nun?“, fragte sie.

„Der Tag heute im Krankenhaus war schlimm, aber jetzt geht es mir gut“, antwortete er und zwang sich, ihr in die Augen zu sehen.

Statt zu antworten, ließ sie seine Schultern los, ging in die große Halle und überließ es ihm, ihr zu folgen. Nur die Gewissheit, dass Lilith auf ihn aufpassen würde, machte die Situation für ihn erträglich.

Vor dem Kamin schaute er sie dumpf an. Erneut legte sie die Hand auf seine Schulter.

„Was ist los mit dir, Rupert?“, fragte sie. Er lächelte trocken.

„Ich bin ein Narr“, sagte er.

„Wenn du das noch ein paar Mal wiederholst, glauben wir es beide,“ sagte sie, lächelte, schüttelte ihn sanft und fuhr fort: „Setz dich, ich mache uns Tee.“

Er ließ sich so tief in einen Sessel fallen, dass er beinahe in den Kissen ertrank; dann zog er das unvermeidliche Päckchen Players heraus, und als sie ging, um den Tee zuzubereiten, ließ sie ihn friedlich schmauchend zurück.

Während sie mit dem Kessel hantierte, lag auf ihren Lippen immer noch ein Lächeln. Rupert war wirklich ein höchst

18 Held der griechischen Sage

erstaunlicher Mensch. Sie hatte Hamlet in einer modernen Fassung gesehen, der seine Rolle sehr eigenwillig interpretierte. Ob als Wissenschaftler oder Liebhaber, Rupert Malcolm hingegen blieb immer er selbst. Trotzdem hielt er sich für einen ganz normalen Mann, nur wenn er in Rage geriet, wurde er zum Berserker.

Als sie ihn beim Teetrinken beobachtete, in einer Stimmung, die schlechtgelauntes Schweigen ausdrückte, wurde ihr erneut bewusst, wie stark er in seinem eigenen Käfig gefangen war. Er brütete dumpf vor sich hin, ein Paradebeispiel dafür, dass sich die Menschen ihre Käfige aus inneren Zwängen bauen. Dem Gesetz nach war Malcolm frei. Eine moralische Verpflichtung gegenüber seiner Frau, die zwanzig Jahre auf seine Kosten gelebt hatte? Lächerlich! Dennoch saß er hier als traditioneller Witwer, der heißgeliebten Verschiedenen nachtrauernd, die nicht mal nett zu ihm gewesen war, und, was ihren praktischen Nutzen anging, bereits vor zwanzig Jahren verschieden war. Lilith Le Fay starrte den Mann an und wunderte sich. Als hätte er ihre Gedanken gelesen, sagte er:

„Ist dir eigentlich klar, dass meine Frau noch nicht mal eine Woche tot ist?"

Lilith antwortete nur „Ja", denn sie wollte ihre Karten nicht aufdecken. Sie hatte den Verdacht, Malcolm würde die Verstorbene als Anstandsdame vorschützen.

Das Kinn in die Hand gestützt, starrte Lilith ins Feuer, während Malcolm seine dritte Tasse Tee schlürfte. Lilith war hin- und hergerissen zwischen dem Wunsch, ihn wachzurütteln, und dem Wissen, dass ihre Arbeit mit ihm noch nicht beendet war; noch konnte sie die Waffen nicht strecken und den Sabbat einläuten.

Wenn sie Malcolm sich selbst überließe, würde er in die alte klägliche Tretmühle zurückfallen, und der Gedanke daran tat ihr weh.

Sie schienen noch weiter voneinander entfernt zu sein als zu der Zeit, als er sie wütend über seinen Schreibtisch hinweg angestarrt und sie alles hatte, um Macht über ihn zu gewinnen – zu seinem eigenen und zum Wohl der Großen Isis. Sie hatte ihn dem Sturm ausgesetzt, nun war es ihre Pflicht, ihn in den Hafen zu bringen.

Sie starrte auf das grobe Profil seines Kopfes. Malcolm sah verdrießlich, geradezu verboten aus. Am liebsten hätte sie ihn in Ruhe gelassen. Aber dann siegte die Erkenntnis, dass ihre Aufgabe zu Ende geführt werden musste. Sie stand auf und meinte: „Komm, lass uns anfangen."

Malcolm sah auf wie ein Tiefseetaucher, der an die Oberfläche kommt. Als sich sein Gesicht belebte, verlor sich die mürrische Miene, er sah jetzt nur noch besorgt und unsicher aus:

„Ich dachte, es wäre alles vorbei", meinte er skeptisch, sogar ein wenig erschrocken, als sie auf seinen Einwand nicht reagierte. Trotzdem folgte er ihr.

Mit einer Geste deutete sie ihm an, sich im Badezimmer umzukleiden.

Zögernd, verdrossen wie ein kleiner Junge, der Prügel erwartete, legte er seine Alltagskleidung ab, warf sie auf einen Stuhl und hüllte sich schaudernd in die Gewänder. Ohne sich im Spiegel zu betrachten, zog er den silbernen Kopfputz hinunter bis zur Braue und kletterte teilnahmslos die lange Treppe hinauf.

Da war keine Lilith Le Fay, die den Vorhang für ihn hob, als er zum Eingang des Tempels kam; er musste die Falten selbst beiseiteziehen.

Er trat ein. Lilith lag regungslos auf dem Opferaltar, was ihn zwang, seine Position als Priester einzunehmen.

Er sah sie an. Ausdruckslos schaute sie zurück wie eine Sphinx, aber nicht auf ihn, sondern in den Spiegel hinter ihm.

Sie entdeckte etwas, das nicht von dieser Welt war und sich bewegte. Vor ihrem Blick sicher, konnte er in Ruhe ihr Gesicht beobachten.

Ihre magnolienfarbene Haut, die Schönheit ihrer dunklen Augen und ihrer Haare quälten ihn bis zum Hass. Gleichzeitig sehnte er sich danach, sie zu berühren, hatte aber Angst, sie würde bei Berührung zu Staub. Er war gespalten – in seiner auferlegten Askese wie in seiner Lust.

Aber die Frau, gefangen durch das ‚Etwas', mit dem sie mental kommunizierte, beachtete ihn nicht.

Allmählich wurde dem enttäuschten und gequälten Mann klar, dass er abwarten musste. Es lag nicht in seiner Macht, etwas zu tun; außerdem blockierten seine Hemmungen ihn jetzt, wie es zuvor die Umstände getan hatten. Plötzlich erkannte er die Wahrheit in Liliths Worten: „Es würde keinen Unterschied machen, selbst wenn du frei wärst."

Mit den Zähnen mahlend sah er Lilith Le Fay mürrisch an. Dann verwandelte sich seine Dumpfheit in Jammer, und wie ein Ertrinkender klammerte er sich mit seinem Blick an sie. Erneut überflutete ihn das Gefühl, dass sie mit ‚Etwas' kommunizierte und er mit diesem ‚Etwas' kooperieren müsste. Blitzartig erkennend, dass dies der Beginn der neuen Phase war, scheute er wie ein erschrecktes Pferd. Dann wurde er ruhig. Sollte kommen, was wollte, eins war sicher: Böses führte Lilith nicht im Schild. Er hatte sie seltsame Dinge tun sehen, jenseits jeglicher Vorstellung, aber sie hatten sich alle zum Guten gewandelt. Sie hatte ihn noch nie im Stich gelassen und würde es auch jetzt nicht tun.

Er fühlte, wie sich neue Energie sammelte. Die Magie begann zu arbeiten. Am Platz des Priesters stehend, wartete er. Was immer diese unbekannte Macht sein mochte, sie würde ihn benutzen. Sollte sie! Es war die einzige Chance. Er konzentrierte sich auf Passivität, einen offenen Kanal der Energie bietend, die von rückwärts durch ihn hindurchfließen würde. Die große Natur kam näher, die Flut stieg.

Zum ersten Mal fühlte er sich als Teil der Natur. Bei all seinen Studien der vergleichenden Anatomie war das noch nie geschehen. Tief in ihm war eine Ebene, die niemals von der Erdenseele getrennt gewesen war, so, wie das Bild der Ur-Frau im Schwarzen Tempel niemals aus dem lebenden Fels herausgehauen worden, sondern mit ihm durch ihr Rückgrat verbundenwar. Auch er war von der Wirbelsäule her mit der Natur verbunden, und die Natur würde ihm durch dieses hohle Rohr Energie zuführen.

Als sich die Ebenen verbanden, durchfuhr ihn wieder ein Blitz. Was er bisher als rein physische Ebene empfunden hatte, das fühlte er jetzt als spirituelle. Die Kraft stieg von der Wirbelsäule bis zum Kopf und verließ ihn. Dann hatte er das Gefühl, als würde auch die Seele ihn verlassen. Sternenbedeckte Sphären umkreisten ihn. Der Raum war verschwunden. Lilith hatte sich in Isis verwandelt,– und er selbst war die Naturkraft, die aus den ursprünglichen Tiefen emporstieg, um sie zu befruchten! Er war nicht Mann, er war Kraft, Teil des Lebens der Erde, und die Natur manifestierte sich durch ihn; und sie, Lilith, war keine Person, sie war das Ziel der Kraft. Es war ganz leicht, die Kraft hatte die Macht übernommen, kein Gedanke mehr, kein Gefühl, außer dem schrecklichen Druck der Kraft, die seinen Organismus als Kanal der Manifestation benutzte. Je weniger Persönlichkeit vorhanden war, desto stärker würde die Kraft ihre Arbeit verrichten.

Die Energie durchzuckte ihn wie ein Blitz, ging vorbei, und als ihre Strahlung im Weltraum verschwand und sich der Nebel verzog, erblickte er das Gesicht von Lilith Le Fay, jung und lieblich, und er sah sie an, wie Adam die neu erschaffene Eva, als er, aus tiefem Schlaf erwachend, sie neben sich sah. Die Energie war durch ihn hindurchgeschossen und hatte alle

Hindernisse überwunden, alle Blockaden aufgehoben und alle Verstrickungen seiner Natur gelöst, wie ein verstopfter Kanal durch eine Druckpumpe durchgängig gemacht wird. Von Ebene zu Ebene war die Energie gestiegen und hatte den Kanal befreit. Er war ein völlig neu erschaffener Mann. Erschöpft und friedlich wusste er nur, dass er, wenn die Kraft zurückkehrte, mit den Morgensternen singen würde und sein Geist so kristallklar wäre wie das von der Sonne durchglühte All.

Er starrte Lilith an und fragte sich, was mit ihr geschehen war. Sie sah so lieblich aus wie nie zuvor. Die Unnahbarkeit, hinter der sie sich sonst versteckte, war weggeschmolzen. Ihre Sein war offen für ihn, nichts trennte sie mehr. Ihre Seelen waren nicht länger an ihre eigene Begrenzungen gebunden, sondern zwei Kreise, deren Strahlen sich trafen und mischten. Es war das Gefühl, dass alle Schranken aufgebrochen waren, das ihn so tief berührte. Von ihm war die Kraft zu ihr hindurchgegangen und auf die menschliche Ebene zurückgekehrt.

Er sah nun, wie das Gefühl der Sünde, für das die Ehe als Gegenmittel vorgesehen ist, diese mächtige Übertragung der Kraft verhinderte. Weil die Energie auf die niedrigen Ebenen heruntergedrückt wurde, würde der Mensch nie das Göttliche erreichen. Und wenn sie, die Energie, zu schnell zurückkam, wäre unweigerlich ein Kurzschluss die verheerende Folge, sodass die Energie in all ihrer Vollkommenheit nie vom Mann zur Frau übergehen und somit auch niemals die Schranke zwischen beiden niederreißen würde: ‚Bitterlich umarmen wir uns – jeder für sich allein.'

Jetzt verstand er diesen Satz, darüber nachdenken würde er später.

Lilith trat neben ihn, nahm seine Hand, und gemeinsam schauten sie in den Spiegel. Jetzt war in der kristallklaren Dunkelheit seiner Tiefe, die sich bis weit in den Weltraum in eine andere Dimension erstreckte, nichts zu sehen. Der Mann jedoch wusste, dass sie eine innere Welt geöffnet hatten und sie diese immer wieder mit derselben Magie öffnen könnten. Die Welt der Träume und die Welt des Tagesbewusstseins trafen sich auf dieser Schwelle, und jetzt kannte er das Geheimnis, wie diese Schwelle zu überschreiten war.

Und noch etwas wurde ihm klar: In den großen Momenten unseres Lebens überschreiten wir die Schwelle wie in Trance, den die Dichter ‚Kleiner Tod' nennen. Als die Heilige Theresa in der göttlichen Vereinigung in Ohnmacht fiel, als Keats das erste Mal in Chapmans Homer las, als die Wikinger ohne Rüstung in die Schlacht sprangen – sie alle spürten den ‚Kleinen Tod'. Wer diesen Fluss der Seele in einer transzendenten Erfahrung nicht erlebt hat, dem fehlt der Schlüssel zum Leben.

Dion Fortune

Die Seepriesterin

Aus dem Englischen überarbeitete Neuauflage

336 Seiten, Taschenbuch, broschiert

ISBN 978-3-95531-146-9

Dieser fantastische Roman von Dion Fortune, der bekannten englischen Autorin, führt die LeserInnen in die Mythologie der Kelten, das sagenhafte Atlantis und zu einer faszinierenden Frauengestalt: Vivian le Fay Morgan.

Mit den Geheimnissen der Magie vertraut, verwandelt sie sich in ihre Namensschwester Morgan le Fay, die Seepriesterin von Avalon, Pflegetochter von Merlin, dem Zauberer aus der Artussage.

Schauplatz dieser dramatischen Geschichte ist ein einsames Fort an der Küste Cornwalls.

Wilfred Maxwell, ein von Mutter und Schwester gegängelter Junggeselle, verliebt sich in Morgan und folgt ihr auf der Suche nach dem Geheimnis der Magie zu einem alten Kult, wo sie die spirituelle Bedeutung der Magie des Mondes und das Mysterium von Tod und Wiedergeburt erfahren.

Die SEEPRIESTERIN gehört zu den klassischen spirituellen Werken des 20. Jahrhunderts und gilt als einer der schönsten Romane, der je über Magie geschrieben wurde.